季节已过，爱依旧

若之 著

内蒙古出版集团
远方出版社

图书在版编目 (CIP) 数据

季节已过，爱依旧 / 若之著 . —呼和浩特 : 远方出版社，2016.7
（紫水晶情感小说系列）
ISBN 978-7-5555-0725-3

Ⅰ . ①季… Ⅱ . ①若… Ⅲ . ①长篇小说－中国－当代
Ⅳ . ① I247.5

中国版本图书馆 CIP 数据核字（2016）第 150293 号

季节已过，爱依旧

作　　者 若　之
责任编辑 云高娃　李　可
出版发行 内蒙古出版集团　远方出版社
社　　址 呼和浩特市乌兰察布东路 666 号　邮编 010010
电　　话 （0471）2236471 总编室　2236460 发行部
经　　销 新华书店
印　　刷 北京富达印务有限公司
开　　本 650mm × 940mm　1/16
字　　数 340 千
印　　张 24.5
版　　次 2016 年 7 月第 1 版
印　　次 2016 年 7 月第 1 次印刷
标准书号 ISBN 978-7-5555-0725-3
定　　价 36.00 元

如发现印装质量问题，请与出版社联系调换

目录

第一章　重获自由

温情酒店位于月霞市郊区，幽静的梧桐树林将整个酒店围了起来，清雅幽静，美轮美奂。虽然地处郊区，可温情酒店却是月霞市最出名的情侣酒店。

806 贵宾间。

凌乱的衣物散落在各处，男人的阿玛尼西服，女人的香奈儿公主裙……

男人正坐在床沿，慢条斯理地穿着衬衫。

如黑曜石般的长发遮盖住了她的大半个身子，却依旧遮盖不住她羊脂玉般的皮肤。

紧紧握住被子的那只手忽然动了一动。

“嗯？”宋茜茜轻轻哼了一声，努力地睁开眼睛，却发现浑身疼痛得动弹不得。

昨夜，她按照约定来到了 806 房。

“丁零……丁零……”

男人弯下腰，伸手在凌乱的衣服堆里翻找自己的手机。

“喂……嗯……我等会儿就过去……”

虽然男人的声音很动听，说话的语气很平和，但从他的字里话间仍能感受到那份拒人千里之外的傲意。

透过洒落的发丝，宋茜茜看到了那个男人的背影，宽阔的肩膀，结实的背阔肌，全都是令女人心动的资本，然而，对她来说却是耻辱。

挂断电话后，男人缓缓直起身，随手理平衬衣的袖子，套上黑色西服，自始至终都背对着宋茜茜。

“李……李先生……”

宋茜茜竭尽全力地开口说话。

那个男人的身子不由一僵,扣扣子的手顿了顿,右手紧紧地握了握，却依旧没有回身。

“宋……宋家……请您遵守……遵守与宋家的约定……”

宋茜茜努力地让自己把话说清楚，她要得到他的亲口保证。

“约定？”男人又是一愣，顿时发出一声冷笑，即便宋茜茜没有看到他的容貌，却也能够想象得出他的嘲讽，还能感觉到室内温度的下降。

“我不姓李。”男人丢下这个重磅炸弹后，毫不留恋地抬步走出806客房。

关门发出的声音很响，或许吵醒了很多尚在梦中的男男女女们。

男人离去后房间归于寂静，整间屋子安静得可怕，就连透过窗帘照射进来的阳光也显得灰暗。

男人留下来的那句话宛如千金重锤狠狠地砸到了宋茜茜的心头。

宋茜茜那张原本苍白的脸变得更加苍白，就像冬日里的雪。

“不……不……不姓李……”宋茜茜呆呆地坐在原地一动也不动，重复着男人的最后一句话，握着被子的力度更大了。

泪从她的眼里流淌出来，打湿了洁白的被子，整个人更是不停地颤抖。

来这里陪人过夜并不是宋茜茜自愿的，而是为了离开宋家，这是她为宋家做的最后一件事情。

可是这件事情还被她搞砸了。

“啪——”

回到家中，才将那个男人的最后一句话告诉自己的养母黎凤姿，想让她有一个心理准备，不料却迎来了一记重重的耳光。

“老娘让你前往温情酒店806房间陪李先生，而不是去陪你的情人……”

黎凤姿恼怒愤恨地赏给宋茜茜一记耳光，可却还没发泄完心中的怒气，如果不是看在她还有一些利用价值的份上，黎凤姿恨不得将这个女人卖进小发廊。谁让她跟自己的女儿长得一模一样！

“我去的是806房间……可是……可是那个男人说他不姓李……”

宋茜茜捂着脸，低声说道。她不敢反抗，她更不能说出任何抗议的话，谁让眼前这个恶毒的女人是她的养母呢？谁让她欠了眼前这个恶毒女人的养育之恩呢？

“你还敢说你去的是806房间？那个男人为什么不是李先生？你这次别想轻易脱离宋家！”

说完，黎凤姿走上前，抬手又是一记狠狠的耳光，宋茜茜被打倒在地。

半边脸红肿的宋茜茜趴在地上，泪水在眼眶里打着转，她不敢哭，不敢让泪水掉下来。

她的哭泣会惹来更严厉的殴打，她不懦弱的话会遭到更加悲惨的凌辱。

她不是没有反抗过，可反抗的后果就是胸口那道至今仍然清晰可见的深深疤痕。

昨天是宋茜茜十八岁的生日，她本打算和同学们一起度过，可黎凤姿却将她从学校催了回来，目的只有一个，让与自己女儿宋雅长相一模一样的宋茜茜冒名顶替，以假乱真，陪一个姓李的客户睡觉，通过这条途径来解决宋家现有的危机！

为了能让宋茜茜主动迎合那位姓李的客户，黎凤姿答应，只要她满足了那个客户，宋茜茜就可以从此离开宋家，再也不会受到各种欺凌。

“丁零……丁零……”

桌子上的电话响了起来。

“喂……哪位？”

黎凤姿一边温柔地接着电话，一边恶狠狠地瞪着宋茜茜，若是宋茜茜敢有什么动作，她保证会让宋茜茜再也见不到明天的太阳。

“长征？我在家里呢……是吗？你是说他们停止了收购？太好了。你问我用的什么方法？……这个等我回法国再跟你说吧……”

听完宋长征在电话里说的一番话后，黎凤姿那张原本愤怒铁青的脸顿时笑开了颜，仿若刚刚生气的并不是她。

黎凤姿挂了电话之后，喜气洋洋的脸上满是笑容，嘴里不停地念着“没事了”三个字，双手合十不停地感谢菩萨保佑。

良久，她才看到宋茜茜还倒在地上，喜气洋洋的脸顿时变得铁青，却又觉得有点尴尬。

宋长征说宋家的产业已经保住了，对他们家出手的人停了手，理由则是黎凤姿满足了他们的要求。

“你起来吧。”

黎凤姿想让自己的语气变得柔和一些，声音却依旧狠厉，好似夹着千年不变的怨念一般。

“我……我……”

黎凤姿蹲到宋茜茜跟前，伸手钳着她的下巴，让她可以直视自己。

宋茜茜低垂着眼睑，不愿迎上黎凤姿的目光。

第二章　改头换面

“你不是想离开宋家吗？那你就离开好了，但你要记住，把你这张脸给我好好地遮盖一下，否则……”

黎凤姿的嘴角勾了勾，面庞上显现出一丝冷意，长长的指甲狠狠地划过宋茜茜的面颊，留下一道恐怖的血痕。

“还有……离我女儿远一点儿……不要以为她会一直护着你，也不要以为你可以替代她！”

说到这里，黎凤姿的表情变得狰狞，宛若从地狱来到人间索命的女鬼。她瞪大双眼，恶狠狠地瞅着宋茜茜，似乎在考虑着要不要毁掉那张与自己女儿一模一样的脸。

“咚咚——”

“夫人，有人找您……”

门外响起仆人的声音。

黎凤姿狠狠瞪了一眼宋茜茜，停止了她那粗暴的动作。

“起来吧，明天就给我滚出宋家，还有……”

黎凤姿压低了声音，用脚狠狠踩了一下宋茜茜的胸口。

“还有，给我记住，发生在昨晚的事情，你必须烂在肚子里，不许跟任何人提起，哪怕在梦中也不行，否则，你知道你会遭遇到怎样的惩罚！”

“咳咳……”

宋茜茜痛苦地捂着胸口，用力地点头，对于她来说，能离开宋家便足够了，即便在昨夜稀里糊涂地失去了女人的纯真又如何，相比起离开宋家的幸福，那样的付出值得。

看着宋茜茜离开自己的房间，黎凤姿眯起了眼睛，想了一想拿起桌上的电话，或许永绝后患才是最好的。

五年后的枫林城。

十月的枫林城就像一个着火了的城市，火红的色彩遍布在这所城市的大街小巷，宛如置身在红色的海洋里。

沈氏集团的总部便是位于这片如火旺盛的城市里，高大的楼房，新潮的设计，无一不彰显着沈氏的高贵。

宋茜茜便在沈氏集团地产部里工作，她的工作便是给地产部的总经理李民哲当助理，端茶倒水，打扫卫生，简单处理一下下面递交上来的文件，工作很轻松。

李民哲是宋茜茜的救命恩人，五年前他在一个胡同里遇到了被人殴打的宋茜茜，并救下了她。从此以后宋茜茜便住到了他家里。三年前在李民哲的安排下宋茜茜进入了沈氏集团工作，给李民哲当助理。

就在宋茜茜如往常一样将文件进行分类的时候，顾晓晓不紧不慢地朝她走来。

顾晓晓是地产部的一名设计师，喜欢浓妆，将头发烫成大波浪，不时撩几下自己的头发，颇为妩媚。

“宋助理，李总今天会与沈总裁和崔总一起回来，让你下去迎接。”

顾晓晓想不明白李民哲那样优秀的男人为什么会看上这样老土的一个女人。

眼前这个老女人，穿着一身规矩的黑色工装，一头长发直接披散着，还带着一副难看到死的红色眼镜，不仅遮住了大半张脸，而且还显得土里土气，而这个女人便是全沈氏集团都知道的地产部总经理李民哲的女朋友——宋茜茜。

顾晓晓站在宋茜茜的办公桌前，看似有意无意地玩弄着自己的手指，鲜红色的指甲耀眼无比，却也是现下最流行的指甲颜色。

她冷冷地看了一眼还站在原地的宋茜茜。

“李总经理让你下去迎接他，要是迟到了别怪我没告诉你。”顾晓晓白了一眼宋茜茜，便自顾自地走了。

宋茜茜扶了扶眼镜，眉头微微一蹙，心底想：李民哲又想出什么新花样来了。若不是当初李民哲答应不让她在众人面前过于频繁地出现，她才不会来这家公司上班呢。

想归想，宋茜茜的脚步并没有停下来。

当宋茜茜来到沈氏大厦外时，不大的停车区已经站满了人，尤其是女员工们，极为积极地站在了头排，面带微笑，站姿标准，面含笑意地迎接沈氏集团的几位年轻巨头。

宋茜茜随意地找了一个角落，尽量将自己隐藏起来。

十几辆黑色轿车缓缓地驶入公司前面的车道，耀眼的黑色在太阳下反射着晃眼的光芒。

整齐的队列，整齐的姿势，无一不显示着这场欢迎的隆重。

从三辆车里同时下来三个年轻人，在他们迈出车子的那一刻，人群沸腾了起来。

走在最前面的便是沈氏集团的总裁沈耀，是睥睨整个枫林城的人，如玉般光洁白皙的脸上透着如寒冰般的冷意，深邃的眸子的最深处如万年古井波澜不惊。能够在二十五岁时就接管如此大的产业，也足以证明他的手段是非凡的。更重要的是他至今未婚，是整个沈氏集团所有女员工眼中的高富帅。

跟随在沈耀右边的是沈氏集团影视部的总经理崔少昊，他掌管着整个沈氏集团的宣传与策划，更是沈氏影视公司的决策人。金黄色的短发帅气干练，白色的西装将他修长的身材衬托得更加完美。他的祖母是意大利人，因此，他有着四分之一的意大利血统，也就受到了不少喜欢混血儿的女生们的追求。

跟随在沈耀左边的是沈氏集团地产部的李民哲，他掌管着沈氏集团的命脉——房地产开发业。浅浅的微笑挂在他的嘴角，一种不怒自威的气质在他身上散发出来，位居高位的他仅次于沈耀，是绝大多数女生想要追求的对象，可惜，所有沈氏员工都知道他已有“女朋友”了，而且还是一个那么老土的老女人。

李民哲才下车便在人群中寻找起宋茜茜，他嘴角扬起浅浅的微笑，眼睛快速地扫过所有女员工，最后在一个不起眼的角落找到了他想要找的人。

李民哲转身从车里拿出一大束鲜红的玫瑰花，在众人的瞩目中快速走向那个角落。

沈耀和崔少昊微微一愣，两人对视一眼，在彼此眼里看到了些许惊讶。

宋茜茜看着李民哲朝自己一步一步地走过来，虽然他的嘴角挂着浅浅的微笑，但宋茜茜却感受到了一丝危险的气息。

“双喜……想我了吧？”李民哲的开场白很直白，直白到让周围的女人都以嫉妒的眼光看向宋茜茜。

双喜是李民哲给宋茜茜起的外号，两个茜的叠加便是双喜了。

第三章　当众炫爱

宋茜茜的嘴角微微勾起一抹笑容，接过李民哲递过来的玫瑰花，低低地警告道："你在找死吗？"

"哪里。我只是想告诉全世界你跟我有交情而已。"李民哲笑得很无赖。

"你相信不相信明天我直接递交辞职信。"

"信，但是若是今天不对外宣布你跟我的交情好得不得了，我怕以后再也没有机会了。"

"再重复一遍谁跟你的交情好得不得了？"

"我的助理把脚扭了，现在在医院里，你需要出任我的助理。"

"我不想……"

"别不想，我护着你，不管是谁欺负你我都会要他好看，而且我尽量让你避免与宋家接触……"

"……"

两人低声说着话，谈话的内容充满了火药味，然而，他们两人悄悄对话的这一幕，在旁人看来却是甜蜜的爱情对话。

两人时而双手紧握，时而浅浅地微笑，时而亲昵地交谈，着实羡煞了不少人。

沈耀和崔少昊显得极为震惊，平日里他们两个想要见一见这传闻中让李民哲神魂颠倒的女人，却被他金屋藏娇般藏了起来，只会留一个背影给他们。平日里李民哲就像呵护一个易碎的玻璃球般地呵护她，小心翼翼，从来不会在外人面前亲密，以免给这个女人造成困扰，然而今日，却极为反常地当众亲热。

就在他们两人惊讶得不知所措，深深怀疑自己身处梦中的时候，只见李民哲一脸笑意地走了回来。

李民哲走了几步之后，还炫恩爱一般回过头，对着宋茜茜笑道："双喜，今天下班之后不必去接孩子了，妈妈会去接的。"

"哗——"李民哲这话一出，顿时人群沸腾了。这话让所有人听起来的意思就是李民哲与宋茜茜已经有孩子了，这让原本还抱有一丝希望的女生全都失望了，彻底死了心。

宋茜茜嘴角微微一勾，冷冷的笑容，却用着异常温柔的声音说道："嗯，我知道了，晚上你早点回家，我等你吃饭。"

"哗——"整个人群再次沸腾了，这是赤裸裸的，赤裸裸的夫妻间的恩爱对话。

李民哲笑了，嘴角咧开来笑，不再是象征性的微微浅笑，这在众人看来是多么美好的幸福笑容。唯独，李民哲自己知道这是苦笑，回家又要被她收拾了。

宋茜茜成了李民哲的助理，这在所有人看来是顺理成章的，至少那天在大庭广众之下，李民哲已经宣布了——他的"妻子"便是宋茜茜。

如李民哲所承诺的那样，宋茜茜在做他助理期间并没有与宋家的任何人相遇，包括常来沈氏集团的宋雅，那个与她长相一模一样的女人，而宋茜茜也很少会出现在有沈耀或者崔少昊出现的会议上。

下午闲下来之后，李民哲便带着宋茜茜来到了球馆里。由于此时还处在上班时间，球馆里并没有多少人。

李民哲随意挑了一间网球室独自打了起来。

"最近工作感觉怎么样？没有什么不适应的吧！"李民哲一边打着网球，一边询问着宋茜茜。

"挺好。"宋茜茜浅浅地一笑，她站在室外的走廊里，看着挥舞拍子的李民哲将网球疯狂地打在墙上。

李民哲每天下午只要闲下来都会来这里打网球，甚至这已经成了他的习惯，作为助理的宋茜茜便也会跟随他来。

一身休闲运动装穿在李民哲的身上显得他更年轻了，甚至有点大学生的味道，若是让那些女人们看到怕是又要疯狂了。

就在宋茜茜与李民哲两个人闲聊之时，两个调侃的声音插了进来。

“呦，这不是李氏夫妻吗？”

“呀，还真是这对夫妻呢。”

宋茜茜回头看过去，却见走廊的对面走过来了两个男人，这两个男人不是别人正是李民哲的死党——沈耀和崔少昊。

沈耀冰冷地勾勾嘴角看着站在外面等待的宋茜茜，这是他第一次正眼看这个女人，长长的如黑曜石般的长发垂落至腰间，黑色的工装服勾勒出她姣好的身材，只是脸上戴的那副硕大的红色边框眼镜遮盖了她一半的容颜，若只是看背影怕是能够迷倒不少男人。

崔少昊和沈耀两人在五年前就听李民哲说起过这个女人，这个女人是他在月霞城“捡”回来的，似乎当时还有身孕，后来生下了一对双胞胎。李民哲把她弄进公司之后如金屋藏娇一般藏了起来，几乎不让她参加任何活动，只是帮他处理文件，很少能够见到她的身影。他们两个怎么也没想到前些日子李民哲竟然会当着众人的面说出那样的话，或许他们两个早在一起，并打算公开了吧。

李民哲没有理会两人的调侃继续挥着胳膊打着网球，一球接着一球，不停地打着。

“沈总裁，崔总经理。”宋茜茜双手交叉在前微微鞠了一躬，非常标准的礼仪姿势。

“哎呀，弟妹，不要那么客气。”崔少昊笑着，眼睛看向李民哲，却见他根本无动于衷。

宋茜茜只是浅浅地一笑，不答不言。当她看向沈耀的时候，眼睛不自觉地垂了下去。她知道若是让沈耀盯久了定能够发现她与宋雅的长相一样，因为几乎所有人都知道沈氏集团的沈耀暗恋着宋家的宋雅小姐，两人近几年交往密切。

沈耀眉头微微一蹙，他见宋茜茜看他一眼便别过头不再去看他，那神情仿若他是一只老虎，随时都会扑过去杀死她一般，他心底微微不悦。

“呼——”痛快地打完一场网球，李民哲狠狠地喘了一口气，这才回身看向沈耀和崔少昊。

“你们两个今天倒是闲了，怎么想起来这里了啊？”李民哲接过宋茜茜递过来的毛巾擦拭着汗水。

“当然是来看弟妹了。”崔少昊笑嘻嘻地看着两人“恩爱”的模样，“你们什么时候结的婚啊？都不请我喝喜酒，也太不够意思了吧！”

“你就别调侃我了。”李民哲笑着，瞥眼瞧向沈耀，见他的眼睛一直盯着宋茜茜看。

他不着痕迹地挡在了宋茜茜的前面，阻隔开了沈耀的目光，心底微微不悦。

沈耀似乎觉察出了李民哲的用意，嘴角微微一勾，眼里满是笑意：“你如此珍藏这个女人，如此小心翼翼是怕我们这些人抢走吗？”

“我不怕别人，我就怕你。”李民哲浅浅地笑着，然而他说话的语气却不似开玩笑。

第四章　无事生非

“哈哈哈……”崔少昊却似乎听到了好玩的玩笑，笑得开心，“阿哲，阿耀现在也是名草有主之人，虽说现在没订婚，但是我觉得也快了。你怎么就不怕我这个单身连个女人都没有的男人抢你的女人呢。”

李民哲笑了笑没有回答，抬手看看表：“下班的时候到了，我得跟双喜去接孩子了，回头我们两个请你们吃饭好了。”

“好啊，记得一定要请我们吃饭。”崔少昊似笑非笑地看着李民哲，“一定要记得，不要再让我们等个四五年。”

“后天有个酒会，你可以直接带着她一起去。”沈耀挑了挑眉建议道。

“再说。”李民哲转移了话题，提起地上的运动包，示意宋茜茜跟上。

宋茜茜向着沈耀和崔少昊微微鞠了一躬，算是离别礼，她的礼仪一向做得很到位，这次也不例外。

就在宋茜茜跟随在李民哲身后路过沈耀身旁时，脚下的高跟鞋突然间似踩到不平的东西歪斜了一下，她整个人便习惯性地向前倒去。

宋茜茜心底一慌，下意识地想要去抓东西，蓦地看见自己眼前伸过来一只手，她没有丝毫的犹豫抓住了这只手。

温暖的触感从这只手的掌心传递过来，让她心底微微一颤。很少与男人接触的她瞬间脸红了。强劲有力的手阻挡住了她继续倒下去的命运。

“小心。”轻轻浅浅的声音，就像是夏日里的冰，冷但是很舒服的声音在她耳旁响起。

沈耀在看到宋茜茜经过他身旁不小心要摔倒的时候，下意识地伸出手去扶住她，当她的手触摸到他的手的时候，心不经意地跳了一下，他愣住了，这个感觉有点熟悉，却想不起来了。

她的手有点凉，细腻润滑的皮肤触感透过他的手心传了过来，让他竟然有点不知所措。纵横商业界无往不利的他在此时出现了这种莫名的感觉，哪怕他在仅十九岁时上会议桌第一次与人谈判的时候都不曾有过的茫然。

“双喜。”李民哲转身看到沈耀伸着手扶着宋茜茜，他赶忙上前从沈耀手中接过了她。

“你没事吧？”李民哲关切地问道。

宋茜茜摇了摇头：“没事，刚刚走得有点急，不小心摔了一下，多亏沈总搀扶了一下。”

“你呀，每次都这样。”李民哲责备地说着，“走慢一点儿，我会在前面等着你。”

宋茜茜微微一笑，也不言语。她向沈耀道了谢，便跟着李民哲出了球馆。

沈耀呆呆地看着宋茜茜离开的方向，他微微握了握刚刚扶住宋茜茜的手，这种悸动的感觉是什么感觉，为何如此陌生。

“喂——”崔少昊用手在沈耀的眼前晃了晃，“你该不会真的看上这个女人了吧？”

沈耀白了一眼崔少昊，冷冷的眸子里是深思：“你不觉得这个女人很像一个人吗？可是我想不起来在哪里见过了。”

“像？像谁？”崔少昊手扶下巴努力地思考，想了半天却想不起来，蓦然道，“啊，我知道了，肯定是以前咱们去李民哲家的时候遇到过她，结果她的素颜不堪，所以我们并不记得了……”

崔少昊话一出，沈耀像看白痴一样看着他。

沈耀不再理会崔少昊，径直去了专属换衣间里换了套运动装出来，打网球有助于身体健康。

沈耀和崔少昊所说的宴会，李民哲理所当然地以出差为由，并没有带着宋茜茜去参加。他知道即便他不带着宋茜茜邀请他们吃饭也没有任何关系，那两个人跟他从小一起长大，并不在乎这么多，只是他并不知道他宣布了宋茜茜是他的女人这条消息之后，有害怕他从而远离宋茜茜的，当然有一部分女人也会不顾这些前来挑战的。

宋茜茜眉头微微一蹙，看着堵在停车场电梯口的两个女人，一个是地产部的首席设计师之一的侯乐，另外一个女人宋茜茜没有在公司里见过，所以并不太清楚她是谁，但是那个盛气凌人的姿态让人觉得不是一个好对付的主。

“张小姐，这位就是李民哲总经理的女朋友，宋茜茜了。”侯乐笑着对身旁的女人说道。

宋茜茜突然间想起来，李民哲似乎说过，侯乐这个首席设计师是看在张氏珠宝行的面子上给的，算是行业潜规则中的一位“首席设计师”，如此想来，站在侯乐身旁的这位张小姐，如果她没猜错，她应该就是张氏珠宝行的千金小姐张玉琪，似乎曾与李民哲在很久很久之前有过一段小绯闻。

张玉琪嘴角冷冷地哼了一声，涂得艳丽的唇动了动：“这个女人就是李民哲的女人？开玩笑吧。”

宋茜茜轻轻叹了一口气，她本来是替李民哲回公司拿文件的，但是没有想到半路上遇到这两个人，想也没有想便扭头就走。

“这就想走了？”侯乐快步上前走到了宋茜茜的前面，挡了她的路，“怎么？看到张小姐就不敢面对了？作为李总经理的女人你的胆子也太小了吧。”

“我要去给李总拿文件，侯设计师，我希望你能让开。”宋茜茜的声音不大，却也略带强硬。

宋茜茜微带强硬的话语却似导火线一般直接点燃了侯乐的不平衡心理。

侯乐依旧不肯让开，反而用手指点着宋茜茜的肩膀，一字一句地说道：“你凭什么能勾引到李总，就凭你这个连脸都不让人看的女人？

你说你究竟给李总施了什么恶毒的魔法，李总才被你给勾引上了？”

侯乐的手指戳得宋茜茜直往后退，但是她似乎并没有打算轻易地放过宋茜茜，狠狠地将她往后一推。

“啊——”宋茜茜一下便被她推到了张玉琪的跟前，踩到了张玉琪的脚上。

“啊——找死啊……”张玉琪一怒，没有想到这个女人竟然敢踩她的脚。

她不假思索便狠狠地推开宋茜茜，直接将她推向不远处的车上。

“咚——”宋茜茜狠狠地撞到了那辆车子上，手中的包和文件直接散落一地。

宋茜茜整个人顺着车滑了下去，她觉得自己的后背都快要被撞断了。

宋茜茜没有想到这两个人竟然如此生猛，一上来便是如此暴力，连反抗的机会都没有。

“你个贱女人……”张玉琪大步向前，站在宋茜茜的跟前抬手就要给她几巴掌。

“嘀——”就在张玉琪准备下手的时候，停车场的电梯打开了。

第五章　心生疑惑

“我说阿耀，今天晚上你哥真的要回来了吗？”崔少昊的声音在电梯打开的刹那传了过来。

崔少昊的声音让准备动手的张玉琪顿了一下，她这一顿便让从电梯里走出来的崔少昊和沈耀看到了这样一幕。

宋茜茜狼狈地坐在地上，平日里顺滑的头发此刻也已经乱了，地上是散落一地的文件，文件上面还有踩踏的脚印，而张玉琪正举着手欲下手，站在她身后的侯乐正环抱着双臂，脚踩在一份文件上幸灾乐祸地看着。

“你们在干什么？”冰冷的声音让张玉琪和侯乐的动作彻底停住，一丝惧意在她们俏脸上浮现而出。

寂静，整个停车场里寂静得有点可怕，丝丝的寒意在整个停车场里蔓延开来。

“咳咳……”宋茜茜捂着胸口不停地咳嗽着，这咳嗽声在寂静的停车场里显得极为突兀。

痛在宋茜茜的胸口蔓延开来，撕心裂肺的痛顺着血液慢慢地在全身扩散开来。她没想到竟然会在这个时候犯病。

“你们在干什么？”沈耀冰冷冷的声音再次响起,他眉头微微蹙起，看着眼前这一幕。

“竟然在沈氏集团的停车场里公然殴打李总的助理。”崔少昊的声音难得冰冷，他的眼神冰冷得如刀子般扫过张玉琪和侯乐，“张小姐来我们公司就是为了打人吗？侯乐身为地产部首席设计师竟然做这种事情，简直是不想活了。”

“我……我……”侯乐被崔少昊这么一说脸色瞬间变得苍白无比，一时间又不知道该怎么辩解。

“哼，这个女人竟然敢挡我去路还踩我脚，难道我不该教训教训她吗？”不愧是高傲的张玉琪，很快就找到了理由去辩解，说得铿锵有力，有理有据。

“就算是这样也不至于出手如此之重吧。”沈耀瞥了一眼捂着胸口的宋茜茜，眼里闪过莫名的情绪。

就在张玉琪准备下一句托词的时候，顾晓晓从旁边跑了过来，似乎很是着急地喊着：“张小姐，侯设计师，总监找你们有事……啊，沈总裁，崔总经理。”

她跑得似乎特别急，来到了跟前才发现了沈耀和崔少昊两人，这才发现这里的气氛不太对劲。

张玉琪假装镇定，脸上的苍白却出卖了她，但是她却很快恢复了自然：“沈总，我有事先走了。”

张玉琪给侯乐使了一个眼色，让她紧跟上。

“你……”崔少昊想叫住张玉琪，却听到了宋茜茜咳嗽得更加厉害的声音。

宋茜茜紧紧地捂着胸口，脸色苍白，她努力地伸手去够不远处的包，可是身体却不听使唤，痛让她直接倒在地上。

沈耀蹲在她跟前，欲扶起她，却见她一直伸手想要去够前面的包。

“药……药……”宋茜茜努力地说着，痛已经让她开始意识模糊，若是再拿不到药怕她会直接晕倒过去。

“药？”沈耀微微一愣，看她的样子也顿时明白了，他将包拿了过来，翻开她的包，翻了一个遍却并没有看到什么药，“你的药在什么地方？”

“包包最小格档里有个暗兜，药就在那个里面……”宋茜茜艰难地说着。

沈耀按照宋茜茜说的，果然在极为隐秘的地方找到了一个小小的药瓶，他赶忙给宋茜茜喂了一粒药。

然而，当他喂完药之后，再一看，此时才发现这是一个纯白色的药瓶，外面的纸张已经被剥落，上面用钢笔写了几个法文，但是他没有学过法文，不知道是什么意思。

宋茜茜吃完药，精神意识渐渐地恢复，痛在缓缓地减轻，但是当她看到沈耀盯着她的药瓶看时，顿时一慌，从他手心中将药瓶抢了过来。

“谢谢。”宋茜茜慌慌张张地将药瓶藏进包里，开始收拾地上的文件。

“给。”崔少昊帮忙收拾着地上的文件，整理完毕递给了宋茜茜。

“谢谢。”宋茜茜收拾完所有文件的时候又一次谢过了这两个人，她微微咬了咬唇，踌躇地看了看沈耀，刚想开口却又止住了话语。

“丁零——”宋茜茜包包里的手机在此刻响了起来。

“喂……我现在在停车场里了，马上上楼就把文件拿下来……路上堵车耽搁了下……嗯，你再等我会儿……”电话是李民哲打来的，宋茜茜接完电话向崔少昊和沈耀微微鞠了一躬。

“谢谢你们，我得上楼去拿文件了。”宋茜茜说着就从两人的中间侧过身，却被沈耀一把抓住了胳膊。

在宋茜茜和崔少昊两人发愣的时候，沈耀示意了一下宋茜茜的腿。

“你现在这个样子能走？”沈耀的声音冷冰冰的，但是宋茜茜却在里听到了一丝关心的味道。

宋茜茜低头，看到自己的腿不知道何时被划破，鲜血直往下流，刚刚不知道还好，现在知道了她开始觉得腿疼了。

宋茜茜将文件暂时放到了地上，从包里掏出一块手帕捂在了伤口处，幸好伤口不深也不长，手帕叠上两层正好能够捂住，她一手捂着手帕，一手在包里翻找着，看看有没有绳子一类的东西，可是却没能翻到细长的东西，狠了狠心，从自己头上揪下了两根长长的头发，将手帕固定在腿上，又简单地处理了下流淌下来的鲜血。

沈耀和崔少昊呆呆地看着宋茜茜完成这一系列的动作。

“原来女人的头发还可以这么用。”崔少昊张大嘴巴不敢相信眼前的这一幕，按照某种道理来说一个女人在受伤的情况要么求救要么哭泣，怎么还能如此冷静地想出办法呢？

宋茜茜一瘸一拐地走回了办公室，只留下还在发愣的沈耀和崔少昊。

沈耀若有所思地看着宋茜茜离去的背影，熟悉，越来越觉得熟悉了，之前没有接触过所以并不觉得，但是如今接触之后，他越来越觉得她很熟悉，熟悉到几乎可以天天见的地步，可是这是为什么呢？他疑惑，非常疑惑。

为什么不对劲了，也明白为什么会觉得宋茜茜这个女人会给他无比熟悉的亲切感了。

俗话说得好，一日夫妻百日恩！

沈耀现在的心情很复杂，开心的是他找到了他要找的女人，悲伤的是他要找的女人竟然是他好友的女人。

沈耀目不转睛地盯着百叶窗里的那对男女，他们说说笑笑时明明是那么快乐，可他却觉得他们的欢笑异常刺眼，他沈耀从未像今天这般狼狈过。

沈耀有点慌张地转身离开，却在慌乱中不小心碰到了旁边的凳子。

刺耳的声音在寂静的办公室里显得异常突兀。

沈耀突然看到百叶窗里的宋茜茜慌慌张张地戴上眼镜，整理了一下头发，又恢复了平日不易被人察觉的模样。

蓦然间，他的心底勾起了一丝冷笑。

“阿哲——”沈耀装作自己刚刚进来的样子，他敲开办公室的门，笑着对两人道，“你果然在这，今天我哥说请咱们吃饭，少昊已经过去了，你也来吧……正好把宋茜茜也拉着一起去吧！”

沈耀看到宋茜茜背对着他，不时扶了扶眼镜，就像是偷情的人被抓了一样，在他眼里异常的刺眼。

“我说阿哲，你今天无论如何也该带上宋茜茜，别推脱，上次说一起吃饭，都推了几个月了。”

沈耀及时开口，直接堵住了李民哲可能说的话：“这次我哥也在，正好大家一起吃顿饭，你也不用愁着每天想着如何应付我们了。我去楼下开车，你们直接坐我的车走。速度要快喔！”

沈耀留下这句话后，转身走出了办公室。那一刻，他表现得没有丝毫犹豫。

李民哲和宋茜茜意识到今夜是无论如何都逃脱不掉了，必须要陪他们一起吃顿饭。

“嘀——”坐在沈耀的车里，宋茜茜的手机响了，拿出来一看竟然是坐在前座的李民哲发来的信息。

“抱歉，这次你必须得跟我一起去，让你为难了。”

宋茜茜浅浅地一笑，修长的手指在手机键盘上飞快地动着：“没事，作为你的绯闻女友，我也该陪你的朋友一起吃顿饭了，若不然别人也会觉得我很小气。”

李民哲收到信息后，透过后视镜看到了宋茜茜对他笑着，真的如她所说并不介意。

两人的小动作被沈耀很敏锐地觉察到了，他握住方向盘的手倏地一下紧了，脸变得更加冰冷。但是他的反常并未被两人觉察。

宋茜茜无论如何都没法想到，枫林城最大的夜总会“帝王夜总会”竟然会是沈耀的哥哥沈辉开的。

她平日听同事们提起过帝王夜总会，大家都说这家夜总会背后之人很强大，财力和势力都不是一般人能够想象的，更重要的是，这家夜总会的总裁是一个黑白两道通吃的大佬。

时亮时暗的舞厅让人迷炫，今夜舞厅里的人似乎格外的多，熙熙攘攘，分分合合。

李民哲拉着宋茜茜的手跟随在沈耀的身后，沈耀似乎是故意的，带着他们绕过了大半个舞池才走到了包间房。

包间房在最里面，越往里人越少，也越来越安静，最后，一行人停留在了走廊最深处的第一间包房前。

“不知道他们跑哪里去了，人竟然没在。”沈耀打开包间并没有发现沈辉和崔少昊两人，他让李民哲和宋茜茜先进去，他去找人。

“茜茜，你先在里面坐着，我去趟洗手间。你放心，能进这间包房的除了沈耀的哥哥，其他人是不能随意进来的。”李民哲安排好宋茜茜后，起身走向洗手间。

宋茜茜点头示意自己没事，她坐在沙发上开始慢慢打量起这间特殊的包房。

这间包房很大，足有上百平方米的样子，卡拉 OK 设备，奢华的皮套沙发，独立的卫生间，甚至有四五个高大的酒柜，酒柜上面摆放着很多她叫不上名字的名酒，有意大利的，有法国的，有俄罗斯的……怕是全世界的名酒都集中到这里了吧。

第八章　沈家兄弟

宋茜茜在酒架上看到了罗曼尼康帝产的红葡萄酒，而且是她曾经见过的限量版梦幻之酒。就这么随意地被摆放在了一个不起眼的角落里。

在宋茜茜看着酒架上的酒的时候，门被推开了，进来一个人。

“沈总？”宋茜茜微微抬头看了一眼，但是随即愣住，“您不是沈总。”

来者听到宋茜茜的话倒是愣了一下，随即坐到旁边的沙发上，跷起了二郎腿，从西装口袋里掏出一根烟随意地点了起来，一切的动作都是那么的随意，那么的自然，又是那么的理所当然。

他坐在那里抽了两口烟，挑了下眉，才问道：“你怎么知道我不是沈总？”

来者的长相、衣着与沈耀一模一样，同样的发型，同样的冰冷面容，同样的西装，甚至连动作都是那么的相似。

宋茜茜浅浅地一笑：“您当然也是沈总。”

来者挑了挑眉，刚想说什么却听宋茜茜又接着道：“您不是我们公司的沈耀沈总裁，您是这家夜总会的沈辉沈总裁。”

“你认识我？”沈辉略显惊讶，手中的动作却不停，将烟灰弹进桌子上的烟灰缸里。

宋茜茜摇了摇头：“我这是第一次见您，只是以前听李民哲说起过沈耀总裁有一个双胞胎哥哥。”

“你跟我那个弟弟很熟悉？”沈辉又问道，这次他细细地打量了站在酒架前的女人。

刚才他进屋的时候并没有发现她的存在，直到她出声说话，他惊讶她能够认出他不是沈耀。她的头发很长，直到腰部，她的头发不放在耳后，直接披散在胸前，遮掩了面容，硕大的红色眼镜更是让人看不清楚她的模样，纯黑色的工装更是让她隐藏得不易让人发觉。

宋茜茜又是一摇头：“他是我们公司的总裁。”

宋茜茜的话让沈辉有点耐味地想了想，他的嘴角勾勒起一抹意味深长的笑容。

“咚——”门被打开狠狠地撞到了墙上。

一个浓妆艳抹的女人醉醺醺地倚靠在门上，她打了一个酒嗝，眼睛瞥看了整间屋子，待看到坐在沙发上的男人时，眼睛一放光，整个人飞扑了过去。

沈辉也不抗拒，伸手接住女人，搂着她的腰让她坐到了自己的大腿上。

女人将红艳的唇直接贴上了他的唇，两人毫无顾忌地激烈地吻了起来。沈辉毫无顾忌地将手伸进了女人的衣服里。

“啊——”女人低低地呻吟出来，沈辉更是激烈地在女人身上索吻。

宋茜茜看到这一幕，脸“噌”地一下红透了，赶忙转身就往外跑，慌不择路，直接一头撞进了一个男人的怀里。

淡淡的香薰烟草的味道沁入她的鼻中，她的脸顿时红得更厉害了，以最快的速度离开这个男人的怀抱。结果后退之时，一个不稳便向后倒去。

“小心。”沈耀手疾眼快地拉住了宋茜茜，手伸出抱住了她的身子。

隔着衣服的柔软身体触感，让沈耀想起了那夜的缠绵，她身上淡淡的体香沁入了他的鼻中，他心动了，他想狠狠地抱她入怀以解相思之苦。

宋茜茜一时间愣在了那里，任由沈耀这般抱着。她看到他眼里闪过一丝莫名的情绪，她看不懂，却能够感受到他身体传来的温度，在这寒秋的季节里显得异常的温暖。

淡淡的特别清香的味道混杂着淡淡的烟草味道让她有点迷乱，很少接触男人的宋茜茜在此刻有点心乱了。

两人就这般默默地对视着，直到后面传来女人不大不小的尽情欢悦声。

“啊……沈总……”宋茜茜赶忙站正，离开沈耀一段距离。

沈耀眉头微微一蹙，有点留恋她身上的味道，但是他却无法将她完全拥抱入怀。他深吸一口气，用着冰冷的声音掩盖自己刚刚的心乱：“怎么慌慌张张的？”

说完，他看了一眼宋茜茜的身后，却见自己的哥哥沈辉正与一个女子纠缠在一起，顿时也明白了宋茜茜为何往外跑了。

“哥，你要跟雪姐纠缠就去楼上，别在这里丢人现眼。”沈耀拉了拉自己的领带结，很随意地坐到了沈辉的身旁。

沈辉似乎并没有听到沈耀的话，在她耳旁低声说了句什么，让女人直呼讨厌，随即那个女人也识相地离开了这个房间。

宋茜茜这一下不知道是该坐还是该出去了，一时间手足无措地站在了门口，目光傻傻地看着房间里坐着的两个男人。

她不得不承认坐在那里的两兄弟的确好像，不只是好像，而是根本就是一个人扮演着两个分身，像是在照镜子一般。

剑眉入鬓，深邃如万年井的眼睛，挺挺的鼻梁，紧抿的薄唇，在配上如老艺人用刀削刻画出来的完美脸庞，修长的身材完美的姿势，两人坐在那里低低私语，不时浅笑，再配上屋内若隐若现的灯光，多么完美的一幅画面，宋茜茜一时间竟看呆了。

沈耀似乎觉察出了宋茜茜的目光，瞥看过去说：“李民哲在洗手间打电话呢，你可以先坐回去。”

“额……”宋茜茜原本还没觉察什么，但是沈耀这么一说她真的有些不知道自己是该坐还是该出去了。

“我也去趟外面的洗手间。”宋茜茜逃似的跑了出去，在只有两个强大气场的男人的地方，她可承受不住。

“这个女人有点意思,哪里来的?”沈辉从酒架上拿了一瓶白兰地，倒了一杯放到沈耀的跟前，又为自己倒了一杯。

“她是宋茜茜，是李民哲的女……是李民哲的助理……”沈耀原本想说她是李民哲的女人，但是到了嘴边却又换了词。

“噢？”沈辉似笑非笑地看着沈耀，“你对她似乎有点兴趣?”

“兴趣?”沈耀微微一呆，有兴趣吗，是有兴趣，可是她已经是别人的女人了。默然道，“没兴趣。”

“没兴趣?”沈辉大笑，喝了一口酒，整个人靠在沙发上，“那她刚刚出去撞到你的时候，你竟然会脸红。”

沈耀白了一眼沈辉，大概是心虚，没有说话，狠狠地将杯内的白兰地喝光了，又为自己倒满了一杯，又一口气喝完，接连喝了七八杯才停了下来。

第九章　醉酒之夜

“你怎么了？失恋了？还是被人揍了？”沈辉吃惊地看着这个以优秀著称的弟弟，他平日里绝对不会酗酒，更不会如此狂饮，今日却是反常。

“那今天晚上回去罚你好了……罚你给我做夜宵。”宋茜茜低低的浅笑在门口响了起来，她理所当然地跟李民哲提着条件。

“好，今天晚上回去给你做夜宵。”回应她的是李民哲宠溺的声音。

两人有说有笑地进了屋子，李民哲为宋茜茜倒了一杯果汁，而宋茜茜为李民哲将外套放好，两人理所当然地坐到了一起。

沈耀不知道自己这是怎么了，看着这场景异常的刺眼，他一杯接着一杯喝着酒，似乎只有喝醉了才能够让自己忘记一切。

“你们都来了啊。”崔少昊也从外面走了进来，他走路有点晃，似乎刚刚已经喝了不少酒，他衣领上的红色唇印昭示了他刚刚干什么去了。

崔少昊挨着沈辉坐了下来，毫不客气地为自己倒了一杯酒。

“丁零……丁零……”宋茜茜的手机响了起来。

“喂……宋伦？你怎么还没睡啊？……”宋茜茜非常温柔地接起电话，是她儿子打来的电话。

“我来。”李民哲从宋茜茜手中接过电话，“喂，宋伦宋月，你们怎么还没睡？在奶奶朋友那玩得开心吗？……我跟你妈妈在一起呢……哈哈哈……怎么怕我吃了你们妈妈才打电话来的吗？……”

“你跟他们说要听奶奶的话……”宋茜茜在旁嘱咐着。这两天李民哲的母亲去拜访朋友便把两个小家伙也一起带了过去，据说要好几天才能回来。

李民哲笑着跟宋伦宋月两人说着话，不时传递着宋茜茜的话，温馨的画面直播而出。

“你们小两口倒是亲密得很吗？”崔少昊半躺在沙发上看着李民哲和宋茜茜两口子亲密，“你们什么时候结婚，给个帖子，我去给你们随礼啊。”

崔少昊的话语一出，整个房间的气氛变得有点诡异，沈耀饮酒的动作顿了下，李民哲和宋茜茜两人微微拉开了一点儿距离，沈辉在几人身上巡视来巡视去。

“崔总，您就别逗了。”宋茜茜轻声说着，头低得有点低，“我怎么可能会跟李总结婚呢，我可配不上李总。”

宋茜茜觉得自己说的是大实话，可是在别人听来却是谦虚。

“李民哲都被迷得晕头转向了。”崔少昊像是没听出她话里面的意思一样，“今天苏小娴从美国回来，李民哲都没去接，特意陪着你。我看啊，这李民哲非你不娶了。”

宋茜茜微微一愣，抬起头茫然地问着崔少昊：“苏小娴是谁啊？”

“苏小娴你都不知道？”崔少昊瞪大眼睛不敢相信地看着宋茜茜，待目光转向李民哲的时候，却见他低头喝着酒，不发表意见，但是崔少昊能够看出他脸色的难看。

“额……咳咳……来来……今天辉哥请客，我们要好好喝他一顿……”崔少昊很及时地转移了话题，知道自己不该提这个话题，端起酒杯先是自罚了一杯，之后又为其他人倒满酒。

李民哲一杯接着一杯地喝着，中间没有停歇，看得宋茜茜眉头直皱。

“来来……你也来一杯，如何？”崔少昊欲为宋茜茜也倒上一杯，却被她拒绝。

宋茜茜用手挡住了崔少昊手中的酒瓶子，摇了摇头：“对不起，我不会喝酒。”

“不会喝酒？”崔少昊微微一愣，在这一愣的刹那，手中的酒瓶子便被李民哲抢了过去，听他道，“茜茜的确不会喝酒，一喝就倒。”

李民哲给自己杯里倒得满满的，一饮而尽，继而又满上，又是一饮而尽。

“来……”沈耀将自己的酒杯递了过去，让李民哲为他斟满。

沈耀和李民哲两人一杯接着一杯饮着，一言不发，只顾着喝酒，也不再理会其他人。

宋茜茜皱着眉头，找了个借口便出去了。

当宋茜茜回来的时候她看到整间屋子里倒了三个，只有沈辉坐在那里慢慢地抿着酒，清醒异常。

沈辉在宋茜茜进屋的时候抬了抬眼，却见她浑身湿透，不知道她刚才干什么去了。

“果然全倒了。”宋茜茜感叹了一下，从兜里掏出一个药盒，分别给倒在沙发上的三个男人喂了进去。

“你喂的什么？”等宋茜茜喂完了，坐在一旁的沈辉才开口询问道。

“给你，你也来点。解酒的。”宋茜茜将手中的药扔给沈辉，同时看了看四周的情形，又看了看沙发，确定沙发是床式沙发，便开始折腾起来。

等到宋茜茜将三人都安置完毕，沈辉还在那里看着解酒药。

“这东西管用吗？”沈辉像个孩子一样谦虚地问着宋茜茜。

“嗯，还是可以的，每次李民哲出去喝酒我都会给他备着，这次出门急没带。你可以试试，至少明天起床后不会头疼。”宋茜茜一边给他们盖上衣服一边回答着沈辉的问题。

“噢。”沈辉也拨了两颗扔进嘴里，像吃糖一般咀嚼开来。

沈辉的动作看得宋茜茜直瞪眼睛，怎么会有人用这种方式吃药？怪胎。

“我也睡了。”沈辉说完直直地躺在了沈耀的身旁。

宋茜茜深吸一口气，差点没背过来，整个屋子酒气冲天，她庆幸这几个男人喝完没有发酒疯，仅仅只是睡觉而已。

四个男人并排躺在了沙发床上，都睡得很香，呼吸绵长而深远，若是让外面的女人看到这副模样不知道会产生什么样爆炸性的想法。

宋茜茜揉揉额头，剩下的残局也只能她这个女人来收拾了，桌子上乱七八糟的酒瓶子，还有东倒西歪的杯子，唯一值得庆幸的恐怕就是没有碎玻璃了。

收拾完东西已经是后半夜三点了，宋茜茜找了一个单人沙发靠在上面睡着了。

昨日下过雨之后，天气开始正儿八经地凉了起来。

宋茜茜开着车将昨夜喝得醉醺醺的三个男人拉回公司，虽然他们平日里可以不上班甚至可以晚去，但是今天有一个重要的会议，他们三个男人都不得不去参加。

“我没有想过这家油饼子原来这么好吃。”崔少昊坐在副驾驶座上使劲地啃着宋茜茜早上为他们买的早点。

宋茜茜浅浅地一笑，透过后视镜看着坐在后排的李民哲和沈耀。

显而易见，他们就不如崔少昊吃得那般香了，一小口一小口地，好似在吃毒药一般。

见此情景，宋茜茜无奈地摇了摇头。

仅仅凭借他们两个喝酒的模样就能猜到他们的心情不好，只是，他们的坏心情从何而来呢？

第十章　展露真颜

然而，令宋茜茜惊讶的是，当他们下车走进公司的那一刻，三个人都如同打了鸡血一般恢复了精神，表现出的工作热情异常高涨！

怪胎，怪胎，怪胎！

沈耀和崔少昊同时拿出手机，打电话通知他们各自的助理，要求他们在会议室的门口等待着。李民哲则吩咐宋茜茜去办公室拿文件，一起去会议室。

这次会议主要是沈氏集团里几个部门的合作，会议上的三个人都精神头十足，完全看不出来昨夜酗酒的模样。

会议足足开了三个小时才完，最终确定了几个部门之间的分工协作关系。

会议开完之后，沈耀和崔少昊似乎理所当然一般跟随在李民哲身后前往他的办公室，美其名曰继续讨论。

至于宋茜茜，因为某些原因落在了他们的身后。

“宋雅真的好漂亮，比电视上的还漂亮……”

“我看站在她旁边的那个女的也一样漂亮……”

“对啊……对啊……据说那个女的还跟咱们李总青梅竹马呢。”

“嗯，我知道呢……几年前都订婚了，不过后来两人闹分手，李总这才跟宋助理走到一起的……”

“不知道这次来找李总是不是想——嘘，宋助理来了……”

办公室里的女人聚在一起叽叽喳喳说个不停，见到宋茜茜过来便也识相地闭嘴了，而从他们的话语里，宋茜茜能够听到李民哲的前女友苏小娴回来了，而且似乎宋雅也在。

宋茜茜心中考虑着是不是要避一下，但是就在她思虑的时候，却听到从李民哲的办公室里传来了一声怒吼。

“出去！我叫你出去！”李民哲极为暴怒的吼叫声响彻了整层楼，所有的人都将目光集中到了他的办公室前。

“不要让我说第三遍！”李民哲的声音再次响了起来，虽然没有前一次那么响，但是却也隐含着怒意。

“走……小娴，这样的男人不要也罢！”从李民哲的办公室里走出两个手拉着手的女子。

“民哲——”温婉如她，一袭纯白色的长裙衬托的她宛若天仙下凡，宛若深谷里冬日里的梅花盛开，纯洁而无瑕。她的眼睛里蓄着泪水，微微咬着嘴唇，哀怨地看着房间里的人。

宋茜茜知道这或许就是众人口中的苏小娴了，的确很美，美到让人窒息。

当宋茜茜看到拉扯着苏小娴要走的女人时，顿时愣在了原地，没有丝毫的犹豫，抬脚就要跑。

“呀——宋助理——”就在办公室万籁俱寂的时候，顾晓晓那一声突兀的声音，顿时又让所有人的目光集中到了宋茜茜的身上。

“我这正好有份文件要给你。”顾晓晓隐忍着笑意，将一份文件递交到了宋茜茜的手中。

宋茜茜看到了顾晓晓眼里的幸灾乐祸，她下意识地接过文件，眼睛却瞥了瞥矗立在办公室门前，一动不动的女人。

宋雅察觉到了宋茜茜在不经意间瞥过来的那道目光，她条件反射般瞪大眼睛，似乎不敢相信自己看到的影像。

轻轻张嘴，却没能发出声，不知不觉间，宋雅已经松开了拉着苏小娴的手。

两人就这般呆呆地站在办公室门口，相互对视着。

宋茜茜没有跑，她知道自己这次是跑不掉了。

宋雅没有想到竟然会在这种情况下遇到这个与自己长得几乎一模一样的女人，她疑惑地看着宋茜茜，抓着苏小娴的手慢慢地松开。

宋茜茜就像是一块磁铁，而宋雅就是那块铁，不由自主，下意识地走向她。

办公室里的人见到这一幕，不禁低低私语，猜想发生了什么事情，不是应该苏小娴找宋茜茜麻烦的吗，怎么变成宋雅找上了宋茜茜。

宋雅走到宋茜茜的面前，手抬起，犹豫了好久，终于伸出，缓缓摘下了那副红色大眼镜。

风从走廊上吹过来，冰冷得有些刺骨，它吹起了宋茜茜的长发，将她隐藏多年的面容显露在众人眼中。

“一样……”

“一模一样！”

身处在办公室里的所有人都看呆了，任谁都没有想到，连真容都不敢显露的宋茜茜，竟然与宅男女神宋雅拥有着相同的面容！

“天啊，这是怎么回事？”最初挑事，打算看宋茜茜笑话的顾晓晓，此刻也被眼前的神奇景象惊呆了。

“茜茜……”李民哲从办公室里冲了出来，却来不及阻止她们两个女人的见面。

跟随李民哲冲出办公室的沈耀和崔少昊，看到眼前这一幕的时候，也不由得惊呆了。

冷风吹起了宋茜茜的头发，将她整张脸都显露了出来。

如一颗白玉雕刻而成的鹅蛋脸庞，白皙嫩滑的脸不带一点儿瑕疵，细长的柳叶眉配上一双凤眼，堪称恰到好处的妩媚，红艳的唇勾勒着完美的浅笑。

她就这样带着浅浅的微笑站在那里，轻启红唇，声如莺啼：“雅雅，好久不见。”

称呼依旧，态度不亲不远，恰到好处的自然，宛若她们只是一般朋友。

宋雅呆呆地站在宋茜茜的跟前，听着她的问候，不言不语。

这份疏离让她心痛，五年不见，两人已成了陌生人，正如她留下的信中所说，若能重逢，已是陌生人。

沈耀瞪大眼睛看着这一切，昨夜他透过百叶窗看到了宋茜茜的面容，今日更是在没有百叶窗的遮掩下，他清清楚楚地看到了宋茜茜的容颜，真真切切，和脑海中的那个身影一模一样。

此时此刻，沈耀的心中生出一种抬步走过去，伸手抚一抚宋茜茜秀发的冲动。

“茜茜……”

然而，李民哲还是比沈耀的反应快出半秒钟，他三步并作两步赶到了宋茜茜的跟前，半个身子挡在两人之间，瞧这情形，他似乎生怕宋雅发难，让宋茜茜受伤。

苏小娴见到这一幕，两行热泪终于忍不住掉了下来，她听说李民哲结婚了，而且还是跟他的女助理结了婚。还听人说，他们已经有了孩子，并且是一对双胞胎。

起初的时候，苏小娴不相信，即便被李民哲当众羞辱，她依旧不相信。

可是现在，亲眼看见李民哲是怎样维护那个女人的时候，她不得不相信了。

“你没事吧？”李民哲低声询问道。

宋茜茜摇了摇头，绕过李民哲，从宋雅手中拿过眼镜，重新戴上。

这一秒，眼前这个女人似乎又变回了那个名不见经传，就连真容都不敢显露的宋助理。

“你……你……你怎么会在这里……”宋雅还处于惊呆中，不敢相信眼前发生的一切是真实的。

“我在这里工作。”宋茜茜缓缓开口，脸上依旧带着标准的微笑，足够恭敬礼貌，却是那样的疏离冷漠。

“这是我的女人。”李民哲搂过宋茜茜的肩膀，非常坚定地说着，他的目光一刻不离苏小娴。

在李民哲的眼里，有着别人看不懂的情绪。

宋茜茜清晰地感受到了李民哲的心境，他搂住自己肩膀的手在不停地颤抖。

宋茜茜不动声色地伸手握住李民哲的另一只手，轻轻地捏了捏，示意他放松。

第十一章　病来如山倒

亲眼瞅见李民哲和宋茜茜恩恩爱爱的这一幕，苏小娴的拳头紧紧地握住，她的身体微微晃了晃，却还是倔强地站稳，不暴露出任何一点儿软弱的姿态。

“你……你是李民哲的……”宋雅不敢相信地说道，然而随即脸上便是薄怒，似乎在责怪着宋茜茜的薄情或者在责怪宋茜茜抢走了自己闺蜜的男人。

“这是我男朋友。”宋茜茜轻浅地一笑，她知道李民哲这么做有一部分原因是她，是为了让她安心，是为了告诉她——她的身后还有他。

宋茜茜说完这句话，痛就像是一只虫子一样慢慢地啃食起她的心脏，让痛无数倍地放大。

宋茜茜强忍着，她知道自己这个时刻不能软弱下去，不管是为了自己还是为了李民哲，她不能在这个时刻倒下。

“阿哲，我有点累了，我们回办公室好不好？”宋茜茜非常温柔地开口，征询着李民哲的意见。

“嗯。”李民哲点头，搂着宋茜茜的肩膀向办公室走去，却被苏小娴拦住了。

苏小娴满脸都是泪水，她怔怔地看着李民哲，泪却是止不住地往下流淌，她从来没有想过自己会这样狼狈地出现在他的面前，如此狼狈地恳求着他的原谅。

“你跟我早在五年前就没有关系了，我现在已经结婚了，所以我不希望你打扰我的生活。”李民哲的声音不大却能够让整个办公室里的人都听到，也让苏小娴再次绝望。

李民哲搂着宋茜茜绕过苏小娴，宋茜茜在路过苏小娴身边的时候感受到一阵无法言明的悲伤，那悲伤狠狠地刺激了她。

痛，又加重了一分。

“宋茜茜——”宋雅在此刻突然间怒道，“你知道不知道他还在等你？你这么做让他情何以堪！”

宋雅的话很简单，却如一把刚刚磨好的锋利宝剑刺向了她的胸口，那张温润如玉带着阳光笑容的脸出现在宋茜茜的脑海中，痛再也止不住，疯狂地在身体内肆虐开来。

一时之间，她的脸色越来越苍白。

“五年前你不声不响地走了，他满世界地找你，找你找得都疯狂了。”宋雅怨念地看着宋茜茜，这五年的积蓄在此刻爆发出来了，尤其是看到她那疏离的表情和李民哲恩爱的幸福，“他为了你，甚至将整个法国都翻了过来，他把全中国也翻了一个遍，却没有想到你躲在这里已经跟人结婚，还生了孩子……你把他当什么了？当年你追的他，却又把他当垃圾一样扔掉，你的心就这么狠吗？”

“痛——”宋茜茜再也压制不住体内的痛直呼而出，痛得她弯下了腰，蹲在了地上。

“茜茜。”李民哲扶住宋茜茜，半蹲在她的身前，不明白为何她会突然间喊痛，着急地问道，“你怎么了？”

“好痛——”宋茜茜紧紧地捂着胸口，倒进了李民哲的怀里。

“茜茜——”宋雅看到宋茜茜这副模样没了刚才的“彪悍”，她颤抖地用手指着宋茜茜，“你……你……你的病不是已经医好了吗？”

宋茜茜的模样吓呆了整个办公室里的人，谁都没有想到宋茜茜竟然还有如此严重的“心脏病”。

“药……茜茜的药呢……”宋雅慌张地问着李民哲，她蹲在宋茜茜的身旁，哭着说道，“我不是故意的茜茜，我真的不是故意的……上次……上次你说你的病已经全好了……我不是故意刺激你的……茜茜……”

“药？什么药？”李民哲顾不得宋雅刚刚所说的话，却只听得宋茜茜现在必须要吃药。可是他很茫然，他根本就不知道宋茜茜得的是什么病，需要吃什么药。

“茜茜的药啊……她不吃会死的……”宋雅像个手足无措的孩子，一时间竟然解释不清楚。

“她的药在她的包里。”沈耀此时也反应了过来，他忙去宋茜茜的办公桌上翻找她的包。

“对，在她的包里。应该就是上次她吃的药。”崔少昊也急忙去帮忙。

然而，两人找了半天，也没能找到。

“糟糕，她的包在我的车里。”沈耀突然间想起来今早宋茜茜忙着跟李民哲去开会，把她的包落在了他的车里。他跟崔少昊打了声招呼便乘坐着电梯跑了下去。

“好痛——”宋茜茜痛呼一声，痛让她喘息沉重起来，甚至有些忍不住地想要躺在地上打滚。

“李民哲，你怎么能不给她备药？”宋雅着急地喊道，此时的她仿若当年那个还心思单纯只知道疼爱宋茜茜的人。她赶忙掏出手机欲打电话，然而在手指按住按键的时候停了下来。

就在宋雅微微发愣的时候，手机却被人夺了过去，扔到地上。

“不用你管。”宋茜茜捂着胸口狠狠地对宋雅说道，她的脸色越发的苍白，痛得汗水直往下流，“我的事情不用你管，你给我滚……滚得越远越好！”

宋雅的脸色变得有些难看，她微微咬着唇，蓦地狠下心来，拾起地上的手机又是要打电话。

“你给我滚！”宋茜茜像是拼尽了全身力气，起身再次抢了宋雅的手机扔到了地上。

“你再不吃药你会死的！”宋雅又一次捡起了手机，只是这一次她犹豫了，犹豫着要不要继续打这个电话。

“那也与你无关。”宋茜茜依旧试图抢夺宋雅的手机，她是真心不希望宋雅把这个电话打出去，她不要，她不要再见到那个男人。

然而，痛却让她渐渐地失去意识，只能蜷缩在李民哲的怀里。

“茜茜……”李民哲着急地喊道，他看着宋茜茜在他怀里眼睛渐渐地闭上，似乎下一刻就会香消玉殒。他着急地对着崔少昊，“少昊快叫救护车。”

宋雅一狠心，按住按键的手动了起来，此时听到了沈耀沉重的喊声。

“药在这里。”沈耀从楼梯口处跑出来，整个人满身是汗，气喘吁吁，手中握的是宋茜茜的白色药瓶子。刚刚他想要乘坐电梯但是电梯迟迟不下来，他不得不快速地爬楼梯上来送药。

崔少昊见此，赶忙前去接过了药，给宋茜茜喂下。

只是药来得似乎有点晚，宋茜茜吃下去之后依旧紧闭着眼睛躺在李民哲的怀里。

宋茜茜不愿意睁开眼睛，她握住李民哲衣服的手倏地紧了一下，更加靠近他的胸膛，她不知道自己该如何面对宋雅，她不知道该如何面对今天发生的这一切。

李民哲似乎知道宋茜茜的意图，他横抱起她，没有再理会留在这里的宋雅和苏小娴。

第十二章　心乱如麻

沈耀看着李民哲抱着宋茜茜进了办公室，突然觉得自己的心也有些痛了。

沈耀冷冷地看向四周，每个被他扫过的人都颤抖不已，他冰冷的声音在寂静的屋子里响了起来："怎么？莫非你们今天都想罢工？"

沈耀的话一出，所有人都开始忙碌起来，没活的找活，有活的更是积极干活。

沈耀的目光在顾晓晓和侯乐身上盯了一会儿，两人如被一只老虎盯着一般，两人赶紧找事去做了。这下子她们算是知道宋茜茜身后的力量了。

"少昊，你带着她们两个先去我办公室里等着。"沈耀回身安排着宋雅和苏小娴。

"茜茜……我……"宋雅想说什么却被崔少昊打断。

"宋雅，你现在要是过去更是刺激茜茜，等沈耀看了之后再做决定吧。"崔少昊帮忙扶着苏小娴，"你们两个先跟我回办公室，等那两个人冷静下来或许愿意跟你们聊聊，走吧。"

崔少昊带着宋雅和苏小娴去了沈耀的办公室里，等着沈耀看完宋茜茜回来。

沈耀敲了敲李民哲的门，走进了办公室，在李民哲办公室的特设休息室里见到了他们两个。

宋茜茜躺在李民哲的床上，眼睛闭着，眉头紧皱着，似乎还是很难受的样子。

“对不起，我不知道她会来这里。”李民哲为宋茜茜盖着被子，轻声地道着歉。

宋茜茜缓缓睁开眼睛，笑了一笑，“你又不是神仙，不能未卜先知……只是我没想到自己的反应竟然如此之大。”

李民哲没有说话，紧紧地握着宋茜茜的手，良久才道：“你的病……”

“没关系，只是很久之前遗留下来的，不受刺激就一点儿关系也没有。”宋茜茜露出一个安慰的笑容，“本来我也以为自己可以从容面对宋雅，但是现在看来……我的定力还是不够……”

说完，宋茜茜看向了站在门口的沈耀 ：“沈总裁找你，你先去吧……对了，苏小姐那里……”

“不必了。”宋茜茜话语没有说完，李民哲便打断了，他知道她想去跟苏小娴解释，可是这一切都不是解释能够缓和的了。

“你先好好休息。”李民哲为宋茜茜又掖了掖被角，这才出了门。

“情况如何？”沈耀的手紧紧地握着，他多么希望刚刚坐在宋茜茜床边的人是他，待这个想法冒出来之后，他愣了一下，他难道真的就这么在意这个女人？

“算是稳定了下来。”李民哲知道沈耀询问的是宋茜茜的病，他突然间想起来宋茜茜刚刚犯病的时候是沈耀去拿药的，他疑惑地问着沈耀，“阿耀，你怎么知道宋茜茜的病的？”

“那天她在停车场里被张玉琪和侯乐堵住，那时她犯病了，我才知道的。”沈耀反而比李民哲更惊讶，“难道你不知道这事？”

李民哲摇了摇头，他从未听宋茜茜提起过这事。他突然间发觉自己是不是在某些方面太不够资格了，他让她扮演他的女友，却从未给予她应有的保护。

沈耀惊讶于宋茜茜竟然没有跟李民哲说，若是她说了，李民哲肯定不会坐视不管，反而侯乐和张玉琪会倒大霉，若是换成其他女人早就应该说出来了。

“回头我会处理这件事情的。”李民哲突然间说道，他眼里前所未有的坚定，“阿耀，我知道你喜欢宋雅，但是宋茜茜现在是我的女朋友，我必须保护她。”

沈耀微微一愣，是啊，这五年里他与宋雅走得很近，近到所有人都以为他喜欢宋雅，包括自己最要好的朋友李民哲。

想到这里，沈耀苦苦地一笑，“我明白你的意思，可是你能够告诉我宋雅跟宋茜茜是什么关系吗？”

“她们……”李民哲犹豫了一下才道，“应该算是姐妹吧。宋茜茜在宋家长大，但只能算是宋家的养女。”

“养女？”沈耀不相信地说道：“难道不是双胞胎吗？”

“不是。”李民哲摇摇头，“宋茜茜说她只是跟宋雅长相一样，她们两个并不是双胞胎。”

沈耀依旧不敢相信李民哲的话，如此相像的两人怎么可能不是双胞胎呢？

见到沈耀不相信的表情，李民哲又道：“刚开始我也不相信，可是你难道没发现宋家从来不提有双胞胎女儿的事情吗？宋家一向只会说她们宋家只有一个女儿。而且……”

李民哲想说当初宋茜茜遇难便是因为她与宋雅长相太相似，可是他不想给沈耀增添太多的烦恼，他不想破坏沈耀和宋雅之间的关系。

李民哲的话不得不让沈耀承认他说的是对的，因为沈耀在这五年里从未听宋雅说起过她有个双胞胎姐妹，只知道宋家有一个养女一直都在法国读书生活。

“那你跟小娴……”沈耀话只说一半，李民哲却已明白。

“在五年前她狠心打掉我们两个人的孩子，我们就没有了任何关系。”李民哲的脸色冰冷，回想起五年前她那么坚决地离开，他的心便没来由地一阵痛，但是更多的却是寒冷。

沈耀没有再说话，他知道李民哲这五年来从未从这个阴影里走出来过。

“我先去找宋雅和小娴谈谈，你……好生照顾茜茜……”沈耀说完，起身走出了办公室。

走出办公室后，沈耀的眼里闪过一丝疼惜的情绪，他不知道自己是怎么了，竟然如此在意宋茜茜，当初两人在一起只是凑巧罢了，是没有任何感情基础的，可是为何他在得知她是李民哲女人之后会伤心，在得知她是任浩之前的未婚妻的时候会难过，今日看到她心痛的时候，为何会疼惜。

他的脸色变得有些难看，脸上的寒意更深了一分，自己竟然会为一个只跟自己睡了一晚的女人而难过，自己究竟是怎么了？

在接下来的几天里，宋茜茜没有再遇到过宋雅，也没有再遇到苏小娴，她与李民哲两人成双入对，形影不离，成了真正意义上的“夫妻”。

冬日很快便来临了，在李民哲的提议下，宋茜茜带着两个孩子跟随在他身旁，以出差为名义，前往温泉市旅行。

“哇——这座酒店好高噢。”这个小女孩与宋茜茜长得有七分像，两条小辫子用红色的绳子扎起，一双双眼皮的大眼睛，圆圆的小鼻子煞是可爱，小小的樱桃嘴巴更是让孩子看起来娇小玲珑，圆圆的脸蛋让人忍不住想要亲上一口。

第十三章　巧遇李丰

“切——连市中心的那座酒店都赶不上，高什么高。你啊，真没见过世面。”冰冷却又奶声奶气的腔调，本是从小男孩口中发出的嘲笑声，传到大人们的耳朵里，却忍不住想要发笑。

小男孩身穿休闲式的淡蓝色羽绒服，一个硕大的耳机挂在脖子上，他与小女孩长得很像，只是脸上有着不属于这个年纪的冷酷。

“宋伦、宋月，这几天我们就住在这里了。”李民哲将他们的行李递给了凤凰大酒店的服务生，双手抱起了宋月，两个双胞胎中他最宠溺的便是宋月了，或许他觉得女孩子就应该得到比男孩子更多的宠溺。

“干爹，那我们在这里是不是有温泉可以泡？”宋月眨着大眼睛非常期待地看着李民哲。

“当然啦，不然怎么叫作温泉市呢。”李民哲笑着在宋月的鼻尖点了一点。

“来，宋伦，妈妈抱着你。”宋茜茜蹲在宋伦的跟前，伸手要抱小男孩，却被他躲了过去。

“茜茜，我已经四岁半了，奶奶说我是大人了。”宋伦正儿八经地跟宋茜茜说着，不时拍拍她的肩膀，“我可以自己走，茜茜，你放心好了。”

宋茜茜听了宋伦的话“扑哧”一声笑了，她知道宋伦相对于宋月来说心理年龄偏大一些，总是喜欢装大人。她也没有勉强宋伦，任由他走在自己身旁。

“那我们开始划拳，若是你赢了，我给你买糖吃，若是我赢了，你就喊我爸爸，不准喊干爹。”李民哲抱着宋月，一边走一边跟她做游戏。

宋月非常认真地想了又想，默然点头道：“好吧，反正干爹跟爸爸的意思是一样的。”

两人几乎每天都会这么玩，宋茜茜已经见怪不怪了，她笑着看两人猜拳。

有李民哲这个干爹在，宋伦宋月的童年不至于缺失过多的父爱。

两人一路划拳到房间门口，终于定出了胜负，李民哲以六比三赢了这场赌局。

“好了，我的小公主，先喊声爸爸。”李民哲点着宋月的小鼻子，开心地笑着。

“爸爸……”宋月不满地嘟着嘴，却在李民哲从兜里掏出一块糖之后开心地笑了起来。

宋茜茜跟宋月两人住在了 906 房，而李民哲跟宋伦两人则住在她们的隔壁——907 房。

入住酒店后的第一件事情，那就是整理东西。

宋茜茜没有想到，李民哲的另一位助理张跃竟然也出现在这里。

原来，李民哲怕两个孩子在这里没人照顾，便要求张跃也跟随过来，宋茜茜更没有想到的是，她竟然会在这里遇到沈耀和崔少昊。

“沈总？”宋茜茜打开房门的刹那，对面的房门也打开了，她看到了有些憔悴的沈耀，他似乎已经很久没有休息了。

沈耀微微揉了揉眼睛，这些日子为了那个工程他费尽心思，却还是差点火候。已经三天没好好睡觉的他，听到有人喊他，一时间愣了，待他看到对面站着的宋茜茜时，他以为看花了眼，他将门重新关上，过了几秒钟后又重新打开，却发现面前空空如也。

“果然是眼花了。”沈耀无奈地说了一句，反手带上了房门。

宋茜茜手捂着胸口，心脏扑通扑通地急速跳着，转身从 907 客房的门后走出来。

那一刻，她闪身躲到了 907 客房的门后，避开了沈耀的目光。

“好险，差点就被……”客房的隔音效果特别好，宋茜茜不怕被进入房间的沈耀听见，可是——

走廊的另一端，宋茜茜的出声，让本身就处在戒备中的黑色西装男们齐齐转身，不由自主地将目光集中到了她的身上，那些目光像是在说，如果她敢做出一点儿不利李丰的事，她就会被碎尸万段。

“嗯？”李丰听到宋茜茜的话微微愣了下，掐着宋雅的脖子的手没有动，他轻轻地转头看到了宋茜茜，顿时愣了，掐着宋雅的手松了开来。

“咳咳……”宋雅被李丰掐得很痛，不禁双手捂着脖子蹲了下去。

李丰看着不远处那个出声的女子，那个女子与宋雅的长相太像了，简直是一模一样。他不禁看看宋雅再看看这个女子，来回巡视了好多遍才确定自己没有产生幻觉。

站在不远处的那个女子穿着一身非常休闲的浅灰色家居服，怀里抱着一只维尼熊，长长的黑曜石般的头发斜扎着，嘴角带着浅浅的微笑，她面对李丰的对视，眼里没有恐惧与畏惧，有的只是一种自信，似乎她觉得她能够将宋雅从李丰手中救出。

李丰觉得，那个女子只需轻轻地往这里一站，四周都能够盛开优美的兰花。

他呆愣地站在原地，这种感觉很久很久之前似乎出现过，可是他却想不起来了。

宋茜茜下意识想扶一扶眼镜，蓦地摸了一个空，这才想起来刚刚只想着给宋伦送维尼熊，忘记了戴眼镜，也知道了李丰为何见到她会如此模样。

“李总，您好。”宋茜茜决定先发制人，她带着礼貌性的微笑，冲着李丰点点头。

“你是……”李丰不敢确定眼前这个女人与宋雅的关系。

“我叫宋茜茜，是沈氏集团地产部李民哲总经理的助理。”宋茜茜非常简单地做了一下自我介绍，而做介绍的时候刻意强调了一下沈氏和李民哲两个词，“前些日子您来我们公司的时候，我曾接待过您。”

“噢？”李丰挑了下眉，嘴角略勾了起来，饶有兴致地将宋茜茜从头到脚又打量了一番，“我以为你跟宋雅有关系呢，你们长得太像了。”

宋茜茜将胸前的维尼熊抱得更紧了一分，但是依旧是从容不迫地站在那里，嘴角依旧是礼貌性的微笑，点了点头，“算是她的妹妹吧。倒是李总您……”

说到这里，宋茜茜用目光将李丰从头到脚打量了一番，她不得不承认，她不能在李丰身上找到任何破绽，敢在这层楼里闹事的就没有怕事的。

“您绑了我们沈总的朋友，似乎有点不太地道。”宋茜茜浅浅地笑着，眼睛瞥看向宋雅，正巧与她的目光对上了。

宋雅顿时尴尬地低下了头。

李丰顺着宋茜茜的目光看去，却见宋雅低下了头，心里明白两人之间的关系似乎不太好，不过这不要紧。

“地道？”李丰将目光重新投向了宋茜茜，嘴角露出嘲讽的笑，他向前走了几步，在距离宋茜茜只有三步远的地方停了下来，“虽然她是你们沈总的朋友，但是似乎她还不是你们沈总的女朋友吧。我追她，应该合情合理。”

宋茜茜搂着维尼熊的手又紧了几分，原本李丰给她的压力就很大，如今，他站在她的跟前，那种泰山压顶的感觉竟然让她有些喘不上气来。

像这样强大的气场，还是她第一次感觉到。

但是，宋茜茜依旧努力让自己保持平静，在这个时候，谁先弱了自己的气势，那谁就输了。

第十四章　刻骨之仇

“是合情合理，但是也得讲究一个方法吧。”宋茜茜尽量不让自己与李丰对视，“宋雅可是有名的大家闺秀，您追她也应该采取一些恰当的方式……”

“恰当的方式？”李丰像是听到了一个极为好笑的笑话，他又向前迈了两步，直逼得宋茜茜后退，“什么叫作恰当的方式呢？”

宋茜茜后退了两步，却依旧挺直腰板，这个时候她不得不逼迫自己与李丰对视：“例如送花，喝茶……”

“那上床算不算呢？”李丰猛然一句话道出，却让宋茜茜整个人红了脸。

“你……”宋茜茜深吸一口气，她的脸依旧红得厉害，她没有想到李丰竟然会说出这种话来。

李丰看到宋茜茜脸红，突然间想要捉弄一下她，不禁步步紧逼，直到将她逼至角落处。

宋茜茜一步步地后退却不料李丰步步紧逼，待她紧贴墙壁之时，李丰似乎依旧不肯罢休。

“你……你……你再往前一步，我就喊人了，我们李总和沈总可也在这里的。”宋茜茜紧紧抱着维尼熊，企图从它身上找寻力量。

“我知道啊，我今天早上还跟沈总谈生意了呢。”李丰嘴角带着浅浅的笑容，似乎在看她如何做困兽之斗。

李丰单手直接支撑到墙壁上，将宋茜茜圈在里面，另一只手想要摸宋茜茜的脸，却被她避开，待他想要进一步的时候却听到一个慵懒的声音在走廊里响了起来。

“李丰，你这是在向我宣战吗？”慵懒的声音就像是整日睡眠的树袋熊，他只是轻轻地往墙上一靠，便让人不容忽视他的强大，他从兜里掏出一根烟，点上，非常流畅的动作，当然也是非常帅气的动作。

在他的身后跟随着七八个身穿黑色西装的男人，每个男人的胸前都带着一个银灰色的徽章。

“沈耀？”李丰的手停在半空中，不确定地看向来人。

“沈辉总裁。”宋茜茜像是看到了希望。

“我说过，你可以喊我辉哥。”沈辉抽了一口烟，狠狠地吐出烟圈，似乎极为不满宋茜茜的称呼。默然，他看向李丰：“这是我兄弟的女人，你最好不要碰。”

“没有想到竟然会在这里见到辉哥。”李丰的声音不卑不亢，站直了身子，悠悠然然地看着沈辉，“怎么？辉哥也有闲心来这里度假？”

“这里本身就是我管的。”沈辉走到李丰身旁，神态悠闲地就像是在散步，“李总今日倒是好心情啊，怎么，有什么发财的好事，大家一起乐乐！”

“呵呵……”李丰不惧怕地与沈辉对视着，“既然辉哥今日开口，那我就此收手好了。”

见李丰认怂，沈辉的嘴角勾勒起一个冷漠的笑容。

李丰虽然退却了，但面子上却并没有表露出来，浅浅地一笑，手抬了起来，当着沈辉的面打了一个响指。

这一声响指之后，便听到宋雅的尖叫声。

刚刚跟随在李丰身后的那几个黑衣人将宋雅按在了地上，其中一人从兜里掏出一个类似针管的东西，直直扎进了宋雅的胳膊，抽出了一些鲜血，处理完毕后，认真地将它放在一个黑色的盒子里。

他们的动作非常连贯，宛若经过长期训练一般，堪称一气呵成。

做完这些事情，那些身穿黑色西装的男人齐齐松开宋雅，整齐划一地站到了李丰的身后。

宋雅努力地挣扎起来，依靠在墙壁上，一手捂着流血的伤口，目光怨恨地看着李丰。

“你——”沈辉没有想到李丰竟然会当着他的面做出这种事情。

“辉哥，你说这个女人是你兄弟的女人，我不碰，但是，那个女人，你可没有说也是你兄弟的女人。”李丰笑着指了指宋茜茜，又指了指靠在墙上的宋雅。

“难道你就不怕我拆了你李氏集团？”沈辉的目光变得有些凶狠。

“怕，但你不会。”李丰笑得风轻云淡，充满自信，默然，深呼一口气，挑了下眉，“辉哥，我先走了。回头我会去你那里拜访的。”

“我也会好好照顾你们李氏的。”沈辉突然间也笑了，笑得很开心，棋逢对手。

李丰随即便招呼着他的人离开了现场。

宋茜茜看着一手捂着胳膊努力挣扎起来的宋雅，突然间转身，抬步就要离去。

“茜茜……”宋雅开口呼喊宋茜茜，她的声音有点低，但是在空旷的走廊上却显得非常响亮。

宋茜茜的脚步顿了顿，想要再迈步却终究还是停了下来。

宋茜茜敲开了沈耀的门，在沈耀惊讶的目光注视下，将宋雅推到了他的怀里，待宋茜茜欲走之时，却又被宋雅拉住了。

在沈耀的房间里坐了一会儿，李民哲便也过来了，刚刚沈辉跟他说了情况，他让宋伦去陪着宋月一起睡了，又不放心两个孩子便让崔少昊去作陪。

沈耀为宋雅处理着胳膊上的伤口，他处理得很细心，宋雅的伤也只是针扎伤的，看上去非常恐怖，但事实上并没什么大碍。

房间里很安静，宋茜茜抱着维尼熊蜷缩在沙发上，低着头看着地板上的花纹，不知道在想些什么。

李民哲静静地坐在宋茜茜旁边，同样也一声不吭。

“呼——”

此时此刻，最优哉的莫过于沈辉了，跷着二郎腿躺在沈耀的床上，抽着烟，看着电视，一副事不关己高高挂起的模样。

“你为什么会来这里？”沈耀开口打破了现有的平静。

“是……是……”宋雅有些踌躇有些犹豫，深吸了一口气看着沈耀道，“你应该知道我们宋家在法国的产业一夜之间被人收购的消息了吧！整个宋家，在一夜之间瞬息瓦解，分崩离析。”

宋雅的话无疑就是一块寒冰,只瞬间的工夫,整个屋子更加安静了。

宋茜茜抱着维尼熊的身子略显僵硬，她虽然不喜欢宋家，但是也不希望宋家出什么事情。

“嗯，昨天听人说的。”沈耀点了点头，心情有点复杂，昨天早上听人说的时候觉得很不可思议，不过这在生意场上很常见，倒也没什么。

“莫非收购你们宋家的是李丰？”李民哲问道。

宋雅点了点头，她看了下宋茜茜，却见她依旧低头看着地板，似乎对这个此消息并不关心，她的眼里划过一丝悲伤。

“李丰从八年前就开始谋划吞并我们宋家了。”宋雅苦苦地一笑，“八年，谋划了八年啊……终于在前天一夜之间将我们宋家所有的产业收购了，并且打算将我们在国内的产业也一起收购掉。”

听到宋雅这句话，所有的人都微微愣了下，包括宋茜茜。

在宋雅的叙述中，宋茜茜也知道了李家对宋家的刻骨仇恨，不死不休的坚决态度更是让她胆寒。

第十五章　姐妹情深

早在八年前，李家便开始策划吞并宋家的恶毒计划，经过这些年的坚持不懈，终于实现了他们的罪恶目的。

“你们宋家跟李家有仇吗？”沈辉抽了一口烟问道，“刚刚在走廊上，李丰的脸上似乎带着一种不灭宋家不罢休的神态。”

宋雅听到沈辉的话，脸上的神情更加悲伤：“我这次来找李丰就是想问清楚，为什么他要对我们宋家赶尽杀绝，可是……哪里想到他根本就是个禽兽，什么道理都不讲……”

想起李丰，宋雅浑身颤抖地紧紧抱住自己，刚刚在李丰的房间里，若不是她跑得快，怕是早已被他……

“那他为什么抽你的血？”沈辉疑惑地问道。

“不知道。”宋雅摇了摇头，“听说李丰在找什么人，似乎要比对上一个 DNA，好像是仇家。”

“噢？”沈辉眉头微微一蹙，似想到了什么，眼睛里闪过一丝异样，但是却也没有再多说话。

宋茜茜将整个人都埋进了维尼熊的怀抱里，企图寻找一个避风的港湾。

如果说李家早在八年前就开始谋划吞并宋家的阴谋，那么，宋家在五年之前所遇到的那场危机恐怕也是李家制造的。

这样一来，五年前，她顶替宋雅前往温情酒店陪一个姓李的客户过夜，那个客户，或许就是李丰了。

想到这里，宋茜茜止不住地颤抖。

孩子的父亲极有可能就是李丰，若是这样，他得知之后，会不会来抢孩子呢。

不，她不能让李丰把孩子抢走！孩子是她的，孩子只能是她的！

“茜茜……茜茜……”李民哲轻轻地触碰了下宋茜茜，却换来宋茜茜的一声尖叫。

“啊——”宋茜茜整个人直接从椅子上跳了起来，不停地后退着，直到贴到墙壁上才停了下来。

看清楚屋内众人脸上的异常目光时，宋茜茜才意识到自己的反应有些突兀了。

目光歉意地看着李民哲：“对不起……我……我被刚刚的……吓到了……”

李民哲一句话都没有说，只是静静地走到宋茜茜跟前，想要伸手将她拥入怀里，却被她的后退无言拒绝了。

“莫非……当年那些人是李丰派来的？”沈耀眉头紧皱，眼里闪过一丝狠厉的色彩。

宋茜茜摇了摇头：“不是他。”

“不是他？那是谁？”沈耀紧追着问。

宋茜茜没有说话，又是后退了几步，脸色有些苍白。

沈辉突然间一个鲤鱼打挺从床上坐了起来：“茜茜，你跟宋雅是姐妹，那下一次李丰会不会找你麻烦？”

沈辉的这句话，让整间房间的气氛变得更为诡异。

“他敢。如果他敢，我就拆了他们李氏集团。”李民哲冷冷说道，话里是无比的自信。

“跟李家的合作怕是要好好地思虑下了。”沈耀微微蹙了下眉头，李民哲的台词应该由他说的啊，想到这里心底又是微微的不悦。

就在众人讨论着有关宋家的事情时，李丰已经回到了自己居住的房间。

“李总，已经把血液样本送往实验室里了。DNA 匹配的结果很快就会出来的。”一名身穿黑色西装的男子站在李丰的身后，态度恭敬地回答道。

“嗯。”李丰身姿笔挺地站在窗前，他的手中端着一杯红色葡萄酒，目光望着窗外，眺望着远处的夜景，点点星光点缀着整个温泉山，着实好看。

又有一名身穿黑色西装的男人走了过来，他的手上拿着一张白色的 A4 纸：“李总，这是有关宋茜茜的资料。”

短短的几分钟，李丰已经拿到了宋茜茜的资料，可见李氏集团的能量有多么巨大。

“她是李民哲的助理，一直很低调，直到前些日子才让他们公司的人发现她与宋雅长相相似……”李丰读着宋茜茜的资料，不禁冷冷地一笑，“这个女人，隐藏的心思倒是深得很，怪不得这些年来一直都不知道宋家还有这个女人，果然有漏网之鱼……”

“李总，这些都是她进入沈氏后的信息。”黑色西装男低着头，恭恭敬敬地说道，“她以前的信息，我们目前收集不到。据说她曾在法国的一个公司工作过，我们现在正在抓这条线索，从而得知她以前的生活经历。还有……我已经联系了一些娱乐记者，将宋雅有个长相极为相似、可能为双胞胎妹妹的消息放出去。”

“嗯。你们还需要复查一遍跟宋家沾亲带故的人，我不希望再有什么漏网之鱼。”李丰浅浅地一笑，将宋茜茜的资料扔到一边，抿上一口红酒，看着漆黑的天，微微眯起眼睛，心底默默念着，我一定会把宋家的所有人，一个不漏地杀掉！

夜里十一点多开始下雪了，而且下得非常大。

宋茜茜回屋后，在床上辗转了千万回才有了些许睡意。

睡梦中，她的眼前朦朦胧胧的，恍恍惚惚间，好似回到了过去。

梦里的雪下得同样很大，雪覆盖在地面上，积累了厚厚的一层。

有两个年约八九岁的女孩子站在橱窗前，目光痴痴地看着橱窗里的蛋糕。

这两个女孩子长得一模一样，就连身上所穿的衣服都完全相同，即使是“大家来找茬”的顶级高手，也很难分辨出。

“小雅，这个蛋糕好漂亮噢！”

其中一个小女孩，心中非常羡慕那些有父母的孩子，他们可以吃上很鲜美的蛋糕。

“茜茜，你想吃吗？我这里还有够买一块蛋糕的钱。”另外一个女孩掏了掏兜，左边掏了右边再掏，终于找出了几枚硬币。

名为茜茜的女孩摇了摇头，她想吃，但是她不想让名为小雅的女孩掏钱。

“没关系的。”名为小雅的女孩跑进了店里。

茜茜透过橱窗能够看到小雅正在买小蛋糕，那是一小块蛋糕，非常小的一小块。

当小雅将这块非常小的蛋糕递到女孩手中的时候，茜茜感动地哭了。

“你也吃，小雅，我们分着吃。”茜茜笑着从中间分开，但是却被小雅拒绝了。

“你吃吧，我不喜欢吃甜食。”小雅拒绝着，使劲地摇着头，“茜茜，你快吃吧，若不然等会儿蛋糕会冻成冰的，那样就不好吃了。”

“嗯。”在多次推脱之下，茜茜便不客气地吃了起来。

这个画面很温馨，茜茜一直记忆犹新，这是她从孤儿院里出来之后第一次吃到蛋糕。

那块小小的蛋糕，是小雅给她的……

第十六章　屋内欢闹

梦里的画面让宋茜茜悄悄流泪，她知道宋家对她最好的就是宋雅了，也因此今天她才会停住了脚步。可是，从离开宋家的那一天开始，她便告诉自己对待宋雅即便不能狠心也要狠心，她不能跟宋家再扯上一丝一缕的关系。

宋家的遭遇让宋茜茜有点同情，但也仅限于同情，不是她无情，而是她对宋家真的没有什么太多的感情。

自五岁被宋家收养之后便被送往法国，在法国她便一个人生活，也就是从五岁起在没有大人的照顾下自己慢慢长大。

宋家将她从孤儿院里领养出来，却只养了她五年。

宋茜茜十岁时，她便开始学着赚钱照顾自己。

她一直很低调,努力学习该怎样掩藏自己的容貌,从小便是如此了。

正因为这些原因，几乎没有人知道宋家还有一个养女。

宋雅是在国内长大的，她跟随父亲前往法国玩的时候，会特地前去看望宋茜茜。

宋雅对宋茜茜很好，每次都会买上一大堆的东西送给她，两人的关系可谓是如亲姐妹一般。

可惜，两人间的友情结束于五年之前，当宋茜茜留下一封信，整个人消失得无影无踪后，她们就不曾相遇。

直到半年前，两人才得以重逢，但是却已形同陌路，以致这半年来即便能够很轻易地得到彼此的电话或者其他联系方式，她们都没有

第六章　如梦似幻

冬季渐渐地临近了，寒冷已经开始在整个城市里蔓延开来。

宋茜茜没有想到跟随沈耀和李民哲身后接待法国来参观的一批人中竟然有她原来在学校打工时的上司马丁。

马丁也异常意外在这里能够见到宋茜茜，两人交谈起来倒是很开心，当年马丁对这个小小年纪就出来打工实习的中国女孩特别有好感，尤其是她在售楼方面的销售量是领先的。

这一天，宋茜茜的工作基本上就是为马丁等人介绍沈氏集团。

“这次的参观我们很愉快，希望我们两家公司有合作的机会。”马丁笑着与沈耀等人握着手。

“我想我们很快就有这样的机会了。”沈耀勾勾嘴角，淡淡地一笑。

马丁笑着与沈耀等人聊了一会儿，又看向了宋茜茜，用生硬的中国话说着：“茜茜小姐，你的男朋友任浩先生可还好？我记得五年前你们打算要订婚了，现在应该已经结婚了吧……”

任浩这个名字就像是一把锋利的利剑，毫无预兆地直接刺进了宋茜茜的胸口，她整个身子晃了一晃，脸色有些苍白。她的脑海里浮现出了那个男人温润如玉的脸和他温柔的身体拥抱着她的感觉，她没有想到自己竟然会对这个名字反应如此之大，她本以为经过这五年时间的冲淡，她已经不会再激动了，可是她的心痛告诉她，她还没有忘记那个男人。

“我……”宋茜茜想要说什么，她的肩膀便被人搂了过去。

“马丁先生，你以前跟我女朋友很熟悉吗？”李民哲笑着搂着宋茜茜的肩膀，他不清楚宋茜茜和任浩之间的瓜葛，但是他能够感受到她听到这个名字之后的悲伤反应。

马丁微微一愣，却也已经明白了事情的原委，急忙道歉。

沈耀在一旁听着他们的对话，眼睛里闪过莫名的情绪，他似乎已经知道宋茜茜的熟悉感来自于哪里了，他与马丁口中的任浩认识很久，之前曾经听任浩说起过要结婚的事情，他没有想到竟然是她。可是他不懂为何宋茜茜没有与任浩结婚。

雨悄悄然地落了下来，让冰冷的寒夜更加冰冷。

宋茜茜陪着李民哲在公司里加班，偌大的公司只剩下他们两人。

“喝杯茶。”宋茜茜最喜欢的自制蜂蜜绿茶，而这些年也将这个习惯传染给了李民哲。

李民哲笑着接过茶，他以前不太习惯这种带点甜味的茶，但是自从宋茜茜常常泡给他喝之后，他也渐渐地喜欢上这种淡淡的茶香和甜香蜂蜜的混合味道。

宋茜茜踌躇犹豫，该不该跟李民哲解释马丁说的事情。

“你有事跟我说？”李民哲很敏锐地觉察到了宋茜茜的踌躇。

“今天……今天马丁说的……”宋茜茜微微咬了下唇，“我跟任浩在法国读大学的时候是恋人，我们两个……”

“那跟我有关系吗？”李民哲起身握着宋茜茜的双肩，“我虽然跟任浩认识，但也只是商业方面的认识，再说，现在在别人眼里我们才是一对啊。”

“可是……”宋茜茜还想说什么却被李民哲拥入了怀里，他抚摸着她的头发，亲昵地说道，“你记住，不管何时我都站在你这边，我会非常非常非常努力地去追求你，若你愿意跟我结婚，那会是我最大的幸福。”

宋茜茜靠在李民哲的胸膛上，听着他强有力的心跳声，一时间竟也不知道自己该说什么好了。

自从四年前孩子出世开始，李民哲便说要追自己，让自己成为他

第七章　旧情难忘

沈耀想要的更多，是的，他想要得到的更多，他想要从女人身上得到更多！

或许这是他第一次亲吻女人的身体，所以才会有点笨拙；或许这是他第一次如此暴力地对待一个女人，所以才会有些慌乱。

后来，沈耀的欲望战胜了理智，他心中脑里只有唯一一个信念——从眼前这个女人的身上得到更多！

当双手触摸到女人那柔软的身体时，沈耀几乎疯狂了，当她特有的女子体香沁入到沈耀的鼻中，沿着沸腾的血液蔓延到他的心脏处，沈耀彻底失去了理智。

沈耀忘记了他是怎么把女人弄到床上的，他忘记了自己那一夜是怎样的疯狂，他也忘记了自己是如何不顾女人的挣扎强要了她。

清晨，当阳光透过厚厚的窗帘照射进来的时候，沈耀清醒了，当他看到满地狼藉的时候他终于知道他昨夜的疯狂程度究竟到了什么地步。

沈耀躺在女人的身边，悄悄地观察了很久，抚摸着她紧皱的眉头，细长的经过精心修整的眉毛，微挺的鼻子，还有红艳的唇，当他在她唇边抚摸到已干的血迹时，他有点心痛了。

沈耀喜欢女人长长的黑色的头发，抚摸过去带着一点儿冰凉的感觉。

他喜欢这种温顺的感觉。

当女人长长的睫毛微动的时候，她似乎要清醒过来了，沈耀赶忙转过身，以掩饰自己的慌张。

电话响了，沈耀在满地的衣物之中找寻他的电话，是助理打来的——他得去工作了。

“李……李……李先生。”女人微弱的声音有点嘶哑，他本打算拾起衣服的手顿了一下。

李先生？这三个字如重锤一般锤在沈耀的胸口上。

“遵守约定……”女人说话时的音量很低，似乎很努力地去表达她的意思。

这一刻，沈耀突然想了起来，这里可是温情酒店，月霞城最出名的偷情场所，来这里的女人都是有一定目的的，而她同样不例外，这让他有点接受不了，他也被人拿来当交换筹码了。

“我不姓李。”沈耀有点怒，微微有些冰冷地说道。

其实，这里的人能够给予女人的，他沈耀全都能给，只是他不想这么做，尤其是得知她也是怀有一定目的而来的之后。

虽然沈耀背对着女人，但是依旧能够猜到女人的失望与绝望。

沈耀没有回身便离开了酒店，他没让女人看到自己的面容，走出门的刹那他有点后悔，应该让她看看自己的样子，可是又觉得无所谓，毕竟女人多的是，昨夜只是逢场作戏罢了，他们今后不会再有交集。

他不曾想过，这个女人竟然让他动了情，不管他如何换女人，都没有办法忘记她。

甚至，当那些或清纯或妩媚的女人站在他的眼前，他竟然连一丁点儿兴趣都提不起来。

这一刻，沈耀后悔了。

后来，沈耀在一个酒会上认识了宋雅，与那个女人有着一模一样的面容，可是，他总觉得不对劲，却又说不上来哪里不对劲。

最近这四年多来，沈耀一直都观察着宋雅，与她保持着不近不远的关系，努力寻求着那一夜的感觉。

直到今夜，当沈耀看到宋茜茜真实面容的时候，他终于知道宋雅主动联系过对方。

宋茜茜醒来的时候已经是第二天中午了，两个孩子已经睡醒跑出去了，应该是跑去找他们的干爹李民哲了。

宋茜茜简单地洗漱一番，便也去敲李民哲的房门，然而，敲了半天却无人应答，又去敲崔少昊的房门，也无人应答。她想着莫非他们两个带着孩子出去玩了。

就在宋茜茜掏出手机准备打电话的时候，正巧听到旁边屋里宋月的大笑声。

“一二三木头人……”宋月大声地说着，屋内一片混乱声。

站在屋外的宋茜茜默然一笑，知道了宋月跑去沈耀的屋子里玩了，但是随即脸色变得有些难看，昨夜宋雅是睡在沈耀的房间里的。

宋茜茜毫不犹豫地敲门，却没想到门并没有锁，她伸手一敲，门便应声而开。

“嘭——”一个硕大的白色枕头迎面而来，直接砸到了宋茜茜的脸上。

在这一声之后，整个屋子一瞬间便安静了下来。

宋茜茜揉着额头，拾起掉在地上的枕头，抬步走进屋内。

愣神间，突然发现整间屋子的人都似乎定格在了那里，都以异样的眼神看着宋茜茜，生怕她下一秒发难。

宋月手中还抱着一个枕头，站在床头，眨眨眼睛，在她脚下面趴着一个沈辉，正以非常奇怪的姿势扭着身子，而在沈辉的背上坐着茫然的宋伦，沈耀则还做着一个抛飞物体的动作，不必说这个枕头正是他扔过来的。

宋雅果然也在这间房间里，她似乎正从沈耀手中夺什么东西，或许是被宋茜茜打断的缘故，伸在空中的手就那么僵硬着。

“啊——”宋月的怪叫声，“耀叔叔，你闯祸了，你砸到我妈了。”

宋月的叫声打破了整个房间的安静。

“你们在干吗？”宋茜茜疑惑地问道，掂量了一下手中的枕头，挑了下眉，心中一动，嘴角一勾。

“快，准备防御——我妈要进攻了——”宋伦大声地喊道，这一声让所有人都反应了过来，快速地行动起来。

“嘿嘿——”宋茜茜冲着沈耀笑地甜蜜，笑得开心，手中的枕头已经沿着一条优美的弧线攻向了沈耀。

“啊——”沈耀的惨叫声更是让整间屋子的气氛沸腾起来。

玩了很久很久，整个屋子的人才一个个累趴下来，东倒西歪地倒在了地上、床上或是沙发上。

“你们太过分了……”宋月有气无力地指着沈辉，“辉叔叔是最坏最坏的人了，总是打我……”

“你才是最坏的，老是扔我。”沈耀倒在地上颤抖地用手指指着宋月。

“妈妈，你还有一个双胞胎姐姐为什么不告诉我们呢？”宋伦趴在沈辉身上，指着坐在沙发上一动不动的宋雅。

宋伦的话一出，整个屋子都寂静了下来，原本开心的气氛被一股浓重的氛围包围起来。

宋茜茜与宋雅两人对视着，宋茜茜从宋雅眼里看到一丝惊讶，原来她从来不在孩子面前提起她。宋雅却从宋茜茜眼里看不到一丝波动的情绪，仿若这是理所当然。

“哇——我们是双胞胎大集合——”宋月猛然跳起来，小孩子的精力恢复得很快，“耀叔叔和辉叔叔是双胞胎，我跟哥哥是双胞胎，妈妈也有一个雅阿姨当双胞胎……哇，太棒了……”

“这不是很好吗？”沈辉笑着，猛然坐起，搂住宋月，把她按到床上挠着她的痒痒，让她笑得直求饶。

宋茜茜浅浅一笑，不言，起身将地上横倒竖歪的东西收拾起来。

宋雅和沈耀见此也开始帮忙收拾东西。

“这个我来。”宋茜茜和沈耀两人同时摸到了地上的垫子，两人的手叠加在一起。

沈耀的手覆盖住宋茜茜的手，凉凉的感觉从宋茜茜的手背上传来，伴随冰冷感觉的是手的柔软触感和顺滑的感觉。沈耀的脸瞬间红了，从脸红到了脖子，宛若情窦初开的小伙子。这让他有些怨恨自己。

宋茜茜抬头看向沈耀，却见他眼睛里闪着一丝异样的情绪，这个眼神似曾相识，当年那个温润如玉的男人向她求婚的时候与这个眼神好像，简直一模一样。想到那个温润如玉的男人，宋茜茜的心有些慌了，那么多年她努力去忘记，试图通过扮演李民哲女友的身份忘记他，却还是常常想起他。

宋茜茜慌张地躲避着沈耀的眼神，急忙将手从他手掌下抽出。

为了掩饰自己的尴尬，宋茜茜问道："我怎么没看到李民哲和崔少昊，他们去了哪里？"

"爸爸……不，干爹，我跟他的赌约已经过期了……"宋月的思维很跳跃，说话总是没头没脑的，"他和崔叔叔回公司了，似乎公司里有什么重要的事情要他们办。"

"噢？"宋茜茜略显吃惊，没有想到李民哲竟然在没有跟她打招呼的情况下直接回去了。

"今天下午我也得回去。"沈耀将垫子放回原位，"到时候你跟孩子们坐我的车回去。"

"你不是要与李丰签合约吗？"宋茜茜说出这话的时候顿感有些不自在，扶了扶眼镜，看了看宋雅，却见她微微低着头。

一阵悠扬的钢琴音乐声在屋里响了起来，紧随的又是一阵小提琴的声音，两首乐曲相互配合得很密切，宛若是一个乐队在合奏。

第十七章　萌生误会

“喂。”

沈辉和沈耀两人同时接起电话，两人对视一眼，眉头微微一蹙。

“看样子，这个李丰的确是要与宋家为敌。”放下电话，沈辉首先开口说到。

“外面来了一堆记者，似乎是冲着你们两个人来的。”沈耀看着宋雅和宋茜茜两人说道。

宋茜茜眉头微微一蹙，她知道这肯定是李丰搞的鬼。

“哼哼……”沈辉冷冷地一笑，似在嘲笑那群记者的不自量力，似在嘲笑李丰的小手段。

他起身，整理了下衣衫，一股强大而自信带着杀气的气势在他身上散发而出。

“我出去一下。”沈辉大步地朝着门外走去。

“哇！好帅噢……”宋月两眼放光地看着沈辉离去的背影。

沈耀站在宋月旁边，极为吃味地听着她说这句话。作为一个集团的总裁，他最近似乎特别没有制止力和强大感，不行，他得想办法找个突破口，他必须得攻下他们三个。

在沈辉的震慑下，所有的记者都不敢轻举妄动，宋茜茜和宋雅两人平安地离开了温泉市。

接下来的一个星期，宋茜茜都没有看到李民哲，他的助理张跃告诉她苏小娴生病了，李民哲被崔少昊骗去了，似乎李民哲和苏小娴有重归于好的可能。

宋茜茜也接到了宋雅要订婚的消息，订婚的对象是任浩，她对于这一点儿不意外。

宋茜茜如往常一样下班回家，现在李民哲不在，她又不像别人配着公司的车，她只能走着回去。

“喂……我是宋茜茜，我让你办的证件你办好了没有？……可我没有收到东西啊。”宋茜茜一边走着一边打电话给办理假证的人，最近宋伦宋月的学校也不知道在办什么手续，竟然需要父母的结婚证或者离婚证，作为单亲妈妈的她只能去办理假证。

办理假证的人说东西已经办好给她邮寄过来了，可是她还是没有收到。

“嗨——茜茜，你上来不上来？”崔少昊将车停在了正在玩弄手机的宋茜茜面前，笑着问道。

宋茜茜原本打算点头的，但是他车子的后车窗被摇开，一张万年冰山脸露了出来，沈耀坐在那里神情淡定，玩弄着手机，不时瞥看向窗外的宋茜茜，一丝冰冷的寒意便顺着车窗飞了出来，让宋茜茜不禁颤抖了一下。

最近也不知道怎么了，沈耀每次见到她脸色越来越冷，甚至还带有隐隐的怒意和无形的杀气，她不知道她是怎么得罪了沈耀。明明从温泉市回来的时候关系还是不错的。

“不了，我自己走回去就行了。”宋茜茜说完就跑了，就像是老鼠见到猫一样。

“你看看你，天天绷着一张脸，几乎都不见你笑。”崔少昊埋怨着沈耀，“民哲让我们替他先照顾一下茜茜，结果每次你都绷着脸，直接把她吓得不敢上车了。”

沈耀没有说话，却是狠狠地白了一眼崔少昊，脸色变得更为阴沉，亏他还觉得那两个孩子是他的，在温泉市里陪他们玩了那么久，回来之后打算跟宋茜茜做个坦白，却没想到回来之后便看到了一封信。

沈耀从兜里掏出一个大红色本子，掀开大红色的本子，上面赫然是宋茜茜与另外一个男子的照片，这个男子不是李民哲也不是任浩，是一个叫作宋闲先的男人，他与宋茜茜笑得开心，笑得甜蜜，两人恩爱得宛若是世间最佳的天仙配。

在这个大红色本子里原本还附带着一张纸，是一张医学证明，证明宋伦和宋月是宋闲先和宋茜茜两人的孩子。那张纸当场就被他撕得粉碎。

“该死的——”沈耀的手狠狠地一握，大红色的本子便被弄烂了，她果然是别人的女人，竟然在跟她睡觉之后还跑去跟别的男人结婚。

崔少昊透过透视镜看着坐在后车座上的沈耀冰冷的脸，浑身打了一个冷战，不知道是哪个不长眼睛的人竟然惹了这个煞星。

“阿嚏——”宋茜茜在公交车上狠狠地打了一个喷嚏，她猜想着是不是自己感冒了。

“还要倒车，麻烦。”从公交车上下来，宋茜茜抱怨着，没有车太不方便了，下次考虑争取一辆公司的公车用用。

宋茜茜东张西望着，希望下一趟公交车快点到。她回头看时，却猛然间呆住了，三个身穿黑色西装戴着黑色墨镜的男子正不时地看着她，待她看向他们时，他们立即假装在交谈。

宋茜茜顿时有些慌了，莫非真的如沈辉所说，李丰接下来会对她下手。左右看着附近的人，竟然找不到自己熟悉的人，手机从包里掏出来，抱着侥幸的态度拨打着李民哲的手机，却得到了关机的答复。

宋茜茜想要找人帮忙却发现除了李民哲她竟然找不到一个人可以帮她的，突然间那张冰冷无比的脸出现在她的脑海中，但是随即她抛开了这个念头，他刚刚还那么冰冷，怎么可能会来帮她。

想到那个冰冷的脸，宋茜茜颤抖了一下，但是随即脑海中闪过另外一张与其一模一样的脸。想到这里她没有丝毫的犹豫朝着那个方向走去，只要过两个路口就可以到达帝王夜总会了，沈辉应该会帮忙的。

宋茜茜假装没有发觉，提着包抓紧时间往那边跑去，但是刚跑了十几米却见前面又出现了两个黑色西装的男子，她不得不选择绕行。

宋茜茜踉踉跄跄地跑进胡同，她看到那些人也紧随其后，慌不择路，又跑进了另外一个胡同，一个连着一个，绕了很久才绕出了胡同，然而当她跑到大街上的时候却发现自己离帝王夜总会越来越远。

“站住——”后面身穿黑色西装的男子们紧随其后，迫使宋茜茜再次开始奔跑。

这附近没有警察局，她不得不继续朝着帝王夜总会跑去，这一次她选择了大路，尽量地不往胡同里跑。

“快看，那不是茜茜吗？”崔少昊停在红绿灯前，惊讶地看着她慌慌张张跑向帝王夜总会的方向。

沈耀眉头微微一蹙，摇下车窗，一眼看到了在那熙熙攘攘人群中狼狈奔跑的宋茜茜，她不时望向身后，他在她身后不远处看到了几个身穿黑色西装的男子，他们似乎正在追赶宋茜茜。

忙于逃命的宋茜茜并没有看到崔少昊的车，她想要过马路，却发现此时正是红灯，不得不又一次选择绕行。

然而，她的高跟鞋却极为不给力，关键时刻竟然掉跟了，她不得不脱掉高跟鞋光着脚在地上跑。

更不幸运的是在前面又出现了几个身穿黑色西装的男子，他们正堵在前面。

第十八章 情不自禁

“该死的。”宋茜茜低声地咒骂了几句，不得不又一次拐进了胡同。这个胡同里放置了很多杂物，以至于她跑得很慢。

她刚刚跑了半截子，却见前面已经有几个身穿黑色西装的男子等在了那里。她转身却见另外几个男子已经追了上来，如今她是穷途末路。

她紧紧地抱着公文包，企图从它身上找寻到一点儿力量。

“你……你们……你们想干什么？”宋茜茜恐惧地左右看着身穿黑色西装的男子。

“宋小姐，你别误会。”其中一个男子摘下了墨镜，一张清秀忧郁的脸露了出来，“我是李总的手下，我是飞鱼，只要宋小姐配合，让我们抽点血液样本，我们就不会为难宋小姐的。”

飞鱼说着便从西装口袋里掏出了一根针管。

宋茜茜瞪大眼睛，身体颤抖着，她努力地往后退，却被身后的墙无情地堵住了。

“你……你……你们抽我血液样本做什么？”宋茜茜左右看着，大概有五六个人，她看向胡同外希望能够出现奇迹，但是很可惜，那里一个人都没有。

“这是李总的吩咐，只要与黎凤姿有关系的人都必须做血液样本。”飞鱼一边说着一边朝着她走去，“宋小姐，你是聪明人，好好配合我们，你也不会受伤，同样的，我们也不会伤害你。”

“你……你休想……”宋茜茜飞快地打开公文包，一把闪亮亮的水果刀出现在了她的手中，家里的水果刀坏掉了，这是今早她路过集市的时候顺便买的，哪里想到竟然会在这里派上用场。

水果刀的出现让飞鱼等人微微愣了一下，谁都没有想到她竟然会在包里藏着刀。

“不……不……不，宋小姐，我们不想伤害你，我们只是公事公办而已。”飞鱼慌忙地又一次解释道，只是由刚刚底气十足变成了微微颤颤。李丰嘱咐过他们，没有他的命令，不准伤害宋雅和宋茜茜两人中的任何一人，否则，他们就不必活在这个世上了。

宋茜茜手中拿着水果刀对着跟前的这几个人，若是他们敢乱来，她也不会畏惧。

“那好吧。”飞鱼思量了一下，将针管收了回去，又从西口袋兜里掏出一把小剪刀，“虽然血液做 DNA 是最合适的，但是换成头发也是可以的。”

宋茜茜咬着牙，却始终不愿意将水果刀放下，摇了摇头：“我不会同意的，除非我死。”

“宋小姐，您这是逼我们动粗吗？”飞鱼挥了下手，身穿黑色西装的男子全都围了上来。

只需要飞鱼一声令下，这些人就会不顾一切地将宋茜茜制服，哪怕付出血的代价。

宋茜茜的身子又挺了一分，她无路可退，那么只有战，可是她颤抖的手出卖了她，她不会动真格。

就在此时，痛，心脏附近的痛又开始了，一点点地开始蔓延，这次比上次还要厉害，竟隐隐有直接昏厥的倾向。

宋茜茜手中的刀掉落在地，她痛苦地捂着胸口，蹲了下去，最后不得不靠在了墙上。为什么痛来得如此突然，难道她的这一生就得这样结束吗？不，她现在有孩子，为了宋伦和宋月，她必须要坚强起来，再痛也不能阻挠她。

她努力地撑起自己的身体，重新拿起手中的刀，可是视线已经模糊了。

“宋小姐……宋小姐，你没事吧？”耳旁竟然会传来飞鱼关切的问候声，宋茜茜摇了摇头，这样的错觉有点离谱。

“你们在干什么？”冰冷冷的宛若在太阳暴晒下都不会融化的千年寒冰一般的声音在胡同里响了起来，宋茜茜知道自己的病情越来越严重了，竟然会在此刻幻听到了冰山脸的声音，这比听到飞鱼关心的声音还要离谱。

宋茜茜努力让自己清醒，却发现意识越来越模糊，她的肩膀被人碰到，她下意识地挥刀，却换来了一声低低咒骂声。

黑暗彻底地袭来，意识也彻底消失。

雪慢慢地飘下，越下越大，到深夜已经是厚厚的一层，覆盖住了所有的道路。一盏盏灯光照亮了整个城市，朦朦胧胧地带着一种温暖的感觉。

“喂……姑妈……宋茜茜在我这呢，你放心就好了……嗯，你也照顾好自己……”沈耀将手中粉红色的手机关掉，随手放在床柜上面。

他将自己的西装外套脱下扔在旁边不远处的沙发上，看了看躺在床上依旧紧闭双眼的宋茜茜。他却没有注意有个红色东西从他衣服兜里掉落下来。

她此时躺在他的床上，黑白格的被子盖在她的身上，她脸上的苍白色却依旧没能退去。

刚刚医生检查过说她没有关系，只是受了点刺激。

他坐在床边上，手温柔地将她的长发撩向一边，当他在大街上看到她狼狈奔跑的时候，心竟然有丝疼痛感，这是从未有过的感觉，可是这个该死的女人竟然在他救她的时候挥出了手中的刀，幸好力气不大，否则他不死也要伤。

他的手抚摸她的脸，柔软顺滑的触感让他指尖颤抖，长长睫毛微微颤抖着让他动作更为温柔，当他抚摸上她冰冷苍白的唇的时候，心蓦地狠狠跳了一下。

他微微弯下腰，情不自禁地吻上了她的唇，如记忆中的那般甜香，如记忆中那般冰冷。

“嗯？”宋茜茜似乎感觉到了什么，轻轻地哼了一声。

沈耀猛然间坐正身子，像是做贼一般坐立不安。当他看到宋茜茜并没有睁眼，才松了一口气。

“该死的。”沈耀为自己的失态低声地咒骂了一句，自己引以为傲的自制力在这一刻竟然会变成情不自禁，就连当年有人告诉他股市下跌他都处之泰然，然而，在这时他竟然变得如此冒失。

女人，他不是没有碰过，这几年他也寻过一些女人，只是他找不到与她第一次的那种感觉，所以他几乎也不找女人。在她面前，他就是俘虏。

俘虏，想到这个词，沈耀彻底疯狂了，他根本无法想象自己会成为别人的而且是一个女人的俘虏。

沈耀冲进浴室，用冰冷的水冲击着自己，希望自己能够忘记她，忘记刚刚那份情不自禁。当年若是因为药物反应，那么如今呢，如今这份情不自禁又来自何处?

第十九章　失了分寸

当宋茜茜清醒过来的时候，看到的是略显黑暗的屋子，她旁边的床头灯散发着微弱的光芒，良久，她才发觉这里的布局很像是酒店套房。

她借着另一处较亮的灯光才发现原来这里真的是酒店，透过这个房间，她看到外面的那间房间有亮光，还有水流冲击的声音，似乎是有人在洗澡。

她赶忙坐起来，待看到自己穿戴整齐的时候才松了一口气。回忆自己是怎么来这里的时候，猛然间想起自己是被李丰的人追赶之后晕倒了，想到这里她再次看向外面的房间。

莫非……莫非那些人把自己直接带到了李丰居住的酒店里？

这个可能性不是没有的，想到这里她便打算趁着他洗浴的时候赶紧逃，可是当她下床的时候腿脚一软，便重重地摔倒在地。

待她欲爬起来的时候却看到了一个红色的本子掉落在沙发底下。她本来不想管的，毕竟是别人的东西，可是当她看到上面写着结婚证三个字的时候她便决定看上一看。

她拾起红色的本子，打开本子看到上面照片的时候，整个人的脑子嗡的一声响了起来。

“这……这不是我拜托办证人帮我办理的结婚证吗？”宋茜茜看着红色本子上面写的名字的时候确定了这是她的假结婚证，为了能够让孩子顺利入学，她不得不去造假。

本子上面有着褶皱，很显然是被人折叠或者在兜里压过了。

可是，她不明白，她的证件为什么会在这里，这个证件应该是明天她亲自去拿的。

莫非她被办证件的人给救了？但是这个想法随即便被她甩开了。

浴室里的声音停了下来，很快，门被打开了。宋茜茜知道自己是逃不掉了。

“嗯？你醒了？”略显沙哑又带一点点冰冷的声音在宋茜茜的身后响了起来。

这个熟悉的声音让宋茜茜颤抖了一下，她有些不敢相信地回身，却是结结实实地看到了那张万年冰山脸。他刚刚从浴室里出来，身上穿着宽松的白色睡袍，此时正用毛巾擦拭着他湿漉漉的头发。

“你……”宋茜茜拿着红色的本子微微咬着唇看着沈耀，希望他能够给她一个解释。

沈耀看到宋茜茜拿着红色的本子先是微微一愣，随即便摆出了他的冰山脸：“是我拿的。”

“你为什么拿我的证件？”宋茜茜被他那副事不关己的态度惹怒了，这个本子可是关系着她孩子以后的命运，她若是不怒那是不可能的。

“哼——为什么拿你的证件？”沈耀冷冷地说，停止了手上的动作，脸上满是怒意，质问道，“你为什么跟别人结婚？”

“我凭什么不能跟别人结婚？”宋茜茜真的有些生气了，“我有孩子当然就会有男人。”

“你——”沈耀一听宋茜茜这话也怒了，“有孩子就会有男人。好，这话说得好……你的男人就是这个叫作宋闲先的是不是？”

“是怎样，不是又怎样？”宋茜茜心底隐藏着一口气，此时那口气便变成了怒火，“即便要管我的事，也轮不到你管，要管也是李民哲管，你虽然是他最要好的朋友，但是你也管不到我的事。”

“那你知不知道李民哲最近干什么去了？”沈耀反问道。

宋茜茜被沈耀这么一问便是一愣，但是她依旧说道：“我不知道又如何？与你何干。”

“你——”沈耀有种恨铁不成钢的感觉，“他跟苏小娴又走到了一起，难道你就一点儿不介意？”

“李民哲跟苏小娴以前不就是情侣吗？”宋茜茜又是一愣，她本来就跟李民哲扮演着情侣，她觉得李民哲跟苏小娴走到一起也是理所当然的事情，与她的关系并不大。

“你——”沈耀突然间发现自己骄傲的语言表达能力在此刻消失了，变成了一个连话都说不清楚的人。

“沈总，我一直都很敬重你，因为我觉得你虽然总是表现得很冷，但是你应该是一个面冷心热之人，但是今天我算是真的知道你的为人了。”宋茜茜拿着红色的本子非常愤怒地说着，“虽然李民哲跟苏小娴走到了一起，我被他甩了，但是你也不应该如此对待我。你知不知道这个证件对于我来说有多么的重要，你知不知道我等这个证件已经等了多久，你私自扣留我的证件算不算犯罪呢？”

“犯罪？”沈耀微微瞪了下眼睛，嘴角蓦地勾勒起了一丝冷酷无比的笑容，难道那个男人比他还要优秀？难道这个结婚证就那么让她留恋？

她可以与李民哲假扮情侣谈笑风生，甜蜜恩爱，可以惦念任浩，回忆与他的过去，可以纪念宋闲先，替他生养孩子，可他呢，他算什么，就像一个垃圾一样被她扔掉，什么都不剩，什么都没有留。

“这个词语倒是不错。”沈耀笑了，瞬间屋子里满满的都是鲜花绽放的陶醉感。

宋茜茜没有想到沈耀这张万年冰山脸笑起来竟然是这个样子，很迷人，很耀眼，她都能够嗅到朵朵花儿的芬芳。

在她发愣之时，沈耀已经走到了她的跟前。

“你……你……你想干什么？”宋茜茜有点慌了，想要后退却被沈耀搂住了腰，“我是宋茜茜，不是宋雅。”

沈耀搂着宋茜茜的腰，邪恶地笑着，不回答宋茜茜的话，猛然低头狠狠地吻向她的唇，这是他想了很久的事情，他不要偷偷摸摸的像刚才那样亲吻她，他不要每次意犹未尽地触摸她。

宋茜茜瞪大眼睛，一脸不可置信的神情，沈耀，他想干什么？他怎么可以对自己做这种事情？

“你滚开！”宋茜茜猛然推开沈耀，沈耀一个猝不及防直接坐在了床上。

“你推我？”沈耀有些不敢相信地看着宋茜茜，他的主动出击却换来了宋茜茜的无情，至少换成一般女人绝对不会这样，而且，在宋茜茜失去李民哲的庇护下，他的主动应该换来她的附和才对。

可是现在，宋茜茜这个女人，居然如此用力地推开他！

第二十章　深深伤害

“沈耀，你别太过分了。”宋茜茜紧紧握住双拳，眼里泛着泪花，她没有想到自己竟然会遇到一个如此无赖的人，“虽然李民哲已经跟苏小娴在一起了，但是，最起码现在表面上我还是他的女朋友，你不能……”

“你可以跟李民哲上床，可以跟宋闲先上床……甚至任浩，你也应该跟他上过床吧。”沈耀站起来，居高临下地看着这个泛着泪花的女人，他生气了，真的生气了，她可以若无其事地跟其他男人上床，却会如此坚定地拒绝他的触碰。

“什么？”宋茜茜闻言一愣，随即很快就反应了过来，颤抖的手指着沈耀，“沈耀，你说话别太过分。”

“过分？”沈耀一把抓住宋茜茜的手，冰冷的眸子里仿佛能够射出利剑，冷哼着，“我都不嫌弃你跟其他男人上过床，你倒是嫌弃我来了。哼，你的欲擒故纵玩得很溜，但是我不想绕弯子。”

说到这里，沈耀猛然间将宋茜茜拉了过来，甩到了床上。

“你……你……”宋茜茜这次是真的慌了，她没有想到沈耀会来真的，她以为他只是开开玩笑，不会动真格的。

“我？我怎么了？”沈耀俯身单手撑在床上，一只手钳住宋茜茜的下巴。

“沈耀，你个禽兽。”宋茜茜被沈耀钳着下巴，只能微微仰视着他，这一刻的沈耀很陌生，陌生地就像是换了一个人。

"禽兽？"沈耀又是一笑，松开了宋茜茜的下巴，起身走到了床柜旁。

宋茜茜以为沈耀打算收手了，不禁松了一口气，赶忙起身，然而，还未坐稳便再次被沈耀按倒在床上。

"既然你说我是禽兽，那就再禽兽点好了。"沈耀拿着一个小小的透明瓶子在宋茜茜的眼前晃了晃，玻璃瓶里发出"叮当"的响声，一个小小的药片在撞击着瓶壁。

与此同时,沈耀的身子也缓缓压向了宋茜茜,"你知道这是什么吗?这可是个好东西……我哥给我之后我从来没有用过，因为那些女人全部都会主动地缠上来……这次我就破例给你用好了。"

宋茜茜虽然不知道那是什么东西，但是直觉告诉她这肯定不是什么好东西。

"沈耀，你别让我恨你。"宋茜茜努力地挣扎，双手使劲地推着沈耀，却发现他丝毫不动。

"恨？你要是能够一辈子记住我，即便恨，我觉得也值了。"沈耀打开瓶子的盖子，拿出那颗药片，直接塞进了宋茜茜的嘴里，并狠狠地吻了下去。

"呜呜……"不管宋茜茜如何挣扎，沈耀强健的身子纹丝不动，而那颗药片在沈耀舌头的推动下，被她直接吞咽了下去。

待宋茜茜咽下药片之后，沈耀才松了口气，此时的他跪在宋茜茜的身上，看着她略显红潮的脸和因为咽药片而被呛出来的眼泪，他的心有一丝丝的痛。

转念间，他似乎想到了什么，先前的忧虑也挥之不见。

"你……"药片被宋茜茜吞下去之后，她便觉得身上有股热气开始往外冒，先是一点点，后来越来越厉害，仅仅只有短短的几十秒，她觉得自己便像发高烧一般，浑身热得厉害。

"这可是'一夜醉'……"沈耀低着头在宋茜茜的耳旁轻声地说道，他的声音极具诱惑，就像是一个巫婆勾引着纯情的少女为她牺牲，"吃了这个之后，不管你是多么纯洁、多么坚定的女人，都得自动地去寻找男人……”

宋茜茜听了之后，看向沈耀的眼神里满是恨意，冷冷地嘲笑着，这笑让沈耀心头一颤，不安从心底涌上来。

在沈耀的注视下，宋茜茜的嘴角慢慢地流出一丝鲜红的血。

“该死的，你要干什么？”沈耀一下捏住她的下巴，她在吃痛之下张开了嘴。

沈耀的担心换来的只是宋茜茜的又一次冷嘲，但是宋茜茜已经没有任何力气去骂了，她的意识逐渐地陷入到了一种朦胧状态。

“为何……为何……为何你宁愿死也不要与我在一起……”沈耀从未想过宋茜茜竟然可以如此倔强，倔强到可以让她自己去死。

沈耀看着宋茜茜的眼神逐渐变得迷离，带上了一点儿情欲，他知道这是“一夜醉”产生了效果。他的身体竟然有些控制不住了。

沈耀嘴角微微一勾，他用力地吻上她。他不后悔自己这么做，若是不抓住这次机会才会像上次那样后悔。

扯去小外套，的确是她，一样的容颜，一样的疤痕，他这次是真的对了。

“渴……”宋茜茜轻轻地说道，语调中带着无尽的诱惑。

“我会让你满足的。”沈耀浅浅的一笑，转身走到梳妆柜前，随手拧开一瓶矿泉水，仰头咕嘟咕嘟地饮入大半瓶。

紧接着，他转身走回到宋茜茜的面前，邪邪地瞧着她，用眼神询问道：“想喝吗？”

或许是因为口渴的缘故，宋茜茜已经失去了思考的能力，条件反射般地张开了嘴。

“耀……喊我耀……”喂了宋茜茜一些矿泉水后，沈耀低头凑到她的耳旁，轻轻地说着。

“耀……”宋茜茜沉重地喃喃自语着，此时的她已经完全沦陷了。

宋茜茜的这一声让沈耀整个人再也控制不住，顾不上拉严窗帘，一只手已经不受控制地向宋茜茜伸去。

……

今晚，夜很销魂，雪无声地飘落着，旖旎的春光让月亮也羞得藏进了云层里。

第二天早晨，整个城市在雪的修饰下变成了白色的城堡，在太阳的照耀下闪着熠熠光辉。

当宋茜茜清醒过来的时候已经是第二天的傍晚了，身边冰冷的温度告诉她昨夜那个罪魁祸首已经离开了房间。

尽管人已经走了，可整个屋子里还弥漫着昨夜的味道，地上一堆乱七八糟的东西，其中就包括她昨天所穿的衣服。

宋茜茜颤抖地蜷缩在被子里,昨夜的一切历历在目,第一次的时候，那个男人是那样的疯狂，而昨夜，沈耀这个男人同样疯狂。

相同的不止那一些，相同的还有很多，比如说两个人都是在她醒来之后离开的。

大脑恢复意识后，宋茜茜的身体在颤抖，她想到了自杀，她想到了拨打报警电话，她希望沈耀得到法律的严惩。

可是，理智告诉她，她必须坚强地活下去，为了她的两个孩子，无论如何，她都必须坚强地活下去！

第二十一章　似乎被囚

天色已暗。

不知道过了多久，宋茜茜缓缓起身，眼神不似刚刚醒来时的迷茫，而是一种坚定。

欲穿衣服的时候，宋茜茜才发现，自己的衣服早在昨夜因为沈耀的暴力而破烂不堪，没法穿了。

无可奈何之际，宋茜茜这才仔细打量起这个酒店的房间，这一打量才发现，这里竟然与家居住房一样，似乎不是酒店，这间宽阔的屋子似乎是一间睡房。

她希望能够找到一件可以遮体的衣服，当打开衣柜的时候，她愣了，衣柜里是清一色的西装，成套的、单件的，正式的、休闲的，她想这应该就是沈耀的衣柜了。

她打开另外一个衣柜，这个衣柜里竟然又是清一色的衣服，这次是清一色的白衬衣，熨烫整齐地挂在衣柜里，她的手在白衬衣上面划过，当划到最后一件的时候她又是一愣，这是一件女式纯白色衬衣，而且有五件。

宋茜茜的手落下，却回到了起始点，她拿起第一件男士的白衬衣套在身上，离那几件女式衬衣最远的一件。

这件衬衣很大、很长，正好可以给她当短款的连衣裙穿。

她刚要打开房门，便听到了开门声，沈耀提着两个袋子走了进来。

当沈耀开门的一刹那，他愣了，宋茜茜似乎刚刚睡醒，眼神里带着睡意的朦胧，他宽大的衬衣便那样简单地套在她的身上，一种无言的清秀魅惑让他看呆了，原来她穿上他的衬衣竟然会那么好看。

有点散乱的头发斜斜地扎着，朦胧中尚带着睡意的眼睛，不时地揉着眼睛，一副慵懒的状态。宽大的白色衬衣没能掩盖她姣好的身材，修长笔直的双腿充满了诱惑，她赤脚站在那里茫然地看着他。这一副画面宛若一个妻子等待着自己的丈夫。

宋茜茜看到沈耀嘴角含笑地上下打量着她，想起昨夜的事情，脸顿时红透了。

她猛地将房门重新关上，她没有想象中的坚强，也没有想象中那样可以坦然地面对沈耀，她无法直视沈耀的眼睛。

她想着等会儿该怎么出去，却听到了敲门声。

“茜茜，给你衣服。”沈耀的声音在房门口响起，“这是我刚才特意去楼下给你挑的，你试一下看看合不合适。”

宋茜茜微微咬着唇，她犹豫着要不要接受，思虑了半天才将门打开了一丝缝隙，将手伸了出去，没有意料中的强迫，也没有意料中的调戏，他只是很简单地将手提袋的绳子挂在她的手上。

宋茜茜拿到衣服之后，松了一口气。然而等看到他买的衣服时不禁踌躇了。

粉红色的呢子大衣，粉红色的毛衣，粉红色的裤子，粉红色的鞋子，就连内衣都是粉红色的。天，莫非沈耀想让她穿成一个粉红色的布娃娃吗？

但是怨念归怨念，粉色就粉色，她拼了。她可不想赤裸着跑出去，更何况现在这个季节穿少了很容易感冒，到时候怕是又要花费不少钱。

不得不说沈耀的眼光不错，每件衣服的大小都是刚刚合适，不大不小，穿上很得体。而且，毛衣的领子是V字中领，正巧能够掩盖她脖子上的吻痕。

宋茜茜穿戴完毕，小心翼翼地将门打开一条缝，扫看客厅，没有见到沈耀的身影之后，便决定冲出去，先回家再说。

然而，就在她打开房门的时候，却听到了一声冰冷的话音。

“这么着急，你打算出去干什么？”原本不在客厅的沈耀在宋茜茜打开房门的刹那，像是瞬间移动一般地出现在了客厅里。

沈耀将手中的电话按掉，那张万年冰山脸一丝笑容都没有，甚至带着一丝怒意。他刚刚去阳台接了一个电话，刚一转身便看到宋茜茜打开房门要往外跑。

宋茜茜撇撇嘴,知道自己不可能无声无息地溜走了,干脆挺直了腰，但是她并没有转身面对沈耀：“回家。”

“噢？”沈耀见宋茜茜又要逃跑，忙道，“那你知道今天是什么日子吗？”

宋茜茜的平淡反应让沈耀极为惊讶，正常女人在经过这样的事之后，不应该哭诉着跟男人说要男人负责吗？或者把男人臭骂一通，再或者以死或者自残来威逼男人就范吗？可是她的反应也过于平淡了，平淡到就像昨夜什么也没有发生。

“不知道。”宋茜茜的回答总是很简单干脆，吝啬着每一个字。

“今天是李民哲母亲的生日。”沈耀淡淡地说道。

宋茜茜怔了一下，昨天是农历的十二月二日，今儿便是农历的十二月三日，李民哲的母亲云姨的生日，但是每年的这个时候云姨都会在李民哲的陪同之下回老家，而她则跟宋伦和宋月待在一起，可是现在她却不在跟前，不知道云姨是怎么安排宋伦和宋月的。

想到这里宋茜茜便去找自己的电话，在包包里翻了一遍又一遍，却没能找到自己的电话。

“你的手机。”在宋茜茜着急的时候，沈耀将他手中那部粉红色的手机递到她的眼前。

“怎么在你那里？”宋茜茜回身问道。

宋茜茜这一回身，带动着头发的甩弄，粉红色的衣服将她的皮肤衬托得更加嫩白光洁，她半蹲在地上的姿势让居高临下的沈耀看到了。

瞬间，沈耀觉得一股热血冲了上来。

宋茜茜看向沈耀的眼神非常冷，他盯着自己看着，眼神与昨夜似曾相识。她赶忙低下头，闪到一边去，与他保持着一段距离。

“你接听我的电话了？”宋茜茜明知故问地说道，她必须要转移沈耀的注意力，她可不想重复昨夜的事。

“你很怕我？”沈耀答非所问，却依旧盯着宋茜茜，他不得不承认她穿成粉红色的模样着实可爱，比洋娃娃还要可爱，尤其是脸红的模样。

而且，他也发现宋茜茜对昨夜的事情不是没有反应，只是不知道她会以何种方式向他讨要属于她的那份“利益”。

宋茜茜低垂着眼睑，紧贴着墙不说话。

“怎么？昨夜你是不满意了？”沈耀用一根手指挑起宋茜茜的下巴，“不满意，我们可以再来。”

宋茜茜轻轻地拨开沈耀的手，说：“昨夜的事我不想再提。沈总，我不希望我们有什么瓜葛，对你对我都不好。”

第二十二章　参加宴会

不待沈耀再问，她直接说道："我得回家了，若不然宋伦、宋月会担心的。"

"你去哪里？你知道他们去哪里了吗？"沈耀一把抓住宋茜茜的胳膊说道，"刚刚就是宋伦打过来的电话。"

宋茜茜没有想到的是李民哲的母亲这次过生日竟然选择了在沈耀家里过，虽然李民哲跟沈耀是好友，但也不至于在沈耀家过生日吧。

宋茜茜怀疑沈耀是不是说谎，但是又想想，他不至于拿这件事情来开玩笑。

沈耀的家在月霞城城外的一座别墅里，这是一座古老的欧式庄园别墅，四周种满了树木，还能看见一些房屋上面爬满了古老的藤蔓。

进了大门，汽车又开了一会儿才到了别墅的跟前。

这座别墅有点古老，倒不失庄严与浪漫的气质，白色墙壁配上砖红色的瓦房顶加上连续的拱门和回廊使这座别墅清新不落俗套。

宋茜茜跟随在沈耀的身后一边走着一边打量着这里的环境。她很喜欢这里的环境，有她以前在法国居住时的感觉，清静却又不失优雅。

"少爷，老夫人和您姑妈在宴会厅等着您和宋小姐。"迎面走来一位身穿黑色燕尾服的仆人，他双手交叉放置在前，微微躬身侧身站在走廊里。

"嗯，知道了。"沈耀点点头，便在下一处拐弯的地方向左拐了去。他的脚步不慢不快，正好让东张西望的宋茜茜能够跟上他的脚步。

走进宴会厅，宋茜茜才发觉今夜这里的人好多，在两千多平方米的宴会厅里竟然挤满了人。里面的人甚至有好多都是宋茜茜认识的，这些都是名流贵族，平日里一个个深藏不露，如今却全部聚集到了这里。

沈耀一迈进大厅，便将整个宴会厅里的人的目光吸引了过来，所有的人都很自觉地让开了一条道，让他可以直达前方的主席台。

“这不是宋雅吗？今儿倒是跟沈耀在一起了……”

“可不是吗？不过，不是说宋雅要跟任浩订婚了吗？怎么跟沈耀又走到一块了？”

“不清楚,不过也不像情侣,一前一后走着的,并没有并排一起走。”

“……”

就这短短的几十米的道路，宋茜茜觉得异常得漫长，她能够听到宾客们交头接耳的声音，几乎所有的人都将她当成了宋雅，质疑着她跟沈耀的关系。

宋茜茜略显惊讶地跟在沈耀身后，按道理来说李民哲的母亲云姨过生日不必摆这么大的场面吧，但是她却看到云姨坐在主席台上，正与另外一个女人低头说着什么，不时对送礼之人点头微笑，尤其是她身上那种雍容华贵的气质由内而外，让人移不开视线。

似乎感觉到了宋茜茜的目光，云姨从主席台上面下来，面带着微笑牵过宋茜茜的手。

“云姨。”宋茜茜微笑着，“今天您怎么想起来这过生日了？”

“姑妈好。”云姨没有回答，反而沈耀先问候了云姨。

沈耀对云姨的称呼让宋茜茜微微愣了下，不解地看着沈耀。

“咦——难道你不知道她是我姑妈吗？”沈耀眨眨眼睛，反而更是不解地看着宋茜茜。

“我没跟茜茜提起过。大概你表哥也没跟她说过吧。”云姨淡淡地一笑，“毕竟若不是情况特殊，我是真的不想应付那么多事情。”

看到宋茜茜疑惑的表情，云姨又是一笑：“李民哲那孩子给你添麻烦了，你平日里那么照顾他，还给他当挡箭牌，这些事情我全都知道，倒是委屈了你这个好孩子。我怕李民哲跟苏小娴一旦订婚，那么你……”

“云姨您多虑了。”宋茜茜低垂着眼睑浅浅地一笑，抬起头看向云姨，“云姨来这里过生日想必有什么顾虑吧。”

“宋家的事情我听说了。”云姨担忧地拍拍宋茜茜的手，郑重地说道，“宋家我管不着，但是你，李丰敢对你出手我们沈家也不是吃素的。这次我打算让李民哲正式收养你的两个孩子为干儿子和干女儿，不知道你的意思如何？”

“两个孩子能够有李民哲这样的干爹是他们的福气。”宋茜茜笑着说道，心里是深深的感动，今生何其有幸竟遇如此善良之人，“若是有您做他们的奶奶那是他们几辈子修来的福气。”

“你这孩子就是会说话。”云姨笑得很开心，“那这事就这么说定了。”

宋茜茜觉得这辈子能够遇到李民哲和云姨是她最大的幸运，所以当李民哲让她当挡箭牌的时候她没有丝毫的犹豫。

在众人窃窃私语议论宋茜茜身份的时候，宴会厅的大门前出现了一对情侣，这对情侣顿时将所有人的目光都吸引了过去。

男的温润如玉，有着精雕细刻的面容，女的沉鱼落雁，闭月羞花，简直就是一对完美情侣。

宋雅的出现让整个宴会厅的议论声更大了，众人在宋雅和宋茜茜两人的身上来回地巡视，却发现这两人的容颜一模一样，就像是一对双胞胎，这个新闻让有过听闻的人确信了谣言的准确性，也让不知情的人大吃一惊。

宋茜茜呆呆地站在那里看着进来的两人——任浩和宋雅，那个温润如玉的男人竟然在这里出现了，而且出现得如此突然。

那个男人还是一如既往得斯文，出尘得清秀，他的脸就像是昆仑山上上等的白脂玉用百年的手艺经过细心地长时间地精雕细刻而成，整个人都散发着一种不染尘世的气质，一身纯黑色的西装量体而裁，将他修长的身材衬托得一览无余。

曾经的宋茜茜为此痴迷，甚至在任浩答应与她交往的时候她开心地三天没有睡着觉，她那时不敢相信竟然可以有如此良才貌美之男陪伴在她的身边。

任浩进屋的一刹那便看到了宋茜茜，就像第一次见到她一样，轻轻浅浅地站在那里便将他的目光深深地吸引住，再也挪不开半分。他不自觉地松开了宋雅的手，如一个牵线木偶一样被牵着走向了她。

今夜的她一袭粉红色的衣服，一如既往的黑色长发披散在肩膀上，俏丽的容颜上带着浅浅的微笑，那是她标志性的微笑，不管何时只要看到她的笑，他再烦忧的心都会晴朗起来。

第二十三章　再见任浩

整个宴会厅在此刻都安静了下来，几乎所有人都用惊讶的目光看着任浩慢慢地走向宋茜茜，不明白这是怎么回事。

站在宋茜茜身旁的沈耀很敏锐地觉察到了宋茜茜的紧张，他不悦地冷着脸，难道这个男人就这么让她着迷？五年不见还惦记着他。

任浩在距离宋茜茜三步远的地方停了下来，张张嘴想要说什么，却发现自己一个音节都发不出来，就像当年初识她一般。

“任……任学长好……”不亲不近，不远不疏，恰到好处如普通朋友见面一样的声音，宋茜茜紧紧地握着拳头，她有点紧张，是非常非常的紧张，没有想到事隔五年之后再见这个男子，她的心还是没能平静下来。

“茜……茜茜……”任浩犹豫了下，还是抬起手去抚摸眼前这个让他念了五年、梦了五年的女子。

任浩没有想到他的触摸让宋茜茜感到一丝不安，甚至狠狠地后退了一步以躲避他的触摸。

任浩不敢相信宋茜茜竟然会后退，他猛然间抓住她的手腕：“茜茜，我是任浩。”

任浩的动作让所有人都吃了一惊，怎么也没有想到他会直接当众拉住宋茜茜的手。

沈耀紧张地想要上前却又止住了这种冲动，他只能愤恨地看着眼前这一幕。

“任……任学长，雅……雅姐就在你身后，你认错人了……”宋茜茜眉头紧皱，她在任浩的眼里竟然看到了一丝狰狞，那丝狰狞一闪而过，仿若不曾出现过一样。

宋雅站在任浩的身后紧咬着唇，双手不知不觉间握成了拳头，她的脸色有些苍白，她不曾想过她这五年的陪伴竟然还是没能替代宋茜茜在他心中的位置。

宋雅的指甲镶嵌进肉里，她都没有觉察。或许她就不该带着任浩来参加与沈家有关的宴会。

从在沈氏集团见到宋茜茜开始，她便担心着这一天的发生，所以她一直刻意地对任浩隐瞒着宋茜茜的消息。可是今日她没有想到宋茜茜竟然会出现在这里，她担心的事情也发生了，任浩他一直爱的都是宋茜茜，不管她如何去做都替代不了宋茜茜的地位。

“任……任学长……请你放手，好痛——”宋茜茜吃痛地喊道，以前的时候任浩总是非常温柔地握着她的手，从不多用一分力，生怕她会喊痛，如今，他却使出了全身的力气握着她的手腕。

“茜茜，我……”

“放开我家茜茜——”

在任浩想要解释什么的时候，却被一声幼稚而冰冷的声音打断了。

“你没听到我哥哥说什么吗？放开我妈咪——”

又是一声稚嫩但充满怒意的声音在寂静的大厅里响了起来。

任浩转身看到了一个小男孩和一个小女孩站在他的身后。

小男孩身穿一套黑色的小礼服，帅气而英俊，然而他身上散发的冰冷气势与他的年龄完全不相符。

小女孩一袭白色连衣裙，粉雕玉琢，着实可爱，嘟着的小嘴让人忍不住想要上前亲吻。

“你放开我妈咪——”宋月跑过去，用全身的力气推着任浩。

任浩不知道是因为宋月的推搡，还是因为听到了宋月喊宋茜茜妈妈，惊讶地后退了几步。总之，他后退了，也松开了宋茜茜的手。

宋月和宋伦的出现让安静的宴会厅顿时热闹了起来，所有人都在议论着这两个孩子，猜测着他们的身份。

“你……茜茜，你结婚了？”任浩诧异地看着宋茜茜，似乎不愿意相信眼前这个事实。

“嗯。”宋茜茜只是轻轻地应了一句。

任浩怎么也没有想到自己喜欢的女人竟然结婚了，而且孩子都已经这么大了，他究竟在五年前错过了什么？

任浩不敢相信地后退着，这个打击对他来说真的是异常沉重。他就那样呆呆地站在那里，看着宋茜茜，看着自己心爱的女人远去。

“今天的这个宴会倒是很热闹嘛。”调侃的苍老的声音在宴会厅里响起。

众人寻声看去却见沈家的老太太和夫人出现在了宴会厅里，沈辉和李民哲则跟随在他们的身后。

“沈老太太好。”所有的人都非常恭敬地喊了一声。

作为沈家最年老的沈老太太是非常受人尊敬的，她拄着一根棕红色龙头杖，鹤发童颜形容她再合适不过了。

“都在一起议论什么呢？”沈老太太在沈夫人的搀扶下走向了云姨，然而，当她看到宋雅和宋茜茜的时候却是一愣。

云姨上前搀扶住沈老太太的另一只手，解释着道：“这是宋雅和宋茜茜，他们都是宋家的人。”

“可是双胞胎？”沈老太太问了一句，眼睛却在宋雅和宋茜茜之间不停地巡视，默然，自言自语道，“应该不是双胞胎……不是，绝对不是……”

沈老太太的话让宋雅和宋茜茜同时愣了下，这个老太太竟然能够看出他们不是双胞胎，而且如此得肯定。

“你们是什么关系？”沈老太太问道。

“奶奶，您这一上来就盘问，把两个小姑娘都吓到了。”沈辉在一旁说道，“今天可是姑妈的生日，这么喜庆的日子，您就打算如此破坏掉吗？”

“对啊，奶奶，您看看您把她们都给吓到了。”沈耀也向前走了几步，恰巧挡在了宋茜茜的前面，阻挡了沈老太太的视线。

“好……好……小云好不容易在家过次生日，还办了个宴会，我呀，不该问那么多……”沈老太太笑着说道。

沈老太太不再询问，但是眼睛在宋雅和宋茜茜两人身上巡视了好久才移开，这让众人都疑惑不已。

接下来的事情便是以沈老太太和云姨两人为主角的生日宴会，如云姨所说，李民哲当众宣布了宋伦和宋月为其义子和义女。

任浩的目光一直跟随着宋茜茜，直到宴会快要结束的时候，他才走了出去。

今夜天气晴朗，没有一丝云朵，月亮照亮了整座别墅，倒是别有一番风味。在沈家别墅的后院的凉亭里站着两个人。

宋茜茜在看到任浩摸了下耳垂子之后点了下额头，她知道任浩想要单独跟她谈谈，因为这是他们自制的特别暗号——我在后院凉亭等你，直到你出现。

“任学长，你叫我出来有什么事情吗？”宋茜茜知道自己不该出现在这里，可是有些事情她必须要跟任浩说清楚。

“茜茜。”任浩站在宋茜茜的跟前，眼神里满是伤心，他不知道自己该怎么去弥补两人之间的裂痕。

第二十四章　覆水难收

“任学长，若是没事我就先回去了。”宋茜茜欲转身却被任浩直接带入到了他的怀里。

任浩紧紧地拥抱着宋茜茜，他嗅着她身上一直不曾改变的淡淡的香味，他抚摸着她柔顺的长发，他想要一直这样拥抱着她。

宋茜茜用手轻轻地推开了任浩，不顾他的惊讶说道：“任学长，我已经结婚了。”

宋茜茜的话让任浩愣了许久，他冷冷地自嘲一笑：“什么时候结的婚？”

“五年前回国之后就结婚了。”宋茜茜低垂着眼睑，她不敢看任浩伤心的眼神。

“那个男人是谁？”任浩不甘地问道。

“很平常的一个男人。”宋茜茜没有说名字，简单的只是那么一句话。

“平常到比我优秀，对吧……”

……

两人的对话很简单，一问一答，就这样把两人之间的事情回答完毕，没有想象中的激烈，没有想象中的悲伤。不知道是任浩知道宋茜茜结婚后心死了，还是宋茜茜对任浩已经没了最初的感觉，两人就像是普通朋友在询问着彼此的近况。

“让我……让我再抱抱你可以吗？”任浩看到宋茜茜有些为难的

表情，失望地说道，“我知道这个要求对于现在已经结婚的你来说有些过分……算……”

任浩后面的话没有说完，便被宋茜茜紧紧地拥抱住，他欣喜，回应着宋茜茜的拥抱。

两人静静地在凉亭里拥抱，就像当年还是亲密恋人的时候一样。

但是，很快，宋茜茜便松开了任浩，她浅浅地笑着：“任学长，对雅姐好一点儿，她很爱你。”

说完这句话，宋茜茜便转身离开，不给任浩任何解释的机会，也不再听任浩在身后的呼喊声。

宋茜茜跑得很快，跑着跑着便发现自己找不到回去的路了，她绕了一圈又一圈，发现自己似乎处在一个迷宫中，不管自己怎么走都会回到这个起点。

就在她准备打电话求救的时候，却听到了不远处有个女子的声音。

宋茜茜开心地跑向那个方向，看到了一个熟悉的背影正在和一个女人站在路灯下交谈着。

宋茜茜刚想打招呼，却听那个女子有些哀怨地说道：“沈耀，难道我们张家真的配不上你们沈家吗？我知道我妹妹张玉琪是任性了点，但是我不一样啊……”

这个女子，宋茜茜觉得自己应该见过，若是没有记错的话应该是张玉琪的姐姐张玉岚，她似乎一直都在追求沈耀。

在宋茜茜发愣的时候，她看到沈耀用手指挑起了张玉岚的下巴，俯身，他的唇印在了她的唇上。这一刻，一切仿若被定格了一般，时间也在这一刻停止了转动。

寒冷的冬季，一对男女在路灯下深情地吻着。沈耀那欣长的身体和张玉岚微闭眼睛的样子如雕刻一般深深印入了宋茜茜的脑海中，再也挥之不去。

宋茜茜不知道自己是怎么离开的，又不知道自己是怎么回到宴会厅的，她的脑海里满是沈耀亲吻张玉岚的画面，直到云姨出现在宋茜茜的跟前，她才反应过来。

今夜，云姨决定住在沈家了，明日一早他们再离开。

次日一早宋茜茜便跟着云姨李民哲离开了，一直到走她都没能再见到沈耀，她有点伤心却又觉得理所当然。

宋茜茜与宋雅长相一模一样的消息在各大报纸上刊登出来，甚至一些资深老记者出动去拍她们的生活照片，连她们就读的大学和学生时期的照片全都被弄到了，尤其是作为名人的宋雅更是备受关注。

宋茜茜的生活受到了严重的影响，每日出入不得不乔装打扮一番，甚至有些时候她只能打车上下班，不能再选择走路。

宋伦和宋月由于受到了这次事件的影响，他们两人暂时由云姨带到了沈家去居住。

宋茜茜祈祷着生病的苏小娴赶紧好起来，这样她就可以每日坐李民哲的车上下班，不必再担心被那些狗仔队追踪了。

她的愿望没有实现，而且事情变得更糟糕了一些，尤其是今天，她连一个出租车都打不到。

雨淅淅沥沥下得很大，她顶着公文包，站在出租车站台上，雨不时倾倒而来，让她整个人都湿透了。

她往左看，看到了之前追着她跑的飞鱼那些人，往右看，看到了一些鬼鬼祟祟的人，她知道她现在被包围了，不管是左边的还是右边的，她都逃不掉。

就在宋茜茜踌躇的时候，一辆车身淡蓝色的布加迪 EB 威龙跑车停在了她的跟前，车窗摇下，一张冰冷毫无情感的脸出现了。

“沈辉总……辉哥，你怎么在这里？”宋茜茜看着车子里的人顿时愣了下，她没有想到竟然会在这个地方遇到沈辉。

沈辉听到宋茜茜的话略显惊讶，随即露出了他标志性的地痞笑容：“当然是来接你的。苏小娴昨天出院了，今天说要请你吃饭。”

“噢？”宋茜茜坐进车子里，“苏……苏小姐为何会住院？”

宋茜茜一时间真的不知道该如何称呼苏小娴，毕竟两人不熟悉，至今也只不过见过一面。

“她的身子本就不太好，不过也纯粹是为了引起李民哲的注意。本来早就该出院了，要小孩子脾气，硬在医院里多待了几个月。”沈辉随意地说道。

但是沈辉的随意让宋茜茜惆怅了，原来这个世界上还有人喜欢待在医院。

苏小娴请客的地方在帝王夜总会名下帝王大厦的西式餐厅里。

人数也不多，李民哲、苏小娴、沈辉和宋茜茜四个人。

“今天崔少昊出差了，沈耀还没有回来，等他们回来了再补。”李民哲说道。

“茜茜，对不起……我……我……”苏小娴今日依旧是一袭白色的连衣裙，荷叶摆上绣着朵朵生动逼真的荷花，这身装扮显得她更为出尘。

“李民哲跟我本身就没什么，我们就像兄妹。他能有你这样执着的女友，我都替他感到高兴，这是他的福气！”宋茜茜直接说道，“你不必道歉，你没做错任何事，若是你没有这么执着，那反而是你的错。”

“可……可……可还是对不起。”苏小娴低着头红着脸，放在膝盖上的双手紧紧地握着。

突然间，苏小娴站起来倒了一杯葡萄酒，双手一捧举到了宋茜茜的跟前：“我……我……真的很对不起，让你为难了。”

宋茜茜有些迷茫地看着苏小娴。

“小娴，茜茜不喝酒的。”李民哲在旁好心地提醒道。

第二十五章　四人聚餐

李民哲的好心提醒却让苏小娴一下慌了神，脸色更加红了。

“没事。”宋茜茜从苏小娴手中接过葡萄酒，浅浅地一笑，“我接受你的道歉。”

就在宋茜茜把杯子放在嘴边轻抿一口之后，手中的杯子便被苏小娴抢了去，在宋茜茜痴呆目光的注视下一口喝掉了葡萄酒。

宋茜茜眨眨眼，不解地看着李民哲。

“抱歉。她做事很鲁莽的。”李民哲歉意地对宋茜茜说道，看向苏小娴的眼里却满是温柔。

“苏小姐酒量真好！”宋茜茜很诧异这么温柔的女孩竟然做出这样的动作。

“你若是不介意，可以喊我小娴的。”苏小娴浅浅地一笑，一杯酒下肚，她的脸微微有些红，却是刹那荷花别样红的美丽。

“小娴。”宋茜茜笑着回应着苏小娴。

“你以前在法国待过？”苏小娴似乎不像第一次见面那样的文静，一旦打开话题便有说不完的话，以至于宋茜茜都有些招架不住了。

李民哲最后不得不将苏小娴拉走，临走前不忘交代沈辉派人将宋茜茜送回家。

雨渐渐地停了，月亮也渐渐地从云层中显露了出来。

陪着苏小娴他们吃完饭后，沈辉派人送宋茜茜回家，等到家的时候已经是十一点多了。

宋茜茜现在依旧住在原来李民哲居住的地方，是在城边的一个两层别墅的小区里。

这里的安全措施很好，因此宋茜茜只让司机送到了小区门口，独自一个人走了回去。因为这里从未出过什么事情，因此宋茜茜并未提高警惕，没有注意身后的跟随者。

当宋茜茜走到居住的楼前时看到了一辆熟悉的兰博基尼停在自己的楼前，她微微皱了下眉头，那个男人不是出差去了吗，怎么会出现在自己楼前呢，莫非是来找李民哲的?

这辆车正巧停在大树下，树的阴影正巧遮盖了车内的情况，宋茜茜假装自己没有看到，快速地去开门，就在她进门欲关门的时候看到了那张万年冰山脸。

沈耀的脸上带着微微的怒意，这个女人明明认识自己的车，却不理会自己，反而像见到老虎一般跑得飞快。

“沈……沈……沈总……”宋茜茜有些心虚地缩了缩脖子,轻声道，“沈总，我们李总今天晚上怕是回不来了，他可能会直接在苏小姐那里住了，你若有事可以打电话给他的。”

“我知道，我特地来找你的。”沈耀向前一步直接逼地宋茜茜后退了一步。

“您……您……您找我有什么事？”宋茜茜不明白，时间已经这么晚了，沈耀特地前来找自己，真那么简单?

可惜今天晚上云姨和宋伦宋月他们也全都不在，她要是把沈耀放进来，会不会很危险？俗称的引狼入室?

“难道你就这么招待客人？不请我进去坐坐。”沈耀突然露出一丝笑容，非常神秘地说道，“你请我进去，我就告诉你。”

宋茜茜看到沈耀的笑浑身打了个哆嗦，心底隐隐有一丝不安，但迫于沈耀的压力，她还是请沈耀进了屋。

“沈……沈总，您请喝茶。”宋茜茜还是非常客气地给沈耀倒了一杯茶水。

沈耀看着宋茜茜给他端了茶水之后，直接退后几十步，在离他足有五六米的地方才停了下来。

沈耀微微皱了皱眉头，起身，朝着宋茜茜走去。他出差了一个多星期，一回来首先想到的便是来找她，可是从下午一直等到了深夜才终于等到了她，而她似没看见一般地直接闪过。

“沈……沈总……您坐着……”宋茜茜在沈耀起身之后一边想着该如何去做，一边像老鼠躲猫似的向后退着。

“为什么我要坐着？你却不坐着呢？”沈耀依旧是步步逼近，直接将宋茜茜逼到了房子的一个死角。

“沈总，我们去……去沙发上坐着，您给我说什么事。”宋茜茜左右转着身体，可是却发现不管她朝哪个方向都是死角，她在后退的时候应该给自己留条路的。

在宋茜茜坐立不安的时候，沈耀突然间上前抱住了她，将她紧紧地拥入怀里。

“沈……沈……沈总……”宋茜茜一时无措，身体僵硬地靠在沈耀的胸膛。

“别动，让我抱会。”沈耀将自己的下巴抵在了她的头顶上，抚摸着她柔顺的长发。

“可……可……”宋茜茜眉头微微一蹙，想要轻轻推开沈耀，却发现自己根本推不动，“沈总，您……您这样不好……”

“什么不好？”沈耀不明所以地问道。

“我一个寡妇，您这么抱着……对您的影响不好……”宋茜茜又一次想要推开沈耀。

听到宋茜茜的这话，沈耀脸色有些难看，松开宋茜茜，盯着她看着。

被沈耀看得有些心虚的宋茜茜低下了头，她微微咬了咬唇说道：“我知道，我知道您喜欢宋雅，宋雅订婚对您的打击很大，但是……但是您不该跟我扯上关系……”

“我一个寡妇，而且还有两个孩子……对您对沈家的形象都不好……而且……”

宋茜茜还想说什么却被沈耀打断了，只听他冷冷地说道：“你觉得上次我跟你在一起便是因为你长得像宋雅。”

“嗯。”宋茜茜依旧低着头，看着自己的脚尖，像个局促的孩子一样双手揉着自己的衣角。

宋茜茜说的是实话，她太像宋雅了，据她所知，沈耀追求宋雅已经四年了，但是宋雅却对他不理不睬，以至于沈耀才会将心中那份情感转移到与宋雅一模一样的她身上。而上次的意外便是沈耀的一种发泄。

沈耀也终于知道为何上次宋茜茜在清晨醒来的时候如此镇定，即没有哭闹也没有任何多余的反应，原来她一直归结于他认错了人。

“那……那如果这次……”沈耀嘴角勾起一抹邪恶的笑容，他轻挑起宋茜茜的下巴，这么近距离地观察着她。

他这才发现原来宋茜茜的睫毛很长，她的眼睛很大很清澈，一望到底的清澈，她的唇带着诱人的粉红色，仿若吻下去就会吃到甜甜的糖一般。

他想也没有想便欲吻下去，更主要的是他没有想到宋茜茜竟然会躲闪。

“沈……沈总……我是宋茜茜……”宋茜茜把头向后仰着避开了沈耀的吻，她再次重复了一遍她是谁，她想要提醒沈耀。

“我知道你是宋茜茜。”沈耀直勾勾地看着宋茜茜，他没有责备她的躲避，他努力地压制着自己的欲望，他不知道为何每次见到这个女人总会情动。

第二十六章　徘徊在旁

宋茜茜想要往后退，却已退无可退，她努力地想要逃离，却无法逃离，这种感受让她觉得很糟糕。

“好了，不吓你了，你去给我做饭吧。”沈耀转身又坐回了沙发上，拿着遥控器打开了电视。

宋茜茜一时间没有反应过来，还呆呆地站在那里。

“我一整天都没有好好吃饭了，这还是连夜赶回来的。”沈耀回头看着宋茜茜，一脸渴望的表情，“我很饿，你是女人，应该会做饭吧。”

宋茜茜眨眨眼，似乎没有想到沈耀竟然会提出这个要求，她在沈耀的脸上巡视了一圈，不似作假，而且她这才发现，一向修整不带边幅的他竟然会显得很颓废，很累，眼睛四周的黑眼圈都出来了。

就在沈耀还想开口催促的时候，宋茜茜急忙跑去开火烧饭。

宋茜茜打开橱柜，除了面和西红柿，冰箱里还有一些肉和鸡蛋，没有其他可以吃的了。想了半天，只能去酸菜坛里捞一些酸菜，给他做酸菜面了。

沈耀倚靠在厨房的门口看着宋茜茜洗菜切菜，她的动作很娴熟，似乎经常做饭。

她先把酸菜配着肉炒，直接将水加入里面，在等水开的时候又去煎鸡蛋了，她的动作很快，就像是一台计算机在操作程序，繁而不乱，忙而不慌。

他看着她忙碌的背影，心中有着一种满足感，若是每天都能够看到她在厨房忙碌的背影该有多好，每天都能够给他做饭。

沈耀觉得这是自己吃过的最好吃的面，酸酸的味道很地道，而且煎鸡蛋的火候刚刚好。

“你以前常做饭？”沈耀一边吃着一边问着坐在他对面的宋茜茜。

“嗯。从八岁开始就自己做饭了。”宋茜茜扶了扶眼镜，她抬头却正巧看到窗户上一个黑影闪过，但是当她再次看去的时候却什么都没有发现，眉头微微一蹙，这里的治安一向很好，所以也没有多想。

“怎么了？”沈耀见她盯着自己身后看，待回头却什么也没瞧见。

“没什么，大概是眼花了，刚看到窗外闪过一个人影。”宋茜茜浅浅地一笑，“现在沈总总该说说找我什么事情了吧。”

“等我吃完饭。”沈耀低头吃面，不再说话。他吃得飞快，小半碗面一会儿就进肚子里去了。

宋茜茜趁着沈耀吃面的时候将厨房里的东西收拾了一下，可是在她收拾东西的时候，她觉得有人一直在盯着她看，她朝窗外一看，顿时吓得尖叫起来。

“啊——”宋茜茜吓得直接将手中的碗摔在地上，她刚刚在窗户上看到了一张人脸，那人正瞪大眼睛看着她。

在楼下吃面的沈耀听到宋茜茜的尖叫声后赶忙跑了上来。

“发生了什么事？”沈耀紧张地问道，看到地上破碎的碗片，而宋茜茜正恐惧地看着窗外。

“有……有……有人……”宋茜茜吓得脸色苍白，刚刚那一幕太过恐怖了。

沈耀眉头微微一蹙，小心翼翼地朝着窗户走去，但是他却并未在窗外看到什么人，等到他打开窗户的时候，也依旧未见任何人影。

“没有人。”沈耀检查完毕之后告诉宋茜茜，可是他发现宋茜茜的脸色有些不对劲。

宋茜茜的脸色异常苍白，她的眼睛一直盯着漆黑毫无人影的窗外。

沈耀以为她的病犯了，刚想去拿药却又觉得不太对劲，想了一想，将窗户的帘子拉上，笑着道：“你放心好了，外面我都仔细地查过了，不会有人在的。”

宋茜茜轻轻地叹了一口气，她觉得自己有点过于杯弓蛇影了，如果真的是那个女人出手了，她只会一击即中，雇佣的杀手只会是顶级的，不会给她一点点的反应余地。

宋茜茜微微转身，看到沈耀关切的眼神，她一愣，心底一颤，一个想法突兀地在心底冒出，甚至于这个想法让她觉得自己很恶毒，但这却是一个好办法。

宋茜茜浅浅地一笑，“大概真的是我看花了眼，应该没有人吧。”

沈耀很明显地感觉到了宋茜茜这一笑的转变，以前只是礼貌性地微笑，如今这微笑里不只是礼貌性的，还有点朋友的味道。

沈耀的脑海中有个灵光一闪，突然间像是明白了该如何做了。

“今天晚上若是你不介意，我会让我的保镖留下，在你门外帮你看守，如何？”沈耀道。

“这样……可以吗？”宋茜茜迟疑了一下，但是并没有拒绝沈耀的好意。

“嗯，反正我保镖多的是，留几个给你用一下，也无所谓的。”沈耀抬手看了看手表，默然道，“时间不早了，若是没什么事情，我也该先回家了。”

宋茜茜微微咬了下唇，想了下，点了点头：“嗯，你先回吧。”

沈耀的神态略有些开心，就像是孩子得到了大人为其购买一个心爱的玩具的允诺一般。

在送走沈耀之后，宋茜茜这才缓缓地松了一口气，她甚至觉得有些无力支撑自己的体重，整个人软在了沙发上。

黎凤姿，这个女人如梦魇一般地存在在她的生活中，如今，即便离开了宋家，她依旧无法忘记这个噩梦。

胸口上的伤是她亲手赐予，女人的贞洁是她亲手剥夺，从小的鞭打与无尽的黑暗让宋茜茜不得不惧怕这个女人。

“我只希望孩子们能够平安与幸福。”宋茜茜祈求一般地低语着。

……

次日，宋茜茜如往常一样地来到了沈氏大厦，在她刚刚迈进大厦里时，便感受到了众人异样的目光。

所有人都对她指指点点，轻声细语地谈论着，但是每当她走过她们身边时，他们便停止了讨论。

宋茜茜知道这肯定是因为前几天她与宋雅在公司撞面的事情引起的，但是前几天也没有如此严重的议论，不明白为何今日所有人都轻声议论开来。

直到宋茜茜走进办公室里也能够感受到不同的气氛，所有的人都以一种非常异样的眼光看着她。

他们的目光里尽是鄙夷和嘲笑，甚至她在侯乐的眼睛里看到了幸灾乐祸。

宋茜茜眉头一蹙，看向了办公室里与她关系还算不错的几人，却见他们也是目光躲闪着，不敢与她对视。

“茜茜……”有人在宋茜茜身后轻轻地拉了拉她的衣袖，竟然是前些日子才刚刚应聘的实习生小凌，她有些神秘地将宋茜茜拉到了一个角落。

第二十七章　乐极生悲

“茜茜，有人自称是你男朋友，刚刚在李总的办公室里跟李总吵了起来，现在似乎还在李总的办公室里。”

小凌扶了扶她的眼镜，小声地补充道：“现在整个办公室里的人都觉得你是个吃里爬外的女人，有了李总还不够，还在外面沾花惹草的……”

宋茜茜听了脸色顿时黑了下来，她的身体微微颤抖起来。

“茜茜,你没事吧？其实李总还是很维护你的,你只要坦白了……”宋茜茜的反应让小凌以为办公室里的人说的是事实，如此看来，宋茜茜这是害怕事情被曝光了。

“谢谢你。”宋茜茜没有过多地在意小凌的反应，她飞快地跑向了李民哲的办公室。

然而，当宋茜茜的手触碰到办公室的门把手时，顿时愣住了，迟疑了许久后，终究还是将手放到了门把手上，只不过，扭动门把手的时候，她的力气特别轻，特别小，仿佛担心会因自己的莽撞而把门把手弄坏。

“咔嚓”，尽管声音既不大也不小，然而，当所有人都将注意力放在宋茜茜身上时，在这个偌大的办公室里，声音依旧显得特别突兀。

“哼，你觉得你有什么资格说我呢？昨夜你不是与苏小娴在一起吗？你现在是以什么身份跟我说话？茜茜的男友？可惜，你根本就不是茜茜的男友，更不是她的丈夫，你只是让她给你当挡箭牌而已，难道不是吗……”

屋内说话的人咄咄逼人，字里行间都能够感觉到一丝寒意，寒冷沿着门缝传出，冷得仿佛可以冰封整栋楼。

宋茜茜站在门外，眼睛有些模糊，她看不清那个背对着自己站在办公桌前的男人。

然而，她却能感受得到。

上午的阳光透过宽大的落地窗照射进来，将他整个人包裹在阳光里，犹如天神下凡，一如当年初次相见。

“任……任学长……”宋茜茜梦呓一般地轻轻开口。

这轻微的呼唤声让任浩的背影一滞，随即，他的身体似深深吸气一般动了一动。

他转身，带着灿烂如阳光的微笑。

“茜茜……”任浩的手中握着一束玫瑰花，新鲜的露珠还在上面闪着熠熠光辉。

宋茜茜紧紧地握着拳头，上次在沈家见任浩时她很镇定，镇定得让她犹如在梦中，然而这次，她却发现自己乱了分寸，心如小鹿般乱跳，紧张得不知道该如何应付他了。

“茜茜。”任浩却不意外宋茜茜的反应，他走到宋茜茜的跟前，将玫瑰花递到她的眼前，轻声细语又温柔极致地说道，“对不起，我来晚了，我知道这些年你受了很多的委屈，但是从今以后我都不会让你受一点点的伤害。”

宋茜茜没有接过玫瑰花，低着头看着这一束玫瑰花的灿烂绽放，曾几何时她几乎每天都可以收到这样的玫瑰花，她也清清楚楚地记得她收到过一千零一次的玫瑰，就像是天方夜谭的数字。

宋茜茜也没有任何意外，凭借任浩的能力，打听到她这些年的经历并不难，毕竟任家还是不容小觑的。

“茜茜，昨天晚上我才知道，原来你的丈夫已经去世，虽然我很抱歉，但是……”任浩的眼睛盯着宋茜茜的脸，看着她每一个细微的表情，“我想这是上天给我的一个弥补机会，让我再次见到你时，你是单身，我可以去追求你。”

任浩说完，随即单膝跪了下来，仰着头，深情地看着宋茜茜：“茜茜，请你给我一次弥补的机会，好吗？”

寂静，任浩的话说完之后换来的是寂静，整个办公室的寂静，以及宋茜茜的寂静。

良久之后，在所有人以为宋茜茜已经心动，或者说激动得说不出话时，却听她冰冷地开了口。

“那宋雅……雅姐呢？你跟雅姐都已经订婚了，不是吗？她都已经是你的未婚妻了。”宋茜茜开口，声音略显冰冷。

“我知道你可能已经知道这件事情了，所以今早我已经取消了与宋雅的婚事。”任浩急忙地辩解道，“我就是怕你会介意，所以取消了与宋雅的婚事才来的。”

“是吗？”宋茜茜的身子后退了一步，撩了下发丝，冰冷冷地开口道，“我记得前些日子你们还在秀恩爱，如今，你一眨眼的工夫就把宋雅甩了。若是这次我应了你，那下次你看到你的初恋情人岂不是又要把我也甩了？”

宋茜茜说完这句话，顿时引得办公室里一阵哗然，任谁也想不到平日里一言不发，总是微笑不会生气的宋茜茜竟然说出这种话。

于是，办公室里又是一阵议论声。

“宋茜茜，胆子可真够大的，竟然能说出这种话……”

“宋茜茜跟他究竟是什么关系？”

“这不是……前些日子上电视的任氏集团的继承人任浩吗？他不是跟宋家的宋雅订婚了吗？”

“莫非宋茜茜真的是宋雅的妹妹？”

“这个宋茜茜倒是挺厉害的，勾搭上李总不算，还把任氏集团的继承人给勾搭上了。”

“……”

办公室里的议论声越来越大，甚至有胆大的人已经拿出手机开始拍摄了。

“不，茜茜，不会的。”任浩慌忙站起来解释着，拼命地摇头表示自己的决心。

“你别过来。”宋茜茜又往后退了许多步，生怕任浩做出什么事情来。

“我不往前，你别退。”任浩止住了自己的脚步，他紧紧握着手中的玫瑰花，企图从它们身上汲取力量，“你知道不知道那天在沈家得知你结婚了，而且你如此毅然地拒绝我，我真的是……我不知道该如何表达我当时的心情……真的很糟糕，很糟糕……”

任浩的眼里流露出悲痛的神情，若不是他隐忍着，怕是会流下眼泪吧。

宋茜茜微咬着唇，心口很痛，那痛由里而外痛得彻底，然而，她却只是静静地站在那里，没有任何动作，眼神很平静地看着这个曾在自己世界里像神一样的男人。

“你知道吗？我这几天一直在酗酒，我觉得我很没用，可是我找不到振作的理由……”任浩痛苦地自嘲着，“可是，在昨夜……有人告诉我说，你的丈夫去世了……天知道，我知道这个消息的时候是多么的兴奋……而且，我更知道你跟李民哲之间根本就什么都没有，你只是站在他的前面替他抵挡一些不必要的麻烦……你知道吗？我简直太兴奋了，我觉得我终于在黑暗之中看到了希望的曙光，它是那么美，那么吸引人……”

任浩的眼里不再是痛苦，而是激动。

第二十八章　心病复发

“茜茜，你能再给我一次机会吗？我一定会好好珍惜你的。”任浩再次将手中的玫瑰花向前一递，以恳求的目光看着宋茜茜。

他的心忐忑不安。

他们恋爱三年，宋茜茜一直围着他转，几乎将所有的时间都花在了他的身上，可惜他假装不经意地认错她们姐妹，打破了他与宋茜茜之间唯一的束缚约定。

他与宋雅暗地里交往了许久，宋茜茜一直不清楚这个状况，直到她回国前一天看见了两人在一起亲密地吃饭。

直到他看到宋茜茜那不敢相信以及绝望的神情时，他才知道自己做了一件多么对不起她的事情，他也终于在那时恐惧地发现自己即将失去这个深爱的女人。

在宋茜茜回国没有几天之后，他接到了她要求分手的电话，他立即从法国飞回了国内，却被宋雅的母亲黎凤姿告知，宋茜茜跟着一个男人跑了，并与宋家断绝了所有的关系。

他那时慌了，彻底慌了，他不相信黎凤姿的话，他利用任家所有的势力去寻找宋茜茜，却发现她如掉入海底的针，无处可寻。

他终于明白这个女人在自己心中的地位，他终于明白自己究竟做了什么，他究竟伤害宋茜茜有多深。

他度日如年，天天酗酒，直到宋雅说有办法逼着她出现，他这才慢慢振作起来。

这些年以寻找她为目的，如今他找到了她，自然不会放弃。

“我没那么大度。”宋茜茜没有丝毫犹豫直接将他拒绝。

“既然当初你已经选择了背叛，如今又何必回来寻我。”宋茜茜面色平静，语气却异常坚定，“你可知你这么做只会让我恨你。”

任浩的脸“唰”地一下白了，他知道他想要挽回她的心不会那么容易，却没有想到她说话竟然如此的直接，连个转弯的余地都没有。

“可是……我不会放弃的……”任浩语气坚定地说道。

宋茜茜撇撇嘴，耸耸肩膀，一副无所谓的样子。

她转身傲然地离去，不似平日里那副懦弱的模样。

宋茜茜直接乘坐电梯到了地下停车场，直到寻了一个偏僻的角落，她才停下来，从包里掏出药放进嘴里。

即便是吃了药，可是痛依旧还是在胸口蔓延开来。

她的眼泪再也止不住地流淌下来，全身没了支撑的力量，蹲下身，却发现原来这痛已经不再只是黎凤姿刺进去的那一刀带来的痛，而是五年里没能消化掉的背叛的疼痛。

这个疼痛如当年那名医生所说，是心病，是会要人命的心病。

“喂——你在这里干什么啊？”

一丝关切的声音让正在痛苦的宋茜茜不由地抬起头。

宋茜茜没有想到竟然会看到他，那锃亮的皮鞋，笔直的裤线，习惯性的单手插兜，整洁的西服，没有任何死角的完美脸蛋。

“沈……沈总……沈总……”

宋茜茜抽泣着，然而却不知道为何她的抽泣声会更加厉害，止都止不住。

沈耀呆愣地看着眼前这个哭得毫无形象的女人，他不知道究竟发生了什么竟然能够让她哭成这个样子。

“你……”

就在沈耀刚刚想要询问什么时，却被宋茜茜用力地掰了下身体，正好背对着她。

沈耀很明显地感觉到了宋茜茜将头顶在了自己的背上，她整个人都哭得很伤心，甚至他能清晰地感觉到自己后背的衣服已经被她的泪水湿透了，估计等会儿他可以直接用她的眼泪将衣服洗刷一遍了。

沈耀没有打断宋茜茜的哭泣，静静地承受着。

也不知道过了多久，宋茜茜才停止了哭泣。

“沈……沈……沈总……”宋茜茜擦拭着自己的眼泪，心底忐忑不安地看着沈耀的背影。

他的衣服已经被自己的泪水弄湿了，平日里素有洁癖的沈耀不知道会怎么对自己。

“哭完了？”沈耀的声音很平静，似乎刚刚什么都没有看到，什么都没有听到，就如刚刚出现在她身边一般。

“对……对不起……”宋茜茜微微咬了下唇，低着头看着自己的脚尖，“我刚刚弄脏了你的衣服，不过我可以替你洗的。”

“你是怕我没有用人洗衣服吗？”沈耀挑了下眉，心底却是不明所以地一乐。

宋茜茜低着头不知道该说什么好了，她的心轻轻地抽搐着，难道自己真的要利用眼前这个男人来达到自己的目的吗？虽然他曾那样对待自己，可是不至于让他去为自己出生入死。可是，除了他还有谁能够抵挡得住黎凤姿呢？

她的行为已经渐渐地向着她不愿意去的方向行驶了。

“这样吧，回头请我吃饭好了。”沈耀浅浅地微笑着。

“嗯？”宋茜茜微微一惊，抬头不敢相信地看着沈耀。

“怎么？请我吃饭很为难吗？”沈耀略显不快地说道。

“不，不，不是的。我只是觉得原来沈总你那么好说话。”宋茜茜灿烂地一笑。

沈耀挑了下眉，不否认不肯定，默认，从兜里掏出一条手帕递到宋茜茜的眼前。

“借你用一下，擦擦你的花脸。”沈耀浅笑着。

宋茜茜一愣，脸色一红，接过他手中的手帕，这手帕是纯棉布料，摸在手心的感觉很软。

手帕上面还残留着他的体温，尤其是宋茜茜用手帕擦拭时，那股淡淡的独属于眼前男人的味道渗入她的鼻中，让她想起了那两夜的缠绵，脸上更是一红。

“衣服不用你洗，这帕子你用了就帮我洗了吧，回头再递给我。”沈耀突然间觉得自己若是想真的得到眼前这个女人，怕是要从头一步一步地来，如此才能得到她的心。

“啊，嗯，好。”宋茜茜点点头。

“好啦，回去上班吧。”沈耀转身离去，留下还有些发愣的宋茜茜。

宋茜茜握着手帕浅浅地笑着，抚摸着胸口，似乎有些时候它也不会发作呢，如果能够一直这样，那该有多好。

当宋茜茜再次回到办公室里时，他们依旧是用异样的目光看着她，只是不再在办公室里议论了。

“茜茜，任浩说他不会死心的，还会过来找你。”李民哲把宋茜茜喊到办公室里说道。

宋茜茜虽然没在李民哲跟前提过任浩的事情，但是想必六年前在李民哲决定将她留在家里的时候就已经调查清楚了。

第二十九章　纠缠不休（上）

“需不需要我给你找几个人，这样可以保护你的安全。”李民哲关切地问道，他对于她在有些方面亏欠得很多。

他若不是当众赠予她玫瑰，利用他与她的绯闻逼回苏小娴，或许她现在依旧过着平静的生活。

“不需要。”宋茜茜浅浅地一笑，“倒是你，把苏小娴追到了手，给我造成的困扰该解决一下了吧，若不然说不定我真的会为了你跟苏小娴闹的，到时候你可要吃不了兜着走了。”

李民哲被宋茜茜那么一说倒有些不好意思了，点点头应了这件事情。

宋茜茜知道即便没有李民哲这件事情，她也迟早要与宋家的人碰面，尤其是黎凤姿这些年并没有放弃对她的寻找，若不是李民哲这层关系挡着，怕是黎凤姿早就找到自己了。

早上经过任浩的事情，她也没有多少心思上班了，下午一下班便着急往家里赶去。

可是，她刚出办公楼的大门，便看到了任浩站在公司的大门口。

宋茜茜想也没有想便趁着任浩还没有发现自己退回了大楼里，直接去了停车场。

恰巧李民哲的张秘书正欲开车离开，她想也没有想便让张秘书将自己带出了公司。

安全回到家里，宋茜茜这才松了一口气。

“喂，伦……嗯，我知道了，那你跟云奶奶好好地待在一起，听云奶奶的话……月，你今天又考了满分啊……”

宋茜茜与宋伦宋月一一通了电话，现在云姨和沈太太简直把两个孩子当成了宝，舍不得还给她了。

宋伦与宋月似乎也很喜欢待在沈家，没有嚷着要回来。

幸好有人帮她照顾两个孩子，否则她都不知道该怎么办了。

如今她正巧处于风口浪尖，随时都有可能会被黎凤姿派来的人杀掉，甚至那个李丰也会把她当成宋家人一起杀掉。

四面楚歌是她现在的处境，实在是不合适带着孩子。

她自己早就觉得生死无所谓了，如今害怕的便是两个孩子的安全。

孩子们若是真的能够跟沈家和云姨搞好关系，那么宋家即便想要下手也会好好掂量一番，若是以后能够拿到沈家传说中的“三启符”那孩子们的安全算是彻底保住了。

宋茜茜也为此而努力着。

时间便是在指缝中悄然流逝，眨眼间便是年后了。

下过雪的春季很冷，窗户上依旧可见美丽的窗花，阳光照射而来，那些窗花便慢慢地消融，好似不曾出现过一般。

轻轻拉开窗帘的一个角，宋茜茜眺望着街的对面，看到了每日都可以看到的身影。

他穿着黑色的呢子大衣，双手插在兜里，目光看向宋茜茜的方向，大概是觉察到了她的目光，嘴角露出浅浅的微笑。

任浩每日的清晨都会站在这里等待宋茜茜下楼，之后跟随在她的身后送她至公司，却不会进入到公司里。

每天的下午他还会在公司门口等待她下班，跟随在她的身后送她回家，比专属保镖还要任劳任怨。

刚开始，宋茜茜想着办法要甩掉任浩，可是却发现他如橡皮糖一样，一旦黏上便拉扯不断。

宋茜茜也便任之由之，随意任浩跟随，但是却不跟他说一句话。

今早依旧是这个样子，宋茜茜前面走，他在后面跟随着。

“茜茜……茜茜……”这是任浩许久以来第一次喊宋茜茜的名字，他跟随在她的身后，希望她能够停留一下。

然而，宋茜茜却依旧丝毫不顾地往前走。

“茜茜。”任浩一把拉住了宋茜茜的胳膊。

宋茜茜别过脸，不去看任浩，更不与他有任何目光上的接触。

“茜茜，你如何才能原谅我？你告诉我好吗？”任浩恳切地说着。

宋茜茜用手轻轻地拨开任浩的手，若说她这些日子不感动那是不可能的，可是这远远无法让她原谅任浩以前的所作所为。

“我们已经不可能回到过去了，我说过我很爱我的丈夫，所以我宁可孤老终身为他守身如玉也不会再去接受其他任何人了。”宋茜茜一副很不耐烦的样子。

“那我们呢？你以前也说过……”

“那是以前……”

“以前的话难道只是说说吗？”

“难道不是说说吗？你都不当真，我又何必逼迫自己去当真。”

“可……我……”

“好了，任学长，现在我还称你一声学长，若是你真的把我惹急了，我想我们以后见面怕是连招呼都不能打了。”

“茜茜……”

任浩无论如何都没有想到宋茜茜的态度竟然如此的坚决。

“啊——”

就在两人不断争吵说话时，便听到了不远处的一声尖叫。

两人回头却见不远处的电线杆旁边站着宋雅和对她拉扯不止的李丰。

“你放开我——”宋雅拼命地喊叫，嘶吼着，拼命地挣扎，企图摆脱李丰的拉扯。

“你放心，这次不会让你跑掉的。”李丰很自信地一笑，单手拉着宋雅的胳膊就往路边车上走。

“宋雅——”任浩和宋茜茜有些不敢相信地看着不远处的人，尤其是任浩，没有想到宋雅竟然会跟在自己身后。

“你为什么老缠着我？”宋雅自己不肯跟李丰走，整个人的身子向后倾倒着。

“我说了我要追求你，你现在是单身，我想我可以去追求你的。”李丰嘴里说着，手上的力度却没有减少一点儿，拉扯着宋雅往车的方向走去。

“可我不需要你的追求，我也不喜欢你……”

“那可不行，从小到大，都是女孩子往我怀里扑，我还没这么追求过女孩子呢……”

“我不稀罕……”

“你不稀罕，我稀罕……”

“……”

两人拉拉扯扯之际，宋雅已经被李丰拉到了他的车边上，李丰也已经拉开了车门。

“浩哥哥，救我——”宋雅不得不向远处的任浩求救。

“李丰，你别太过分。”任浩也终于忍不住地跑了过来，将宋雅从李丰的手中拉了过来，阻止了李丰接下来的动作。

“任总经理。”李丰倒是不急不缓，对任浩会过来救宋雅没有丝毫意外。

他微微歪了下头，脸上满是嘲讽的笑意。

第三十章　纠缠不休（中）

“我说任总经理，你现在好像已经跟宋雅小姐分手了吧。”李丰低下头动了动左右大拇指上面的玉扳指，不时斜眼看着不远处站着的宋茜茜。

“我跟宋雅分手与你何干？”任浩满脸怒意。

李家跟任家的上一辈的长辈是至交好友，李丰与他两人虽然不常见面，但是私下关系还算不错。

尽管他知道李家跟宋家不太对路，但是他怎么也没有想到自李丰接手李家集团之后便对宋雅开始肆无忌惮的追求。

以前宋雅是他的女友，李丰也只是偶尔堵堵宋雅，谈下无关紧要的话题。如今，宋雅与他已经分手，李丰便肆无忌惮对宋雅下手。

虽然不至于让宋雅有生命危险，却也让宋雅陷入到了危险境地。

“怎么会没有关系呢？”李丰挑了下眉，“你跟宋雅分手了，那就是说她现在没有男友喽，没有男友我就可以光明正大地追求她了。再说了，宋雅已经同意试着跟我交往……”

“谁同意跟你交往了？”宋雅立即反驳着李丰的话，整个人也不停地往任浩身后躲去。

“上次我记得有人说过，若是我能够先杀了这个女人，那么她就会跟我交往了……”李丰笑着看向了宋茜茜。

任浩随着他的目光看去，只见宋茜茜的身后不知道何时冒出很多的黑衣人。

“茜茜，小心身后。”

就在他想要提醒宋茜茜的时候，其中一名黑衣人上前一迈，动作很利落地将一块手帕捂到了宋茜茜的口鼻之上。

宋茜茜还未反应过来任浩的话便觉得眼前一黑，失去了知觉。

“茜茜……”任浩看到宋茜茜倒在了其中一名黑衣人怀里，顿时慌了。

“你想去哪里？”李丰堵在了任浩的身前，笑眯眯地说道。

“你究竟想怎么样？”任浩突破不了李丰这道坎，只能眼睁睁地看着宋茜茜被人抬上了车，飞驰而去。

“不想怎么样？”李丰拍拍任浩的肩膀，“不要吃着碗里看着锅里，这里有一位那么漂亮的女人陪着，结果还不满足，还想要两个女人都陪着，人心不足蛇吞象。”

“噢，对了。”李丰像是想起什么似的对宋雅说道，“宋雅小姐，若是你哪天觉得我比较好，那你可以来李氏集团找我，我一定会恭候大驾的。”

“死也不会。”宋雅狠狠地道。

“呵呵，那可不一定。”李丰自信地说道，说完便朝着车子走去，走到一半又折返回来，在任浩开口前说道，“对了，你瞧我这记性，忘记说一句了，任浩你也别指望去救宋茜茜，没用的，想要破开我李家大门你们任家还不够资格。”

“你……”李丰的警告让任浩有些愤怒，然而却也没有办法去反驳，因为真实情况如李丰所说，他们李家的确比任家要更有实力一些，很多东西不是任家可以比的。

其实李家可以随时颠覆掉宋家，只是不知为何李家没有做绝。

“下一次再见，我不会轻易放过你的，宋雅。”李丰扔下这句话便乘车离去。

任浩紧抿着唇，他没有想到事隔六年再次见到宋茜茜，竟然会让人在他眼前带走她，他定要闯一闯这狼穴。

“浩哥哥。”宋雅站在任浩身后低着头如犯错的孩子，懦弱犹如一朵雪中娇花，寒风轻轻一吹便会将它凋零。

任浩没有回答宋雅，眼睛直勾勾地看着李丰离去的方向，心底想的全是该如何解救宋茜茜。

正午的太阳透过薄薄的淡紫色纱窗照射进清淡幽雅的中式屋内，将棕红色床榻上的点缀着碎花的米白色床罩染成了淡淡的暖紫色。

“像啊，真像啊……太像了……”

“是啊，太像了……第一次看到她我就觉得她好像。”

正在床边站着的李丰正与一位看起来年龄约有五十岁的中年人看着床上躺着的年轻女子。

“第一次看到她时，就觉得她最像了，比宋雅要像多了。”李丰搀扶着中年人。

中年人拄着拐杖，他慈祥地看着床上的年轻女孩，嘴角浅浅地笑着。

他正是李家集团现今的掌管者李宁清，也正是李丰的父亲。

“爸爸，上次宋雅的结果出来了，她是那个贱人的女儿。”李丰道，“不过宋茜茜的血液样本才刚刚送去，还未检测出结果。”

“她叫宋茜茜。”李宁清上前一步，欲去抚摸这张与亡妻近乎一模一样的脸，但终究还是止住了这份念头。

宋茜茜与宋雅的模样几乎一模一样，然而，李宁清却能够清晰分辨出她们两个，甚至只需一眼，他便能够说出她们的不同，就像他能够很轻易区别开真假黎凤姿一样。

“是的，据说是宋家的养女，当年也是因为与宋雅长相相似才被收养，在六年前失踪了，直到前些日子才出现在众人的眼里，具体是不是还需要鉴定一下。”李丰将自己知道的事情一一说了出来，“而且，我听说她已经结婚了，但是丈夫去世了，留下两个五岁孩子，目前寄住在李民哲家里，由李民哲的母亲沈云带着。”

“结婚了？已经有两个 5 岁的孩子了？”李宁清微微有些吃惊，“你不说她今年才 24 岁吗？与你妹妹同岁，所以可能性才是最大的。”

“是的，她 18 岁就结婚了。”李丰眉头微微一蹙，有些担忧地道，“我担心的是六年前宋家……”

“嗯？”一声很轻微的哼唧声打断了李丰接下来的猜测。

朦朦胧胧的人影首先出现在了宋茜茜还未适应光线的眼睛之中，首先便是李丰的身影。

“啊！”宋茜茜猛然一个机灵便从床上坐了起来，下意识地拉着被子挡在自己胸前。

李丰见此没有尴尬，反而低头浅笑，待抬头时眼里满是笑意，“怎么？我就是一只老虎，见到我就这么害怕？”

宋茜茜被李丰那么一说，脸色微红，却还是低下头看了看自己的衣服，待发现一切良好时才缓缓松了一口气。

李丰见状也不再说什么，与李宁清对视了一眼，都觉得她醒来之后更像了。

“你……”宋茜茜想要问问题，可是待看到旁边站着的中年人之后就不再吭声了。

第三十一章　纠缠不休（下）

在沈氏集团待的这段时间她对各个合作方的总裁或者总经理都很熟悉，虽然未见过真人，却也在相片资料上看过。

能够让李丰如此恭敬对待的也只有他的父亲李宁清了。李丰在外的名声很臭，但是一直都是圈内的大孝子。

宋茜茜知道李家恨宋家，尤其是最近逼得宋家在国外所有产业倒闭，只留国内少许的产业，甚至若是李家愿意，他们定然可以让宋家彻底除名，可是他们没有，想必是有目的的。

宋茜茜一边思考着利弊，一边慢慢地从床上下来，若是可以她不介意从楼上跳下去。

“你不必想着从这个窗户上跳下去，这只是三楼。”李丰看穿了宋茜茜的意图，浅笑着，“而且，下面有厚厚的草坪和积雪，不会摔死只会残废。再说了，我想你没必要采取这么激烈的方式吧。”

“你抓我来想干什么？”宋茜茜依旧很警惕。

“爸爸，您要不先去客厅坐会吧，我跟她先聊一下。”李丰在自己父亲面前将所有顽劣都收了起来，只剩下那份恭敬。

“嗯，也好。”李宁清点点头，拄着拐杖离开，却在离开时多看了几眼宋茜茜。

李丰将李宁清送走之后，便回到了宋茜茜的跟前。

宋茜茜有些害怕地后退着。

“既然你昏睡的时候我没有对你下手，那么现在也依旧不会。”

李丰在离宋茜茜五步远的地方停了下来，不远也不近的距离，恰到好处。

“其实，我有挺多问题想问的，但是我觉得还是留在以后慢慢来问比较好。”李丰单手插在裤兜里，一手撩了下自己额前的发丝，“现在呢，我只是想请你陪我父亲和我一起喝杯茶，如何？”

宋茜茜不会相信这一切正如李丰所说的只是陪他们喝杯茶这么简单。

然而，事实证明，李丰的确只是让宋茜茜陪他们喝了一杯茶，在这茶桌上，两人都没有询问一个问题，茶桌上很安静。

“总裁，副总裁。”就在宋茜茜忐忑不安之时，李丰的贴身保镖飞鱼进屋恭敬地道，“任家的任浩任总经理前来拜访，说是想见两位总裁一面。”

“你跟他说宋茜茜小姐在我这里过得很开心，让他放心好啦。等宋茜茜小姐玩腻了定然会送她回去。”李丰话虽然是对飞鱼说，但是眼睛却在观察着宋茜茜的表情。

“是。”飞鱼点头领了话便离开。

飞鱼未走两分钟便又回来了。

“任总经理说他今天无论如何也要见宋茜茜小姐一面。”飞鱼转述着任浩的话。

“茜茜小姐，你看，这任总经理你是见还是不见呢？”李丰抿了一口茶询问着宋茜茜。

宋茜茜抬眼看了看李宁清，但见他悠闲自在的样子，低着头慢慢地喝着茶，对此事不闻不问，一副一切由李丰做主的模样。

“不见。”宋茜茜干脆利落地回答着。

“飞鱼你就把宋茜茜小姐的话传达了就是了。”李丰低头喝了一口茶，“若是他还不走，就告诉他明天可以替宋雅收尸了。”

李丰话一落，宋茜茜的心口便是“咯噔”一下。

宋茜茜心里清楚李丰说这话绝对不是开玩笑的。

飞鱼如实地将话传达了，也想到了任浩的固执，然而他也一切按照李丰的意思来，让任浩听了听他手机里传出来的声音，这才赶走了任浩。

飞鱼没有让人杀掉宋雅，却也让跟踪宋雅的人给她制造了点麻烦，让任浩有所顾忌。

冬日里的白天总是短得厉害，很快便天黑了。

宋茜茜被李丰留下过夜，房间还是她中午醒来的房间。

一进屋，她便将房门反锁，把门扣也扣了上去，一切保险措施都做得完美无缺。

一晚上她没有睡，而是静静地站在窗前等待，似乎除了他也没有人知道她被困在这里，除了他也没有人能够来救他了，明明想要断绝关系，到最后却是要依靠他来逃生。

宋茜茜有些自嘲地笑了，这是她与任浩的暗号，从他们交往开始他们便有一些别人不知道的暗号，她的“不见”暗示着让任浩夜晚两点来救她，位置是正午两点太阳能够照射到的地方，她一直开着灯便是在等待。

时间一分一秒地过去了，很快便到了半夜两点，宋茜茜如期地看到了楼下那抹熟悉的不能再熟悉的身影。

她一时间竟然不知道该如何去表达这份复杂的心情，她没有思考这么多，打着手势说她很快就下去。

任浩让她慢一点儿，他会等她，同时他小心翼翼地观察着四周的保安措施。

“咚咚……”就在宋茜茜准备爬窗时，门被人敲响了。

“宋小姐，我们家主子让我来带你去见他。宋小姐……”门外是飞鱼的声音。

宋茜茜眉头微微一蹙，心底思量着该不会李丰发现任浩来了吧，或者又想明白要从自己这里套话来了。

宋茜茜没有做过多的思考，拿起桌子上的笔和纸飞速地写了“勿等，静观”四个字，扔向楼下等待的任浩，同时飞快将窗户关上，拉拢帘子。

宋茜茜稍稍整理了下衣裳，将门打开，跟随在飞鱼的身后去一楼大厅见李丰。

但宋茜茜到达一楼大厅时，她愣了。

虽然这个身影是背对着她坐的，但是那笔直的身形，优雅的端茶动作以及那份熟悉感都揭示了他的身份。

“沈……沈总……”宋茜茜异常吃惊，想不明白为何沈耀会出现在这里。

沈耀不动声色地将宋茜茜从头到尾地打量了一番，这才点了点头。

“我想我现在应该可以带她走了。”沈耀的声音异常平静，似乎只是在跟李丰在做一笔很普通的交易。

“当然，您都为她付出了这么大的代价，我当然得让您满意，您请。”李丰跷着二郎腿坐在单人沙发里，也不起身，手抬了抬做了一个请的动作。

“走吧。”沈耀对着宋茜茜微微示意了一下。

“噢。”宋茜茜有些心不甘情不愿地应了一声，她真心地没有想到沈耀竟然会出现在这里，而且似乎还为了她与李家做了一笔交易。

第三十二章　寻上门来

宋茜茜看了一眼正喝茶的李丰，他低垂着眼睑，将注意力都放到了茶杯里，全然不管他们两人了。

宋茜茜跟随着沈耀出了李家，坐上了沈耀的车。她惊讶地发现沈耀竟然是一个人来的，连司机都没有带。

“你愣着干什么，还不上车，想感冒吗？”沈耀语气略微有些生硬，却也满是关心。

宋茜茜一愣，继而赶忙坐进了车里。

一路上，沈耀没有说话，宋茜茜也看着窗外不言一个字。

沈耀与宋茜茜走后，李家大宅内李丰看着闭路录像电视。

“任浩这小子倒是缺了沈耀这份气魄。”李丰冷冷地一笑，“你们也别为难这小子，让他走就是了。”

“是。”飞鱼点头应着。

“不知道这宋茜茜是不是我要找的人呢？不过呢，只要她不是那个贱女人的女儿倒也可以放过她一马。”李丰这话似在对飞鱼说，也似说着他与宋家不解的仇。

“主子，现在是不是该收网了？”飞鱼问道。

“不，现在还不是时候，我们必须要确保老头子要找的人不在那个贱女人的手中才可以。”李丰微微眯着眼睛看着监控电视里出现的那个跟随在任浩身后偷偷摸摸的人影，“或许她也可以做一个交换。”

李丰嘴角一勾，对待敌人就不能过于仁慈。

……

下过大雪的路有点滑，车开得有点慢，车厢内的气氛也不是很融洽。

“那个……”宋茜茜终于在快要到目的地的时候首先开了口。

“什么？”沈耀有点迷茫地道。

“你怎么知道我在这里？”宋茜茜的眼睛是看向窗外的，她不敢直接面对沈耀。

“我下班之后接到云姨的电话说打你家座机电话没人接，怕你出事就让我找你。没想到你还真出事了。”沈耀说得很轻松，似在说电视剧里的内容，“后来，查了下附近的监控，发现你被李丰带走了，后来就去了李丰家。”

沈耀说得轻松，但是谁也不知道他接到云姨电话时已是下午六七点钟了，他还正在外地开会，他听闻宋茜茜失踪的事情后便连忙乘坐飞机回来，亲自派人寻找她的下落。

当他知道她被李丰带走时，有多么的着急，一想起那个时候她被飞鱼逼入胡同里的情景他便急了，又连夜赶到李丰家里，只为能早一分钟让她出困。

他表面上很冷静，其实早就急开了锅，直到见到她安然无恙时才松了一口气。

“那个……你跟李丰做了什么交易？”宋茜茜低着头没敢去看沈耀。

“不是什么大交易，没什么的。”沈耀轻描淡写地说道，似乎这笔交易无所谓。

沈耀的态度让宋茜茜有点不知所措了，若是沈耀一开口就向她讨要这笔交易所付出的代价，那或许她知道该怎么办，就像当年任浩将黎凤姿说服允许她去上大学一样。

那时的任浩虽然是开玩笑，却也让宋茜茜应了他，做他的女友。

如今，沈耀却毫不在意感觉这是他应该做的事情一样，这个感觉反而让宋茜茜觉得亏欠了他。

“我……”宋茜茜想开口却不知道该如何开口。

“如果你觉得亏欠我，那你来我办公室给我当助理吧。”沈耀突然开口说道。

“什么？”宋茜茜一时间没有反应过来。

“给我当助理，弥补我的损失。”沈耀微微侧头看了看宋茜茜，但见她一脸不相信的表情，“你不是觉得我为你做交易你觉得亏欠我嘛，那好啊，来给我当助理。”

“这……”宋茜茜没有想到沈耀竟然会这么做，他这不是在向她讨要交易损失，而是在帮她。

现如今全世界的人都知道苏小娴要来沈氏集团给李民哲当助理，而这个位置只能有一个人坐，如今便是她宋茜茜坐着，经过前一段时间的闹剧，她是走也不是，不走也不是。

沈耀提出的这个条件，哪里是讨要，明明还是帮助。

“怎么？觉得当我的助理很亏欠？”沈耀开玩笑似的说道。

“不，不，我很乐意。”宋茜茜赶忙说道，她对沈耀的好感度在直线地上升中。

沈耀别过头偷偷地笑着，李丰要的交易本就是他不想要的一个交易，让了也就让了，能够让宋茜茜来当她的助理这才是关键，换成平日怕她早就拒绝了。

如何才能将她真正收入到自己的囊中还需要慢慢来。

沈耀的动作很快，次日的一早便将宋茜茜调离了李民哲的办公室，安排在了他的办公室外，不管他抬头还是她抬头都能够透过窗户看到彼此。

沈耀低头浅浅地笑着，非常满意这个安排。

“我说……耀，你最近吃了什么兴奋剂，竟然如此开心？”崔少昊拿着一大堆文件进屋找沈耀时，便看到了他不时抬头，在低头时便是傻笑，笑得非常非常的傻。

崔少昊站在沈耀椅子旁边努力地以他的视角透过窗户往外看着，但是愣生生地除了两张办公桌之外没有看到任何东西，在扫看他的桌子，除了文件还是文件，连个摆设都没有，如此无趣的办公桌怎么样也不会引起他这个冰山男的笑容吧。

“你来这里干什么？”沈耀将崔少昊推到一边，恢复了平日里一贯的冰山表情。

“啧啧，变脸别那么快。”崔少昊眉头一皱极为不悦沈耀的表情变化，但是他嘴上说着，手上的动作却不停，将手中的文件往他办公桌上一放，“这是我们服装部今年的计划，以及与法国那边公司的合作合约，你自己看看吧，对了，还有咱们公司服装代言人的问题，应该还是宋雅吧，不过我打算再加一个，毕竟注入点新活力……”

沈氏集团服装的代言人一直都是宋雅，可谓宋雅的一半成功路都是由沈氏铺起来的。

“换一个代言人吧。”沈耀翻看着文件，在文件上写写画画，倒是很快确定了一些事情。

“什么？”崔少昊觉得自己好像听错了。

“把宋雅换掉，换成其他人，至于人选你自己看着办。”沈耀一抬头便看到了正忙碌的宋茜茜，刚来的这头一天，她便将事情安排得很好，也善于与人交流，似乎不管什么环境她都能够很好地适应。

第三十三章　心有所属

“什么？我没听错吧？”崔少昊假装抠抠耳朵，不敢相信沈耀的话，“你可是花了六年时间去追求宋雅，花了很多的金钱把她堆成如今的天后，她现在如日中天，影响力也很广，你怎么就把她给撤了呢？”

“她太红了，不适合做沈氏代言了。”沈耀简单地说道，“你别追问为什么了，等过段时间你就知道了。”

“噢。”崔少昊没有过多的话可说，他知道沈耀这么做定然是听到了什么风声，毕竟宋家跟沈家有着很密切的联系。

崔少昊觉得没事便退了出去，待走到那两张安排在一起的办公桌时，特意留心了一下，也没有发现什么异常啊，他搞不明白沈耀为何一抬头就傻笑呢。

其实，崔少昊完全没有注意到俯身拾东西的宋茜茜，更没有想到自己这个从小玩到大的朋友竟然会动了真心。

初春的天气很不错，暖暖的和煦风和适合春游。

“哥哥，你快看……那座大楼好高噢，在这里都可以看到……还有那里，那里是我们的学校……”

“月，你看那里，那里肯定是我们住的地方……”

适合春游的天气，宋茜茜是不会放过的，趁着放假抓紧时间带着孩子们出来游玩。

坐在摩天轮上的两个孩子很兴奋，尤其是摩天轮转到最顶端俯瞰着这座美丽的城市。

宋茜茜喜欢跟孩子们一起放松的时光，她带着孩子们一起坐摩天轮，一起玩海盗船，一起骑木马……她尽一切可能陪孩子们玩尽一切。

“你们在这里坐好，我去买棉花糖……”宋茜茜将玩累的孩子们安排在了休息棚子里，自己去不远处买棉花糖。

宋茜茜刚将棉花糖的钱付好，便听到一个女子的娇嗔声。

“耀哥哥，我们买个棉花糖可好？我好久没有吃了呢。”

娇嗔的声音让宋茜茜想起了在沈家那个夜晚听到的那个女子声音，很相似。

宋茜茜不自禁回头，果然见到了那个自称是张玉琪姐姐的张玉岚，站在她旁边的高个子帅男很显然不是别人正是沈耀。

沈耀微微一愣，没有想到竟然会在这里遇到宋茜茜。

宋茜茜觉得自己看到这么一幅女的俊俏男的帅气的和谐画面有些难受，愣在那里一时间不知道该怎么去跟沈耀打招呼。

“耀哥哥，我买好了，给你一个。”

张玉岚笑得开心，将手中的棉花糖递到沈耀的眼前。

棉花糖恰巧遮挡住了沈耀的视线。

沈耀低眼看了下张玉岚，没有任何表情，停顿几秒，在她开心的笑容下接过了棉花糖，待他再次抬头时却发现那个摊子旁已经没了宋茜茜的身影。

宋茜茜趁着沈耀不注意的时候，快速地回到了休息棚里。

“妈妈……我刚刚看到了耀叔叔。”宋月很开心地蹦跳起来，手指着刚刚沈耀站着的地方。

“妈妈，我也看到了。”就连平日里冰冷的宋伦今日也很开心地笑着，他似乎也很期望与沈耀碰面。

“的确是耀叔叔，不过……”宋茜茜将手中的棉花糖一人一个地分过去，“不过呢，他在约会，所以呢，你们不能过去打扰。”

宋茜茜照实地说着沈耀现在的情况。

“约会？什么是约会？”宋月有些迷茫地看着宋伦，希望自己的哥哥能够给自己解释一下。

宋伦的嘴一下子瘪了下去，非常不开心，瞥看一眼宋月，“约会的意思就是男生跟自己喜欢的女生一起逛街。”

“啊？”宋月的兴致头一下子也落了下去。

宋茜茜一见他们这个样子，不禁乐了，“你们耀叔叔跟自己喜欢的女生一起逛街，难道不好吗？”

宋伦抬抬眼睛，无精打采地回答道：“不是不好……”

“那为什么？”宋茜茜有些疑惑。

“因为我们觉得……”

“不可以说。”

宋月的话刚说到一半便被宋伦打断了，两人之间很明显地有着不能让宋茜茜知道的秘密。

“怎么？你们有什么事情瞒着我？”宋茜茜突然间发现孩子们似乎离自己很远，这些日子她持着放任的态度，随他们跟随着云姨，几乎没有管他们，如今，待回头时，发现三人之间的距离越来越远。

宋茜茜不知道这是好事还是坏事，毕竟这也是自己的下意识所为。

“没……没……”宋伦和宋月慌忙地摇头，却又在宋茜茜强烈的注视下低下了头。

“啊……那个不是干爹吗？干爹怎么来了？”宋月猛然抬头指着远方大声喊道。

“嗯？”宋茜茜一愣，回头去看宋月指的方向，突然间发现那里空无一人，这才发觉自己上当了，待回头时却看不到两个孩子了。

“妈妈——我在这里——”宋月的喊声从右侧传来，她正站在卖气球的人群那里。

宋茜茜撇撇嘴，异常无奈地扶了扶额头，她发现自己对这对活宝越来越无奈了。

宋茜茜不得不去陪着两个孩子继续游玩游乐场，这次这两个孩子也不知道想些什么，总是在一些人少不太热闹的地方玩。

接下来的玩耍大家都没了兴趣，因此这次游玩早早地结束了。

宋茜茜也一直没有再碰到沈耀和张玉岚。

“妈妈，那辆车好漂亮。”宋伦指着远处慢慢开过来的淡蓝色的劳斯莱斯。

宋茜茜看了过去，脸色顿时变了，有些慌张地对宋伦和宋月道：“走，快走。”

“怎么了？妈妈？”宋月不明所以地道。

“等会儿会告诉你们的。”宋茜茜一手拉着一个孩子往停车场的方向跑去。

然而，她还没跑几步便看到飞鱼带着几人堵住了去路。

“宋茜茜小姐，我们主子想请您和您的孩子一起吃顿饭，以感谢您的孩子对我们家老爷子的救命之恩。”飞鱼行了一个绅士礼。

宋茜茜一听这话一愣，继而看向两个孩子，却见两个孩子也是茫然地看着宋茜茜，似乎并不知道飞鱼说的是什么意思。

“我想，你们家主子弄错了，我们家孩子不认识你们家老爷子。”宋茜茜说着拉着孩子企图绕过飞鱼前往停车场。

“怎么会弄错呢？”就在此时，那辆车停在了宋茜茜的旁边。

第三十四章　另辟蹊径

“李叔叔，你怎么会在这里？”宋月惊奇地看着从车上下来的人。

“李叔叔，你跟这个叔叔认识吗？”宋伦指着飞鱼看着李丰。

“认识，他是叔叔的保镖。”李丰笑眯眯地抚摸着宋伦的头，“我让他请你们和你们的妈妈一起去吃晚饭。”

宋茜茜几乎是下意识地在李丰触碰宋伦头发时将他往后拉。她的心底有些害怕，她竟然不知道两个孩子认识李丰。

“你不必害怕，我这次绝对没有恶意。”李丰浅笑着，“你们的孩子救了我父亲，我这次是特地道谢来了。”

宋茜茜不说话，脸上是不要靠近的表情。

“请你相信我，若是我对你们有恶意，不会在这大庭广众之下直接出现的。”李丰说着，同时神秘地靠向宋茜茜，轻声说着，“据我所知你们的沈总裁现在应该就在附近，你可以大喊一声，我猜他会立即出现的，还有你的前任情人任浩带着他那藕断丝连的女友正在往这边走，估计差不多五分钟就会到。”

李丰说完这话便不再说话，笑着看宋茜茜的抉择。

宋茜茜的脸色变了又变，良久点了点头。

“好啦，你们妈妈同意我带你们一起去吃晚饭了。”李丰笑着抱起了宋月，逗着她开心地笑。

宋茜茜不想再欠沈耀的人情了，更不想与任浩宋雅碰面，除了跟李丰一起走没有其他选择了，毕竟如他自己所说，若是对自己不利不会在这大马路上公然出现的。

晚餐的地点订在了帝王大厦，或许李丰是想让宋茜茜放心才这么做的吧。

“我父亲的心脏不是太好，上次他独自一人出去，忘记带药了，结果半路病发，幸好碰到宋伦和宋月，他们两个小家伙倒是机灵，一人喊人，一人打电话，幸好及时送到医院，否则，后果不堪设想。”

李丰为宋茜茜解释了上次两孩子救治李宁清的过程。

“你的孩子不像其他孩子那般，要么逃得很远，要么不知道该怎么办。”李丰将两个小家伙狠狠地夸了一顿，满足了孩子的虚荣心，“真的，像他们才五岁的孩子懂得这些真的不多，你的教育很成功呢。”

宋茜茜沉默，不接话，只是保持着淡淡的微笑。

等达到他们预订的包厢时，她看到了李宁清早就坐在那里等候着，在他旁边站着两个黑衣人随时听候他的调遣。

“你们来了，来来，你们两个小家伙坐我旁边。”李宁清似乎很喜欢宋伦和宋月两个孩子。

宋伦和宋月在征得宋茜茜的同意后，便很开心地跑到了李宁清身旁，一人坐一边，颇有爷孙同堂的意思。

“来，你就坐宋月旁边吧。”李丰为宋茜茜拉开了座椅。

“谢谢。”宋茜茜也没有别扭地不去坐。

李丰则做到了宋茜茜的对面，与宋伦坐在一起。

就在李丰坐在宋伦身旁时，宋茜茜一时眼花顿时觉得两个人的影子叠加在了一起，很像，两人的模样太像了。

宋茜茜的心猛然一颤，摇了摇头，再去看时，发现两人也没有说像不像，只是都带着一种淡淡的冰冷气势。

宋茜茜这才松了一口气,当年那个男人说他不姓李,应该不是说谎，所以李丰跟宋伦宋月不可能有什么关系的。

“哈哈哈，真的吗？你是说你也会捏面兔子？”李宁清大笑着，很是开心。

“真的，是妈妈教我的，下次有机会我送你几只，好不好？”宋月眨着大大的眼睛很期待地看着李宁清。

“好，好，好。哈哈哈。”李宁清更是开心了。

这顿饭吃得很轻松，至少表面上总是能够听到李宁清和两个孩子的笑声。

饭快要吃完的时候，李丰起身出去接了一个电话，宋茜茜则也起身借口去了卫生间。

宋茜茜从卫生间里出来的时候，却看到了李丰跟一个女孩纠缠不清。

“闭嘴。”李丰突然间怒了，猛然转身，伸出手生生地掐住了女孩的脖子，将她按到了墙壁上。

“我告诉你，你最好记住你自己的身份，若是你敢乱来，休怪我心狠。”李丰瞪大眼睛恶狠狠地冲着女孩吼着。

女孩被他掐着脖子无法呼吸，脸色涨得通红，终于在李丰威胁下迫不得已地点了点头。

李丰这才松了开手，也任由女孩软在了地上。

宋茜茜看到这一幕，心口一跳，惹怒李丰的后果真的很严重，甚至她是丝毫不怀疑李丰会杀人。

“看完了，就进屋里去。”李丰从兜里掏出一包烟，抽出根烟放到嘴里，话是对宋茜茜说的。

李丰的态度很冷淡，似乎被宋茜茜看到这一幕也没什么，但是他却一直站在女孩旁边不肯移动一步。

“噢。”宋茜茜淡淡应了一声，走到屋门口正准备进屋时，对面的包厢门打开了，她一回头顿时愣住了。

千方百计想要避开的人终究还是没能避开。

对面这个包厢已经吃完饭了，所有人都陆陆续续地走了出来，有很多都是宋茜茜认识的人，在他们散场的时候还有不少人与宋茜茜打着招呼。

“茜茜，你今天怎么没来？”

“茜茜，你也在这里吃饭呢？”

“你是茜茜吧？我还以为自己认错人了呢。”

……

散场的人一一离去，留下的也没几个人。

“民哲，下次我们带着宋伦和宋月一起去玩吧，有他们两个活宝在，旅途肯定好玩。”苏小娴搂着李民哲的胳膊很开心地笑着，似乎在计划着什么。

“耀哥哥，我们等会也去下面的KTV玩会吧。”张玉岚的声音直接掩盖了苏小娴的声音传入到了宋茜茜的耳朵里。

宋茜茜的目光直接与沈耀对视上了，她没有想到今天不管在哪里都会遇到沈耀和张玉岚，是她阴魂不散，还是他们故意为之呢。

“茜茜，原来你也在这里吃饭啊，早知道就拉着你一起跟我们吃饭了。”苏小娴从包厢里走出来看到宋茜茜，很开心地与她打招呼。

“是啊，好巧。”宋茜茜浅浅地一笑，目光顺势从沈耀身上收了回来。

李丰此时也不正不倚地站在了宋茜茜的身后。

第三十五章　疑惑不解（上）

“李氏集团的李副总,原来你也在这里吃饭？”李民哲扶了扶眼镜，前些日子宋茜茜的事情他听说了，所以对李丰也没有多好的印象。

李民哲看到李丰站在宋茜茜身后时眉头紧蹙，不明白两人怎么会走到一起。

“沈氏集团的李副总，没想到竟然如此之巧。”李丰也笑着说道。

今日虽然选择了帝王大厦，但是他没有想到事情竟然真的如此凑巧，两个集团的两个李副总碰面每次都会比较激烈，这次不知道会不会好一点儿。

李丰的目光很快从李民哲身上转移到了他的身后，他微笑着与沈耀对视：“原来沈总裁今日也在这里用餐啊，这事情可真够凑巧的。”

“是啊，没有想到李副总裁也在这里用餐呢。”沈耀这话是回答李丰的，但是他的目光却一直盯着站在旁边的宋茜茜。

“对了，忘记跟沈总裁说了，我现在呢，跟宋茜茜小姐是好友，不再是什么不清不明的敌人。”李丰单手放在了宋茜茜的肩膀上，“今儿，我可是请了宋茜茜小姐一家子吃饭，我想沈总裁这次就不必那么紧张了，等会儿呢，我会送他们母子三人回去的。”

李丰的话让张玉岚猛然瞪大了眼睛，但是她又不动声色地站立一旁，听着他们的对话。

“紧张？那次不过是家母有令,不然也不会半夜过去与你谈生意。”沈耀不动声色地将这个皮球踢回到了李丰那里，目光也从宋茜茜身上收了回来。

李丰嘴角一勾，他无非就是想要试探下沈耀的反应，这越是平静的反应越让李丰觉得可疑。

“对了，家父还在里面等着宋茜茜小姐一起用餐，我想有什么事情等以后坐下来再慢慢谈吧。”李丰笑着回头看向自己的包厢，他订的这间包厢在进门的时候有个屏风。

众人通过屏风的光亮可以隐约地看到里坐着几个人，甚至能够很清晰地听到里面的笑声，那笑声里有他们都很熟悉的两个孩子的笑声。

若是换成其他环境，他们丝毫不怀疑里面坐着和睦的一家人。

沈耀的脸色有些阴暗，浑身散发着冰冷的气息。

“茜茜，你怎么能带着孩子一起跟他们吃饭？”苏小娴质问道，她通过李民哲也多多少少了解到李丰“绑架”宋茜茜的事情。

“孩子们喜欢便带着来了。”宋茜茜轻描淡写地说道。

“不是，茜茜。”苏小娴极为担忧地拉了拉宋茜茜，将她往边上拉了一下，低声说道，“你要知道李丰可是宋家的死对头，你觉得他会那么轻易地放过你吗？你怎么能够跟他这种杀人不眨眼的恶魔走到一起呢。”

宋茜茜看了看李丰，又看了看苏小娴，浅浅地一笑：“至少他不会暗地里伤害我。”

“你怎么能……”苏小娴有点恨铁不成钢，“那你也不能就这样跟他走到一起啊。”

“妈妈……”宋茜茜刚想说什么的时候，却听到了宋月的喊声。

“妈妈，你上厕所怎么那么长时间啊？我跟哥哥都等得不耐烦了……啊，干妈，你怎么在这里，干爹你也在。”宋月像是发现新大陆一般，直往李民哲怀里扑。

“宋月，来，干爹抱……有没有想干爹啊。”李民哲张开双手迎接宋月的虎扑。

“我好想干爹啊，干爹有没有想宋月啊？”宋月很开心地在李民哲脸上亲了一下。

两人倒是一幅和睦父女图。

“来，宋月，你沈叔叔也在呢，跟你沈叔叔问个好。”李民哲将宋月抱到了沈耀的跟前。

却不料，宋月躲避开了沈耀伸过来欲抱她的手。

“我不要沈叔叔抱,我不喜欢沈叔叔。”宋月嘟着嘴,不开心地说道,同时她狠狠地瞪了一眼站在沈耀身旁的张玉岚。

沈耀眉头一皱，实在想不起来自己什么时候得罪了宋月：“怎么？才一个星期不见而已，宋月已经不喜欢沈叔叔了？”

“不喜欢了。”宋月很干脆地说道，同时赌气似的别过头不去看沈耀了。

“宋月，不准胡闹。”宋茜茜轻声呵斥着。

“我没有胡闹，谁让他……”

“宋月，我说了不准胡闹。”

宋茜茜没等宋月说完话就立即重重地呵斥着。

宋月被宋茜茜那么一呵斥，顿时眼泪汪汪的，仿佛下一秒就会哭出来。

“宋月，乖，干爹带宋月出去玩好不好？”李民哲见状赶紧地哄了起来。

“哇……”李民哲这一哄宋月立即哭了出来。

宋茜茜张张嘴，却是不知道该怎么去哄孩子了。

沈耀看了看宋茜茜，却是不知为何她今日会如此呵斥孩子，平日里她是极宠溺孩子的。

宋月的哭声将李宁清和宋伦引了出来。

“宋月，你别哭了。”宋伦一边示意着李民哲把宋月放到地上，一边掏出手帕给她擦拭眼泪，“你这么哭会把眼睛哭肿的，会很难看的。”

“可是，哥哥……”宋月哭得更凶了，最后干脆直接趴在宋伦肩膀上哭了起来。

宋茜茜看的是一阵心痛，不得不亲自去哄宋月。

李宁清从里面出来的时候，场面有些混乱。

“父亲。”李丰上前搀扶着李宁清，低头在他耳旁将刚刚发生的事情说了一遍。

“李总。”沈耀上前打了一声招呼，李丰他可以不理会，但是作为长辈的李宁清他是不可能不理睬的。

“嗯。”李宁清微微点了点头，随即目光便看向了宋茜茜那边，她已经把孩子哄住不再哭泣了。

但是，李宁清的目光却是有些复杂。

李宁清在李丰的耳旁轻轻说了几句话，似在嘱咐着什么。

“知道了，爸爸。”李丰点头应着。

李宁清上前站到宋茜茜三人旁边，微笑着道：“谢谢你们陪我这老头子用餐，以后不管发生什么事情你们都可以来李家找我，能帮忙的事情我一定会帮忙的。”

“今天应该是我们麻烦您了，劳您破费。”宋茜茜有些不好意思了。

“你们三个是我请来的，就让李丰送你们回去吧。”李宁清说道，同时跟沈耀等人也礼貌性地告了别。

第三十六章　疑惑不解（下）

“宋茜茜小姐，我送你回去吧，我看孩子们似乎也瞌睡了。”李丰的眼睛扫看了一圈，可以说四周人的目光都不太友善啊。

“我正好要回去，茜茜，你直接坐我的车好了。”李民哲开口说道。

“对啊，对啊，茜茜，你跟我们一起回去吧。”苏小娴也帮忙说道。

“也好。”宋茜茜点头，转身歉意地对李丰道，“李副总，我跟着我朋友们一起走好了。”

“嗯，随意。”李丰点头，没有在这件事情上为难宋茜茜。

“耀，你送张小姐回去吧，我跟小娴还有茜茜，宋伦宋月，我们五个人一起好了。”李民哲很快做出了安排。

李民哲的安排无疑是最好的。一路上宋茜茜就为何与李丰一起用餐跟李民哲解释了一番，这一番解释怕是第二天也要跟沈耀解释了。

晚上回到家里，宋茜茜是彻夜辗转，一夜无眠。

次日清晨，宋茜茜如往常一样来到了公司，却发现桌子上多了一大束玫瑰花，花上面没有署名，询问同事只说是快递公司邮寄过来的，同样不知道是谁送的。

宋茜茜觉得可能性最大的无非就是任浩赠送的，可是他每次送花都有署名的。

就在宋茜茜这么想的时候，便有人又送来了一大束玫瑰花，上面写着任浩赠送。

宋茜茜这下惆怅了，能有谁无聊到会送自己玫瑰花呢。

“茜茜，总裁喊你。”就在宋茜茜发愣的时候，沈耀的老牌助理肖黎便过来喊了自己。

他神秘地在宋茜茜耳旁说道，“今日沈总的心情不是太好，你自己注意安全。”

肖黎觉得宋茜茜之所以会来总裁办公室当助理，全因李民哲的原因，知晓李民哲和苏小娴事情的他对宋茜茜也没有偏见。因此，对她也很照顾。

“嗯，知道了。”宋茜茜点点头。

敲门进了沈耀的办公室，宋茜茜也感觉到了一股压抑的气氛。

“沈总，您叫我。”

沈耀没有抬头，继续低头批写着文件。

宋茜茜就那样站在那里，走也不是，不走也不是。

大概过了十分钟，宋茜茜又喊了一声：“沈总，我听肖助理说您找我，不知道您找我有什么事情，若是没有事情那我就先回去工作了。”

沈耀此时才停下手中的笔，抬头看了一眼宋茜茜。

沈耀的眼神有点冰冷，让人很压抑。

宋茜茜缩了缩脑袋，不明所以。

“听说你大学读的是金融与投资。”沈耀开口，翻了翻手中的资料，这是有关宋茜茜的所有资料，从她被宋家收养开始到她六年前“失踪”的一些资料。

“嗯。”宋茜茜当年选这个科目，纯属是因为穷怕了，想长大后赚更多的钱，可惜，她一直龟缩在李民哲家里，终日恍惚度日，荒废学业。

“这里有份资料是从你被宋家收养到六年前你失踪的全部资料，包括你的喜好，你以前的习惯，还有你的生活起居地以及……”沈耀抬眼看了看宋茜茜，冷冷地一笑，这一笑足以让整座大楼变成冰雕楼。

“还有你跟任浩在一起的事情，从你如何追求任浩，到你最后甩掉任浩。”沈耀缓缓起身，缓慢地走向宋茜茜，“你跟任浩十五岁就在一起了，双方家长也见了面私下里订下了你们的亲事，可就在六年前，也就是你十八岁时突然失踪，直至最后这婚事也因你姐姐宋雅的介入而终止，如今双方联姻，男的还是任浩，女的已经换成了你的姐姐宋雅。”

宋茜茜听了沈耀的话，有些沉默，当年她与任浩是多么的幸福，多么的令人羡慕，让所有人都倾叹，若说她现在心中还有一份留念，那份留念定然非任浩所属。

可惜，今非昔比，在任浩与宋雅走到一起时她便与他隔着千山万水。

“不知道沈总翻出这些事情是什么意思？莫非这些事情影响了我的工作或者对公司的声誉造成了影响？”宋茜茜疑惑地问道。

沈耀在宋茜茜不远处停了下来，手中依旧在翻看着那份资料。

“你们宋家与我们沈家是至交，宋家与任家也是至交，但是……宋家与李家却是仇家。”沈耀轻轻地说道，“你跟任浩因为分手造成你跟任家关系不好，但是你不应该与李家走得太近。”

“之后呢？”宋茜茜扶了扶眼镜，神情也变得严肃起来。

“我听说你是宋家的养女，但是毕竟宋家养了你，你与李家走得那么近，你就不怕被人唾弃吗？”沈耀将手中的资料扔到桌子上，整个人背靠着桌子，双手环绕在胸前，一副审讯的架势。

“唾弃？”宋茜茜冷冷地一笑，看向沈耀的眼里充满了敌意，“我没有想到沈总是这么关心下属的，连下属的家务事都要管。”

“别人我不管，但是你要知道沈家跟宋家的关系非比寻常。”沈耀冰冷地说道，“我实在不知道你跟李家做了什么交易？前些日子被绑架过去，如今却是主动投怀入抱，连带着孩子都搭了进去。”

宋茜茜低垂着眼睑，思考着沈耀话里的意思。

“难道他们李家比我们沈家好吗？”沈耀放下手，走到宋茜茜跟前，用手狠狠地抬起她的头。

宋茜茜却极为温柔地用手摊开了他的手，眼神极为凌厉地看着沈耀：“沈总您在对前些日子为了救我而与李丰做了交易耿耿于怀吗？”

沈耀看到宋茜茜的眼神一下子愣住了，他第一次看到如此凶悍的宋茜茜。

“我知道前些日子您为了救我让出了一笔生意，我感激您，可是您不该拿这个来管我。”宋茜茜满是怒意，“我不知道您是以什么身份来管我，上司还是朋友？若是上司，这是我的私事，您似乎没有资格再管我。若是朋友，不好意思，您更没有资格，我们还没有熟悉到可以管彼此的地步。”

“那你也不该跟李家走得太近，要知道他跟宋家现在已经是不死不休的敌人。”沈耀的声音也很大，他很生气，这个女人连点事实都看不懂，人家一两句甜言蜜语，她便投怀送抱了。

第三十七章　苦口婆心

“那又怎么样？”宋茜茜大声地吼道，“宋家对我如何，我对宋家如何，你了解多少？你知道多少？你什么都不知道，你没有资格在这里说我。”

“难道你就不怕李家也对你报复吗？毕竟你是宋家的养女，与宋家有着千丝万缕的关系。”沈耀也有些生气了，他抓住宋茜茜的肩膀。

“那又如何？”宋茜茜努力地让自己保持平静，可最后还是吼了出来，“我说过我的事情轮不到你来管，你凭什么管我？”

宋茜茜努力地挣扎着，想把沈耀甩开，却发现他的力气很大。

“你放开我。”宋茜茜怒道。

“不放。”沈耀抓住她的胳膊，眼睛直盯着宋茜茜道，“你不是想说我有什么资格管你吗？”

宋茜茜突然间一愣，她在沈耀的眼里看到了很危险的眼光，是的，极为危险。

“好，你逼我的。”宋茜茜不再顾三七二十一，反手抓住了沈耀的胳膊，这一抓让他愣愣神。

“嘭……”狠狠的撞击声，让沈耀头晕得反应不过来。

漂亮的过肩摔，宋茜茜最拿手的动作。

沈耀狼狈地躺在地上，他仰视着正俯瞰着他的宋茜茜。

宋茜茜半蹲在他的跟前，很得意地拍拍他的脸颊：“我说沈总，难道资料上没告诉过您我以前借用任浩家族关系每年暑假或者寒假都会去部队里待着吗？换句话说，我也是半个兵。”

沈耀听到这话，突然笑了，之后猛然又一次抓住宋茜茜的胳膊，将她狠狠地摔落出去，即便他倒在地上，依旧可以给予她重创。

“咳咳……”宋茜茜没有想到沈耀竟然给自己玩了这么一招，让自己整个人都撞在了墙壁上。

她缓慢地爬起来，却看到沈耀对她做了一个继续打的动作，还冲着她勾了勾手指。

宋茜茜撇嘴一笑，起身，没有丝毫的示弱，既然打，那就打个痛快吧。

两人交手，宋茜茜不留情，沈耀给予重重回击。

“嘭……”又是一声狠狠的撞击声。

“发生了什么事情？”就在沈耀的身体随着墙壁滑落而下时，办公室的门被打开，张玉岚急匆匆地冲进了进来。

紧随其后的是肖黎。

他们一进屋便看到了宋茜茜侧着身子往后微仰，右腿高抬微蜷着，一副踹人架势。

肖黎瞪大眼睛不敢相信平日里这个温柔到接近懦弱的女人竟然会做出这个动作。

他们顺着宋茜茜的目光看去，但见，他们平日里高高在上冰冷无比的沈总裁痛苦地靠在墙壁上捂着胸口，而在他那平日里一尘不染的白色衬衣上面赫然印着一个脚印子。

“耀哥哥……”张玉岚飞奔过去，连忙去查看沈耀的伤势。

沈耀阻止了张玉岚的触碰，勉强地扶着墙站了起来：“咳咳……你倒是敢下狠手。”

“我已经跟沈总您打过招呼了，我不会手下留情的。”宋茜茜早已收回了腿脚，慢条斯理地整理着自己略显凌乱的衣衫，“沈总，我希望你记住，我的事情你最好不要多管，否则，我下次真的会把你打残废的。”

“宋茜茜，你别太过分。”张玉岚抢在了沈耀之前开口，怒指宋茜茜，“你这个泼妇，你这么打耀哥哥，沈家不会轻易放过你的，即便有李民哲给你撑腰，你也别想逃避责任。”

宋茜茜对张玉岚的威胁丝毫不放在心上。

“沈总，回头我会把我的辞职信交给你的。”宋茜茜迈步朝外走着，又似乎想起什么似的说道，“上次你跟李丰交易损失的钱，我会尽快想办法还给你，就当两清好啦。”

“你敢。”沈耀咬牙切齿地说出这两个字。

宋茜茜顿住脚步，回头看着沈耀，她从沈耀的眼里看到了愤怒，甚至她能够感受得到他的不愿，可惜她没办法陪他玩什么三角恋的游戏。

“沈总，这没什么敢不敢的问题。这是我的人身自由权，更何况当时跟公司签的合同是临时合同，上面有说我可以随时走人。”宋茜茜撩了下发丝，在她身上隐隐散发出了女皇的气势，“还有啊，沈总，不要以为有了对方的资料，就什么都知道，什么都懂了。”

“你……”沈耀捂着胸口，刚刚她那一脚的确很痛，让他直不起腰来。

“没什么事情我先走了，沈总。”宋茜茜很潇洒地一甩头离开了。

“这……”对于宋茜茜的无视，张玉岚极为恼怒，敢无视自己话的人都没有什么太好的下场。

肖黎有些不敢相信地看着宋茜茜大步地离开，似乎还未从刚刚的震惊中反应过来。

“谁让你进来的，滚出去。”沈耀甩开张玉岚的手，指着办公室的门让她离开。

“耀哥哥。”张玉岚嘟着嘴，撒娇着。

“肖黎。”沈耀喊道。

“啊，在，沈总。”肖黎被沈耀那么一喊才从震惊中反应过来。

“把张小姐给我请出去。”沈耀揉了揉胸口，那股疼痛停留在胸膛异常的难受，但是他没有想到宋茜茜的身手竟然这么好，好得离谱。

“耀哥哥。”张玉岚娇嗔着，却被沈耀直接无视掉了，心不甘情不愿地跟着肖黎离开。

昨天若不是她让沈耀母亲开了金口，让沈耀带着她出去玩，怕是沈耀不管如何都不会与她走得太近，甚至会像今天一样直接将自己赶走。

宋茜茜这个名字也真正地被她惦记上了。

宋茜茜从办公室里出来，几乎是以平生最快的打字速度将辞职信打好，并且以最快的速度跑去打印出来。

就在她打印时，一股不祥的预感从她的心底蔓延开，甚至引得那个伤口在隐隐阵痛，让她不得不加快自己的速度，以最快的速度逃离这里。

“黎凤姿阿姨，你怎么在这里呢？”张玉岚特有的娇嗔声传入到了拐角正在打印辞职信的宋茜茜的耳朵里。

宋茜茜的心顿时慢了一拍，在这一秒她整个人处于空白状态，紧随而来的是恐惧，强大的恐惧让她迈不动脚步去看拐角处张玉岚打招呼的那个女人。

“呦——这不是最漂亮的美人玉岚吗？”声音很柔和，恰到好处的夸奖，让人如沐春风。

“黎凤姿阿姨，瞧您说的，我再美也比不上您啊……”

第三十八章　步步紧逼（上）

两人交谈的声音一字不差地落入到了宋茜茜的耳朵里，她努力地强迫自己移动脚步，却发现自己似被人定格般，移不动一下。

“您来找沈总啊，我刚刚从他那里出来，结果落了东西在他那里，我陪着您一起去吧，顺便把东西拿过来。”

“好啊，有人陪着我很开心呢。”

两人交谈的声音越来越近，很快就会从这个拐角处拐进来。

宋茜茜悲惨地发现自己依旧无法移动自己的身体，猛然间自己被人狠狠地拉了一把。

黎凤姿和张玉岚就在此时拐了过来，从打印机前路过，但是两人都没有发现打印机附近有人。

宋茜茜被人捂着嘴巴，她想要呼喊，却又不敢，只能呆呆地任由她身后的人搂着她藏在打印机后面。

捂着宋茜茜嘴巴的人的手有浓烈的烟味，这让她不敢大喘气，因为她最讨厌烟味了，尤其是残留在身体上长时间形成的烟味。

待两人走远时，宋茜茜身后的人才慢慢地松了手。

“茜茜……”熟悉的声音让宋茜茜愣了神，她没敢回头去确认这个声音的主人。

……

黎凤姿很容易地便见到了沈耀，当她与张玉岚见到沈耀的时候，正见他坐在办公桌前看着文件，肖黎正为他将地上散落的文件收拾起来。

“有什么事情吗？”沈耀的声音依旧很冰冷。

黎凤姿惊讶地看着抬头的沈耀，他的脸上有着明显的伤痕，嘴角处有点破，还流着血。

“小耀，你……你这是怎么了？”黎凤姿非常关心地问道，忙上前欲查看。

黎凤姿这一声小耀，而不是沈总足以证明他们之间的关系非比寻常。

“没事的，黎阿姨，只是一点点皮外伤而已。”沈耀却是阻止了黎凤姿的查看，长大的他已经不习惯任何一个女人的触碰。

“是谁，这么胆大，敢伤了你。”黎凤姿愤愤不平地念叨着。

“还不是那个叫宋茜茜的女人，听说还是耀哥哥的助理呢。”张玉岚也很愤怒地说道，“那个宋茜茜太不知道轻重了，竟然连她的总裁都敢打，应该立即解雇的。”

“什么？茜茜真的在这里？”黎凤姿略显吃惊，她忙问着沈耀，“小耀，前些日子我听宋雅说，她在这里看到了茜茜，她说茜茜在这里上班，是不是真的？”

黎凤姿直接转移了张玉岚的话题，将宋茜茜打伤沈耀的事情直接丢开，似乎是对宋茜茜的维护。

“怎么？黎凤姿阿姨认识宋茜茜？”张玉岚略显吃惊，但是脸上却没有太大的意外，似乎心底也早已经有数了。

宋茜茜与宋雅是姐妹的事情早就在外传得沸沸扬扬，若不是沈家压着，李民哲撑着，怕是媒体早就把这个事情曝光于电视上面了。

“宋茜茜是我的干女儿。”黎凤姿看着张玉岚，脸上满是痛惜的表情，“六年前我因为她跟她姐姐都喜欢任浩的事情，说了她一顿，结果没有想到她竟然离家出走，这一走竟然就是六年，不管我怎么找她，她都不肯露面。直到近日，宋雅碰到她才知道她在这里工作。”

“啊，对啊，前些日子我听说宋雅妹妹有个双胞胎妹妹在这里，难道是真的？”张玉岚吃惊地问道，眼睛却看向沈耀，但见他低头看着手中的文件，似听不到他们对话一般。

她心中有一股怒气，她早就听闻宋茜茜与宋雅相貌很相似，但是宋茜茜善于装扮，将自己化妆化得让人都认不出来。莫非这个沈耀追求宋雅不成，便开始追求与宋雅相貌相同的宋茜茜。

“唉——”黎凤姿微微叹了一口气，千转百回，似有话难以启口一般，默然才道，“茜茜不是我的亲生女儿，却与我的女儿长相很相似。这也是当年我为何收她为养女的原因。”

“什么？”张玉岚相当吃惊地听到这个消息，她没有想到宋雅跟宋茜茜竟然不是姐妹。但是她转念一想，怪不得不曾听人说起过宋家还有个女儿。

“小耀，我想见见茜茜。”黎凤姿有些恳求地看着沈耀，眼里满是包含着一位母亲对失散多年的女儿的期待。

“现在还没到下班时间，她就在外面，你可以直接找她的。”沈耀抬头微微一笑，“黎阿姨，你不必考虑这是我的公司，也不必考虑宋茜茜现在是我的助理，您可以自行去找她的。”

“可……”黎凤姿有些为难地看着沈耀，“我刚刚来的时候就没有看到她，这个孩子性子有些野，从小就不在我身边长大，总觉得我领养了她，却没有给予她一个家该有的温暖，因此，她每次见到我都很不开心。这次我来这里，虽然我没跟任何人说，但是我怕她若是看到了我，会不会不见我？”

“黎阿姨，您也说了，她每次见到你都很不开心，那么想必她肯定是躲起来，不肯见你。”沈耀将整个身子都靠向了椅背，手轻轻地蹭着嘴角的伤痕，“如果是我要她见你，那肯定更不开心。您看，她跟我关系可真的不是太好。”

“这……”黎凤姿整个人的脸都皱了起来，似老了几十岁一样，那些平日里掩藏的皱纹都出现了，“我是真的很想念这个女儿，虽然她不是在我身边长大，但是我一直把她当成亲生女儿，每年都会去她学校看她，生活费也不会少了她一分钱，可如今……都怪我当年说话说得太重，伤了她。”

沈耀低垂着眼睑思考了一下："那我帮你喊喊宋茜茜吧……肖黎，你去喊下宋茜茜，让她过来下。"

"是。"正在收拾文件的肖黎停了手中的动作，将文件放到了沈耀的办公桌上。

肖黎点头应答走出去，但是不管他怎么去找都没有发现宋茜茜的身影。

"沈总，宋茜茜现在没有在这里，不知道她这会跑去哪里了。"肖黎回来禀报着。

"不在？"沈耀眉头微微一蹙，"她是不在办公室还是不在这层楼上？"

"我连女厕都找了，也没有找到。"肖黎也是惊奇，"按理来说平日这个时候她都在才对，可是这会儿她不在了，该不会她真的打算辞职了吧。"

"黎阿姨，宋茜茜现在不在，你在我这里休息会，等会儿她回来的时候我就让她进来，如何？"沈耀毕恭毕敬地说道，但是却依旧没有从椅子上站起来。

第三十九章　步步紧逼（下）

“不必了，唉……这孩子……改天我再来找她吧。”黎凤姿幽怨地叹息着，又转身对张玉岚说道，“对了，玉岚，你不是说有东西落在这里了吗？那你找找看，我就先回去。”

“这……我刚才看了一圈，好像没在这里。”张玉岚浅浅的一笑，“大概是我落在其他地方了，黎阿姨我跟您一起走吧。”

“那小耀，我们先走了。”黎凤姿离开的时候依旧是一副担忧宋茜茜的模样。

肖黎代替沈耀送走了黎凤姿和张玉岚两人后，又折回了沈耀的办公室。

“你是真的没找到宋茜茜，还是……”沈耀翻看了一下之前那份送过来的关于宋茜茜的资料。

资料上面写的全部都是黎凤姿如何关心宋茜茜，全部都是宋家对宋茜茜的好，然而，对宋家将宋茜茜放养在法国的事情一笔带过。

这份资料明显便是有人刻意为之，看样子，是时候该清理一下门户了。

“的确是没有看到宋茜茜。”肖黎说道，“我也的确连女厕都找过，没有看到她人影，按理来说她不会不在这里啊。”

“她应该是躲起来了。”沈耀微微叹了一口气，整个人有些无奈地靠向椅背。

黎凤姿听张玉岚说宋茜茜把他打了一顿的事情，反应相当平静，而且还转移了话题，表面上看过去是黎凤姿在极力维护宋茜茜，事实上是她不想理会宋茜茜闯下的祸，更不会像正常父母那样替孩子着想将她惹的麻烦摆平。

毕竟以宋家和沈家的交情，只需黎凤姿的一句话，沈家便会将这件事情就此揭过，否则，堂堂沈家掌舵人被人揍了，不管出于什么原因，沈家都不会善罢甘休的。

沈耀突然间想起宋茜茜之前说的那句话，“宋家待我如何，我待宋家如何，你什么都不知道，你更没有资格指责我。”

沈耀想自己是不是有点太不关心宋茜茜了，他其实一直对宋茜茜跟别的男人结婚耿耿于怀，再加上自己的家族怕是不会同意自己娶一个生过孩子的女人，可是，他的心却一直放不下她，他知道自己若是跨不过这个坎，怕是真的无法给予宋茜茜幸福。

沈耀的眉头紧蹙，整个缩进了椅子里，他觉得自己需要理清一下自己的感情了，不能再这般暧昧不清了。

沈氏公司前方的公园里有着一个小型游乐园，里面稀稀拉拉的也没几个人，大概是天气还太冷的原因吧，散步和游玩的人很少。

宋茜茜任由前方那个人拉着自己跑到这个地方，最后在一处休息走廊停了下来。

宋茜茜大喘气，待缓过劲来时，抬头，却碰上了他的那双黑褐色眼眸。

他的眸子里是炽热的热恋，就像当年看向她一样，不管如何都不会熄灭的热火。

宋茜茜别过头，不在与他对视，努力地维持着自己的平静：“你怎么会在这里？”

“我刚从你们公司路过，恰巧看到黎凤姿进了你们公司，我怕你会与她起冲突。”任浩不介意宋茜茜的平静，更不介意她的别扭，“我便跟着她进去，没有想到她真的是去找你。后来，我就先她一步上了楼，找到了你。”

宋茜茜微微咬着唇，心底一感动，眼泪差点从眼眶里飙出来，但是她努力地将眼泪咽了回去，她不会让它在他面前流淌出来。

“是吗？”宋茜茜背对着任浩，不让他看到自己此时的表情。

任浩突然间从宋茜茜的身后抱住了她，他在她挣扎之前说道：“让我抱一会儿好吗？”

原本想要挣脱掉任浩拥抱的宋茜茜听到这句话，顿时不再动。

“何必呢？你都要跟雅姐结婚了，又何必执着我们的过去。”宋茜茜的语气很悲哀，她直到现在还是无法原谅任浩与宋雅两人的背叛，“你要知道，你这般做法会让雅姐很伤心的。”

“我根本就没有爱过她。”任浩将宋茜茜搂得更紧了，他预感有些事情他必须要跟她解释清楚了，否则，他真的会失去她的。

“呵，你跟她都要结婚了，怎么能说你没爱过她呢？”宋茜茜很温柔地推开任浩，力气不大，却让任浩无法拒绝，“你跟她在一起都已经六年了啊，六年……不，从你们开始交往的那一刻到现在应该有七年快八年了吧……八年说长不长，说短不短，却足以让人爱上彼此，不是吗？”

任浩猛然一惊，“八”这个数字如一声响雷一般震得他半晌没说一句话。他张张嘴，可发现不管他说什么都显得很苍白无力。

宋茜茜生气了，是真正的生气了，她不在喊雅姐，喊的是宋雅，只有她表示对宋家恨意的时候，才会如此喊宋雅。

宋茜茜看着震惊中的任浩自嘲地一笑：“对啊，我全知道呢……从我们交往没多久之后，你们两个交往了……那个时候我只是单纯地以为你认错了人，可是却没有想到你们两个暗地里慢慢地熟稔上了……每次宋雅说来法国看我，其实每次来看的都是你，对吗？她以前在法国最多不过待一个星期，可后来她每次都会在法国把寒暑假过完才走……”

宋茜茜说着说着声音变得有些哽咽，她知道他们早早地就背着她开始交往了，可是他们谁都没有对她坦白过，那段时间她就像是一个行尸走肉一般看着他们两个人在她面前演戏。

“你若说你不爱宋雅，可为什么你们总是背着我去约会呢？你若说你不爱宋雅，可为什么你们可以交往那么多年呢？你若说你不爱宋雅，可为什么我出现之后你还跟她在一起呢？……”

宋茜茜的一连串质问让任浩无法反驳。

第四十章　心有不甘

“任学长……”宋茜茜这一声喊得很温柔，出奇的温柔，就像当年他们刚刚开始交往时，她总是将他喊得快要陷入蜜糖罐里一样，“谢谢你当年为我做了那么多，我想这辈子我还不了的情，下辈子我还你……”

“不，茜茜。”任浩想也没有想，使劲地拉住宋茜茜的胳膊，“茜茜，事情不是这样的，你听我说，我真的没有爱过宋雅，真的……”

“任学长，爱一个人没什么可耻的，你为什么就是不肯承认呢？”宋茜茜甩开任浩的手，此时的她反而替宋雅悲哀了，“宋雅那么爱你，你为什么就不能承认呢？你们门当户对，你们彼此相爱，这是一件多么好的事情，你说过‘即为我妻，即为我心’，你娶的是宋雅，爱的当然也是宋雅，不是吗？”

“茜茜，我只爱你一个，我自始至终只爱你一个，我的妻只有你一个。”任浩看着已经给他定罪的宋茜茜突然感觉自己是不是忘记了什么，忘记当初该给她一个解释，忘记当初应该跟她商量。

“不，任学长。”宋茜茜凄惨的一笑，“你也知道我已经是两个孩子的母亲了，占有我身子的第一个男人不是你，我孩子的父亲更不是你，你凭什么说我是你的妻。任学长，你可以不在我面前承认你爱宋雅，可是请你不要再说你爱我。”

“茜茜……”任浩有种想要流泪的感觉，他突然间觉得宋茜茜离他越来越远了，他一直天真地以为宋茜茜会相信他爱她，却没有想到她的心早就给他判了死刑。

“任学长，我……”宋茜茜还想说什么，却终究没有再说下去。

“茜茜，你离李丰远一点儿。”任浩开口说道，不再缠着刚刚的话题下去，而是转移了话题，他还是没能给宋茜茜解释。

宋茜茜一愣，之后微微叹了一口气，不知是叹任浩转移话题，还是叹任浩说的这个话题：“我知道离他远一些，昨天他派人堵了我们母子三人，不得不去陪他吃饭，虽然他是个危险人物……可是相对于宋家来说，他很安全，不是吗？”

虽然宋茜茜从未在任浩面前提起过宋家的不是，但是任浩也多多少少了解一些，甚至当年也觉察到了一些事情。

“上次他胁迫你去了他们家之后，他往医院里送了一份血液，要做 DNA 检测。”任浩说道。

“什么？”宋茜茜一惊，当时她醒来时还在奇怪为何李丰不问她任何问题，甚至后来很轻易地就将她放了。

“不过，你放心，当时我就派人拦截了，并且已经销毁。”任浩淡淡的一笑，却是有些凄凉，“你自己以后注意，李丰的仇家似乎不单单是宋家。”

宋茜茜的背后一阵发凉，原来自己早就被那么多的人给盯上了。

任浩伸出手轻轻地抚过宋茜茜的头发，手指在她耳边轻轻地蹭过：“茜茜，我知道你已经无法再原谅我，不过我不会让你受到其他人的伤害。”

宋茜茜咬着红唇，想要开口说话，却也不知道该说些什么好。

“呦——这不是任副总裁跟宋茜茜小姐吗？”一声调侃的声音插入到了两人中间。

宋茜茜回头，看到了正朝着这边走过来的李丰，在他身后跟随着飞鱼等人。

“李丰，你怎么会来这里？”任浩向前一步将宋茜茜挡在了身后。

仅仅是他这么一个动作便让宋茜茜感觉到了温暖，这个世界上还有谁能够将自己这般护在身后，若不是自己早已决定了一些事情，怕是会忍不住地再次爱上这个柔情的男子。

“不必太紧张。”李丰举了举双手，示意自己的无害。

“我只是路过这里，却没有想到凑巧地看到了任副总裁和宋茜茜小姐两人在亲亲密密地交谈。”李丰浅浅地一笑，“本来不打算打搅二位的，不过呢，宋家的人似乎也发现了两位正在这里，黎凤姿在往这边走。”

任浩听到李丰的话微微瞪大了眼睛，但是随即便冷静了下来：“不知道李副总是什么意思？”

“敌人的敌人就是朋友。”李丰意味深长地看着两个人，他的目光最后停留在了宋茜茜的身上，“宋茜茜小姐，我知道你不是黎凤姿的女儿，我只是与宋家有仇，对付的也都是与宋家有血缘关系的人，既然宋茜茜小姐你不是黎凤姿的女儿，那么就不是我的敌人了，我也没有必要跟救了自己父亲的恩人的妈妈过不去，你说是不是？”

宋茜茜躲在任浩身后只露出半个身子，低垂着眼睑，似在思考着李丰的话。

“两位若是相信在下，那么就请两位到我的车上来吧。”李丰做了一个请的动作，“若不然，黎凤姿很快就会找到这里，霎时间两位怕是与她又是一番苦斗，何必呢？”

“好，那我就信你一次。”任浩冲着宋茜茜点了点头，昨日宋茜茜与李丰一起吃饭的事情他也有听说，今日李丰过来了肯定也是有事情。

任浩和宋茜茜跟着李丰上了他的车，在黎凤姿赶来之前离开了这个地方。

其实，他们两人不知道的是，黎凤姿派出来的人恰巧看到了他们三人，这让宋茜茜陷入了更加危险的境地。

李丰将宋茜茜和任浩带到了帝王大厦。

宋茜茜的眉头紧蹙，与任浩对视了一眼，都在彼此的眼中看到了不解。

若是上次吃饭李丰带着宋茜茜来这里，她不觉得奇怪，为了让她安心，可这一次，李丰没必要再把她往这里带了啊。

“你们一定觉得奇怪，我为何带你们来这里？”李丰似乎觉察到了他们两个人的心思，解释着说，“我在帝王大厦已经为宋茜茜小姐开好了房间，当然你们不要误会这其中的意思。”

李丰顿了顿，看向警惕戒备的两人：“黎凤姿在来的时候已经派人将宋茜茜小姐你的家监视起来了，一举一动皆在她的控制范围内，所以宋茜茜小姐你现在是回不了家的，我之所以让宋茜茜住在帝王大厦这里，一来免得你们说我居心不良，二来呢也方便我以后找宋茜茜小姐帮忙。”

“帮忙？帮什么忙？”宋茜茜疑惑地说道。

“这个等以后宋茜茜小姐会知道的。”李丰笑了一笑。

就在三人谈话时，已经到了帝王大厦的56层贵宾楼层，凡是在这里居住的无不是有钱或者有权之人，更重要的是这层楼配有专门的保安，而且有三个保安室，并且每隔半个小时就会在走廊巡逻一次，可谓是安全到家。

第四十一章 服务周到（上）

“宋茜茜小姐，5639 房就是我为你开的房间。”李丰从飞鱼手中接过房卡递到宋茜茜的手中。

宋茜茜接过房卡，在任浩的示意下打开了房门。

“我为这个房间缴纳了一年的房费，因此，宋茜茜小姐，你大可放心地居住在这里。”李丰没有跟随宋茜茜进入房间，而是站在了房门口，“既然宋茜茜小姐和任副总裁安全了，那么我就先走了，有事情可以打我电话。”

李丰的话音一落，飞鱼及时地为宋茜茜递上了李丰的名片。

宋茜茜接过名片，随意翻看了一下，随即冲着李丰点了点头。

“谢谢李副总的好意，这份好意我收下了。”宋茜茜也没有做作，如今她除了接受没有其他的办法。

李丰带着飞鱼几人离开了。

“茜茜，我……”任浩开口想要说话，却又不知道该说什么，他觉得自己的嘴很笨，连话都说不出口。

“任学长，让我冷静下吧。”宋茜茜开口说道，“任学长，我真的需要先休息下。”

“好吧，那茜茜你先休息。”任浩没有勉强宋茜茜，嘱咐道，“我知道此时让你跟我走你也不会跟的，但是你一定要记住，千万不可过于相信李丰。”

宋茜茜点点头，送走了任浩，她首先做的第一件事情便是打电话给李民哲，让他帮忙去接下两个孩子。

李民哲对宋茜茜的情况也了解一些，因此，答应孩子由他和他母亲先带一段时间。

除了孩子的事情，宋茜茜也实在是想不到还有什么事情可安排的，她只祈求着李民哲会看在孩子喊他一声干爹的份上好好照顾他们两个。

“喂……”宋茜茜用手机拨通了一个半年多没有拨的远洋电话，“我是茜茜。”

“茜茜？真的是茜茜吗？”电话另外一头传来欢呼雀跃的女子声音。

“嗯，王欣，是我。”宋茜茜的眼睛湿润了，电话另一端的关心让她感觉到了温暖。

“再过一个月我也要回国一趟，到时候你就等着被我宰吧，我要吃好多好多好吃的。”王欣依旧很惦记着吃，即便六年不见，还是那个德行。

宋茜茜浅浅地温暖的一笑，点头答应了。

“那件事情你一直都在办吗？……谢谢你。”宋茜茜得到了王欣的肯定答案，心底多了一份自信，她想即便不能从宋家手下逃脱，她也可以来个玉石俱焚。

……

春季的寒冷是无形的，一点点地从没关严的窗户缝里渗透进来。

“啊涕……”宋茜茜狠狠地打了一个喷嚏。

“叮咚……”就在宋茜茜打了这个喷嚏之后，便有人敲门来了。

宋茜茜一点儿也不意外此时会有人来敲门，但是当她打开门时却特别的意外。

“沈……沈总裁，你怎么会来这里？”宋茜茜有些发愣地看着门外的人。

“当然是来找你。”沈耀浅浅地一笑，从身后掏出一大束的玫瑰花递到了宋茜茜的跟前。

宋茜茜的脸色变得很难看，转身便进了屋，也不去接他手中的花。

“沈总裁你走错门了。”宋茜茜坐进沙发里，继续看着自己的电视。

“你很生气？是今早我没有让你打个够吗？”沈耀将花放到茶几上面，坐到了宋茜茜的身旁。

宋茜茜白了一眼沈耀：“沈总裁，您这花该送给张小姐吧，她可是你的女朋友。”

“谁跟你说她是我的女朋友的？”沈耀有些疑惑。

宋茜茜有些鄙夷地看着沈耀：“吃干抹净就可以什么都不认吗？”

“呵，你这话说的。”沈耀被宋茜茜说得有些无奈了。

“不知道沈总这么晚了来这里干什么呢？”宋茜茜瞥看一眼沈耀。

“求婚。”沈耀说着从兜里掏出一个红色的盒子。

“什么？”宋茜茜一愣，挠挠耳朵，有些不敢相信自己听到的话。

“茜茜，做我女朋友吧。”沈耀将盒子打开，一枚银灿灿的铂金戒指出现在了盒子里。

这枚戒指上面没有华丽的大钻戒，有的只是一些散碎的碎钻，而且孤零零地、光秃秃地停在盒子里，没有丝毫的点缀。

宋茜茜愣住了，下意识地伸手去摸沈耀的额头，她怀疑早上是不是她下手太重，以至于将沈耀打傻了。

“沈总裁，我是宋茜茜，不是宋雅，也不是张玉岚，你是不是弄错了。”宋茜茜摸着他的头没有发烧，但是还是觉得他的意识不清醒。

“我要的就是你，宋茜茜。”沈耀不由分说地拉过宋茜茜的手指，将戒指带到了她的左手中指上面：“大小刚刚好，不大也不小，真好。”

沈耀很开心地看着宋茜茜的手指上面带上了他赠予她的戒指。

“不对，不对……”宋茜茜不知道是哪里出了错，怎么事情就发展成这个样子了呢。

“茜茜，我以后会像我父亲爱我母亲一样爱着你。”沈耀很温柔地抱住宋茜茜，“这枚戒指是我们沈家的传家宝，你一定要好好地收着。”

“不对，不对……”宋茜茜从沈耀的怀里挣扎开，整个人几乎是从沙发上跳起来的，“我怎么就成你的女朋友了？我跟你没什么交集的，我们才见过几次面啊，就连我当了你的助理，我一个星期也不过才能见到你两次面而已。”

“你带着我送你的订婚戒指，当然就是我女朋友了。”沈耀也站起来，拉住宋茜茜的手，“你是说我太忙，没有好好照顾你对吗？以后不会了，我一定会每天按时来这里报道。”

“不对，不对……我是怎么带上你的戒指的。”宋茜茜看着手指上的戒指顿时有种想哭的冲动。

一个堂堂大总裁竟然能够如此求婚，而且是如此的耍流氓行为。

“你伸出手我就带上了，你看大小还刚刚合适呢。”沈耀很开心炫耀着。

“沈总，你搞错了。”宋茜茜真的想哭了，沈耀果然被她打傻了。

“以后不要叫我沈总，你可以叫我耀。”沈耀笑眯眯的一副很得意的模样，又似想起什么似的说道，“我给你在6006安排了一间房间，以后你来帝王大厦都可以住在那里，60整层楼只有七个房间，全部都是我们沈家人住的。”

沈耀的这番话顿时让宋茜茜冷静了下来。

第四十二章　服务周到（下）

“沈总，能够告诉我你这么做的原因吗？”宋茜茜瞬间冷静了下来。

沈耀听到宋茜茜的这番话，眼里的炽热也渐渐地消退了下去，重新坐在沙发上。

“我刚从我母亲那里过来，云姨跟我母亲说希望我能够保你跟你的孩子不受宋家的伤害。”沈耀淡淡地说道，“我答应了我母亲说要保护你不受宋家的伤害，而能够保护你跟你的孩子不受宋家伤害的办法，那就是让你成为我们沈家人。”

“成为你们沈家人？这是你母亲的意思？”宋茜茜有些不相信地问道。

“是我的意思。”沈耀看着宋茜茜，伸手将她拉回到沙发上。

他的身子慢慢地压向宋茜茜：“你应该知道我是个商人，我从来不做亏本买卖，所以我希望你能够明白我的意思。”

宋茜茜在沈耀的眼里看到了那份熟悉的欲望，她的心“咯噔”了一下，她用手挡在了两人中间：“沈总，我不明白你的意思。”

“不明白？”沈耀低低地一笑，“李丰包了这个房间一年，我呢，让人把这钱给他退了回去。我已经跟柜台说了，从今以后你想在这里住多久就多久，直到我让你搬离为止。”

宋茜茜一愣，继而明白了他话里的意思，脸上一怒：“沈耀，你什么意思？”

“什么意思？当然是与李丰一样的意思。”沈耀猛然将宋茜茜的双手抓住，举在她的头顶，将她狠狠地压在了身下，“你难道是因为失去丈夫所以才饥不择食地去选择李丰吗？难道我就不够好？我至少与你同床过，怎么样都比你选择李丰来得好吧。”

宋茜茜想要挣扎，但是她根本无法动弹一分，她此时没了早上智取的优势，只有男人与女人力量对比上的劣势。

“我，我……”宋茜茜想要解释什么，却突然间想到什么，整个人也没了挣扎的力气，“我跟李丰没什么，我只是想利用他来打击报复宋家。”

“打击报复宋家吗？”沈耀一点儿也不惊讶，他已经从他哥哥那里得到了最新的消息，也已经完完全全知道了宋茜茜与宋家的关系，也知道了六年前发生的事情。

但是，他很生气。宋茜茜明明是自己的女人，为何她非要舍近求远地去接近李丰，而不是来找自己，莫非就觉得自己是个很没用的男人吗？

“这样吧，以后你就做我的女朋友，我来替你打击报复宋家，如何？”沈耀说着，将宋茜茜的双手抓在了一个手里，空出来的手开始解着她的衣服扣子。

“你们沈家跟宋家可是至交，你们父母双方可是从小玩到大的。”宋茜茜没有叫喊，也没有停止挣扎的动作。

“那又如何？他们是他们，现在公司由我掌权。”沈耀已经将宋茜茜的衬衣扣子解开，挂在脖子上的钻石项链熠熠生辉，衬托得周遭更加嫩白。

一股热血充斥着沈耀的身体，但是他却依旧不慌不忙地继续他的谈话。

“你答应我，我随了你，你会庇护我的孩子终生不受宋家的伤害。”宋茜茜的眼神很坚定，她望着沈耀的眼睛，她要得到肯定的答案。

沈耀笑了，眼里也是笑意：“他们如果是我的孩子我肯定会庇护。”

宋茜茜听到这话绝望了，对啊，有谁真的会为了没有血缘关系的人去得罪至交好友呢。

“不过……若是你愿意每天陪着我，那我帮你彻底铲除这个危害，如何？”沈耀的手已经开始在她的身体上慢慢地游走着这差点没让他崩溃得失去理智。

而他也能够明显地感觉到她身体在颤抖。

宋茜茜低垂着眼睑，这本来是自己的打算，利用自己与宋雅相同的容貌来博取沈耀的好感，继而得到他的帮助，为何如今却觉得心痛不已。

宋茜茜点点头：“我答应你，不过这件事情不能让我的孩子知道。”

沈耀的手顿了下，接着去抚摸她丰满红润的唇：“我答应你。”

宋茜茜在得到沈耀的允诺之后，彻底失去了反抗，整个人躺在那里一副任君采摘的模样。

于是，屋子里的温度不再寒冷，温热旖旎的风光占据了整间房间。

窗外，天空的颜色是淡淡的蓝色，云是轻轻地飘着的，太阳的光芒很柔和。

薄薄的窗纱被微风掀起，落下飘忽不定的影子。

“嗯？”宋茜茜清晨醒来，迷迷糊糊地揉着眼睛，不知道为何这一觉醒来整个人都像散架一般，而且睡得很重。

就在她准备动动身子的时候，一道强有力的力量将她往床里挪动了一番，而且她的鼻子结结实实地撞在了一个结实的胸膛上。

一幅幅香艳的画面出现在了宋茜茜的脑海之中，霎时间让她明白了所有事情的原因。

宋茜茜想要轻轻地动一下，却发现自己被抱得很紧。

男人独有的淡淡的味道透过宋茜茜的鼻尖让她瞬时间彻底地脸红了，就像红碳一样。

宋茜茜不敢随意乱动。

“你睡醒了？”沈耀似乎已经觉察到了宋茜茜的清醒，他的身体动了一动，将手臂挪了开来。

在沈耀刚刚把手臂挪开时，宋茜茜便立即翻滚到了床边上，拉着被子将自己眼睛以下的部位全部盖得严严实实的。

沈耀看到宋茜茜这一动作先是一愣，继而微微一笑，像是看穿了她的心思。

沈耀也不点破，也没有强迫她什么，独自一人下了床，背对着宋茜茜将衣服穿好。

“你最好也快点起床，等会儿你跟我一起去上班。”沈耀拉了拉领带，撇看一眼还赖在床上的宋茜茜。

“你先去吧，我晚会儿自己过去就好。”宋茜茜蒙着被子哼哼唧唧地说着。

第四十三章　悄然周旋（上）

“不好，我不会丢下自己女朋友不管的。”沈耀浅浅地一笑，“我在客厅等你，你最好快点，若不然我会过来帮你穿衣服的。”

在沈耀如此威胁之下，宋茜茜不得不以最快的速度将衣服穿好。

沈耀没有立即带着宋茜茜去公司，而是很体贴地先带着她去吃早餐，而后又带着她去的公司。

“你放心工作，黎凤姿最近有的忙，短时间是不会来公司找你的。”沈耀看到宋茜茜很小心地下车上楼，她明显就是在防备着什么。

宋茜茜一愣。

“既然昨晚我答应你了，当然就得实现了。”沈耀很得意地一笑，任谁都看得出来他今日心情很不错。

如沈耀所说，宋家这段时间忙于生意上的变故，根本没有过多的时间来过问宋茜茜的事情。

……

在帝王大厦的最顶端，这里可以俯瞰整座城市，而能够拥有俯瞰全城资格的人也无非只有那么两人而已。

琉璃艺术在这层空间里被表现得淋漓尽致，一层叠加一层，一层隔绝着一层，犹如一个个轮回的空间。

如今在这里坐着两个相貌相似的男人，在这两个男人面前坐着另外一个男人，三个男人掌握了半个地球的经济命脉。同样的，任谁也没有想到沈家和李家竟然会坐到一起共同商议事情。

“我说两位沈总，你们把我请过来，想干什么？”李丰跷着二郎腿，没有那种斯斯文文的文人气息，反而满身都是地痞味道。

他整个人几乎都快倒在沙发上面了，却对对面某个男人射来的冰冷目光视而不见。

“听说李副总打算近期灭了宋家。”沈耀第一个开口，目光里全是冰冷的寒意。

“你放心，你们沈家的人我不碰。”李丰有气无力地打着哈欠，不时掏出手机看着，“我依旧遵循我的原则，沈总裁你要的宋茜茜我都给你带到了这个帝王大厦里了，你们前些日子不还在一起吗？”

“哼——李丰，别以为我不知道你打的什么主意。”沈耀的目光似喷出火一般，“你公然接近宋茜茜，并且与她一起吃饭，无非就是想让宋家错觉地以为宋茜茜跟你已经走到了一起，你们会一起对付宋家。”

“啊……我可没那么说。”李丰不在意地说道，“我只是在恰当的时候拯救一下宋茜茜而已，没有你说的那么不堪。再说了，即便我这么做了，您这位沈总不也没说什么吗？”

“我希望你以后不要在跟宋茜茜有任何牵扯。”沈耀猛然站起来，居高临下地看着这个痞子一般的男人，“她是我的人，我必须对她的安全负责。”

“啊——沈辉总裁啊，你觉得我们私下的合作可还能继续？”李丰浅浅地一笑，完全不顾发怒的沈耀，“宋家暗地里做的生意，我已经掌握了大部分证据，只差你们沈家的内应了。”

“很快就会有消息的。”与沈耀同样一张冰冷的脸开了口，沈辉吸着烟，对李丰的态度很淡。

“我希望尽快，否则，我真的会提前行动，到时候怕是沈总您的另外一笔生意就要黄掉了。”李丰正了正身子，缓缓起身，与沈耀面对面站着。

李丰非常严肃地对沈耀说道：“沈耀，我希望你能够正视宋茜茜的安全，宋家对宋茜茜不会善罢甘休的。”

“你放心，我一定会负责她的安全，不必你操心。”沈耀冰冷冷地说道：“我会对她负责，一定不会让宋家伤害她的。”

“但愿你能够说到做到。”李丰挑了下眉，在想说什么时，他的手机响了起来。

他对着沈耀晃了晃手机，龇牙咧嘴一笑：“宋茜茜打电话给我，大概是想约我。”

沈耀的眼睛微微一瞪，浑身散发着危险的气息。

“喂，宋茜茜小姐啊……好，我立马过去……”李丰挂了电话很得意地冲着沈耀一笑。

“你……”沈耀突然间觉得自己有种不被信任的感觉。

“沈总裁，你最好是在我离开之后再过去，以免真的给你和你的小情人造成不必要的困扰，哈哈哈……”李丰得意地离开了这层楼。

“哥,你那头到底什么时候能够完成？”沈耀有些着急的对沈辉说。

“事情比我们想象的复杂……怕是真的会跟你的小情人宋茜茜扯上一些关系……”沈辉的态度依旧很冷淡，但是可以从他表情和神态上看出，他对此事很看重。

“怎么？”沈耀一愣，随即坐在了沈辉旁边向他开始询问一些宋家的事情。

……

离沈氏集团不远的地方有一家很温馨的咖啡厅，是宋茜茜最喜欢的咖啡厅了。

宋茜茜约见李丰便将地点订在了这里的一个包厢里。

“能够让宋茜茜小姐亲自约见我倒是我的荣幸。”李丰坐在宋茜茜的对面，一副优哉游哉的模样。

“呵，李副总说话可真是够幽默的。”宋茜茜将单子递给了李丰，“不知道李副总喜欢什么咖啡？”

李丰手抬了抬，示意自己不要单子，“我不喝咖啡的，我对咖啡过敏。”

“轰……”李丰的话让宋茜茜的脸色霎时间苍白无比，自己觉得不会发生的事情竟然发生了，六年的错误得到了纠正。

“你可以直接让服务生上一杯白开水或者有茶更好。”李丰浅笑，但看到对面宋茜茜脸色苍白时，不禁关切地问道，“宋茜茜小姐，你身体不舒服吗？还是……”

“啊，没什么。”宋茜茜这才反应过来，低下头来掩饰自己的尴尬，“这家咖啡厅也有茶的，那就点普洱茶好啦。”

“随意。”李丰倒是不介意这些，浅笑着问道，“不知道宋茜茜小姐叫我来可是想明白了一些事情？”

宋茜茜嘴角微微一弯，浅浅地一笑：“只是不知道李副总觉得我该想明白一些什么事情呢？”

李丰被宋茜茜那么一问，又是一笑，目光看向了窗外，淡蓝色的天空很美，隔着玻璃去瞧，却无法感受它最真实的模样。

第四十四章　悄然周旋（中）

“我只是听闻，六年前宋茜茜小姐离开宋家时，差点被人打死。若不是李民哲救了你，怕是早就命丧黄泉路。”李丰收回目光道，“我猜想宋茜茜小姐对宋家一定是痛恨极了，不知道宋茜茜小姐可否愿意配合我，毁掉宋家呢。”

宋茜茜没有立即回答，低着头看着单子上五花八门的咖啡名字和茶点名字，心中却是对李丰的话掂量了一番又一番。

“以李家的实力，别说摧毁一个宋家，十个宋家也不过是举手之劳，无须别人帮忙。”宋茜茜抬头看着李丰，撩了撩鬓间的发丝，“我孤家寡人一个，这忙我怕是帮不上吧。”

李丰似乎知道了宋茜茜会这么说，微微坐直了身子，“这忙怕是非宋茜茜小姐不可了。”

“噢？什么忙？李副总说来听听。”宋茜茜淡淡地应着。

“你虽然不在宋家生活，但是你应该知道宋家的一些事情。”李丰没有再拐弯末脚地直接说道，“我想让宋茜茜小姐配合我找一个人。”

宋茜茜愣了下，问：“不知道李副总想要找什么人？”

“是我家老头子的至关重要之人。”李丰说道，“我不敢肯定这人否被宋家藏起来了。”

宋茜茜听到这话，更是一愣，眉头一蹙，微微咬着唇似在做思考。

“是仇人？还是亲人？”宋茜茜开口问道。

“是亲人。”李丰淡笑着，“若不是为了她，我们早就把宋家一锅端了。”

宋茜茜的脑海中立即浮现出一个人的面容，她的心“咯噔”一下。

“不知道你要的这个亲人跟你什么关系？”宋茜茜端起服务生刚刚送来的茶水，有些紧张地捧着茶水。

“跟我有一半的血缘关系。”李丰似没有发觉宋茜茜的紧张，“六年前本来觉得她不在宋家，但是后来得到了一个消息说她在宋家。我们不敢肯定这个消息的真假，直到今天以我们的实力也没能探出这话的真假，所以我不敢贸然行动。”

宋茜茜只听到了李丰前半句话，整个人的血液像凝固了一般，呼吸紧促，胸口的伤隐隐作痛。

“不知道宋茜茜小姐可知道宋家藏了什么人？”李丰这次似乎觉察到了宋茜茜的异常，但是没有往其他方面想，只觉得她可能知道他说的那个意思。

宋茜茜呆呆地捧着茶杯，跟李丰有一半的血缘关系，又是李宁清的至亲，若说他不是，那他们都对咖啡过敏怎么说。虽然当年那人说自己不姓李，但是说不定只是为了不让自己去找他以免给自己惹祸而编造的。

“宋茜茜小姐,是不是想到了什么人？”李丰微微向前探身询问道。

“啊？”宋茜茜被李丰那么一问，顿时反应过来，慌慌张张地道，“没,没什么,只是觉得你们李家都找不出来的人我怎么可能找得出来。”

宋茜茜的笑很虚假，她的目光飘移不定。

“丁零……”李丰的手机此时正好响起,打断了两人接下来的交谈。

“喂，我是……我知道了，很快我就回来。”李丰将电话挂掉，看向宋茜茜的目光变了，但是他没说什么。

“宋茜茜小姐。”李丰淡淡地一笑，“这个称呼挺陌生的，以后我唤你茜茜，可好？”

“啊？好。”宋茜茜还处在震惊中，没有明白李丰改称呼的问题。

“茜茜，我这边还有些事情要做，等回头我再请你吃饭，可好？”李丰的笑容是真心实意的笑，似发现了什么宝贝。

“嗯。”尚在发愣的宋茜茜机械性地点了头。

后来，连李丰怎么走的她都不知道，只是还处于震惊之中。

若是她的猜测是真的，那么她该怎么办。李丰来认亲，要夺走孩子，她该怎么办。

宋茜茜觉得自己快要崩溃了。

孩子，对，她必须要去看一看孩子。

想到这里，宋茜茜抓起包便往外走。

然而，她才刚出咖啡厅的门便有一辆车在人行街道横冲直撞而来。

待宋茜茜反应过来时，车已经离得很近了，她吓得待在原地，一时间竟然不知道该怎么办了。

“茜茜”一声熟悉的叫声钻入了宋茜茜的耳朵里。

紧拉着，宋茜茜便感觉自己整个人都飞了起来。

“嘭”宋茜茜的身体狠狠地撞在了咖啡厅的玻璃上面。

“好痛……”宋茜茜觉得这一撞把自己的整个身体都撞得散架了。

“茜茜，茜茜，你没事吧。”身旁的人不顾自己的身体如何，首先检查起宋茜茜的伤势。

“沈耀，你怎么在这里？”宋茜茜觉得自己是不是被撞得眼花了，竟然看到沈耀在自己身旁。

“茜茜，你没事吧？”沈耀关切地问道。

“我没事。”宋茜茜摸着自己的后背，疼痛得厉害，但是却又不愿意哼出声，以免沈耀担心。

“别乱动，我看还是先送你去医院吧。”沈耀横抱起宋茜茜。

“不……”宋茜茜想要拒绝却早已被沈耀快速地抱起。

“你们去查下那辆车。”沈耀对身旁跟随的几人说道。

“是。”他们点头应答，其中两人便朝着车子逃窜的方向跑去。

在医院里医生为宋茜茜做了全面检查，最终确定她只是受了点皮外伤。

“沈耀，你怎么会在那里？”宋茜茜坐在沈耀车子里不禁询问道。

医院的地下停车场很安静，宋茜茜甚至能够很明显地感觉到沈耀的火气在噌噌地往上蹿。

“你现在是我女朋友。”沈耀扶着方向盘赌气地说道。

“嗯？怎么了？”宋茜茜还未反应过来事情的原因。

“我说了宋家的事情我替你解决，你为何还去找李丰？”沈耀觉得这个女人一点儿自觉性也没有，这才几天便将这事忘记了，以为自己只是随意说说。

“沈总，我跟李丰见面跟这个没什么太大关系吧。”宋茜茜反驳道。

“怎么能没关系？”沈耀怒道。

“能有什么关系？”宋茜茜的火气也一下子上来了，“姓沈的我告诉你，虽然我答应做你女朋友，但是我的私人空间是不允许你干涉的。再说，我们只是协议而已，我保证在做你女朋友期间不给你戴绿帽子就是了，你又何必对我的私人空间多加干涉。”

“协议？”沈耀一愣，又是一怒，“是协议又能怎么样？我说过我不允许你单独见李丰，否则下次的后果你自己负责。”

第四十五章　悄然周旋（下）

“你早晚是要跟别的女人结婚的，又何必非得限制我？”宋茜茜怒指着沈耀，“我也没有限制你，不是吗？我任由你跟张玉岚卿卿我我，成双入对，这几天我全都是睁一只眼闭一只眼，难道这还不够吗？”

沈耀一呆，这几天因为要与张家签订协议的原因，跟张家走得很近，主要是张家的负责人便是张玉岚，他这几天也的确在大部分时间里跟她待在一起，再加上宋茜茜这个助理只是摆设，不参与这些事情和会议，因此，她对此事不了解。

“你吃醋了？”沈耀反应慢了一拍，但还是听出了宋茜茜话里浓浓的醋意。

“嗯？”宋茜茜一愣，但是随即反应过来，别过脸，期期艾艾地说道，“谁……谁……谁吃醋了……我说的本来就是事实，你只不过是因为没能追到宋雅，才来找我。等你真正结婚的时候，也就是我们协议终止，我离开的时候。其实……现在任浩跟宋雅有着很深的隔阂了，你可以趁机去追求宋雅，说不定……嗯？”

宋茜茜刚把话念叨一半，便被沈耀掰过去了脸，未等她反应过来，她的唇已经被封上了。

“呜呜——”宋茜茜瞪大眼睛看着闭上眼睛已经深情吻过来的沈耀，她不敢相信他竟然敢在这里亲她。

就在他们亲吻时，外面恰巧走过两个人，幸得两个人谈得欢畅，没有注意到在这里热吻的两人。

宋茜茜待两人走后，拼命地挣扎，终于使得沈耀离开了她的唇。

“姓沈的，你找死。”宋茜茜使劲地用双手推离沈耀，刚刚让他的身体离自己有点距离时，猛然间车座向后平铺了过去。

“啊——”原本就死命靠在车座上的宋茜茜这下子被沈耀狠狠地压在了车座上面。

“嘘——小声一点儿，否则真的会惹来附近的人来围观的。”沈耀坏坏一笑，单手撑在车座上，一手努力地与宋茜茜的双手对抗。

“你……你……”宋茜茜半天也没有把后面的字蹦出来。

“不用你了，我知道这些事情都由我来做就行了。”沈耀终于抓住了宋茜茜乱动的双手，他很深情地把她的双手放到胸间，“放心，一切我来。”

“你……”宋茜茜的你字后面的字依旧没有说完，便被沈耀堵了嘴。

宋茜茜算是见识了沈耀的无耻，她猜测着自己是不是认错了人，这根本不是沈耀，而是沈辉呢，否则，怎么会做出这种事情。

宋伦宋月的学校离这家医院倒也不算太远，开车也不过十分钟的时间。

“你能不能不这么无耻。”宋茜茜从车上下来，很戒备地远离沈耀，怎么以前没发现这是一个人渣呢。

“不能。”沈耀很无辜地摇摇头，一副无奈的模样，“如果我不无耻，那岂不是让你没有了幸福，不可以的。”

“王八蛋。”宋茜茜低低咒骂了一声。

今天闲着无事，便决定来接孩子，陪着孩子们过周末，否则，时间久了，孩子们真的会不认她这个妈妈的。

“丁零——”就在宋茜茜看着手表还有十分钟就下课的时候，她的手机响了。

“喂……好，好，我正巧在学校附近呢，我马上过去……”宋茜茜慌里慌张地从车上拿起包往学校里冲。

“发生了什么事情？”沈耀也赶忙跟随在她的身后，不明白她为何如此慌张。

"宋伦跟人打架了。"宋茜茜的脚步依旧没有慢下来。

"孩子们打架很正常。"沈耀劝解道。

"可我怕宋伦被人打伤啊。"宋茜茜的一句话昭示了她很偏袒自己的孩子。

两人匆忙赶到了学校办公室。

当宋茜茜进入办公室的时候，正看到一个浓妆艳抹的中年女人正用手指头指着宋伦的额头，不停地说着什么，而旁边站立的老师却不管不顾，似乎觉得这个中年女人的做法是对的。

"宋伦。"宋茜茜心疼地一喊，顿时火气也上来了，大步走到中年妇女跟前，抓住了她还在不停戳宋伦额头的手。

"我说这位大姐，你这么做是不是太过分了，不过是孩子之间打架而已，用得着那么做吗？"宋茜茜毫不畏惧地看着中年妇女。

"呦——你是谁啊？"中年妇女嫌弃似的将宋茜茜的手甩开，将宋茜茜从头到脚打量了一番，但见眼前这个女人一头长发披散而下，硕大的眼镜框遮盖住了半张脸，却依旧能够看出她很清秀甚至可以用貌美来形容。

但这份貌美，让中年妇女更加恶心地看着宋茜茜。

"妈妈……"宋伦很委屈地低着头，轻声唤着宋茜茜，他微微咬着唇，知道自己不该给妈妈找麻烦的。

"乖，宋伦，妈妈来了，没人能够欺负你了。"宋茜茜没有责备宋伦，反而蹲下来将他搂进了怀里，轻轻地抚摸着他的头。

慢宋茜茜一步的沈耀此时也赶到了办公室的门口，瞧见了这一幕，本是温馨的一幕，却落在沈耀眼里是很凄惨的一幅画面。

沈耀站在门口，心底一阵疼痛，这三个母子究竟吃了多少苦，究竟遭了多少罪，宋茜茜她究竟费了多大的力气才将孩子们养大。

每每想到他们不止一次受到这样的唾弃，沈耀就觉得心痛。

"原来你就是这个杂种的母亲，怪不得妖里妖气的。"中年妇女用更加嫌弃的眼神看向宋茜茜和宋伦，同时向后退了两步，像躲避瘟疫一般地躲避着宋茜茜。

宋茜茜一听这话，顿时明白了为何宋伦要与人打架的原因。

“你凭什么这么说我的孩子？”宋茜茜起身异常愤怒，“我还想问为何我家孩子与你家孩子打架，但是现在不必问了，有你这么一句话，我就知道为何了，活该你们家孩子被我家孩子打。”

宋茜茜的话也顿时激起了中年妇女的怒意，本就瞧不起宋茜茜这种单身妈妈的她，现在更是鄙夷了。

“果然是什么样的孩子就有什么样的妈，你瞧瞧……你瞧瞧……张老师，你瞧你们学校都进了些什么样的低等人，连这种低等人生的杂种都往这里送了，那以后我还怎么敢把我儿子送进来……”中年妇女一开口说话便唾沫漫天飞，停也停不下来。

第四十六章　无良教师

宋茜茜的胸中满是怒火，向前一步，手一挥，狠狠的一巴掌打到了中年妇女的脸上。

“啊——”中年妇女没有任何防备，这一巴掌打的是结结实实，被直接打倒在地。

“你……”中年妇女瞪大眼睛不敢相信宋茜茜竟然会直接动手，用颤抖的手指指着她，“你竟然敢打我……”

“你这个做家长的怎么可以在学校打人。”站在一旁一直不吭声的张老师也没有想到宋茜茜竟然会直接动手，一边上前搀扶中年妇女，一边大声指责着宋茜茜的行为。

“你打我，我要打回来——”中年妇女被搀扶起来之后，立即反扑而来，挥舞着双手就要往前抓宋茜茜。

“住手。”一声怒吼直接呵斥住了中年妇女的动作。

做出防备姿势的宋茜茜也是一愣。

“耀叔叔——”宋伦有些不敢相信地看着优雅帅气地站在门口的沈耀。

沈耀僵硬冰冷的脸在看向宋伦之后立即变成了一朵花般的笑脸：“嗨，阿伦，好久不见。”

“嗨，好久不见。”不知道是不是被沈耀这花般的笑脸给吓住了，还是下意识的行为，宋伦抬抬手跟沈耀打着招呼。

沈耀揉揉宋伦的头，轻轻地抚摸了下他脸上的瘀青，他竟然觉得自己的心很痛，觉得这比揍在自己身上还要痛。

“还痛不痛？”沈耀关切地问道。

“不痛……一点儿不——吱——你别碰那里啊，很痛耶——”宋伦将沈耀的手打开，捂着右边的脸，这是被打得最重的地方，也是最痛的地方，轻微一碰便会让他有想哭的冲动。

“我说……周太太……”沈耀起身用冰冷的目光直视中年妇女。

“沈……沈……沈总裁……”中年妇女没有想到沈家的人会出现在这里，虽然她没有分辨出这是沈耀还是沈辉，但是她已经被吓得不轻了，沈家的两兄弟不管是哪个，她都吃不了兜着走。

“怎么？我家的儿子打了你家的儿子？”沈耀冷冷地一笑，“需要赔偿吗？”

“不……不……不……”中年妇女连忙摇头，把头摇得像是拨浪鼓，为何有人跟她说宋伦没有父亲，母亲只是一个小职员，为何没人跟她说宋伦和他母亲与沈家两兄弟有着千丝万缕的关系，而且竟然会同时出现在这里。

“你说我家宋伦是杂种？我的女朋友是低等人？”沈耀浑身散发着冰冷的气势，直逼中年妇女，让她连连后退不已。

中年妇女冷汗涟涟，但是沈耀的那个“我家”“我的女朋友”几个字眼如一把利剑直刺她的心脏，鲜血淋漓。

她看向宋茜茜的眼神由盛气凌人变成了惊惧，看向宋伦变成了惊呆。

“他……他是你的私生子？不，不……他是你的儿子。”中年妇女被这个事实给弄蒙了。

“哼……怎么？周夫人这还是要追究责任？”沈耀挑了下眉。

“不……不……是我教育不好，没有教育好儿子，沈总裁您大人有大量……请原谅我儿子的鲁莽……我替我儿子跟你儿子道歉了，对不起……”中年妇女几乎都快要跪在地上恳求沈耀了。

沈耀看向一旁站着的宋茜茜，惊得宋茜茜有些受宠若惊的感觉。

“算了，孩子打架而已，又没什么太大的事情。”宋茜茜拉了拉沈耀的衣袖。

“那算了，他们都原谅你了，我只希望以后不要再让我听到或者看到这种事情发生。”沈耀摆摆手，示意着中年妇女可以离开。

“谢谢……谢谢……”中年妇女如大获圣恩，不停地道谢着，又赶紧地开溜了。

“这……这……”中年妇女离开了，可是剩下的张老师却是冷汗涟涟，他没有想到沈家兄弟竟然有私生子，而且还偏偏在他班里，更重要的是他平日里总是刁难他。

“把你们校长叫来吧。”沈耀没打算放过这个老师，看他的作风平日里应该总是刁难宋伦的。

等到校长来时，沈耀直接把这件事情嘱咐给了校长。

校长不敢不从，不敢不好好地办，毕竟这个学校百分之七十的援助都来自沈家。

自此，这个学校几乎很少发生这种老师刁难学生的事情，因为谁也不知道在这里上学的有没有有钱有权人家的私生子。

“耀叔叔，你好帅噢。”宋伦两眼放光地看着沈耀，尤其是他看到常常刁难他的张老师吃瘪的模样，真的是太开心了。

“耀叔叔，以后就没人再敢欺负我们了吗？”宋月眨着大大的眼睛很期待地看着沈耀。

两个孩子因为这件事情已经全然忘记了前段时间跟沈耀闹别扭的事情，对沈耀产生了新的崇拜和依赖。

“嗯，以后耀叔叔保护你们。”沈耀笑着抚摸着两个孩子的头。

宋茜茜在旁微微地浅笑着，看着三人和睦的情形，曾几何时她是那么希望能够有人可以保护她和她的孩子们，曾几何时她也曾幻想过宋伦宋月的父亲找来，将他们都接回家，曾几何时她是那么希望有一个完整的家。

这个周末在沈耀的陪同下与孩子们一起度过，感觉就像真的是一家人一样幸福。

“耀叔叔……耀叔叔……今天晚上，你陪我们一起吃晚饭，好不好？”宋伦和宋月越来越喜欢跟沈耀在一起了，他们那么渴望着能有一个父亲陪着他们。

“好了，你们别闹了……”宋茜茜阻止了孩子们的胡闹，“你们的耀叔叔已经陪了你们一整天了，今天晚上还有事情要办，等以后有时间了，再让耀叔叔陪你们就是了。”

“没关系的，我在这里吃过晚上再回去办事情是一样的。”沈耀不忍心拒绝孩子们的要求。

“可……”宋茜茜眉头微微一蹙，但是看到孩子们期盼的目光，不得不点头。

这一天的晚饭比平日里早了整整一个小时。

宋茜茜送沈耀离开，却被孩子们围住了。

“嘻嘻……妈妈，你是不是在跟耀叔叔谈恋爱啊？”宋月很神秘地问道。

“什么？”宋茜茜一时间没有反应过来。

“妈妈，其实我早就看出来你喜欢耀叔叔了。”宋伦一副什么都知道的样子，不时捂嘴笑着。

“你们两个胡说什么呢。”宋茜茜有些心虚地扯过话题，“你妈妈我现在人老珠黄了。”

“什么呀，妈妈，你是最年轻的妈妈……”宋伦搂住宋茜茜的脖子亲昵地蹭着。

“我也要——”宋月也上前亲了宋茜茜的脸颊。

三人其乐融融。

第四十七章　勇斗蝎子（上）

“咚咚……”就在三人开心大笑的时候，有人敲了门。

“谁啊？这么晚还来这里。”宋茜茜疑惑起身，心底想着莫非沈耀把什么东西忘在这里了。

毫无防备的宋茜茜打开门，却一下子愣了，门口站着一个极其强壮的男子，一看就是个真正的练家子，在他的身后跟随着好几个身穿黑色西装的男子。

在看到那个极其强壮的男子的时候，宋茜茜先是一呆，继而在反应过来之后，急忙关门。

然而，门外的男子仅仅单手便阻止了宋茜茜使劲关门的动作，并且猛然一用力，将门再次打开。

“啊……”宋茜茜一下子被门的反弹力弹得直接后退了好几步。

“妈妈，是谁来了啊？”宋伦宋月不明所以地从里面跑了出来。

“宋伦宋月，快上楼。”宋茜茜慌忙地挡在了宋伦宋月的跟前，不时回头对两人说道，“你们快上楼，快上楼把门锁上。”

然而，两个孩子在看到门外的人的时候直接吓傻在原地。

“呵呵……传闻你结婚生子了，没有想到竟然是真的。”门外男子开口，声音嘶哑犹如沙粒划过枯树，让听的人不禁一颤。

“你……”宋茜茜一边护着孩子，一边不停地后退着。

这个男人的代号叫蝎子，是黎凤姿的得力助手，但是从不在外人面前露脸，只替黎凤姿在暗地里办事。

宋茜茜曾经无意间撞见他与黎凤姿在一起谈事，她偷听了两人的谈话，因此，对两人的关系到也有一些了解。

六年前对宋茜茜进行的追杀行动中就有他一个。

“你……你想干什么？”宋茜茜不停地后退着，她想逃，可是带着两个孩子她没有办法去逃。

“想干什么？”蝎子斜嘴一笑，眼神猥琐地将宋茜茜狠狠地打量了一番，恨不得用目光将眼前的宋茜茜脱光，“当然是来看美人喽。”

蝎子说话的同时对后面的几个身穿黑色西装的男子使了个手势，让他们挡了宋茜茜后退的路，同时围成一个圈，彻底断了她的后路。

“妈妈……”宋伦和宋月从未经历过这样的事情，顿时紧张地牢牢抓住宋茜茜的衣服，不敢有丝毫的松懈。

“没关系的，妈妈会应付。”宋茜茜安慰着两个孩子，可只有她知道除非这个时候有外援，否则他们三人怕是要交代在这里了。

“你……你这么做难道就不怕得罪沈家吗？”宋茜茜的第一反应便是先用威胁的理论来与蝎子讨价还价。

“沈家？哈哈哈……别人怕沈家，老子才不怕什么沈家呢。”蝎子狰狞地一笑，舔舔唇，猥亵的目光停留在宋茜茜的胸前，“你的容貌与宋雅一样，长得貌若天仙，光看这凹凸有致的身材便知很有料……只是不知道吃起来的滋味如何，哈哈哈……”

蝎子话里的意思，宋茜茜怎能听不出来呢。

宋茜茜觉得自己太高看自己了，以为孩子们有个李民哲当干爹，有个关系不错的沈耀当后盾，宋家便会有所顾忌，却没有想到黎凤姿竟然会毫无顾忌，并且一上来便是致命的一击，直接派出了最得力的助手。

宋茜茜有些悔恨，不该把孩子从李民哲那里接来，或许孩子待在那里便会安全。

“我知道你今天出现了就是为了杀我。”宋茜茜努力让自己保持冷静，同时看向四周看看有没有逃跑的一丝可能性，“但是呢，你得好好掂量一番敢不敢动我。”

“噢？”蝎子一听这话有了兴趣：“我得掂量什么？”

“其实，你跟黎凤姿的关系一清二楚的人有很多，但是你可知道为何黎凤姿非要置我于死地。”宋茜茜岔开话题，想要拖延时间，看看是不是能够有奇迹出现。

“那你说说看。”蝎子倒也不着急，因为他今日是算准了时间来的，沈耀和李民哲今晚都会有事情，而李丰那个家伙今晚也会有忙不完的事情，他们都很忙，自然就没人会管这里了。

“因为我知道黎凤姿一个很大的秘密。”宋茜茜说道，“这个秘密直接关系着宋家的生死，你想不想知道这个秘密呢？”

“呵呵……跟宋家的生死相关，那与我有何干？”蝎子冷冷地一笑，“我还以为你会说什么事情呢，竟然是这些没有营养的东西。你放心，我会先让你走，之后再慢慢地送你两个孩子上路。”

“那个秘密与你也有很大的关系，难道你就真的不想知道？”宋茜茜急了，连忙喊道。

“黎凤姿在我来的时候就已经跟我说过了，你肯定会找一堆子话来迷惑我，到时候我定然不敢下手，所以，我得速战速决。”蝎子说着，示意着几个黑衣人将他们母子三人分开。

“妈妈……”

“妈妈……”

“宋伦，宋月。”

三人没能抵挡住几个黑衣人的攻势，直接被分开。

“你……你……你别过来。”宋茜茜的双臂被两名男子拉住，无法挣脱，只能被固定在原地看着蝎子一步步地走来。

蝎子当然不会听从宋茜茜的话，他一步步地朝着她走来。

“啊”宋茜茜的下巴被蝎子狠狠捏住，眼镜也被他扔掉了。

当宋茜茜的容貌完全呈现在他眼前时，蝎子呆了，他看过很多美人，甚至他摸过当今影视天后的脸，但是他觉得那一切在她面前全都失去了颜色。

他是粗人，他不会摆弄诗词，但是他知道有句词“一笑倾城，再笑倾国”说的无非就是这张脸。

水嫩嫩地犹如一块柔软的豆腐，却又有着白玉一般的质地，就像前些日子黎凤姿送他的白玉观音摸过去的手感。捏上一捏，弹性十足，好似今早剥掉皮的鸡蛋。红艳艳的唇很小巧玲珑，让人有种一吻芳泽的冲动。

这种冲动直接影响了蝎子，他已经抓住宋茜茜的头发，整张嘴凑了上去。

就在蝎子的唇接近宋茜茜时，宋茜茜突然间发难，脚向上一抬，狠狠地踹向了蝎子的胯下。

第四十八章　勇斗蝎子（下）

“啊——”凄厉的喊叫声响彻了这座别墅。

谁也没有想到宋茜茜竟然会在这个时候发难。

宋茜茜猛然用力挣脱掉了两名黑衣男子的束缚，在挣脱束缚的时候不忘给两名男子一人一击，让他们暂时无法行动。

“妈妈……”宋伦见宋茜茜脱离束缚，胆子大了，在抓住自己的黑衣男子的手臂上狠狠咬了一口。

“啊——”抓住宋伦的黑衣男子痛得松开了宋伦。

宋茜茜见宋伦脱离了束缚，便以最快的速度冲向了抓住宋月的黑衣男子。

抓住宋月的黑衣男子见状从衣服兜里掏出一把锃亮的手枪。

“笨蛋，不能开枪。”蝎子捂着自己的伤处，慢慢地从地上爬起来。

“呵——”凭借自己曾经学习过的一些功夫，宋茜茜狠狠地踹向了抓住宋月的黑衣男子，没有遗留一点儿力气，将黑衣男子踹到了墙上，直接晕倒过去。

“宋伦，你带着你妹妹快跑。”宋茜茜一边将宋月带到宋伦旁边，一边嘱咐着，“快……带着你妹妹先跑，去帝王大厦找你干爹，让你干爹来救妈妈，快……”

“妈妈，我要跟你在一起……”宋月哭着拉着宋茜茜的手不放手。

“乖，宋月，跟着哥哥一起跑……妈妈很快就会追上你们的……”宋茜茜安慰着宋月，同时将两人不停往外推着，“快，宋伦，带着妹妹快跑……”

“知道了，妈妈。”宋伦不愧是男孩子，在此时比宋月要坚强很多，不哭也不闹，知道自己该听妈妈的话，拉着宋月就往外跑。

“往哪里跑？”蝎子忍痛起身挡在两个孩子身前。

“我来挡住他，你们快跑。”宋茜茜抓起旁边放置的花瓶，狠狠摔向蝎子。

蝎子为了躲避宋茜茜扔过来的花瓶，不得不闪开一条路。

“快跑——”宋茜茜不停地拿起东西扔向蝎子和黑衣人，只为能够让两个孩子顺利逃跑。

“月儿，我们快走，去喊干爹——”宋伦拉起还在哭泣的宋月飞快地往外跑，此时的他知道能够救自己妈妈的只有干爹了。

两个孩子在宋茜茜的掩护之下很快便跑了出去。

宋茜茜却被蝎子越逼越接近角落，直至被逼到了死角处，连一个防备的东西都不剩。

“你们两个去追孩子。”蝎子在此时反而冷静了下来，多年的经验让他明白这次事情必须迅速解决，“你，去用盆冷水把那个晕倒的人弄醒。”

“是——”几个黑衣人在蝎子的指挥下也开始清醒，有条不紊地开始这次行动。

宋茜茜知道她可以利用蝎子最初的轻视让两个孩子逃脱，但是这次，她已经无力在从蝎子的眼皮子底下逃跑了。

“啪——”

狠狠的一巴掌落了下来，蝎子非常用力，似在报复宋茜茜刚刚那狠狠的一脚，直接将她扇倒在地，之后又补了两脚。

宋茜茜倒在地上，浓烈的血腥味充斥着口腔里。

蝎子的两脚让她剧烈地一咳，鲜血便顺着嘴角流淌了下来，滴落在地上形成一朵朵鲜艳的红色花朵，煞是美丽。

“死女人，敢踹我——这次你再踹一下试试啊。”蝎子蹲在宋茜茜的跟前，用手狠狠地拉扯着她的头发，之后猛然再一次用力将她的头狠狠地磕向了坚硬的墙壁。

毫无反抗能力的宋茜茜的后脑勺便这样被狠狠地撞向了白色的墙壁。

意识开始变得模糊，黑暗慢慢地在宋茜茜的世界降临。

这一撞让宋茜茜失去了知觉。

“哼——可恶的女人，跟黎凤姿说的一样，花样百出。”蝎子冷哼起身，示意着身后的黑衣人将宋茜茜带走。

“蝎子大人，那两个小鬼没有抓住。”此时从外面跑回来的两个黑衣男子狼狈地报告着。

“没关系。”蝎子一摆手，丝毫不介意逃走的两个孩子，“这个女人抓住了就可以了，我们的任务就完成了。我们回去吧。”

蝎子斜看了一眼身后两个黑衣男子架着的昏迷中的宋茜茜，他从十岁便在社会上混，怎能不知道黎凤姿这个老狐狸的阴谋，所以才会故意放走两个孩子，否则他便辜负了道上朋友给的蝎子的名号了。

不过，在把这个女人交给黎凤姿之前，自己应该可以好好享受一番。想到这里，蝎子浑身充满了力气。

黑暗的天，初春的寒峭将几乎没有经过什么苦难的两个孩子吓得快要失去所有力量。

他们躲藏在路边的垃圾桶里才躲过黑衣人的追捕，如今感觉自己安全了，便从里面爬了出来，寒冷便侵袭了来。

“呜呜……哥哥，我要妈妈……我要妈妈……”宋月不停地哭泣着，她真的好想念自己的妈妈，想念妈妈给自己买的棉衣。

“乖，小月不哭，哥哥会保护小月的。”宋伦将自己的毛衣脱下来穿到了宋月的身上，他抹掉宋月的眼泪，安慰着她道，“小月，我们要坚持住，我们要去帝王大厦找到干爹，那样我们才能打败坏蛋，救出妈妈……”

只有六岁的宋伦却是明白此时只有他们两个将这个消息告诉干爹李民哲，这样才能救出自己的妈妈。他在此之前还要照顾好自己的妹妹宋月。

“嗯。”心有灵犀的双胞胎宋月似乎感受到了自己哥哥宋伦的坚强，也渐渐地开始变得坚强起来。

“来，小月，哥哥拉着你的手，我们一起往前走。”宋伦冰冷的手拉起了宋月的手。

“嗯，我会加油的，哥哥。”宋月使劲点头，拉住宋伦的手朝着帝王大厦走去。

两个孩子也不知道走了多久，终于再也走不动一步了。

“怎么办，哥哥，我走不动了。”宋月感觉自己的双脚都要断掉了，可还是没能走到帝王大厦。

“我们先歇会儿，我看看有没有车。”宋伦让宋月先在路边休息，而他站在路旁左右探着头。

可是，不管宋伦如何探头都无法在这寒冷的夜晚看到一辆车，路的后方是漆黑色的，路的前方也是漆黑色的，连个人影都看不到。

第四十九章 身陷牢笼

这里有点偏僻，连个住户都找不到，宋伦也有点想要哭泣的感觉了，可是他拼命忍着泪，不让自己哭，因为他懂得若是自己哭了，自己的妹妹也会哭，在这寒冷的晚上都会被冻死在这里。

就在两人紧紧挨在一起相互取暖时，一辆车从远方驶来。

“有车……有车……”宋伦第一个反应过来，他想要站起了，努力地站起来，可是身体还未动弹一下便直接倒了下去。

在他身旁的宋月此时已经昏迷，已经倒在了地上。

“车……车……”宋伦努力地往前爬，想要拦截这辆好不容易路过的车，可是他真的没有力气了，寒冷与饥饿还有劳累就像是恶魔一般，将他牢牢地缠住，不让他动弹一下。

“吱——”车子如愿在不远处停了下来，但是从上面下来的是几个身穿黑色西装的男子。

“完了，这下被抓住了……”这是宋伦最后的意识，黑暗彻底地将他侵蚀。

“茜茜……茜茜……”

李丰带人推开宋茜茜房屋的门，却发现整个一楼大厅到处是破碎的、东倒西歪的东西。

“给我搜——”李丰的心“咯噔”了一下，顿感不妙，事情比自己想象的还要糟糕。

刚刚停在宋伦跟前的车便是李丰的车，当时他只是觉得这两个孩子有些可怜，却不料下车时却发现他们竟然是宋伦和宋月。

他派人将两个孩子送往医院，并通知了李民哲和沈耀，自己则带人来了这里，却不料还是来晚了一步。

“主子,这里有血迹——”飞鱼在角落里发现了地上和墙上的血迹。

李丰赶忙过去，看到了地上触目惊心的血迹，墙壁上的血迹很明显的是撞击后留下的。

血迹还未干，时间的间隔应该不算太长。

“去查——将附近的摄像头全部都查一个遍，一定要在最短时间内找到他们。”

“是——”

“飞鱼，你派人联络宋家的人，看看是不是宋家干的。”

“是——”

“你……”

“是……”

李丰的命令一道接着一道地发令下去，心底忐忑不安，总觉得这件事情若是处理不好怕是会被自家的老头子直接灭掉。

很快便查到了抓走宋茜茜的那辆车子往城西的方向开去了。

李丰亲自带了一些人去追赶。

四周阴暗潮湿，不时有水滴从天花板上面滴落下来，打在潮湿的水泥地上面溅起很多水花，偶尔会有老鼠从这道狭窄的地道里穿过。

蝎子走在最前面，对这种环境没有皱一下眉头。

紧随蝎子的黑衣男子背上背着一名女子，此时女子昏迷，没有丝毫的挣扎。

在他们身后还跟随了几个黑衣男子，他们对这样的环境也没皱一下眉头。

他们顺着这狭小的通道很快便到了一扇布满铁锈如水桶般结实的铁门前。

蝎子先是点亮了门口的油灯，继而掏出钥匙将门打开，在门里便是一个宽阔的小屋子。

这间屋子四周是水泥墙，相对于走廊的水泥墙好了太多，至少没有水渗透进来。但是这里极为凌乱，右侧的地上用稻草铺成了一张床的样子，发霉的味道便从这稻草里散发而出，一张破旧得几乎快要散架的桌子随意摆放在墙边，一把老式破旧的茶壶便随意地倒在上面，在角落里零散着一些类似动物的骨头和发霉的食物。

这间房子唯一的光亮是房屋门口的那盏油灯，也就是说这间屋子是没有灯的。

从这布局看来，这里是一间如监狱一样的房屋。

在蝎子的示意下，黑衣男子将宋茜茜直接扔在了稻草上面，根本没有怜香惜玉的觉悟，只觉得自己是在扔一具尸体。

蝎子让黑衣人全部在外面走廊等着，之后蹲在宋茜茜身旁，将她凌乱的发丝拨开，那张俊美异常的脸显露出来。

他舔舔自己干裂的唇，早就对黎凤姿的女儿宋雅有着非分之想，可惜，碍于黎凤姿，他无法动手，如今有一个与宋雅相似容貌，甚至比她有过之而无不及的女人，他当然不会放过。

他邪恶地一笑，手慢慢地伸向了宋茜茜的衣服，解开她的衣扣，洁白柔嫩的肌肤露了出来，他再也淡定不了了。

“嗯？”此时宋茜茜的眉头微微一蹙，轻声闷哼一声。

寒冷围绕着她，刺激着她的身体每一处，头部的疼痛让她的意识渐渐苏醒过来。

当宋茜茜慢慢把眼睛睁开时，首先看到的便是蝎子那张令人作呕的脸。

“啊……”宋茜茜几乎是跳起来，猛然坐起身，下意识地往墙边靠。

胸前的寒冷让她低头一看，自己的衣服已经被解开，大片的肌肤全部都漏在外面。

“你……你……”宋茜茜死命地抓着自己的衣服，蜷缩起来，戒备地看着蝎子。

“嘿嘿……”蝎子邪恶地笑着，将自己的上衣脱掉，露出了精壮的上身。

“不要过来,不要……”宋茜茜无论怎么挣扎还是被蝎子拉了过去，在一番死命挣扎之后还是被他压在了身下。

“蝎子大人，黎老板打电话来说务必让您现在就赶过去，说有非常重要的事情。”就在宋茜茜彻底绝望打算咬舌自尽时，一个黑衣人走了进来。

蝎子的眉头一皱，再看看身下马上就要到口的美味，想了一想还是决定先去黎凤姿那里一趟。

他起身时像是想起什么似的，将宋茜茜身上的外衣全部脱掉，只留下内衣和一件衬衣。

“这样才有味道嘛。哈哈哈……”蝎子的笑很猖獗，让这间房子的天花板刷刷地往下掉泥土。

门被狠狠地关上,整间屋子顿时陷入到了黑暗之中,伸手不见五指,真正地没有一丝光亮。

宋茜茜摸索着墙壁，顺着墙壁，在角落里蜷缩起身体，冰冷的寒意从四周将她包围起来，身上唯一一件衬衣根本起不到保暖作用。

宋茜茜恍惚之间似回到了十年前她还在宋家时，那个冬天，黎凤姿就曾将她关在地下车库里七天七夜，她只能透过车库的铁栅栏伸出手去接外面的雪来解渴解饿。

第五十章　前仇旧恨

直到第四天晚上的时候，有一个男孩从那里无意路过，看到可怜肮脏、奄奄一息的她，他开始为自己送食物、送水，直到第七天，黎凤姿放自己出去。

她曾打听过那个男孩的事情，可是却没有人告诉她那个男孩究竟是谁。

这种事情从她八岁进入宋家开始便成了家常便饭，也因此造就了她凡事一人承担的性格。

那个时候她还能看到太阳，看到外面的景色，如今她却是什么都看不到，连一丝光亮都成了奢侈。

那个时候她还有一件衣服保暖，但是如今她只剩下一件薄薄的衬衣。

那个时候还有一个人可怜自己，如今却是什么人都没有。

她不知道两个孩子是否平安。

她不知道他们有没有找到李民哲。

她不知道李民哲会不会找到这里，不知道自己会不会就这样死在这里。

她不知道自己失踪了，沈耀会不会顾念一点点情谊来找自己。

她不知道她若是死了，两个孩子是否有人照顾。

时间一点一滴地在流逝，不管白天还是黑夜，屋子里只有黑色，伸手不见五指的黑色。偶尔可听到铁门外窸窸窣窣的声音。

宋茜茜在感觉口渴的时候喊过外面的人，但是铁门外却无人应答，不管她如何喊叫都没有人应答她一声。

宋茜茜从开始的睡不着到后面的异常瞌睡，从开始的饥饿难耐到后来的没有知觉，从开始的寒冷无比到后来的身体僵硬，从开始的期待到后面的慢慢绝望。

宋茜茜已经对有人来解救她不抱任何希望了。

意识已经开始慢慢地模糊，她真的已经没有任何力气去动一下了，因为连呼吸都已经成了奢侈。

在自己意识快要失去的时候，她看到了两个人影在自己跟前晃来晃去，可惜他们并不是来救自己的。

胸口的痛也在此时开始慢慢地发作，从一点儿痛到最后的锥心的痛，可惜她真的没有力气去哀号了。

宋茜茜的嘴角微微一勾，若是这次能够活着出去，她真的想替孩子们找下他们的亲生父亲，因为他的背影看起来不像坏人。

即便他不认他们母子三人也好，即便他是坏人也罢，至少她可以知道那个男人是谁，至少孩子们也会真的知道他们的父亲长什么样子。

大概是神顾念宋茜茜这辈子有些苦，因此在她临死前让她再看一下那个男人的背影，很漂亮很完美的背影。

“茜茜……茜茜……”宋茜茜甚至还能听到他那富有磁性好听的声音。

医院的色彩是纯净的白色配上冰冷的机器色彩，肃静与沉重是医院的主题。

“耀叔叔，你说妈妈会醒过来吗？”宋伦趴在重症病房的玻璃上看着躺在床上一动不动的妈妈。

“耀叔叔，妈妈一定会醒过来的，对不对？”宋月满怀期待地一遍又一遍地问着沈耀。

“嗯。”沈耀透过玻璃心痛地看着病床上带着氧气机的宋茜茜。

她苍白的脸色几乎与被单的颜色一样了，没有一丝血色。

病房里的机器指数不停地在变，始终稳定不下来。

那些营养液顺着细细的管子注射到她的身体里，却无法让她苏醒过来。

沈耀真的不愿意回忆当时找到她时的情形，全身已经被冻紫，发霉的稻草在她身上凌乱地沾着，浑身也就只剩那件肮脏破旧的衬衣，枯瘦的脸没有了一丝血色。

找到她是在她被绑架之后的第六天，他与李家、任家联合，出动了三家所有的力量才找到那处异常偏僻隐秘的地下房间。

虽然这次事件所有人都知道是宋家干的，可是没有任何证据证明这一切是他们干的。他们沈家与李家联手将宋家所有明面上的产业都收购了，让宋家彻底破产了。

可是这一切依旧无法让宋茜茜苏醒过来。

"医生说只能等病人自己醒过来，谁也帮不了她。"李丰站在一旁，他后悔为何自己当初没有派人跟着宋茜茜呢，否则也不会发生这种事情。

"茜茜一定吉人天相，会醒过来的。"苏小娴也站在病房前替宋茜茜祈祷着，虽然她与宋茜茜接触很少，但是能够教育出宋伦宋月这样孩子的母亲一定是很好的母亲。

"嗯。"李民哲很肯定地点头，六年前他第一次见到她时，她正被人追杀，身上有着数道致命伤口，最后在进医院的时候因为肚里有孩子不能打麻药，她硬生生地扛着痛将伤口缝合上。经历过那么多苦难，这一次一定也会安然无恙的。

只有任浩站在一旁什么都不说，他握紧拳头，他绝对不会那么轻易放过宋家的。当初若不是黎凤姿从中作梗给自己下药使得自己与宋雅发生了关系，也不至于让茜茜离开自己，至今没有原谅自己。

一时间所有人都沉默了下来，都期待着宋茜茜能够清醒过来。

"丁零……丁零……"

"喂，爸爸……茜茜她……"李丰的手机响了，是他父亲打来的电话，但是他却不知道该如何跟自己的父亲说，他瞥看一眼依旧躺在那里一动不动的宋茜茜，违心地说道，"茜茜她没事，你放心好啦，爸爸……我知道……等这边事情弄好,我就回去……好,我知道了……”

李丰异常沉重地挂掉了电话，像是解释一样地说道：“我爸爸心脏不好,若是让他知道茜茜此刻昏迷不醒,怕是他的身体承受不住……”

沈耀有些疑惑地看向李丰，不明白为何李宁清如此关心宋茜茜。

“宋伦宋月曾经救过我爸爸，再加上茜茜很像他的一位故人，他一直觉得茜茜便是他那位故人的女儿。”李丰解释着说道，“他发过誓言不管付出何种代价一定要找到她的女儿。”

“难道上次你们抽查宋茜茜的血液样本就是因为这个？”任浩听到这个消息也是一惊。

“嗯。”李丰点点头，“抽查宋茜茜血液样本一方面要确认她不是黎凤姿的女儿，另一方面便是确认她是不是我爸爸要找的人。不过被你的人破坏了。”

任浩不意外李丰知道是他搞的破坏，否则他就不配当李家下一任继承人。

他又是一问：“她可是你父亲那位故人的女儿？”

第五十一章　清醒过来

“唉……”李丰微微一叹，“还不知道，不过刚刚已经拿了她的样本去做对比了。若她真是那人的女儿，我……”

李丰苦笑着看了一眼病房。

“这件事情若是被我父亲知道了。”李丰笑得更苦了，“我怕是要以死谢罪了。”

李丰的话让所有人又一次沉默。

又过了许久，两个孩子实在熬不住困意被李民哲和苏小娴带回去休息。

李丰因为要跟自己父亲交差，也回去了。

最后只剩下沈耀和任浩。

“我记得第一次见到她的时候，她也是这样躺在病床上，苍白色的脸上没有一丝血色。”任浩似自言自语又似说给沈耀听，“那个时候我与人打架也住进了医院，路过重症病房便听到里面的护士在议论，‘这个女孩命真大，歹徒的刀子再偏一分就会刺中她的心脏，可惜她的家人却要放弃治疗，放弃她的生命。’”

“当时我听到这话时心底一阵疼痛，因为我那时与自己家人的关系也很不好，我很可怜这个躺在病床上等待救治的女孩，于是我便出钱让医院救她。”

“呵，你都猜不到她醒来的第一句话是什么，她说‘神，你终于让我回到你的怀抱了，我是不是也可以感受到被人爱的滋味了？’当时听到这话时我很想哭，是真的很想哭。”

“后来我告诉她说，我不是神，但是是神派下来爱她的人，却又告诉她，如果想要得到幸福就必须要去追。你猜怎么着？她真的傻乎乎地跑去追求我，每天给我送一朵小野花，每天给我做一顿饭，之后每天给我唱歌听……呵呵，那个时候我觉得我是最幸福的人……”

沈耀一言不发地静静地听着任浩说的话，心底却是一阵心酸，为何他没有在六年前就承认，那样就可以多给她一些疼爱。

“对了，你知道她为何十五岁就上了大学吗？”任浩反问道。

沈耀摇摇头。

“那是因为她为了省学费。”任浩说到这里傻傻地一笑，却是很心酸，“茜茜上学的学费都是她自己赚来的钱，没花过宋家一分钱，她说每跳过一级便意味着她可以省下一笔钱，如此一级跳过一级，最后以十五岁的年龄跳到了法国大学。”

沈耀听到这话时眼泪都快流下来了，她是吃了多少苦才活到现在的。

“茜茜……你一定要活着，一定要……”沈耀紧紧握住拳头，“我会把所有的幸福都给你，你想要的幸福在这里，所以你一定要活着。”

也不知道过了多久，也不知道任浩是怎么离开的，宋茜茜的病房前只留下了沈耀一人。

沈耀也记不清楚自己在这里站了多久，久到他连自己怎么走进病房里，走到宋茜茜床边也不知道。

沈耀紧紧握着她的手，企图用自己的力量将她从噩梦中拉出来。

“茜茜，你要是醒过来，我就跟你结婚。”沈耀轻轻地说着，似念给宋茜茜听，似她能够听得到一样，“茜茜，这次我一定会隆重地向你求婚，好不好？茜茜，你可知道六年前我就已经喜欢上了你，可是那个时候父亲正好病了，我没办法去找你，等我想去找你的时候，却没有发现你的行踪……茜茜，六年前我不是故意不让你知道我是谁的，我当时只是以为你是我哥派来的人……茜茜，我现在后悔了……茜茜，你给我一颗后悔药吃，好不好……”

“茜茜，我想你……”

“茜茜，我爱你……”

“茜茜……说了，你也不相信，第一次见你我就爱上了你……后来见到你时，我又害怕了，你是我兄弟的女朋友……再后来，我想去追你，可是我根本不知道该怎么做……”

“茜茜，你原谅我，好吗？”

“茜茜……”

低声在宋茜茜耳边不停地念着，他多么希望她能够苏醒过来，他一定会把所有的幸福都给她，他不会再有任何犹豫。

失去是一个多么可怕的概念，让人哪怕一想到就会浑身颤抖。

“他在里面多久了？”在宋茜茜病房外面，一张与她身旁坐着的男人相同的面容，就像是一个人在饰演分身术一样。

沈辉，沈耀的哥哥，帝王大厦的总裁，一个掌管着地下黑暗势力的老大，与沈耀并肩而立，同等地位，一个明一个暗，共同掌控了一个地区的经济命脉。

沈辉的嘴里叼着一根烟，却没有点燃，双手插在兜里，西装的扣子是解开的，一副吊儿郎当的模样，任谁看了也不会认为他就是那个高高在上的人。

“从昨日傍晚救出宋茜茜小姐开始他便一直都陪在她的身边，没有休息一下。”站在沈辉身旁的男人毕恭毕敬地说道，“不过到这里也才两个小时。”

“嗯，你去查下宋闲先这个人，我要他的全部资料。”沈辉抬头抹了抹下巴，这个臭小子不动情也就算了，随意找个女人他也不管，却没有想到竟然找了个生过孩子结过婚的女人来当沈家的家母，这可不好办啊。

更何况家里还有个元老级的沈老太太坐镇，虽然两个孩子深得沈老太太的心，但是这也不能够获得她的同意啊。

这路够艰难。

“是。我这就去办。”男子很利落地走到一旁打起了电话。

沈辉掏了掏兜，里兜外兜都掏了一个遍，却发现自己的打火机不见了，蓦地想起好像是落在了昨晚那个女人房间里了，想到这里便准备去找他的打火机。

“对了……”走了没几步沈辉便停顿住了脚步，“你再去查下宋茜茜跟李民哲的真正关系。”

“是。”

第五十二章　因妒生恨（上）

就在所有人都离开时，一道妙曼的身影悄然出现在宋茜茜病房前。

她轻轻地站在玻璃窗前，静静地看着那幅画面，男的紧紧握住女的手，似在握宝贝，即便男的已经睡着也依旧握得那么紧，而女子也依旧处在昏迷状态中。

她的手轻轻地抚摸上冰冷的玻璃，企图透过玻璃抚摸到那张床上女子苍白色的脸。

她记得小时候第一次见到宋茜茜是在孤儿院，那时她以为自己碰到了镜子，这面镜子竟然可以做出与自己不一样的动作，她傻笑着看着对面那个穿着破烂却也在傻笑的“自己”。

她不明白为何这不是自己的妹妹或者自己的双胞胎姐妹呢。

是她恳求母亲将宋茜茜带回家的，可是她不知道的是自己母亲并不欢迎宋茜茜的到来，母亲总是想着法子惩罚宋茜茜，并且有些时候趁着她不在家时便将宋茜茜关进地下的停车库，不给吃不给喝。

宋茜茜却是个坚强的孩子，即便没有宋家的供养，她一样养活了自己。

在她十岁也就是到宋家的第三年，母亲便把她扔到法国不理不睬，在她恳求下也允许她去探望。

宋茜茜在十岁开始便独自一人生活，每日一边读书一边打工。她总是偷偷地将钱塞给宋茜茜，可是总是被她拒绝。

作为童工本就待遇很差，而在法国作为华人童工她的待遇可想而知。

有些时候她总是在想若是她没有把宋茜茜带回家，是不是宋茜茜可以很幸福地生活着。

在宋茜茜十五岁的那年，她被歹徒劫持，听母亲说她被刺中了心脏，活不了多久了。

她听后彻底震惊了，她不顾母亲的阻拦飞往了法国，只为见宋茜茜最后一面。

当她赶到医院的时候她看到了那如神一般的男人站在宋茜茜的床前。

那个男人被清晨的太阳光笼罩，他就那样矗立在她的床前，浅浅地笑着，所有欢快的音符和所有欢快的阳光粒子都随着他一起飞舞着。

他赐予了宋茜茜新生的机会，他将她从地狱里拉了出来，他将所有美好都给了她。

她在那时突然间发现自己再也无法忘记那个男人的背影，她爱上了那个男人，她多么希望躺在病床上的是她。

后来，她才知道那个男人叫任浩，任家的下一任继承人。

宋茜茜与他相恋了，两人很恩爱，甚至已经私订终身了。

她知道后回到家里喝得酩酊大醉，并将自己爱上任浩的事情告诉了母亲。

哪知母亲竟然会做出这种事情，她将她和任浩都灌下了迷药，让他们两人背着宋茜茜待在了一起。

她与任浩开始了暗地里的交往，直到宋茜茜回国前的头一个晚上才被识破。

那个时候任浩惊慌失措地告诉宋茜茜，他不爱她，只爱宋茜茜一人。

她崩溃了，失去了理智。她让母亲必须要让宋茜茜在这个世界消失，必须要让她离开任浩。

正巧李家逼宋家逼得厉害，有了暗地里的交换条件。

她于是亲自返回国，亲自将药放到宋茜茜的茶碗里，亲自将她送到另外一个男人的床上。

她让宋茜茜代替她成了交易的牺牲品。

善后的事情母亲也做得很好，只是在追杀宋茜茜的时候让她逃掉了。

但是，逃跑掉的宋茜茜彻底失踪了，没有了任何的踪影。

可是，任浩也变了，变得很颓废，变成了另外一个人。

她恨，开始恨宋茜茜，为何她能够得到这样天神般的男人，他那么温柔、温和、温润。

如今，她再次看到病床上的宋茜茜又有一个宛若神一样的男人陪伴她，她的眼神渐渐地有些怨恨产生。

在宋茜茜被绑架的时候，任家也就罢了，因为有任浩这个情感在，可是沈家和李家，这两家竟然也倾尽了所有力量来寻找她。

为何她可以得到如此多人的心，为何她可以让那么多人为她付出。

宋家因为宋茜茜已经彻底土崩瓦解，彻彻底底地完蛋了，连一点点翻身的机会都没有了。

她憎恨宋茜茜，从未如此憎恨宋茜茜，也从未如此悔恨自己将她从孤儿院带出来。

她抚摸玻璃的手渐渐地握成了拳头，紧紧握住，青筋暴起，欲要打破玻璃，撕碎所有的东西。

“这不是影视天后宋雅吗？”一个娇嗔的声音打破了医院里的安静。

宋雅一惊，握成拳头的手慢慢松开，又变成了抚摸状，之后慢慢地收回了手。

她不慌不忙地回头，即便宋家倒了，可是她依旧是那般美丽动人。

她的回眸让张玉岚一呆，心底不禁叹道，不愧是影视天后，这份美丽真的不是捧出来的。

张玉岚浅浅地一笑，宛若白梨花随风绽放。

张玉岚也走到玻璃跟前，在看到里面的画面时，嘴角浅浅的笑容渐渐地凝固住了，平静的眼眸渐渐染上了恨。

宋雅不愿意理会张玉岚，转身便欲离去。

“宋小姐。”张玉岚的眼睛依旧看向玻璃里，话却是对宋雅说的。

宋雅的脚步顿了住，没有开口，只等待张玉岚接下来的话。

张玉岚此时才缓缓转身，开口道：“我知道宋家已经因为宋茜茜彻底完蛋了。”

宋雅依旧没有说话，但是头已经轻轻地向后撇了一下，她的动作说明了她的意图。

“若是宋小姐愿意，可以与我合作。”张玉岚向着宋雅走了两步，高高的鞋跟落在地上响起清脆的声音，“即便宋家不能再次东山再起，我也可以让你再次拥有任浩，拥有他的心。”

宋雅回过头看向医院走廊的最前方，这走廊看起来是那么长，那么难以看清楚前方的景色。

“只要宋小姐愿意，便到张家找我，我随时欢迎宋小姐的到来。”张玉岚的话也到此结束。

宋雅听后挺直腰背慢悠悠地走了，细细的高跟鞋落下滴答滴答如水滴的声音。

“死女人，这次你不死，我也定要你死无葬身之地。”张玉岚看着玻璃里的女人狠狠说道。

她不允许任何人染指沈耀，这是她的男人，这是她从小就定下的目标。

第五十三章　因妒生恨（下）

浑浑噩噩地也不知道过了多久，宋茜茜总是能够听到耳边有人在低喃，意识稍稍清醒时能够听到似有人在念，意识稍稍模糊时感觉有人在喊。

宋茜茜已经记不清楚自己的意识究竟清醒了多少次，眼睛微微一睁开便能够看到一抹弱弱的光亮，在这光亮面前总是出现同一个人影，这个人影有些熟悉，但是却记不起来在哪里见过了。

大概是太累了，所以每次眼睛一睁开便又想睡，闭上眼睛继续睡。

呼唤声在耳边总是不停地喊着，就像是海浪不曾停歇。可是，她真的很困，她就想这般一直睡下去，这样她就不必每日担惊受怕，生怕哪一天宋家就会派人来杀了她和孩子。

好想好想睡，从未这般瞌睡过，可是耳边总是有人在不停地喊叫，好烦，好烦。

这声音烦到了宋茜茜再也忍受不住了，她缓缓睁开眼睛，她一定要暴打这个声音的主人，为何不让她睡觉。

“醒了……茜茜，你醒了……医生，医生——”

这个声音在宋茜茜睁开眼睛的第一时间说道。

宋茜茜心底道，就是这个声音，她一定要暴揍这个声音的主人一顿。

映入眼帘的是一个胡子邋遢的男子，他的眼窝有点黑，满脸的足有小半寸长的胡子，他的衣服很脏，似好久没有换洗过了。他整个人都没有多少精神。

但是，当他看到她睁开眼睛的一刹那，整个人都焕发出精神来，似发现了宝贝般，眼睛直发光。

宋茜茜好想抬手给他一巴掌，让他打扰自己睡觉，可是浑身都没有任何力气，连抬手都成了奢侈。

在宋茜茜还未完全反应过来时，又是一大群人走了进来，看衣服穿着似医生，他们围绕着她为她细细地检查了一番。

“沈总，目前为止宋小姐的病情是得到了稳定，接下来的便是调养了。”领头医生毕恭毕敬地对着那个胡子邋遢的男子说道。

“那就好，那就好……”胡子邋遢的男人松了一口气，整个人紧绷的神经也松懈了下来。

这个胡子邋遢的男人竟然也叫沈总。说到沈总，宋茜茜的脑海里第一时间便是闪现了浑身干净总是一尘不染的沈耀，可沈耀又是谁，他跟自己有什么关系，为何自己会知道他的名字呢。

可是，她没有过多地去思考，因为她真的好累好累，她要好好睡上一觉。

“医生，医生……她……她……”又是那个胡子邋遢男子的声音，真的好烦。

“沈总放心，她这次只是睡着了。”医生的话像是镇静剂一般让胡子邋遢的男子没了声音。

世界安静了，没有了任何声音，宋茜茜想着她终于可以安安稳稳地睡一觉了。

梦里很温暖，没了寒意与冰冷，比刚刚睡觉时还要舒服很多，宋茜茜睡得很满足。

一觉醒来，精神很饱满，宋茜茜缓缓睁开眼睛，洁白色的天花板上没有一点儿装饰，阳光透过窗户反射到天花板倒映出很漂亮的光晕，煞是好看。

宋茜茜微微一歪头，便看到了一个男人坐在自己的床边，他被从窗户照射进来的阳光笼罩，淡淡的五彩光晕将他围绕，他惊喜的一笑，整个世界都宛若重塑一般，只有幸福没有痛苦。

宋茜茜浅浅地一笑，这一幕与自己身中重伤时的那一幕好像啊，真的好像，那时他也是这般犹如天神下凡，拯救了濒临死亡的她。

“任……任……任学长……”宋茜茜张张嘴，但是从嘴里出来的声音却异常微小，还带着嘶哑声。

“茜茜……你醒了……”任浩并不吃惊她的苏醒，他微微起身，用手轻轻撩开她额前的发丝。

宋茜茜想要抬手动一下，可是却发现自己的身体根本动弹不得，而且有种异常沉重的感觉。

她眉头微微一蹙，低头看自己的身子却发现上面还搭着一条胳膊，这条胳膊很自然地放在她的身上，她顺着这条胳膊往上看去，见自己的枕头旁边还躺着一个人。

这个人睡得很香很甜，似梦到什么美妙的事情，嘴角微微翘起弧度，似在笑。

但是，宋茜茜觉得自己绝对不认识这个男子，不，应该说她也认识，因为之前清醒的那一次她曾经见过这个胡子邋遢的男子。

宋茜茜不明白为何他会睡在自己的身旁，为何他要这样搂着自己睡觉。

宋茜茜在转头看看任浩，见任浩微微笑着，似这幅景象很正常一样，他的眼里有着醋意，可是他并没有阻止这个胡子邋遢的男人睡在自己身边。

为何，这是为何？宋茜茜蓦地想起，任浩与宋雅在一起了，任浩已经不爱她了，不管她与谁在一起都已经与他没有任何关系。

宋茜茜呆呆地躺在枕头上面，看着天花板上的光晕，这光晕很美很美，可是却也很虚。

“沈耀守了你五天了，这五天里没有合眼也没有吃过饭，只有他哥哥来的时候他才会喝点水维持体力。”任浩说话时有着浓浓的醋意和浓浓的嫉妒，“昨日你醒来之后，他大概是坚持不住了，便在你旁边睡着了。”

“沈……耀……”快要睡傻掉的宋茜茜脑海中出现了一个身影，

可是这个身影无论如何与她身旁这个男人都无法联系起来。

宋茜茜又一次转头去看睡在她身旁的男子，在看了半晌之后，终于在他脸上看出了一点点沈耀的痕迹。

宋茜茜的心一下子被暖了，却又是疑惑。

“茜茜，沈耀为了你真的是豁出去了性命。”任浩看到宋茜茜疑惑的神情后解释道，“知道你失踪后，沈耀便出动了沈家所有的势力来找你，他差点没把地球给刮去一层皮。在得知你的消息后，他又是第一个赶过去，在你昏迷不醒的这几天里，全都是他陪伴在你的身边。”

宋茜茜静静地听着任浩的话语，微闭上眼睛，可是除了这个身影叫沈耀之外，她想不起自己跟沈耀有过什么关系，自己跟沈耀是什么关系。

痛，头痛得厉害，就像要裂开一样。

“好痛——”宋茜茜抱着头喊道，整个人直接蜷缩成了虾米状。

“茜茜——”在宋茜茜喊出头痛的时候，沈耀第一时间醒来，他看到她抱着头蜷缩在床上。

“茜茜，你怎么了？”沈耀着急地问道，“是不是我压到你了？”

第五十四章　仿若失忆

“头……头好痛……”宋茜茜恐惧地说道，“头好像要裂掉……”

“我去喊医生。”反应过来的任浩第一时间冲了出去。

很快医生便来了，为宋茜茜做了初步的检查。

“宋小姐，你可还记得你有两个孩子？”医生询问道。

“孩子？”宋茜茜茫然地看着医生,脑海里出现了两个幼小的身影，可是她看不清楚模样，她越是想要去看，越是看不清楚。

痛，头又开始痛。

“宋小姐，不要去想，千万不要去想。”医生赶紧阻止了宋茜茜的思维。

“宋小姐，你不要去想，你只要告诉我你第一反应，便可以了。”医生说道。

宋茜茜听从医生的话，没有再去想，如实地说道：“我只可以看到两个幼小的身影，可是我……可是我不知道他们长什么样子，也不知道他们是不是我的孩子……也不知道他们有多大了……”

医生听后眉头一蹙，默认道：“你可认识你身旁站着的这位任先生？”

宋茜茜转头看了看任浩，冲着医生点了点。

医生又问道：“这边这位沈总裁你可认得？”

宋茜茜转头看向那个胡子邋遢叫作沈耀的男人，但见他眼里满是期待和紧张。

宋茜茜的脑海里有那么一个叫作沈耀的身影，可是她无法确定是不是眼前这个男人。

宋茜茜终究还是在沈耀满怀期盼的目光下摇了摇头。

沈耀很是失望，忙问着医生：“这是怎么回事医生？”

医生眉头一蹙，又像宋茜茜询问道：“你可还记得你睡觉之前发生的事情？”

“睡觉之前？”宋茜茜一愣，脑子里一片混乱，但是她能够想起似乎好像是宋雅端了一杯茶水给她，并且说了一句她听不懂的话，好像是说是任浩让她这么做的。之后，她喝完茶水便失去了知觉。

想到这里，她的脸色苍白，不愿意回忆一样抱着头。

“茜茜，想不起来不要想。”沈耀上前抱住宋茜茜的身子，“没事的，什么事情都没有了，你现在平安了，以后什么事情都不会发生了。”

事已至此大家也都知道宋茜茜已经失去了一部分的记忆，而且这记忆似乎只有近六年的记忆。

宋茜茜颤抖着身子，她实在想不起来自己失去知觉之后究竟发生了什么，但是她知道肯定不是什么好事，而且刚刚医生也说自己连孩子都有了。

莫非，莫非……她不敢往下想了，真的不敢往下想了。

这一天的天很晴朗，初夏的温度慢慢地显露出来，每日的太阳透过窗户将病床照得很温暖。

脱离了危险期，宋茜茜也由重病监护室转到了普通病房，当然在沈耀的照顾下她住的也是医院最豪华的病房。

宋茜茜站在窗前看着窗外的小草绿油油地长了一大片，甚是好看。

她努力地回想努力地回想，可是不管如何去想她都无法记起自己之前究竟发生了什么，为何她会失忆，为何她会连自己的孩子都不记得。

当她回身时看到了桌子上的结婚证，结婚证上的自己笑得开心，可是为何自己记不起自己结过婚，而且竟然是跟宋闲先结的婚。

宋闲先那个男人竟然会跟自己结婚，怎么可能呢？太不可能了。可是这结婚证又是怎么回事呢。

“茜茜……你睡醒了……”来的是苏小娴，听说是自己的救命恩人的女朋友，也是自己孩子的干妈。

宋茜茜点点头，看着她手上提着保温盒，知道自己该吃饭了。

其实每天来送饭的人是沈耀，只有他忙得抽不开空的时候，苏小娴才会来送饭。

“小娴……沈耀，他真的是我男朋友吗？”宋茜茜盯着碗里的粥轻声问道。

她醒来之后，沈耀便告诉她他是她的男朋友，准备不久之后就结婚。可是，她也知道沈耀以前没结过婚也没有过孩子，他的地位很高，是高不可攀的人，为何偏偏要与她这个结过婚生过孩子的女人结婚呢。

果然，苏小娴似乎也不太知道这件事情。

“我……你要知道前段时间我跟民哲一起去了美国，我们两个也是回来之后才听沈耀说的。”苏小娴对这个问题也很为难。

“那……我的丈夫宋闲先你可认识？”宋茜茜看着苏小娴，她多么希望有人能够告诉她究竟发生了什么，可是却没有一个人对她出的事提一个字。

苏小娴微微叹了一口气，她摇了摇头，坐到宋茜茜的病床前拉住她的手安慰着：“茜茜，这些事情都已经过去了，不是吗？现在沈耀说要娶你，你就好好地珍惜他，以前的事情都不要去想了。”

“那你能告诉我，我为何会躺在医院里吗？”宋茜茜又问道。

“你被人绑架了，虽然没人说是宋家干的，但是大家心底都清楚。”苏小娴道，“你被人绑架之后，沈耀联合李家和任家以最快的速度将你解救出来，幸好你活着，否则谁都无法想象沈耀会不会直接疯掉。”

苏小娴每每回忆起沈耀那副死命的劲头都会觉得害怕，得疯狂到什么样的程度才会那样啊。

宋茜茜没有再询问下去，她知道再问下去也不会有自己想要的答案。

“好啦，你快点好起来，别让沈耀和你的孩子们担心了。”苏小娴笑着，“明天你就可以出院了，到时候你就跟我和民哲一起住好啦。

这样也方便有个照应。”

宋茜茜浅浅地一笑，也没有说什么，现在的她只能听从别人的安排。

“不行。”宋茜茜没有拒绝，但是有人替他拒绝了。

来的不只是一个人，但是他们却以两个人为首。

这两个人宋茜茜认识，曾在她醒来之后的第二天就过来看她了。

年轻的叫李丰，年老的叫李宁清，他们两人是父子俩，李家的掌管人。

“茜茜，身体好点了没？”李宁清关切地问道，他是一个慈祥的老人，听闻宋伦宋月还曾无意救过他。

“嗯，好多了。”宋茜茜点点头，却是有些意外地看向苏小娴，她也是微感意外。

“那就好，呵呵呵……”李宁清的眼睛都快笑眯上了，“那个……茜茜啊，我已经叫人把你的房间准备好啦，还有两个孩子的房间也已经备好了。噢，对了，我让飞鱼去接两个孩子，到时候就直接接回咱们家。呵呵呵……”

第五十五章　莫名之感（上）

“咱们家？”宋茜茜的眉头微微一蹙非常疑惑地看向李宁清和李丰。

“已经确认你是我父亲以前老友的女儿。”李丰抢在了李宁清之前开了口，还拉了拉他的衣袖，“我父亲说以前的时候他们是特别要好的朋友，你已经被我父亲认为干女儿了，所以呢，也算是我们李家半个分子。”

“噢？”宋茜茜对李丰这个解释持明显怀疑态度，因为之前谁也没有告诉过她这件事情。

“这次意外让我和我父亲觉得你还是来我们家住着吧。”李丰道，“你现在是单身，虽然跟沈耀私下里是订了终身，但是你要明白这流言蜚语可是伤人于无形，所以，为了更好地保护你，你就暂时住我们家吧。”

李丰的话又让宋茜茜蹙了眉，为何醒来之后总觉得什么都变了呢，自己从一个无依无靠的人变成了一个拥有众多朋友亲戚的人。

“我觉得茜茜跟沈耀既然已经是男女朋友的关系。”苏小娴此时开口说道，“我想那就得问下沈耀的意思了。”

“问他？哼……”李丰冷哼道，“当时他跟我信誓旦旦地保证茜茜的安全，结果呢，竟然出了这事。若不是当时我正巧去茜茜家，半路碰到了两个冻僵的孩子，我怕现在连两个孩子都保不住了。”

“那……那只是意外。”苏小娴辩护着。

“意外？没有那么多意外可以给他发生的。”李丰呵斥着。

“咳咳……”大概是感觉到李丰的态度有些强硬了，李宁清忍不住地假咳了一声。

“这样吧，李丰，你去趟沈氏集团找下沈耀，跟他说下情况。”李宁清挥手示意着李丰现在就去办事。

“不必了，我不同意去李家。”宋茜茜立即拒绝了李丰的建议，她无法忘记最后一个记忆，因为宋雅说李家让她去陪他一夜，她不想去，便让自己顶替她去。

李丰这个人，她不想有过多的接触，她怕自己的担心真的会成真。

“为什么？”李丰诧异地问道，“你应该已经知道了你可是我父亲老友的女儿，是我父亲的干女儿，为何你不愿意来我们李家？”

宋茜茜摇头不言，她微微咬了咬唇，若是她没有失忆或许真的会跟他们走，可是现在六年的空白因为宋雅的话让她恐惧李家，她不会选择李家的。

“我自己的事情我自己会处理，我不想任何人干涉。”宋茜茜的态度很坚决。

坚决到让李丰和李宁清无法再说一句话。

“嗯，那好，我尊重你的意见，但是……”李宁清开口说道，“但是你得让飞鱼他们跟着你，我不想你再出任何意外情况。”

宋茜茜想了一想，便点点头，做出了让步。

第二天，是宋茜茜出院的日子，沈耀一大早便过来帮她收拾了东西。

“我在公司附近为你买了一套两层楼的别墅。”沈耀一边替宋茜茜收拾东西，一边说道，“昨天的事情我听小娴说了，既然李丰那边要跟着两个人，那么地方就不能太小，否则住不下人的，所以两层楼是必需的。昨天晚上我已经派人连夜准备好了，等会儿我开车带你过去。对了……两个孩子等会儿也会从学校回来，或许会在那里等你……”

宋茜茜站在窗前静静看着沈耀为自己收拾东西，这个男人对自己好的真是没话说，可是她对这突如其来的好有点抵触，觉得好像泡沫一样，不知道什么时候遇到一根刺就会碎掉。

但是宋茜茜还是笑着装作很开心的模样："好啊，反正以后人就多了嘛，人多热闹。"

"呵呵……你若是觉得人不够多，我把崔少昊他们全都给你叫过去，如何？"沈耀开玩笑道，"我想你那里就要被撑暴掉了。"

"呵呵……"宋茜茜傻傻地笑着,若是这份幸福是真实的该有多好。

沈耀收拾完东西，走到窗前站到宋茜茜的跟前，伸出手揉揉她的头发，将自己的额头抵在了她的额头上，低声喃语道："茜茜，我已经有两次差点失去你，这次我一定会给你所有的幸福，我会努力让你成为世界上最幸福的女人。"

宋茜茜的身体微微一颤，这个男人真的是对自己动情了，至少他是真心地疼爱自己。

"听说……我是你的助理耶，那我以后岂不是得天天面对你的脸色。"宋茜茜假装很受伤的模样。

"傻瓜，你只需要陪我就可以了，哪里还需要做事。"沈耀点点宋茜茜的鼻头，"本来不打算让你去上班，可是，又怕你一个人在家无聊。"

"啊——那我岂不是成吃白饭的了。"宋茜茜对这个结果略显意外。

"如果你愿意，那就天天在家吃白饭好了。"沈耀笑着道。

"那我岂不成了猪了。"宋茜茜嘟着嘴不乐意地说道。

"哈哈……不会的，我不会让你成为猪的……"沈耀大笑着，"若你成了猪，那我岂不是也要成为猪，这样才能跟你配对啊……"

"哈哈……"宋茜茜被沈耀这个笑话逗乐了，笑得很是开心。

沈耀为宋茜茜找的别墅真的离公司不远，开车也不过才十分钟而已。更重要的是这里地理位置很好，交通方便，环境也幽雅。

宋茜茜很是喜欢这座小洋楼，绿色将这里点缀成了童话里的小城堡。她屋前屋后地看着，更加喜欢这里了。

"欢迎宋小姐回来……"宋茜茜刚进门便看到了两排仆人式打扮的人站在那里冲着她微微鞠躬。

"这是照顾你饮食起居的人。"沈耀看到宋茜茜疑惑的神情说道，

“你现在身体需要好好养着，需要人照顾，我有些时候工作忙或许会照顾不到，有他们在我也放心一些。”

对于沈耀的体贴，宋茜茜甚是感动，也没有拒绝他为自己安排的一切。

“妈妈……”

“妈妈……”

宋茜茜刚刚想要上楼时便看到从楼上跑下来两个孩子，这两个孩子狠狠地将她抱住，撒娇着。

宋茜茜搂住两个孩子，在他们的脸颊上亲吻着。她对这两个孩子没有什么记忆，可是她心底有种感觉这是曾经支撑自己活下去的希望与动力。

“妈妈，你看这是耀叔叔送我的模型车，我好喜欢啊。”宋伦炫耀着自己手中红色的车模。

“妈妈，耀叔叔还送了我好多好多布偶娃娃呢。”宋月也甚是开心。

沈耀早就把两个孩子收买得妥妥的，根本不需要她操心。

宋茜茜感激地看着沈耀，却见沈耀一副理所当然的样子。

“你现在是我女朋友，以后要成为我妻子的。这两个孩子肯定要跟着过来。”沈耀道，“若是我现在不收买他们，那他们岂不得在中间给我使坏，说不定最后我连美人都要错过了。”

宋茜茜灿烂地一笑，突感这份幸福或许是真的。

第五十六章　莫名之感（下）

“对了……王妈，你去我房间把我准备的礼物盒子拿来。”沈耀转身对仆人吩咐道。

宋茜茜一愣，怎么这里还有他的房间。

“这里当然有我的房间啦，以后我可是要住在这里的。”沈耀看懂了宋茜茜的疑惑说道，“这样才能让你更快地嫁给我。不过，你放心，我跟你的房间是分开的，是面对面的房间。”

宋茜茜悄悄松了一口气，幸好两人分开，否则，她是真的不知道该如何面对沈耀。

“傻瓜——”似看透宋茜茜的心思，沈耀又是一揉她的头发。

在家休养没几天，宋茜茜便选择了去上班，因为她发现她是一个闲不下来的人。

一如往常的打扮，红色的眼镜框，披散的长发，笔直的工装，毫不起眼的打扮。

宋茜茜一进到公司便发现自己的办公桌竟然正好面对着沈耀的办公室，只要她一抬头便可以看到沈耀，或者只要沈耀一抬头便可以透过百叶窗看到她。

她悄悄一笑，这个座位安排得真有意思，既有一日不见如隔三秋的意思，也有相互监督的意味。

“茜茜，这是你这次要做的报表。”肖黎作为沈耀的助理知道的事情比其他人要多很多，因此，他分配给宋茜茜的东西都是最基本的东西。

“好。谢谢。”宋茜茜拿到报表随意地翻看了一下，眉头微微一蹙。

“怎么？不知道该怎么办吗？需不需要我帮忙？”肖黎忙道，“或者我给你换个更简单的吧。”

“不……这个已经够简单的了。”宋茜茜浅浅一笑，“等会儿下班的时候我给你吧。”

“不着急，你慢慢来就好了。”肖黎也是一笑，这个报表虽然简单，但是至少也得一天工夫。

宋茜茜低下头慢慢地看着报表，不知道是不是肖黎异常的照顾，给的东西相当简单，她只需用了两个半小时便整理好了所有资料。

宋茜茜准备去复印资料，猛然一抬头却是被结结实实吓了一大跳。

“你干什么——”宋茜茜拍拍自己的胸口，缓了缓自己这幼小的心灵。

“你的速度为何那么快？”沈耀眼睛直发光地看着宋茜茜，他第一次看到有人能够将报表以如此之快的速度完成，中间都不间断。

“那么简单的东西，又没有什么技术含量。”宋茜茜起身将要复印的资料夹到文件夹里，“以后别没事就这么吓人玩，搞不好真的会被你吓出心脏病的。”

“我来帮你。”沈耀献殷勤地欲接过宋茜茜的文件夹。

宋茜茜将文件夹收回，微微歪了歪脑袋：“你以前也这样吗？”

沈耀摇了摇头：“没有。”

“那你就按照以前的相处方式来吧。”宋茜茜绕过沈耀，却发现肖黎瞪大眼睛看着两人，尤其是以极为奇异的目光看着沈耀。

肖黎见宋茜茜看过来，赶忙低下头继续工作，他发誓他进入沈氏虽说没有二三十年但是至少也有十年了，从沈耀正式上任的第一天开始，他便跟随在了沈耀身边当助理，但是却从未见过他这么做，连他的笑都未见过，今天他第一次见到了。

沈耀与宋茜茜拉拉扯扯了好半天，宋茜茜才说服沈耀让她跟其他人一样工作。

“真是的，那么大的人了还拉拉扯扯。”宋茜茜抱怨着，从复印室回来询问着肖黎，“肖黎，以前沈耀……不，沈总他也是这样的吗？”

“不，绝对不是。”肖黎非常肯定地告诉宋茜茜，“那么多年我第一次见他对人献殷勤。”

“噢？”宋茜茜表示了明显的怀疑。

“我真的是第一次见到沈总这样待人。”肖黎笑着道，“以前他总是冷冰冰的，别说见他笑，哪怕见他走出办公室站到职员的办公桌前那都是不可能的事情，而且你前段时间失踪的时候沈总也没来上班，这是从来都不会发生的事情，因为以前哪怕他躺进医院，他都会把工作带到医院的。”

“嗯？”宋茜茜眉头微微一蹙，“那段时间的工作……”

“当然是由沈总的哥哥来顶替了。”肖黎说到这里又很怨念地说道，“想要区别开沈总的哥哥跟沈总真的很难，我刚开始两天都会因为端错茶被沈总的哥哥骂，要知道他哥哥只喝咖啡不喝茶，咱们沈总只喝茶不喝咖啡的。唉……”

宋茜茜眉毛一挑，两人不是很好区别的吗，怎么都说会认错这两人呢。

“对了，报表弄好了。”宋茜茜将手中的文件递给肖黎。

“什么？弄好了？”肖黎不敢相信地接过文件，翻看几眼，这份报表做得完美无缺。

肖黎第一次正式地认识了宋茜茜的工作能力。

宋茜茜发现公司里基本上很少有议论她和沈耀事情的，或者说她与沈耀的事情基本上没有几个人知道，这对于她来说是好事。

每天上班下班，回家之后陪伴在孩子身边，偶尔会与沈耀一起带着孩子们一起出去玩。

这样的生活一直持续了一个多月，生活很平静却让宋茜茜很满足。

直到六月份一个男子出现在了宋茜茜的生活中时，她才发觉原来平静之下还隐藏着暴风雪。

见到那个男子是从一个电话开始的，这个电话打来的时间也非常凑巧，正巧是周末，宋茜茜因病在家里待着，沈耀带着孩子们出去玩了。

宋茜茜接到这个电话之后也没有过多的考虑，便按照电话里说的地址找到了帝王大厦的一处会所里。

跟随宋茜茜一起去的还有李丰派来的一个人，只是他没有被允许进入会所。

宋茜茜一进入屋门便听到了老太太的爽朗笑声。

“呵呵……玉岚啊，你这双手可真够巧的，谁要是娶了你，谁就幸福喽。哈哈……”老太太的声音听起来有点熟悉，可是宋茜茜的脑海里却不知道她是谁。

“沈奶奶，您要是觉得我捏得还凑合，那我以后就天天来给您捏捏。”张玉岚娇嗔的声音让宋茜茜颤抖了一下。

宋茜茜在公司的时候曾见过一次张玉岚，因此对她倒也有点印象。

“呵呵……好好好……”沈老太太倒是笑呵呵点头应着。

“老太太，宋茜茜小姐来了。”站在沈老太太身旁身穿黑色西装的中年男子微微躬身凑到她的耳旁轻声说道。

中年男子的话让沈老太太将目光转向了门口，盯住了规规矩矩站立着的宋茜茜。

第五十七章　身世之谜（上）

她的眼睛微微一眯，盯着宋茜茜看了半晌，这个人影真的与黎家的人很像，而且是非常的像。

想到黎家的人，她便想起了当年黎家的情况与现在宋家的情况似乎一模一样。

“里面坐吧，别这么客气。”沈老太太示意中年人为宋茜茜安排坐的地方。

“沈奶奶，我去给你沏杯茶吧。”张玉岚借口离开，却被沈老太太留了下来。

“那些事情让下人们去做就是了，你就给我捏捏肩膀。”沈老太太似乎很是中意张玉岚的手艺。

“哎。”张玉岚应声也没有去泡茶，看了宋茜茜一眼满是得意，似乎在说这一局我赢了。

宋茜茜不以为意，但是她也能够从张玉岚那里很明显地感觉到敌意。

能够让两个女人成为敌人的也只有男人了，如今跟沈家挂钩的也只有沈耀了。

想必这个张玉岚与沈耀或者沈家有着千丝万缕的关系。

“不知道这次沈老太太喊我来是为了什么事情呢？”宋茜茜接过他们递来的茶水，轻轻地放置在茶桌上。

“没什么大事。”沈老太太很随意地说道，“无非就是一些家事而已。”

沈老太太说得随意，但是宋茜茜还是感觉到了沉重，这是在谈她与沈耀的事情。

沈耀从未提起过要带她见长辈，而她也从未要求过沈耀带她去见长辈。只是她未想到竟然是在这种情况下与沈耀的长辈见面。

宋茜茜面上却是微微一笑：“沈老太太，这家事……只是不知道该如何去说？”

“我也不拐弯抹角。本来我是不该管那么多的，但是这关系着我们沈家的名声。”沈老太太的表情有些严肃。

“什么事情关系着沈家的名声啊？”一道苍老的声音插入到了沈老太太的话里。

回身一看，但见不知何时李宁清和李丰两人已经站到了门口。

“呵呵……沈老太太，最近身体还硬朗啊？”李宁清笑着，在李丰地搀扶下慢慢地走到了宋茜茜的旁边，在她的旁边坐了下来。

“李总。”宋茜茜礼貌性地打着招呼。

“别客气，跟我客气什么。”李宁清笑着对宋茜茜说，眼睛却不时白了一眼李丰，惹得李丰差点没自愧地逃掉。

“小宁清啊。”沈老太太的话一出差点没让宋茜茜笑喷了。

“你来该不是想给宋茜茜撑腰来了吧。”沈老太太说话很直，一句中标。

“呵呵，瞧您说的。”李宁清笑着，“我只是刚刚在这隔壁见了个人，知道您在这里我就想着过来一趟，没有想到看到宋茜茜也在这里。”

“也好。”沈老太太似想到什么问道，“小宁清啊，我听他们说这个宋茜茜是你家一位故友的女儿。怎么……”

沈老太太的话只说了一半，但是李宁清却是听懂了什么意思。

“的确是她的女儿。”李宁清点了点头。

“怪不得，怪不得。”沈老太太脸上露出果然如此的表情。

“能猜得这么准,而且能猜到这个点子上的也只有您沈老太太了。”

李宁清倒是由衷地叹道，姜果然还是老的辣。

“唉……想到她我就……”沈老太太抹了抹眼泪。

“沈奶奶，您跟李总说谁呢，竟然让您这么伤心。”张玉岚递过手帕顺势一问。

沈老太太却是摇了摇头，不肯提起那个她。

宋茜茜在心底却是有了谱，听这沈老太太的话语是认识她的母亲，而且之前李家说的故友并不是骗她，而是真实的。

想到这里，宋茜茜觉得自己或许可以解开自己的身世之谜了。

“不过……”沈老太太又是一个转折，“不过她和沈耀的事情我觉得不能那么算了，沈耀可是我们家的继承人，她已经结婚了。”

“那是，我也觉得不能那么算了。”李宁清也是一笑，“沈老太太您的想法跟我真的是一模一样。我也觉得宋茜茜跟沈耀在一起根本不合适。”

宋茜茜一惊，不明白李宁清是什么意思。

张玉岚先是一愣，继而心底一笑，这正合她意。

沈老太太也被李宁清的这么一句话给弄糊涂了，没明白他的真实想法。

“即便沈老太太你不找茜茜谈话，我也会找她说的。”李宁清道，“她跟沈耀不合适，他们本就不是一对，强行在一起只会害了他们。”

“如果你也这么认为那就很好。”沈老太太很满意李宁清的态度，可惜她不知道她即将失去的是什么。

在这次对话中，李宁清俨然成了宋茜茜的长辈，凡事都由他做主了。

出了会所，李宁清便带着宋茜茜回到了李家。

“茜茜，你怎么不问为何我会说你跟沈耀不合适？”李宁清对于宋茜茜过于平静的态度有些疑惑了。

“因为你迟早会告诉我，不是吗？”宋茜茜浅浅地一笑。

李宁清一笑，没有回答宋茜茜，反而是静静地看着她。

她与她很像很像，几乎就是一个模子里刻出来的，在她们身上都有一种空谷幽兰的感觉，让人一看便觉得很美。

事隔那么多年他终于把她找回来了，他的心愿也了了，可是他却不知道该如何跟她开口说起这件事情。

“有件事情……这个……”李宁清吞吞吐吐地想要去说，却又不知道该如何开口。

“爸，我来说吧。”李丰此时开口说道，他很认真地看着宋茜茜，“茜茜……”

宋茜茜的腰挺得直直的，她知道接下来的这件事情肯定很重要。

“茜茜，其实我爸爸也是你爸爸。”李丰的话像是一颗炸弹一样在宋茜茜耳旁响起。

宋茜茜呆呆地坐在那里，不知道自己该说些什么才好。

爸爸，李宁清是她的爸爸。

她从小就没有爸爸这个概念，怎么就突然间出现了一个爸爸呢。

李宁清是她爸爸，那么李丰呢，李丰是她哥哥。

宋茜茜被这条消息震惊住了。

她张张嘴却是不知道该说什么。

她摇着头不敢相信这个事实，她猛然间起身：“这不可能……我跟你不可能是兄妹。”

她的手开始不停地颤抖，宋雅的那句话又再次回荡在了她的耳边，“李家让我去陪李丰，我不愿意，如今就让你代替我去好了。”

如果这个事实在这六年里真的发生了，那么她，她跟李丰岂不是……

“不可能。”宋茜茜异常激动地将这个事实否定掉。

第五十八章　身世之谜（下）

她提起包就往外跑，不愿意在这里多待一刻钟。

“茜茜……”李宁清没有想到宋茜茜的反应竟然如此之大，看她的模样似乎不愿意接受这个事实。

李家虽然将宋家灭掉了，但是却从未伤害过她呀，反应怎么能这么大。

“别跟过来。”宋茜茜指着要追上来的李宁清和李丰二人，她的身体颤抖着，她无法相信这个事实。

“茜茜……你……”李丰向前一步却又被宋茜茜呵斥住。

“你给我站住，别跟过来，你们今天要是跟过来，明天就别想看到我。”宋茜茜威胁着他们。

李丰和李宁清看到她这反应顿时让他们止住了脚步，眼睁睁看着宋茜茜跑了出去。

“爸,你别着急。”李丰赶忙安慰着李宁清,生怕他的心脏病又犯了，“爸，我估计可能中间有什么误会，我派人跟着她，等她情绪稳定了我过去问问。”

“都是你呀，刚开始跟她说了或许她的情绪反应没有那么大。”李宁清开始责备起自己这个儿子，“虽然她跟你不是同一个母亲生的，但是她也是你妹妹啊……”

李宁清将李丰劈头盖脸地狠狠骂了一顿。

李丰知道当初不让李宁清将这个事实告诉宋茜茜是因为他担心沈

耀会因为这个而去娶宋茜茜，并不是因为爱她才娶她。不过他的确也应该对今天发生的事情负责任。

宋茜茜从李家跑出来之后，也不知道跑了多久，自己跑到了哪里。

她不敢相信这个事实，若是当初宋雅将她弄晕之后，真的送到了李丰的床上，那么……那么宋伦和宋月的父亲就极为有可能是李丰。

而如今，李丰竟然说她是他的妹妹，那他们岂不是……不，那两个字宋茜茜想都不敢想出来。

宋茜茜觉得自己的头很痛，痛得让她不禁蹲下来。

她抱着头，脑海里出现一幅幅画面。

一幅画面是一个男子背对着她穿衣，她看不到他的容颜，而她赤裸地躺在床上，她听不清楚男子说什么，但是她知道这个男子正是孩子的父亲。

另外一副画面则是她与李丰坐在一个咖啡馆里，她能够很清晰地听到李丰说他对咖啡过敏。

宋茜茜痛苦地抱着头，她知道宋伦对咖啡过敏，或许因为她与李丰两人是兄妹，所以这个家族遗传特点也出现了宋伦的身上，可这一点并不能证明他们不是父子。可即便宋伦不是李丰的儿子，那么他们两个是不是也发生过关系呢。

她想找宋雅问问，可是她没有宋雅的联系方式，想到这里她的脑海里出现了任浩的影子。

她慌忙地从包里拿出手机，给任浩打了一个电话。

任浩到达宋茜茜所说的地方的时候，看到她一个人蜷缩地坐在路边的草地上，风把她的头发吹得很凌乱，好似迷路的孩子。

当他把车停靠在宋茜茜跟前的时候，见她疯似的扑了上来。

"任浩，你告诉我，你让宋雅把我弄晕之后，你们把我怎么了？"宋茜茜疯狂地拉扯着任浩的衣服，"宋雅说李丰要她陪他，她不愿意，你们是不是把我弄晕之后就送给李丰了，是不是？"

"茜茜,你在说什么啊？我怎么听不懂？"任浩疑惑地看着宋茜茜，他实在没有想到在她病后第一次见到她竟然会是这个样子。

“六年前宋雅说是你让她把药下到我的茶水里。”宋茜茜的眼睛里满是绝望，“你告诉我……你告诉我，你们后来究竟把我怎么了？宋伦宋月的父亲是谁？你告诉我。好不好？”

任浩听了宋茜茜的话异常震惊，终于知道六年里为何她不再与自己联系，也终于明白六年前发生了什么。

“我……我根本就没有……”任浩拉扯住陷入疯狂的宋茜茜，“究竟发生了什么事情？他们把你怎么了？到底怎么了？”

“为什么……这究竟是为什么？你告诉我，我到底犯了什么错，我犯了什么错？”宋茜茜已经把这个事实认定了。

“茜茜……茜茜……茜茜，不怕，不怕……”任浩也一时间不知道该如何安慰宋茜茜，他不知道究竟发生了什么事情竟然让她这么害怕。

“茜茜，你先跟我回去，乖……不怕……”任浩将宋茜茜带上了车。

任浩将宋茜茜带到了他暂时居住的酒店里。

“茜茜，你先坐会，我给你端杯水。”任浩让宋茜茜坐到沙发上，他则去端水了。

宋茜茜整个人蜷缩到了沙发上，她不知道该怎么办，要是那个人真的是李丰，那该让她如何面对。

任浩端水过来看到宋茜茜比刚刚更加颓废了，她整个人没了任何精神，比他第一次见到她时还要颓废。

“茜茜，喝口水吧。”任浩将水递给宋茜茜，坐到她的旁边问道，“究竟发生了什么事情，让你这么……”

“我……我……”宋茜茜接过水，眼睛因为哭过通红无比，肿得很厉害。

可是即便这样也无法遮掩她的美丽，反而更加衬托她的柔弱。

任浩的心蓦地一动，曾几何时他是那么痴迷于她，若不是亲眼看到沈耀如此这般待她好，他也不会退开把位置让给沈耀。

任浩将宋茜茜轻轻地搂在怀里，抚摸着她的头发，就像是他们在一起的时候。

“呜呜……”宋茜茜哭泣得更加厉害了。

“茜茜……若是你觉得这里不好，就跟我走吧。”任浩轻声在宋茜茜耳旁说道，“我们去找个谁也不认识我们的地方好好生活。”

“呜呜……”宋茜茜只顾哭哪里还注意听任浩的话。

“茜茜，从开始我便爱你，从未爱过宋雅。”任浩抚摸着因为哭累了而躺在自己腿上睡着的宋茜茜头发，他喜欢她这一头柔顺的黑曜石般的长发，他喜欢她身上散发出来的香味，他喜欢她身体拥抱起来的柔软触感。

当年若不是以为她还小，他没有强迫过她，否则她现在应该是他的妻。

她的命是他救回来的，她理应属于他，她本来就是他的妻，她应该为他生儿育女。

沈耀他只不过是后来乘虚而入的替代品罢了，他为宋茜茜做过什么，他在这次事情之前什么都没有为她做过，连宋伦宋月都不是他的儿女，他什么都不是。

一想到这里，任浩的心又开始怦然心动，他还记得那日她醒来第一眼看到他时眼里满是笑意，是满满幸福的感觉，是的，她还是爱着他的。

第五十九章　嫁给我吧

“茜茜，你嫁给我，可好？”任浩自言自语地说着。

任浩将沉睡中的宋茜茜怀抱上了床榻，轻轻地放在了洁白色的床上。

他温柔地将她的发丝撩到脸的一侧，将她的眼镜摘掉，美丽的鹅蛋脸不带一点儿瑕疵，长长的黝黑色的睫毛投射下浓密的阴影，微挺的鼻梁下是一张诱人的樱桃小嘴。

他依旧清晰地记得那个时候的她很青涩，每次他轻轻一碰她的唇便会很害羞地躲开，脸色绯红。

他还记得她唇的香气，犹如现在他情不自禁地亲吻上去是一样的味道，这个香气有点像是青苹果的味道，有点涩却又无比香甜。

“嗯呢——”宋茜茜觉得自己呼吸困难，就像是溺水的人一样，在水里找不到一丁点的氧气。

她猛然睁开眼睛，看到了自己觉得不可思议的一幕。

她不敢相信这是真的，用力地一推压在自己身上的人。

“任……任……任浩，你……”宋茜茜整个人坐了起来，低头看着自己的衣服，幸好衣服还都在，她赶紧地拉过被子将自己捂了起来。

“茜茜，你我本就约定了一生，不是吗？”任浩一把拉住宋茜茜的手，“当年若不是因为你还小，或许我们早就已经是真正的夫妻了，不是吗？你爱的依旧是我，不是沈耀。”

“可我已经结婚了……”宋茜茜的话刚说出一半便立即被任浩打

断。

“你没有。”任浩极为肯定地说道，“你可以骗得了沈耀，但是你骗不了我。因为我知道宋闲先是谁，他只是你在法国的朋友，对你很照顾，在你回国的前三个月已经死了，你已经参加过他的葬礼了，不是吗？”

宋茜茜低垂着眼睑不说话，因为任浩说的是事实，就连她自己也不知道为何要造这样一个假的结婚证。

“可……”宋茜茜还想说什么，却又一次被任浩制止住了。

“没有可，没有可是。”任浩凝神望着宋茜茜，“茜茜，我爱你，我爱的是你这个人。沈耀他可以不介意你结过婚，跟其他男人生过孩子，我也一样，我也不介意。茜茜，我去找你前已经听他们说沈家老太太找过你，说你跟沈耀不合适，李家也完全赞同了这点，说你跟沈耀不合适。你知道为什么吗？”

宋茜茜不言。

“因为沈家不可能让一个已经结婚生子的女人去当家母。”任浩很残忍地将宋茜茜不愿意面对的话题揭露了出来。

“那你们任家呢？”宋茜茜惨笑。

“我母亲便是二婚。”任浩说道，“所以他们会允许我娶你的。”

宋茜茜不评论此事，她不知道该如何面对眼前这个救过自己的男人。

“沈耀最近是不是从未碰过你？”任浩突然间说了一句莫名其妙的话。

宋茜茜疑惑地看着任浩。

她的疑惑让任浩确定了他想象的事实。

“你可知为何？”任浩又问道。

宋茜茜摇摇头。

“那是因为……”任浩想说却又不敢说，他怕说出来会伤害到她，最后为了自己的目的他不得不委婉地说道，“那是因为他知道你所发生的事情，他不想再与你在一起。”

任浩的话顿时让宋茜茜瞪大了眼睛，她突然间像是明白了什么，果然她被绑架了不是什么事情都没有发生。

“我……难道我……难道我被……”宋茜茜不敢想象那个情景，若真是那样让她还有什么脸面活在这个世界上。

她与李丰本就有着不明不白的关系，再加上这次被绑架的事情，让她如何再活在这个世界上。

难道她的存在就是一种罪孽吗？难道只有她死了才能让这一切都消失吗？

看着宋茜茜苍白的脸色，任浩心疼地用手抚摸上去，冰凉的触感让他有些后悔刚才的话了：“茜茜，我不介意，我真的不介意，不管你以前发生了什么，你都是我的茜茜，都是那个被我救活了的茜茜。茜茜，你跟我结婚，好不好？”

宋茜茜的双眼空荡荡地没有丝毫的焦距，她不知道该怎么办，她不停地摇着头不相信这个事实，她要去问沈耀，问他是不是事实。

“茜茜，你跟我结婚，我们一起去一个陌生的地方重新开始，好不好？”任浩抚摸着宋茜茜的脸颊，柔软滑嫩的触感让他怦然心动。

他将脸凑前，亲吻上宋茜茜的唇，将她压倒在了自己的身下，他要她，这是属于他的女人。

宋茜茜茫然看着天花板，她的头有些晕，她都不知道任浩在做什么。

胸前一阵冰凉刺激了迷茫中的宋茜茜，她回过神，待看到任浩所做的事情时，她猛然推开了任浩。

这一次任浩像是早就知道了宋茜茜的意图一样，已经做了防备，没有被她推开，反而将她的双手牢牢地固定住。

“茜茜，你是我的，谁也不能抢走。”任浩通红的双眼告诉宋茜茜，此时的他已经完全被自己的欲望控制。

“放开我！”也不知道宋茜茜哪里来的力气，这一次的努力挣扎将任浩狠狠地推下了床。

“啊……”任浩没有料到宋茜茜的反抗竟然是如此的激烈，猛然掉到了床下。

顾不得去看任浩的伤势，宋茜茜从床的另一端跑下去，朝着门外跑去。

“茜茜……”任浩起身喊着，却发现她已经开门离去。

宋茜茜顾不得将衣服整理利索，便夺门而出。

她也不知道自己跑了多远跑了多久，她不时地回头想看看任浩究竟有没有追上来。

直到她跑得很远很远，远到她实在跑不动为止。

等到她停下来休息好准备起身回家时才发现自己忘记穿鞋了，刚刚那么远的路已经将她的脚底磨破，鲜血直流。

“好痛……”宋茜茜皱着眉头，为何受伤的总是她。

就在她想着该如何回家的时候，一辆跑车停在了她的跟前。

从跑车上慌慌张张地跑下来一个人，他看到宋茜茜的第一眼便是紧紧抱住她。

“茜茜，我以为你又离开了。”沈耀紧张地说道，“我回到家才知道我奶奶找过你，后来我又去了李家，李家说你回来了。我到处找，不管怎么找都找不到你，我以为你会丢下我离开。”

第六十章　变故连连（上）

宋茜茜不知道该如何回应沈耀的动作和话语，她呆呆地不知道该把手放在何处。

她突然间觉得自己很开心，非常开心，不知道是不是因为沈耀为自己而担心才开心。

虽然她不知道自己是何时与他相识，又是何时与他相恋，但是他身上的味道让她很安心，她觉得有了他便有了世界。

这种感觉与任浩在一起的感觉不一样，她会心动会想要需求，会想着他的好。

“我没事，只是想走走。”宋茜茜伸出手思虑了一下还是抱上了沈耀。

宋茜茜的拥抱让沈耀一惊，很是欣喜。

“若你想走，我陪你。”沈耀抚摸上她的脸颊，这才发现她的眼镜不见了。

“我的眼镜不小心掉了。”宋茜茜似明白了沈耀的心思，撒谎说道，她不想让沈耀起什么疑心。

“改天我陪你再配上一副。对了，上车吧，孩子们还在等着你呢。”沈耀将车门打开。

孩子，这个词语如重磅炸弹狠狠地炸在了宋茜茜的心头之上。那个怀疑与猜测又一次涌上心头。

她的脸色瞬间变得苍白。

以前她可以对孩子很好，可如今在知道这个猜测极为有可能是事实时，她发觉自己根本无法再去面对孩子了。

宋茜茜神色不自然地摇摇头，往后退了一步，却因为脚受伤行动不便，摔倒在地。

“茜茜。”沈耀急忙上前，这才发现她竟然是光着脚的，而且她的脚在流血。

“这是怎么回事？”沈耀关切地问道，并去查看伤势。

“没事，只是走累了就把鞋子脱掉了。”宋茜茜很不自然地将脚从他手上收了回来。

沈耀直接将宋茜茜横抱起来，让她坐到了副驾驶座上。

“你带我去哪里？”宋茜茜慌忙地问道。

“先去医院。”沈耀将车开得飞快，幸好今天人不多，倒也一路畅通。

从医院里出来时宋茜茜的双脚都被包上了厚厚的纱布，她又被沈耀横抱进了车里。

“我们不回家，好不好？”宋茜茜一把抓住沈耀的手，在他诧异的眼神下慌张地说道，“我是怕孩子见我这样会担心，我不想让他们担心。”

沈耀想了一会儿说道：“也好，那我打电话给保姆，让他们好好照顾两个小家伙。”

沈耀打电话给了保姆，并将宋茜茜带到了帝王大厦，直接住到了他的房间里。

“今天晚上你就住这里吧。”沈耀是抱着宋茜茜上楼的，他将她放到了沙发上。

“嗯。”宋茜茜点头。

“我去给你弄点吃的吧。”沈耀将自己的外套脱掉扔到座椅上面，撩起袖子一副准备自己下厨的架势。

“不，不用了，我不想吃。”宋茜茜摇头，“我肚子很饱，我不想吃。”

“是不是今天我奶奶说话很重，伤到你了。”沈耀半蹲在宋茜茜的跟前，双手握住她的手，“茜茜，我原本是打算等我说服了我奶奶再带你去见她，我没有想到她竟然会趁着我不在你身边的时候将你喊去。”

“你奶奶也没说什么。”宋茜茜微微摇摇头，“她是个慈祥的老太太，人很好呢。”

沈耀听到宋茜茜那么一说，松了一口，脸上更是一笑：“我想她会慢慢地发现你的好的。”

宋茜茜看着沈耀，不管是人品相貌还是家世身份，他都是无可挑剔的，可以列为最受欢迎的男子之一，只要他说一声那些女生就会趋之若鹜，猛扑而来。

可为何他会偏偏看上她呢，她真的想不明白。

“李家……”宋茜茜低垂着眼睑，她想起今天李宁清说的事情，她抓抓头发，这到底是不是真的。

如今的她就像是溺水的人，而唯一的稻草便是沈耀，他也很尽责地履行了稻草的职责，努力去拯救她。

“李家怎么了？”沈耀紧张地问道。

“他们说……他们说……”宋茜茜眼睛来回地闪烁着，不知道该用何种措辞。

“丁零……丁零……”沈耀的手机在此时响了起来，很特别的丁零声。

“我接个电话。”沈耀没有丝毫的迟疑去拿手机，这是他哥哥打给他独有的铃声。

“喂，哥……”沈耀没有避开宋茜茜接电话，然而停顿了约半分钟左右，他像是故意又像是特意地一样走到了窗前，意思很明显不想让宋茜茜听到电话的内容。

宋茜茜也没有多想，脑海里蓦地蹦出了任浩说的话，在自己被绑架之后极为有可能发生的事情，而沈耀也会因此介意。

她低垂着眼睑，思考着这句话的真假。她与沈耀本就是男女朋友，也曾在一起过，若是沈耀不介意，她主动一些今夜会水到渠成，那么她会不顾一切地嫁给沈耀，与他在一起，反之，她没有想下去，她不希望有反之。

“茜茜,你在想什么呢？”沈耀打完电话回来坐到了宋茜茜的身旁，手轻轻地抚摸过她的长发，柔软顺滑的长发不管何时抚摸过去都是这种不变的感觉。

宋茜茜轻轻抬起头，看着沈耀，她这是在失去记忆之后如此认真地观察着他。

他长得很阳光，他的眉是倾斜入鬓的剑眉。他的眼睛不是纯黑色，却是异常美丽的琥珀色，能够流露出情深动人的色彩。他的鼻子很挺，不是外国人的那种挺，而是中国人独有的挺鼻，很美很漂亮。他的唇是优美的弧线组合而成，薄而丰满，透着糖果一样的诱惑。

第一次，这是宋茜茜第一次觉得这个男人竟然美得惊心动魄，让人情不自禁。

宋茜茜的手情不自禁地抚摸上他的脸颊，很顺滑，一个男人的皮肤竟然保养得比女人的皮肤还要好，就像是鹅卵石上的美妙触感，冰凉而柔滑。

她觉得这是一个比神更美妙的男子，第一次她怦然心动，有种想要上前亲吻的感觉。

她也的的确确地吻了上去，柔软的果冻香甜的美味。她甚至觉得自己是不是已经被弄晕了，为何在一个男人身上感觉到如此美妙的错觉。

就在她想进一步动作的时候，她的手被抓住了。

她睁开眼睛，诧异地看着眼前这个男子，不知为何要停下来。

“茜茜。”沈耀浅浅地一笑，笑得有点无奈，“茜茜，你今天晚上先住在这里，我等会儿派个人过来照顾你。我哥哥他喊我有事，今晚怕是不能陪你了。”

宋茜茜听后低垂下眼睑，掩盖了自己的心痛，她微微勾起嘴角，点了点头。

沈耀揉揉她的头发，拿起衣服便离开了。

宋茜茜痛苦地闭上眼睛，她果然已经很脏了，脏到了连这个男人都不要自己了。

她想要哭，可是却发觉自己的眼泪已经哭没了，竟然一滴也流不出来了。

第六十一章　变故连连（下）

沈耀没有去其他地方，而是来到了他隔壁的房间，也就是沈辉的房间里。

进门的第一件事情便是跑到他哥哥的浴室里冲了一个凉水澡。

“哈哈哈……怎么？在跟女人办事被我破坏了？”沈辉调侃着，将手中的烟蒂扔到了烟灰缸里。

沈耀冷冷地撇看了一眼沈辉，用毛巾将自己头发上的水滴擦拭干净：“怎么回事？你说宋闲先还活着？”

“嗯，还活着，而且似乎就生活在我们周围。”沈辉将一组照片扔到了桌子上。

沈耀拿起照片一张一张地看过去，眉头紧蹙。

“上次能够找到宋茜茜的藏身之地也是因为他刻意引导我们过去的。”沈辉又重新点了一根烟，狠狠吸上一口，“他曾经是一名特种兵，与宋茜茜在法国认识，因为一次任务的失败，所有人都觉得他死了，可是他最近活动频繁才让人们知道他还活着。”

宋闲先还活着，这件事情让沈耀拿着照片的手微微颤抖着，这岂不是说宋茜茜有可能不再属于他了。

本来今天他很开心宋茜茜的主动，但就因为他哥哥说宋闲先还活着，他拒绝了她。他害怕她知道之后会重新与宋闲先走到一起，她会怨恨自己。

“对了……上次我们很轻易把宋家搞垮了，你知道为什么吗？”

沈辉透过烟雾眯着眼睛看着浑身散发冰冷气息的弟弟，“就因为宋闲先在我们救出宋茜茜的头一天大量抛售宋家的股票，并且与他的合伙人王欣将宋家的地下制毒销毒的地点暴露给了警方，这才致使宋家在一夜之间彻彻底底地垮掉。”

沈耀早就猜到了有人暗中帮助他们搞垮宋家，却不料竟然是宋茜茜的前夫宋闲先。

“我不知道宋茜茜是不是已经知道了这个消息。”沈辉又道，“若是她知道了这个消息，我怕她会去选择宋闲先，毕竟两个孩子……”

沈辉说这话的时候眼睛也一直盯着沈耀看着，自己这个兄弟心底想什么，担心什么，他这个双胞胎哥哥怎么能不知道呢。

他担心的也是这个，若是宋茜茜离开他，他这个痴情种会变成什么样子，最怕的便是一蹶不振。

“不管他是谁，别想从我这里把宋茜茜夺走。”沈耀狠狠捏着手中的照片，将它直接揉成了一团，非常准确地扔进了垃圾桶里。

“我刚刚约了他晚上十二点在楼下的咖啡厅里见面。”沈辉看了看手腕上的表，“还有两个小时，我觉得你应该先去试探一下宋茜茜的态度，这样更具主动性。”

沈耀微微蹙了下眉头，的确这件事情不是他一个人可以主导的，若是宋茜茜不愿意跟着他，绑着与他结婚又能如何呢。

沈耀听从了沈辉的意见，准备去试探下宋茜茜的态度，可是在他刚刚离开沈辉的房间便遇到了来找他的张玉岚。

“什么事情？”沈耀没有好脾气地对张玉岚说道，他听奶奶身旁的阿叔说了，奶奶之所以去找宋茜茜有一半原因便是因为张玉岚，若不是李家那时出现，怕是宋茜茜真要难堪了。

“耀哥哥。”张玉岚娇嗔地唤道，她微微咬了下唇，看向了他的房间，意思很明显希望沈耀能够让她进屋说话。

“有什么话就在这里说吧，我等会儿还有事情。”沈耀单手插兜，冰冷地看着张玉岚，这个女人与她的妹妹也相差无几。

“耀哥哥……”张玉岚这一声唤得很深情，眼睛里带着泪花，她欲言又止。

“没事，我先走了。”沈耀毫不客气地说道。

“耀哥哥。”张玉岚拦住沈耀的去路，双手拉住他的衣袖，“耀哥哥，你不是说过我很美丽，让人怦然心动……耀哥哥，你曾经亲过我，说我很漂亮……耀哥哥，难道……难道我在你心目中已经没有什么地位了吗？今天给你电话你都不肯接，我便特意跑了过来。”

沈耀轻轻地用手划过她的双手，不让她再触碰自己的衣服。

“那只是玩笑。”沈耀毫不客气地说道。

“耀哥哥，难道我就比不上那个宋茜茜吗？”张玉岚不甘心地说道，“她结过婚，生过孩子，前些日子被人绑架的时候又被人侮辱。难道这些你都不介意吗？耀哥哥——”

“住嘴！”沈耀狠狠地呵斥住张玉岚的话，生怕她再说出什么损害宋茜茜的话来。

“耀哥哥，即便这些你不介意，难道她没有了生育能力，你也不介意吗？”张玉岚豁出去了要问个明白，“医生已经诊断她没了任何生育能力，你跟她在一起不会再有后代了。”

“与你何关。”沈耀冰冷地看着张玉岚，“这是我的事情，与你没有任何关系，你最好管住你的嘴，若是再让我知道你唆使奶奶找茜茜的麻烦，我会让你后悔来到这个世界。”

沈耀扔下这番话便不再理会张玉岚，径直进了自己的房间，将门关上。

“好，沈耀，既然这样那么你也别怪我心狠，这是你逼的。”张玉岚看着那扇紧紧关闭的门，狠狠说道。她得不到的东西也绝对不允许别人得到。

套房里的客厅灯是亮着的，但是不见宋茜茜的影子。

沈耀走到卧室发现她已经睡着了，他微微松了一口气，他害怕刚刚走廊声音太大会让她听到一些不该她听到的话。

他走到床边看着她熟睡的容颜，月光透过薄薄的紫色薄纱照到她的脸上，淡淡的光晕将她笼罩得如梦幻仙子一样。

他依稀记得六年前那夜醒来的时候他第一次看到这个女人的面容时惊呆的自己，美这个词仿若为她而生，幸得这些年她遮掩了自己的容颜，否则，她怕早早地就被别人夺了去。

“茜茜，我爱你，从第一次见你就爱上了你，所以，我不会放开你，哪怕他来抢夺我也不怕。”沈耀的手轻轻抚摸着她的脸，深情地望着她。

他不会放手，无论如何都不会放手。

他就这样呆呆地看着她看了近一个小时，直到他哥哥的电话打来。

在沈耀关门的霎时间，原本熟睡的宋茜茜睁开了眼睛，她痛苦地捂着自己的胸口，痛让她难以忍受，她紧紧地拉扯着床单，希望能够找寻力量来支撑自己。

第六十二章　老友相帮（上）

张玉岚与沈耀在门外的对话她全都听到了，现在的她该何去何从。

像是想起什么似的，她下床找到自己的手机，想了又想，终于拨通了那个远洋电话。

“喂，茜茜……”电话另外一头传来王欣极为开心的笑声。

“嗯，王欣……”宋茜茜的声音有些沉重，这个决定不知道是不是正确的，但是至少她已无法再去面对这里的任何一个人了。

“我现在就在帝王大厦噢……嘿嘿……似乎离你很近。”王欣似乎已经猜到了宋茜茜的意图。

“嗯？”宋茜茜微微有些意外。

“你猜猜看我现在跟谁在一起呢？”王欣笑得更是开心。

宋茜茜猜不出来便沉默不语。

“你的小姘头，嘿嘿。”王欣的话让宋茜茜煞是一愣。

“等会儿我去接你，你就明白了。你放心，我会偷偷地过去的。”王欣早就安排好了人手接应宋茜茜，即便宋茜茜不提出来，她也会偷偷地让人去把她偷出来。

宋茜茜浅浅地一笑，这个王欣真的很了解她呢，即便不在身边对她的事情也了如指掌。

夜很深很沉，就连常年爆满的帝王大厦，今日的夜也少了许多的人。

宋茜茜被王欣派来的人很轻易就接走了，或许谁都没有想到她们两人竟然会联络逃跑的事情。

“什么？你失去了这六年里的所有记忆？天啊。”王欣是一个高挑的女子，她曾接受过特别的训练，参加了某秘密的组织。

宋茜茜认识王欣是因为她曾经救了濒临死亡线上的王欣。

王欣是个很讲义气的女子，对宋茜茜的事情也格外上心。

所以，她会帮助宋茜茜想办法搞垮掉宋家，甚至秘密帮助她调查宋家。

“嗯，我忘记了所有事情。”宋茜茜点点头，“我忘记了六年前宋雅给我灌下迷药之后的所有事情，甚至忘记了我前些日子被绑架的事情。”

“天啊，你该不会也忘记了你那两个可爱孩子的父亲是谁了吧。”王欣诧异地说道，“我前些日子偷偷见过他们两个小家伙了，跟你可真像啊。”

“我忘记了。我醒来的时候甚至连他们都忘记了。”宋茜茜仰着脸看着在自己面前走来走去的王欣。

王欣走来走去，撇撇嘴，皱着眉头说道：“我有个办法可以让你恢复记忆，但是……”

“不管多危险我都认了。”宋茜茜知道这个但是之后肯定是危险两个字。

王欣打了一个响指，猛然想起什么似的又问道：“沈耀或者说沈辉跟你什么关系？”

“沈耀……”宋茜茜低垂下眼睑，“他说我跟他是男女朋友的关系。”

“这个家伙相当不可靠。”王欣念念叨叨地说着，“你别说，沈家这么大的一个势力集团，在你被绑架之后竟然花了一个星期才找到你。我跟你宋大哥在得知你被绑架之后已经是第四天了，我们只花了一天就找到了你……天知道，你那个时候已经被冻成什么了，都已经昏迷了，若不是我跟你宋大哥及时救你，怕你早就没命了。”

“啊？”宋茜茜惊讶地看着王欣，“不是沈耀他们救的我吗？”

“嗨，别提你那个没用的情人了。”王欣挥挥手，对沈耀和沈家的势力极为不屑，“若不是你宋大哥派人偷偷地去报信，怕他们找到的是你的骨灰啊……本来我说把你从那里弄出来，结果宋大哥说不行，得让他们来找你……我真搞不懂宋大哥什么意思，好不容易把你救活了之后又把你扔到那里让沈耀他们来救……”

“不对。”宋茜茜像是反应过来什么似的，猛然站起来，“你说宋大哥还活着？”

“对啊。”王欣理所当然地点点头，“他可是不死黄金小强，哪能这么轻易就死掉。”

“那他现在在哪里？”宋茜茜慌张地问道。

“他今晚去见那个什么沈辉还是沈耀啊，似乎是要谈什么事情吧。”王欣想了想说道。

宋茜茜张张嘴，脸色苍白，她的假结婚证上面的证件照是她与宋闲先的合照，沈耀看过，怕是他们要误会了。

“宋大哥想在枫林查找一个人的下落，所以才找到这边的黑势力头头，就是那个什么沈辉。”王欣道，“也不知道宋大哥要找什么人，竟然需要这边的黑势力头头帮忙。”

王欣见宋茜茜脸色有些不对，关切地问道：“怎么了？茜茜，你身体不舒服吗？”

“我……我办了一个假的结婚证，结婚证上面的照片用的是很久之前我与宋大哥的合照……”

“什么……”

帝王大厦的最顶端是沈辉和沈耀用来招待贵宾的，来这里的无不是地位显赫之人，然而今日招待的这位却只是一个普通的无名之人。

“若是有两位总裁帮忙，那么我这次的任务就简单太多了。”宋闲先很是开心能够得到沈家的帮助。

“那就客气了。上次解救宋茜茜的事情还要多亏宋先生了。”沈辉的话里的意思也很明显，你上次帮了我，我这次帮你，礼尚往来。

“哪里，她本就是我的朋友。”宋闲先的目光放在了沈耀身上。若是他没有感觉错误，这个男人便是上次亲自去解救宋茜茜的人，他对自己很有敌意，也不知道这是为何。

“只是不知道宋先生为何不直接将她救出来呢？”沈辉吸着烟，将烟呼出时吐成一圈圈的，倒是很漂亮。

“我怎么知道里面有什么危险呢。”宋闲先说得理所当然，“有你们沈家的势力前去比较安全。”

宋闲先的话很难听，却也是实话。

“茜茜有危险你就不去救了吗？”沈耀猛然站起来呵斥着。

第六十三章　老友相帮（下）

宋闲先先是一愣，继而揉了下鼻子，浅笑着："我孤身一人前往，若是真有什么危险，我深陷其中，连通风报信都做不到了，到时候依靠你们，我怕宋茜茜早就已经化成了灰烬。"

"你……你……你怎么能……"沈耀对宋闲先这种态度极为恼火，他轻描淡写地说着与宋茜茜的关系，极力地撇开与她的关系。

"我听宋茜茜说你已经去世了，为何还活着呢？而且，你似乎还很久没有与她联系了吧。"沈辉在旁说道，自己这个弟弟脾气就是火暴。

宋闲先摸摸下巴，一副沉思状："我想想啊……我跟宋茜茜大概有三年，不对，四年，也不对，好像是六年了吧……应该是六年没有联系了。"

沈耀上前一把抓住宋闲先的衣领："为何你可以六年对她不闻不问？为何你对她如此冷淡？"

"我难道就因为是她结拜大哥就得对她嘘寒问暖吗？天天都要跟她联系吗？你真是神经病。"宋闲先一挥手打掉了沈耀的手，理了理自己的衣服，"我跟她的关系即便不联系也不是你们能够在中间挑拨离间的。"

"她……她为你生了两个孩子，你竟然，竟然对她还如此的……"沈耀突然间替宋茜茜感到不值，替这样毫不关心她的男人生孩子，真的很不值。

"什么？她替我生了两个孩子？"宋闲先不敢相信地瞪大眼睛看

着沈耀，“沈总虽然我现在需要你们的帮忙，但是玩笑不是这么开的。”

沈耀听到宋闲先的话立刻火冒三丈：“茜茜把孩子都生下来了，为何你还不认呢？”

“等等。”宋闲先阻止了沈耀接下来说的话，“宋茜茜生了两个孩子，该不会是宋伦宋月这两个孩子吧。”

“对。”沈耀点点头。

“这两个孩子不是我的。”宋闲先一摆手，又阻止了沈耀想要开口说的话，“我跟她连手都没握过几次，别说生孩子了，你应该弄错了。虽然我也姓宋，但是不能说明这两个孩子就是我的。”

沈耀和沈辉听后两人惊讶地对视一眼，这怎么可能，宋茜茜那里有他们的结婚证啊。

“茜茜那里有你们的结婚证，你怎么解释？”沈耀深深地吸口气，莫非这中间真的有什么误会不成。不应该啊，当初他可是亲眼看到那张 DNA 亲子鉴定报告。

“什么结婚证？”宋闲先被沈耀弄得一头雾水，实在不明白他说的是什么。

“茜茜那里有一本结婚证，结婚证上面是你和她的照片。我还曾经在她那里看过一张 DNA 亲子鉴定报告，里面证实你和宋伦宋月是父子关系。”沈耀解释着说，他觉得有必要弄清楚这件事情了。

宋闲先眉头微微一蹙，想了一会儿说道：“那份报告和那张结婚证是真的还是假的？”

沈耀被宋闲先那么一说顿时愣了，他从来没有怀疑过那份报告和结婚证是假的，被宋闲先那么一说顿时觉得有些蹊跷。

沈耀看向自己的哥哥，却见他也是一脸茫然，他也从未思考过这个问题。

“你看看你们连真假都没有弄明白就来质问别人，这就是你们沈家的办事效率吗？”宋闲先摇摇头，对沈家相当失望啊，“我这次来找人本来指望你们沈家能够帮个忙，却没有想到……啧啧，怪不得宋茜茜会被你们害得这么惨。”

沈耀不回答，在思考着那两样东西的真假可能性。

枫林城的一座小咖啡馆里迎来了一场秘密的谋划。

张玉岚冷笑着看着对面坐着的女人，这张脸一看就让她作呕，哪怕知道是另外一个女人。

“好啦，你来找我，说明你已经处在悬崖边上了。”张玉岚抿了一口咖啡，“我这里有份宋茜茜这六年里的全部资料，你把它全部背下来。”

宋雅接过张玉岚手中的资料，细细翻看了一遍，默然道：“这招好使吗？”

“当然好使。”张玉岚态度异常傲慢，对于这种落魄的女人还想攀高枝她见多了，“你要知道任浩喜欢的不单单只是宋茜茜这个人，还喜欢她装得可怜。那可怜样子会让男人生出强大的占有欲和保护欲，而你呢，只需要模仿她的一举一动即可。”

“这……”宋雅有些犹豫了。

“难道你不想挽回任浩的心了？难道你不想帮助你母亲让宋家再现往日光辉了吗？”张玉岚循循诱导着，“你的容貌本就与她相似，只要你模仿了宋茜茜的一举一动，没有人会怀疑你们不是同一个人。虽然你会以宋茜茜的身份活下去，但是你可以赢得任浩的心，还可以借助任家将宋家重新发展起来。”

张玉岚的话让宋雅动心了。

这段时间宋家倒闭，她在影视道路上的前途已经彻底毁掉。在宋家彻底完蛋之后，她的母亲便不见了踪影，不论如何联系都找不到她了。

她只能靠平日里的一点儿积蓄生活下去，如今她已经彻底没有路可以走了，这才不得已找到张玉岚，答应了她提出来的条件。

张玉岚说的方法她不是没有想过，只是一直找不到合适的合作对象完成，如今有人提出，一拍即合。

“若是你助我赢得任浩的心，那我便帮你赢得沈耀的心。”宋雅点头正式答应了张玉岚的条件。

她看着资料上宋茜茜的照片，恍恍惚惚又像是回到了那个时候，任浩说得很绝的话，“我爱的只有宋茜茜，从未爱过你。”

她只有扮演宋茜茜这个角色才可能赢回任浩的心。

从这一天开始宋雅便开始对着视频模仿起宋茜茜的一举一动。

清晨醒来的时候是被门外的声音吵醒的。

“她是我妹妹，我要带她走。”

“她是我妻子，怎么能让你带走呢？”

“……”

门外似两个人在吵架，宋茜茜揉揉太阳穴，昨日在王欣的劝导之下她还是又一次返回了帝王大厦。

然而，她怎么也没有想到这大清早的就能够听到有人在吵架，吵得她头痛得厉害。

她揉着眼睛打开卧室的房门，模模糊糊地看到两个人影在打架，这两个人影很熟悉，似乎还认识。

“你们为什么要打架？”宋茜茜觉得自己的声音明明很大，可为何说出来的时候只有一点点声音，细若蚊哼。

她觉得自己的头很痛，她很想大声喊不要再打架了，好烦。可是她却发不出声音。

“茜茜？”坐在沙发上的另一人似发觉了宋茜茜从卧室里走出来，他趴在沙发上看着抱头蹲在地上的女人。

他这一声虽然不确定女人的身份却让正在打架的两个男人停了手，同时看向抱头蹲在地上的女人。

“茜茜——”沈耀第一个冲了过去，扶着宋茜茜，关切地道，“茜茜，你怎么了？”

“茜茜。”李丰也跑过去询问道。

第六十四章　渐渐好转（上）

宋茜茜只觉得头很痛很痛，痛得她连视线都模糊了，她看不清楚与她说话的人是谁。

“糟糕——”宋闲先看到宋茜茜一副茫然抱着头喊痛的模样。

“丁零——”宋闲先像是变戏法一样变出了一串小巧的金黄色的铃铛。

当铃铛响起的时候，宋茜茜顿时陷入到了沉睡中。

“茜茜。”沈耀赶忙抱住失去了意识的宋茜茜，又瞪了一眼宋闲先，“你对她做了什么？”

“有人对她施展了催眠术。”宋闲先慢慢地走过来，眉头微微一蹙，“你们最好安静一点儿，否则她若是再次被你们吵醒怕是会成为白痴的。”

“什么？催眠术？”李丰诧异，“究竟是谁对她施展？会造成什么影响？”

宋闲先摸摸下巴，想了又想，最后得出了一个结论，“若是我没有猜错的话，应该是王欣对她施展的催眠术。”

“王欣？”沈耀道，“那不是你的搭档吗？怎么会……”

“应该是帮助她恢复某些记忆。”宋闲先眉头深深皱了起来，手抚摸上宋茜茜的额头，她的体温竟然开始升高了。

“糟糕，要出事了。”宋闲先忙从沈耀怀里接过宋茜茜，将她横抱上床，伸手便是要解开她的衣服。

“你要干什么——”沈耀和李丰同时抓住了宋闲先的手。

宋闲先被两个男人一呵斥，猛然拍了一下头，他忘记了现在的宋茜茜是名花有主之人。

但是，他依旧呵斥着：“你们若是想让她死那就别让我有接下来的动作。”

被宋闲先那么一说，沈耀和李丰两人缓缓松了手。

宋闲先解开宋茜茜的衣领，一大片的洁白肌肤显露而出，慢慢地胸部也显露了出来。

李丰红着脸别过头不去看。

沈耀却是直直地盯着宋闲先，但见他面上根本没有其他色彩，很凝重很肃静，他从自己的白色衬衣的胸口兜兜里掏出一颗小巧的黄金色的铃铛放到了她胸口处，之后又将她的衣服重新穿上。

宋闲先做完这一切,伸出了他的右手,非常紧张地舔了舔自己的唇,霎时间也不知道他是如何做到的，刚刚那颗小巧的金黄色的铃铛又一次出现在了他的手心中。

“丁零——丁零——”一声声极为有规律的铃铛响声从宋闲先手中的铃铛发出。

就在沈耀和李丰诧异之时，宋茜茜胸口的那颗铃铛也凭空响了起来。

两颗铃铛发出有规律的响声，就像是在弹奏某种曲子一样，时而低沉，时而高昂。

“当——”估计过了三四分钟，宋闲先猛烈摇晃了下手中的铃铛，当铃铛发出一声不属于它自己的强烈高音时，他停止了手中铃铛的摇晃。

“呼——”宋闲先抹了一把额头上的汗水，对着沈耀道，“去把宋茜茜胸前那颗铃铛给我拿回来。”

“噢。”沈耀将铃铛拿给宋闲先询问道，“怎么样？”

宋闲先摸了一下宋茜茜的额头,已经恢复了正常的体温,点了点头:“没问题了，应该是没有什么大碍了。等她醒来应该就可以恢复她的记忆了。”

“真的吗？”沈耀不相信地道。

“有那么神奇？”李丰也不敢相信地看着宋闲先。

“只是凑巧成功罢了。”宋闲先将两颗铃铛又放回了白色衬衣胸前的口袋里，“这是很古老的一种秘术。我跟王欣两人当年也只是凑巧学会了。好了，等会儿宋茜茜醒来的时候尽量先不要刺激她，等她情绪稳定了你们再考虑着她跟着谁。”

沈耀和李丰相视一眼。

“那有没有什么后遗症？”沈耀担忧地问道。

“基本上不会。”宋闲先肯定地说道，“她只不过是因为头部受创再加上在地下湿冷的地方挨冻了许久这才造成她短暂性的失忆，其实即便不施展这种秘术，大概半年到一年左右，她的记忆也会自行恢复。”

“好了，我先去找王欣了，回头再跟你们聊。”宋闲先想到什么又嘱咐道，“记住别刺激她，否则后果你们自负。另外……沈耀，别忘记帮我找人。”

“嗯，知道了。”沈耀点点头。

忘记睡了有多久，这一觉睡得有多沉，但是至少醒来的时候整个人都很精神都很舒服。

宋茜茜伸伸懒腰从床上醒来，在阳光的照射下缓缓起床，拉开帘子，窗外蓝蓝的天空上飘荡着纯白色千变万化的白云，在这一刻，她觉得原来生活是如此的美好。

“茜茜，你睡醒了？”门被打开，沈耀端着一碗粥走了进来，他将粥放在床柜上，走到宋茜茜的身旁。

宋茜茜眨眨眼睛，看着沈耀，脑海中闪现了她被绑匪绑走之后他整夜照顾自己以及自己那时刚刚醒来时看到他胡子邋遢的模样。

宋茜茜笑了：“沈总，那段时间谢谢你。”

“什么？”沈耀微微诧异不明白宋茜茜说的是什么。

“谢谢你在我住院的时候照顾我。”宋茜茜甜甜地一笑。

沈耀也是一笑，他终于看到了正常的宋茜茜，失去记忆的她整日意志消沉，仿佛失去了灵魂的人，如今这才是她。

“不客气。”沈耀将粥端到了她的跟前：“趁热把粥喝了吧。”

“嗯。”宋茜茜点点头。

宋茜茜喝了一口粥，又问道：“宋闲先宋大哥呢？他人在哪里？”

“他去办事情了。怎么？找他有事情？”沈耀问道。

“嗯，等会儿我打电话给他吧。”宋茜茜在沉睡中想起既然她是先被宋闲先救起来的，那么他应该知道自己当时是个什么情况，自己究竟有没有被他们那样。

她想当时她一直是清醒的，直到有人出现时她才出现意志混乱，意识开始模糊的。若是那个时候出现的是宋闲先，那么她根本没有跟何人发生关系。

“你好像很开心的样子？”沈耀试探性地问道。

“嗯，我的记忆恢复了。”宋茜茜浅笑，“我想起来当时我被绑匪绑架的时候，虽然他们把我衣服抢走了，但是我应该没有被他们怎么样。”

沈耀一愣，继而搂过宋茜茜，抚摸着她的头发：“傻瓜，不管你变成什么样子都是我的。”

宋茜茜听沈耀那么一说顿觉心里很是幸福，有人爱自己如斯。

“我告诉你，我一定找出宋伦宋月的亲生父亲，我一定要亲手宰了他。”宋茜茜离开沈耀的怀抱，狠狠地说道，“六年前的仇我一定要报。”

沈耀那么一听，心底一紧，他已经确认了宋伦和宋月是他的亲生儿女，而且宋茜茜自始至终都是他一个人的。

昨夜他在得知宋伦和宋月是他儿女的时候，他开心地整夜没有睡觉，兴奋得差点没把楼给掀掉，恨不得告诉全世界那是他的儿子和女儿。

然而，今天他听宋茜茜那么一说，觉得是不是再过段时间把这个事情告诉她比较好。

“为什么？”沈耀试探性地问道。

宋茜茜收敛了笑容，低垂着眼睑不说话。她该如何跟他说，她梦里全部都是他的影子，不管她怎么逃都是他的背影，就连昏迷之中想到的都是他的影子。

“好了，抓紧吃粥，凉透了就不好吃了。”沈耀害怕宋茜茜又回到前些日子的模样，速度地转移话题。

关于他该如何跟宋茜茜坦白的事情还是回头问问经验丰富的哥哥，找个适当的时机再向她坦白比较好。

第六十五章　渐渐好转（下）

宋茜茜的生活在这次绑架和失忆事件之后发生了翻天覆地的变化。

她成了李宁清的女儿，李丰的同父异母的妹妹，继承了李宁清在李家集团的三分之一的股权。

她没有更改姓名，依旧是这个姓名。

宋伦和宋月也成了李家的外孙，接受了李家安排的最好的教育。

可他们依旧生活在枫林城，这个一到秋天就会特别温暖的城市。

“妈妈，我那天好像看到了爸爸。”宋月在宋茜茜帮她穿鞋子的时候说道。

宋月小心翼翼地观察着宋茜茜的表情。

宋茜茜的动作顿了下，替宋月系好鞋带，双手捧起这个可爱女孩的脸：“宋月，你肯定是看错了，那只是长得很像你的爸爸。”

“是吗？”宋月很失望地道，为何别人都有爸爸她却没有呢。

宋茜茜知道宋月说的是宋闲先，他最近在枫林城出现得异常频繁，而她却没有勇气告诉宋月和宋伦那不是他们的父亲。

“好了，上学快要迟到了，你哥哥还在车上等你呢。”宋茜茜将宋月送到车上。

“记得放学之后早点回家。”宋茜茜冲着车上的两个孩子摆摆手。

“哥哥，我是真的看到爸爸了。”宋月非常委屈地对宋伦说道。

“我也看到爸爸了。”宋伦低着头也异常伤心，“可为什么妈妈非要说我们的爸爸已经去世了呢。”

“莫非……”宋月想起什么似的说道，“莫非他们两个已经离婚了？”

“有可能。”宋伦对宋月的猜测点了点头，“妈妈不爱爸爸了，我听好多大人说当一个人不爱另外一个人时就会特别希望那个人死掉，你说是不是这样啊？”

“妈妈不会那么狠心地希望爸爸死掉的，她只是太伤心了，才会说气话的。”宋月替自己的母亲辩解道。

“等下次我们见到爸爸就好好问问他，好不好？”宋伦道。

“嗯，好……”

就在宋茜茜觉得这件事情不必解释的时候，一个可怕的阴谋已经围绕这个缺口展开了。

“哥，我都喊你哥了，难道你就不能告诉我六年前那个男人是谁吗？”宋茜茜将李丰堵在房间门口。

“茜茜，六年前那件事情真的不是我干的。”李丰极力辩解着，“如果真的是我干的，我难道还不承认不成？你已经是我妹妹了，难道我还偏向他不成？”

“可是……”宋茜茜实在想不明白六年前的事情不是李丰干的，那么还有谁会与宋家过不去呢。

“茜茜，作为你的哥哥，我只想告诉你一句话。”李丰非常认真地告诉宋茜茜，“好好把握现在的幸福，因为你的生活是未来，不是过去。”

“不行，我要逮到那个男人宰了他。”宋茜茜也非常认真地说道，“虽然那个男人要的是宋雅，但是我不可能轻易放过他的。”

“这……我已经派人帮你查了，你要少安毋躁。”李丰挠挠脸颊，这个问题不好办啊，宋茜茜从醒来之后就认定了要找那个人，似乎有种不达目的誓不罢休的劲头。

李丰见宋茜茜这架势也不敢将沈耀是宋伦和宋月父亲的事情告诉她，并且在沈耀的威逼利诱之下他不得不照着他的意思去做。

“好了……好了……等回头有消息我会告诉你的。”李丰拍拍宋茜茜的肩膀，替她整理了一下衣服，“少安毋躁，少安毋躁……船到桥头自然直……”

宋茜茜狠狠地白了一眼李丰，就知道这个哥哥不可靠。

沈氏大厦在阳光的照射下显得异常宏伟。

宋茜茜依稀记得去年的时候李民哲为了逼苏小娴从美国回来向她赠送玫瑰花的情景。

时间全部都在指尖流逝了，消散，那些事情对于现在的她来说是过往。

如今的她已经可以将自己的容颜光明正大地展现在众人面前，不必再遮遮掩掩了，或许这就是有强大后盾的好处吧。

今天的她一袭淡蓝色的长袖连衣裙，长长的头发用粉红色的发夹别开，手中提着一个浅紫色的小手包，这一切都将她衬托得很青春。

宋茜茜走到前台向服务台询问：“您好。”

“宋小姐，我们沈总现在正在开会呢。”还没等宋茜茜将来意说明，服务台前的小姐已经非常歉意地说道。

宋茜茜微微惊讶，她还没说明来意，这里的小姐已经知道她要干什么了，当真是神奇。

“那我等会。”宋茜茜在大厅的休息处找了个靠窗的位置坐着。

这里可以看到外面来来往往的人，很是热闹。沈氏大厦的旁边便是热闹的街道，因此在这里看风景相当不错。

闲着无事，宋茜茜随意地从旁边书架上拿起一本书来看，这里放置的书基本上是宣传沈氏集团的。

“沈耀，你难道就不能帮我一下吗？看在往日的情分上帮帮我。”

也不知道等了多久，宋茜茜猛然间听到了一个非常熟悉的声音，是久违的一个声音。

她抬头看向服务台的方向，但见那抹熟悉的身影，她不自觉地起了身。

是宋雅，现在的她不如以前那般光亮了，脸上很是憔悴，但是她依旧保持着那份爱美的天性，干干净净的没有一丝污垢。

“宋雅，你母亲藏了起来，我们沈家也找不到。”沈耀冰冷的脸没有任何的松动。

沈耀说的是实话，他必须要把黎凤姿揪出来，否则必将后患无穷。

“沈耀，只要你肯帮我，你让我做什么我都答应你。”宋雅的眼泪就快要掉下来，可怜楚楚的模样让人心疼不已。

她紧紧拉住沈耀的胳膊，希望他能够帮助她。

“放开。”沈耀没有好气地狠狠呵斥道，手用力一推，将宋雅的手甩开，同时也使得她的身体失去了平衡。

“啊——”宋雅直接倒在了地上，她怎么也没能想到当年追她追得满世界跑的沈耀竟然会丝毫不留情面。

“雅姐——”宋茜茜见到此景，赶紧跑到了宋雅的身旁。

“茜茜。你怎么在这里？”沈耀诧异地看着此刻出现的人。

“雅姐，你没事吧？”宋茜茜将宋雅扶起身来。

第六十六章　恩断义绝

宋茜茜刚刚把宋雅扶起来，却被她狠狠地推了开，若不是沈耀及时拉住宋茜茜，怕是会被宋雅推倒在地了。

“不用你假惺惺地在这里装模作样，若不是你宋家怎么会变成这个样子？我悔恨当初不该把你从孤儿院带回家啊……”宋雅冲着宋茜茜喊道，“都是因为你我才无家可归，现在我连自己的母亲都找不到了，宋茜茜你个狐狸精……只会害别人家破人亡。”

“雅姐，我……”宋茜茜想要辩解或者说什么，却被宋雅打断。

“不要叫我雅姐啊，我不是你姐。”宋雅在知道宋茜茜竟然是李家的女儿时悔恨自己没有听从母亲的话，不该养虎为患，否则怎么会让宋家沦落到这般田地呢。

想到这里宋雅便举起手欲打宋茜茜，却被沈耀一把抓住了她的手。

“哼……我这里岂能够让你如此嚣张。”沈耀一用力将宋雅甩了出去，同时对身旁的人说道，“你们把这个女人给我拉出去，以后不准你们放她进来。”

“可……”保安们非常速度地抓住了宋雅，可是他们眉头紧蹙。

看看宋雅，再看看宋茜茜，这两个人是双胞胎啊，他们要怎么区别啊。

“那我以后就不用来沈氏集团了。”宋茜茜也是眉头一蹙，“我觉得我还是回李家好啦。”

“不行。”沈耀不由分说地单手搂住宋茜茜的腰，“我会把我的专用电梯密码告诉你，到时候你就直接上去，不必在这里等。”

“沈总，您该去视察了。”肖黎不时在旁提醒着沈耀。

“今天不去了。给我换个时间。”沈耀抱着宋茜茜，说是抱，不如说是拖，站到总裁专用电梯前，用自己的手握住宋茜茜的手指，就像教孩子按电梯一般教着她，“记住这是密码五二一一三一四。”

宋茜茜一愣，这不是我爱你一生一世的数字翻译吗。他跟谁订了一生。

“茜茜，你记住这几个数字，这是特意为你而设置的。”沈耀在宋茜茜耳旁轻声说道。

整个大厅里的所有工作人员都瞪大眼睛看着这一幕，这是他们高高在上的总裁吗？这是那个冰冷到连一个字都懒得说的沈总裁吗？

新闻，特大号新闻，将会是席卷整个沈氏集团的新闻。

沈耀将宋茜茜带到自己的办公室，将门反锁，关掉所有百叶窗。

“茜茜，你终于来找我了。”沈耀委屈地在宋茜茜肩头蹭了又蹭，就像是一个讨主人欢喜的小猫一样。

宋茜茜嘴角抽了又抽，她没有想到沈耀竟然也有如此孩子气的一面。

“我来找你有事。”宋茜茜将沈耀的头推开。

“噢？”沈耀挑了下眉，然而他的手却没有停下来，他将宋茜茜的头发绕上了自己的手指，绕紧了再松开，松开了再绕紧，玩得不亦乐乎。

“我问你，你们沈家是不是已经查到了宋伦宋月他们的父亲是谁？这个人是不是与我哥很熟悉？”宋茜茜打掉沈耀的手，却不料他又缠了上来。

沈耀的手顿了下，似不在意地说道：“怎么啦？”

“你告诉我他是谁，我要去宰了他。”宋茜茜嘟着嘴不乐意地说道。

沈耀的嘴角抽了又抽，他哪里敢说宋伦宋月是他的孩子啊，若是说了两个孩子岂不是又没父亲了。

“你想知道？”作为商业谈判高手的沈耀此刻也把这种精神带到

了这里，他的眼睛一直在宋茜茜嘟着的红唇上停留，他觉得他有些口渴了，尤其是知道这个女人为自己守了六年的活寡。

“你肯告诉我，那就太好了。”宋茜茜非常开心地拍手，她终于找到肯告诉她的人了。

沈耀没有立即回答，他的手轻轻地摸上了宋茜茜的唇，这唇如此诱惑人，让人难以抵挡。

“我可以告诉你，但是你得给我点东西。”沈耀将手轻轻地移开，猛然间将她横抱起来。

“喂，姓沈的你干什么？放开我。”宋茜茜觉察有些不对劲，猛烈地挣扎着。

沈耀将旁门打开，一间小巧的卧室呈现在眼前，他将她扔到了床上。

“茜茜，别乱动。”沈耀搂住宋茜茜的腰，将她压倒在床上。

“你，你想干什么？”宋茜茜极为紧张，不敢随意地乱动一下。

“我三天没合眼了，你让我抱着你睡会儿吧。”沈耀说着在宋茜茜的身上蹭了一蹭，手臂搂过宋茜茜，便没了动静。

“喂，姓沈的，你怎么能这样。”宋茜茜努力地要把沈耀的手推开，却无论如何也推不开。

她侧脸一看，他已经闭上眼睛睡着了，呼吸已经很深沉。

她不知该笑还是该哭，这个男人竟然如此无赖，而且竟然还倒头就睡，不脱衣也不盖被就这样躺在这里睡着了。

宋茜茜无法挣脱开沈耀的束缚，干脆也躺在这床上小睡一会儿。

宋茜茜清醒的时候已经是接近黄昏时段了，睁开眼睛看到的是陌生环境，她以为自己又被绑架了，慌张地起身，待猛然间想起自己睡觉之前是跟沈耀在一起的时候才松了一口气。

宋茜茜又重新躺回了床上，真没有想到沈耀竟然在自己的办公室里设有那么大的一张床，而且里面应有尽有，从卫生间到储衣柜全都齐全，就差厨房了。

宋茜茜一侧头看到了自己手指上带着的那枚铂金戒指，幸得这戒指没有丢失。

她第一次如此认真看着这枚铂金戒指，这枚铂金戒指打造得很简单，优美的弧线斜斜而过，一些碎钻镶嵌而上，有种银河系尽在此的感觉，简单却不失大方和美丽。

宋茜茜记得当时沈耀说过这枚戒指似乎还是传家之宝之类的话。

她将戒指摘下来观察里面，戒指的里面着一个“沈”字。这个字有点模糊了，看样子这个戒指的确是年代久远了。

就在宋茜茜查看戒指的时候，外面响起了稀里哗啦像是书本全部掉落到地上的声音。

“耀哥哥，你怎么可以这样……放开我……不能在这里做这样的事情，不可以……”是张玉岚那娇嗔的声音。

外面吵嚷的声音让宋茜茜将房门打开，这一打开不要紧，外面的旖旎风景让她羞红了脸，愣了神。

第六十七章　玉岚演戏

在沈耀的办公桌之下，他此刻趴在地上，而在他与地面之间还有一个衣衫不整的张玉岚。

两个人拉拉扯扯之间已经将各自的衣服褪去了大半部分，而且还将桌子上面的文件全部弄在地上，看样子两人已经激烈的“争斗”过了。

“耀哥哥，能不能换个地方……换个地方好不好？……”张玉岚的脸色红彤彤的，似害羞地不愿意在这个办公室里做这些事情。

沈耀此时正非常努力地拉扯她的衣服，丝毫没有觉察到他的身后已经站了一个人。

“姓沈的——”宋茜茜猛然吸气，努力地控制着自己的情绪。

沈耀脸色一冷，动作一僵。

“啊——”反倒是被沈耀压在身下的张玉岚首先反应过来，赶忙将停下动作的沈耀推到一边，拾起地上的衣服遮挡在自己胸前。

“耀哥哥，你办公室里怎么还有其他人啊？”张玉岚缩缩身子，娇嗔的责备着沈耀。

“茜茜。”沈耀慌忙地起身，脸色紧张地对宋茜茜说道，“茜茜，我没有……我没有……”

宋茜茜已经被刚刚那幅画面气得冲了头，狠狠瞪着沈耀，她的身体颤抖着。

她看着沈耀的白衬衣上面尽是红色的唇印，而且衣服已经被解开了大部分的扣子，结实的胸膛上面更是满满的唇印。

“姓沈的，这是你的戒指。”宋茜茜连一句话都懒得问了，这个摆在眼前的事实让她如何去听沈耀的解释。

“从此你我毫无瓜葛。”宋茜茜将戒指放置在已经空无一物的办公桌上面，转身就朝着门外走去。

“茜茜，你听我解释。”沈耀拉住宋茜茜的胳膊，却被她狠狠地甩掉。

“姓沈的，没什么可解释的。”宋茜茜觉得自己再不离开这个肮脏的地方就会窒息而死。

她一想到刚刚自己躺在了他的床上便觉得异常肮脏，整个人恨不得跳进大海里好好地洗上一洗。

她刚走到电梯跟前似乎又想起什么转身走到原来自己在这里工作的办公桌前。

“茜茜，你怎么了？不舒服吗？”肖黎刚复印东西回来便看到宋茜茜从总裁办公室里出来，脸色异常难看，想不明白她怎么了。

“茜茜，你干吗收拾东西啊？”肖黎见宋茜茜不说话又询问了一句。

宋茜茜将原来自己留在这里办公室里的东西全部收拾了一遍，收拾得一干二净。

“肖黎，我走了，以后不会再来了。”宋茜茜端起属于自己的东西，便迅速地离开了，她不想给沈耀和自己任何借口再来这里了。

“怎么？发生什么事情了？”肖黎挠挠头想不明白她怎么就那么大的火气呢，以前都是温温柔柔的啊。

待肖黎将脑袋探到总裁办公室的时候顿时恍然大悟。

总裁办公室里凌乱不堪，沈总的衣服被扯得不像样子，看样子是沈总吃食没吃到。

就在肖黎这么想的时候，他瞪大眼睛看着办公桌后面缓缓升起一个女人，那个女人的衣服同样凌乱不堪。

“天啊，什么时候沈总竟然这样重口味了啊？”肖黎终于明白宋茜茜为何生气了。

“唉……偷吃就偷吃，还被逮了……”肖黎为自己的总裁而感到不耻。

“张玉岚。”沈耀冲着张玉岚狠狠地吼道。

他没有想到这个女人竟然会自己走进他的办公室，而且在看到他之后对他拉拉扯扯，还说着满嘴的胡话，若不是闻到她身上有浓烈的酒的味道，他一定会把她撕碎的。

“耀哥哥。”张玉岚嘟着嘴异常委屈，她将胸前的衣服又往上拉了拉，然而这一拉却又让衣服散开了。

“你给我出去。”沈耀指着门，丝毫没有被张玉岚的行为所诱惑。

他现在异常生气，茜茜看到这一幕已经误会了，他还不知道该如何向她解释这一切。

“耀哥哥,我是真心地爱你,为了你我什么都愿意。”张玉岚表白着，希望沈耀能够动容。

“要么你自己给我滚出去，要么我让保安来拉你出去。”沈耀只给了张玉岚两个选择。

张玉岚知道自己已经无法继续留在这里了，不得不将衣服穿上。

她穿衣服的速度异常缓慢，慢条斯理地穿着，不时将自己的身体显露在沈耀的眼前。

“你给我快点出去，否则我真的叫保安了。”沈耀气得胸口起伏不停。

“知道了。”张玉岚将速度加快了一些，不过还是很慢，最后在沈耀即将爆发的时候将衣服穿好了。

“那我先走了，耀哥哥。”张玉岚临走时不忘回看一眼沈耀。

她看到他异常颓废，心底一乐，要的就是这个效果。宋茜茜，敢跟我抢人，你在找死。

回到李家的时候，孩子们已经放学回来了，李丰也已经下班回到家里了。

“咦——茜茜，你往家里抱的是什么东西啊？那么多？”李丰诧异地看着宋茜茜抱着一堆的东西。

“只是以前的一些东西而已，闲着没事就拿回来了。”宋茜茜笑得很勉强，“哥，我先上去了，等会儿吃饭不用叫我了，我先去睡会儿。”

“噢……”李丰摸摸自己的下巴，明眼人都能够看出来宋茜茜今天不对劲。

“舅舅，妈妈怎么了？好像很不开心的样子。”宋伦拉拉李丰的衣服问道。

“舅舅，是不是妈妈被人欺负了？”宋月仰着头看着自己的妈妈径直上了二楼，平日里妈妈再不开心也不会这样的。

“我猜测……可能跟你们的爸爸有关……”李丰想了想道。

“舅舅,爸爸是不是还活着？我那天看到的真的是爸爸,对不对？”宋月立即察觉了问题的所在，追着李丰询问不停，“爸爸是不是骗了妈妈，所以妈妈不开心，只要我们找到爸爸，让爸爸跟妈妈解释一下，妈妈就会开心了，是不是？”

宋月的一大串问题顿时让李丰有点手足无措，他竟然在不知不觉中将孩子的父亲的事情告诉了他们两个小家伙。

第六十八章　以假乱真

“这个嘛……”李丰想了想措辞，觉得孩子们晚知道不如早知道，毕竟他们早晚都是要被沈家认回去的，“你们爸爸的确还活着，不过呢，他现在还不方便跟你们相认……到时机恰当的时候，他就会跟你们相认了。”

“爸爸真的活着吗？”宋伦和宋月异常兴奋，“我们也有爸爸了。”

宋伦宋月开心地大喊大叫，这是听到的最幸福的消息了。

“嘘——这件事情先不要告诉你们的妈妈。”李丰阻止了两个孩子的喊叫，生怕宋茜茜听到之后会过来质问。

“为什么不能告诉妈妈？”宋伦茫然看着李丰。

“因为啊……你们的爸爸想给你们的妈妈一份惊喜。”李丰神秘地压低了声音说道，“你们两个记住了，千万不要告诉妈妈。”

“嗯，知道了。”宋伦和宋月毕竟还是孩子，让李丰哄上一哄便听从了他的吩咐。

李丰哄完孩子有些担忧地看向二楼，今天她去了沈耀那里，回来如此伤心，怕是两个人要吵架了，虽然他老是说沈耀跟她不合适，但是谁让茜茜已经为他生了两个孩子，而且至今仍保持着单身。

在枫林城的一个小茶馆里，宋雅坐在那里随意地点了一份茶点。

她等了没多久便有一个女子笑容满面地走了进来。

“事情办好了？”宋雅抬眼随意地瞥看了一眼女子，态度却不是太好。

"哼——我亲自出马，能办不好事情。"来的女人正是张玉岚，她很随意地坐到了宋雅的对面，"你呢，事情如何？"

"今晚开工。"宋雅很随意地撩了下头发。

"宋茜茜可没这个动作。"张玉岚手指着宋雅的手，冷笑道，"宋茜茜的指甲从来不涂颜色的，你这样就想今晚开工？我想算了吧。"

宋雅低头看了一眼自己的大红指甲，这是自己最喜欢的色彩。

"那你等我一会儿。"宋雅说着便起身，拿着包走了出去。

张玉岚看着宋雅的背景冷笑，没有想到这个宋雅竟然也会如此天真，不过她天真了，才好办事情。

大约过了两个小时，张玉岚在没有耐心的时候，从门口姗姗进来一人。

长长的直发披散而下，一枚粉红色的发夹将长发别开，一袭淡蓝色的连衣裙将她的身材衬托得完美无缺，她有些紧张地看着张玉岚。

"宋……茜……茜？——你来这里干什么？"张玉岚猛然间从座椅上站了起来。

"你说我来干什么？"来者狠狠地白了一眼张玉岚，很随意将手包扔到了沙发上，跷着二郎腿坐到了张玉岚的对面，"怎么？这就被骗了？只不过是换了下穿着罢了。"

"原来是宋雅,吓我一大跳。"张玉岚缓过劲来,又缓缓地坐了下去，拍拍胸脯："没有想到你这么一弄跟宋茜茜完全一模一样，连整容手术都办不到。"

"像？哼——"宋雅冷笑了下，"你觉得任浩会那么好骗？我当年一下子就被识破了。对于你们这些不了解的人来说我跟宋茜茜很像，但是认识的人就没那么好骗了。"

说着，宋雅将自己的衣服领子拉了下来，指着胸口前的疤痕："这道疤才是关键。"

张玉岚见到宋雅如此动作,放心地笑了,整个人放松地靠向沙发背："很好……既然你如此尽心尽力，那么我也会给你一份大礼。我刚刚接到手下电话说见到过你的母亲，不过现在还不能确认她的具体位置，等有消息我通知你。”

宋雅没有接话，眼睛飘向了窗外，现在是秋季了，天气开始慢慢地变凉了，窗外的树叶也开始慢慢地变黄了。

她的眼神渐渐地变得有些阴狠，宋茜茜这是你逼我的，抢了任浩，还让宋家沦为这个境地，这仇我一定要报。

自从宋茜茜那次从沈氏集团回来之后，便把自己关在了屋里，不出门。

宋茜茜坐在床上，蜷缩着，双手抱着双膝，她不知道自己该怎么办了，她发现竟然找不到理由让自己振作起来。

“丁零——丁零——”手机在旁边一直响个不停，而且显示的号码也全部是同一个号码。

宋茜茜终于听得不耐烦，将手机的电池直接抠了下来。

世界终于安静了，可是强烈的寂寞感却更加猛烈地袭来。

“咚咚——”有人敲门，开门看见了李丰。

“沈耀在门外等你好久了。”李丰没有经过宋茜茜的同意也不敢把沈耀放进家里。

宋茜茜重新坐回床上，淡淡地说道：“跟我有什么关系。”

“你们之间是不是发生了什么不愉快的事情？”李丰小心翼翼地问道。

“没什么，我把他给我的戒指还回去了。”宋茜茜说着躺进了被窝里，将头蒙上，“他跟我之间不过是玩玩罢了。”

“怎么回事？”李丰关切地问道，“你们两个这次吵架我感觉很凶呀，怎么说胡话呢。你跟我说说看，我给你参谋参谋。”

“唉……”宋茜茜微微叹了口气，把事情的经过一五一十地告诉了李丰。

“若是可以我觉得你应该听听沈耀的解释。”李丰劝导着，“若是他当真只是想要跟你玩玩，那完全没必要总是追在你后面吧，而且你也想想，他明知道你在里面还跟那个女人在一起，你不觉得这件事情有蹊跷吗？”

“我知道有蹊跷，可是……”宋茜茜异常烦乱地挠挠头发，“可是，我就是没办法去原谅他。”

“好啦，好啦，别胡思乱想了。”李丰揉揉宋茜茜的头，“你需要好好理下自己的感情，若是你觉得你喜欢他，觉得自己想嫁给他，那么就跟他好好交往。若是你觉得你不喜欢他，不想跟他在一起，那么就直接告诉他，你们也就不要再有任何交集了。”

宋茜茜低着头却是不知道在想些什么。

“其实那天沈老太太找你的时候，爸爸说你跟沈耀不合适，其实不是真的不合适。”李丰说道，“沈老太太身体你觉得很好，其实她是一个随时都有可能会走的人。所以那天爸爸也没敢顶着她的话来，若是爸爸那天顶了，沈老太太出事了，那么你跟沈耀就真的不可能在一起了。”

第六十九章　仇深似海（上）

宋茜茜微微一愣，突然间明白原来李家其实一直都很关心自己，在第一次见到李丰的时候，他在抽取宋雅的血液样本，采取的是异常粗鲁暴力的方法。而对待自己，则一直都是顺从。李家对她真的一直都很关心。

“还有啊，我觉得你应该小心张玉岚。”李丰提醒道，“当时是她挑拨的沈老太太找你，摆明了是想试探你，若是你跟沈老太太吵起来了，那么她会渔翁得利。这次她又跑到沈耀的办公室，让你与沈耀之间产生这样的矛盾，我觉得这个女人不简单。”

宋茜茜细细想了想李丰的话，觉得也是有道理的。

“对了，哥，你来找我该不会只是为了这事吧。”宋茜茜问道。

“爸爸等会儿就到家了。”李丰笑着道，“他出去办事，正好要从老屋那里过，便跑回去给你拿你母亲的照片，我估计啊，他等会儿就会到家了。你去洗洗，待会儿去见他吧。”

“嗯。”宋茜茜点点头。

果然如李丰所说，没有多长时间，李宁清便回到了家中。

“茜茜，来来，我给你看你母亲的照片。”李宁清献宝似的将一个棕红色的木盒子放到桌子上。

这个棕红色的木盒子似乎很古老的样子，上面雕刻着一些藤蔓，藤蔓将整个木盒子缠绕，就像在护着宝物一样。整个盒子被擦拭得很干净，没有一丝一毫的灰尘，可见盒子主人对盒子的爱惜程度。

宋茜茜笑着坐到了李宁清的身旁：“爸爸，妈妈的照片就放在里吗？”

“嗯。我给你打开。”李宁清小心翼翼地将木盒子打开，生怕会弄坏了里面的东西。

这个木盒子里分左右两个部分，左边的部分放置的全部都是照片，而右边部分放置的则是一些首饰。

他非常非常小心地拿起相片，就像拿着珍品一样。

“这是你母亲跟我刚认识的那年照的。”李宁清将相片递到了宋茜茜的手中。

宋茜茜也非常小心地接过相片，然而在接过相片的那一刻愣住了，抬头看看李宁清，却见他微笑着点头。

相片里的女人穿着一件淡蓝色暗花旗袍，站在玫瑰花丛中浅浅地笑着。她的笑将所有玫瑰都比了下去，比任何花都娇艳。

然而，令宋茜茜惊讶的是她的容貌，虽然她有想过自己会与自己母亲长相相似，但是没有想到两人相似到如此程度。

细长妩媚的柳眉，一双双眼皮的凤眼里满是笑意，小巧的樱桃小嘴微微翘起柔和的弧度，黑曜石的长发用紫红色的蝴蝶别着，整个人看过去好像空谷里生长的幽兰。

其实这不是主要的，主要的是宋茜茜第一眼看过去竟然像是看到了黎凤姿。

是的，黎凤姿，宋雅的母亲黎凤姿。她们两人才是真正的像，比宋雅与宋茜茜还要相像，甚至于比宋茜茜母女两人还要像。

“爸爸……”宋茜茜疑惑地看着李宁清。

“这是你的母亲黎凤姿。”李宁清的眼神变得有些迷离，似在回忆着当年宋茜茜母亲的模样。

“黎凤姿不是宋雅的母亲吗？怎么会成为……”宋茜茜不明白这究竟是怎么一回事。

“你母亲才是黎家真正的大小姐黎凤姿。”李宁清的话就像一颗重磅炸弹一样在宋茜茜的心里炸开来。

“这是……这是怎么回事？”宋茜茜诧异。

“这件事情说来也有些话长……”李宁清的目光看向远方，似在回忆过去的那些事情。

故事要从大概三十年前，黎家收养了一个养女开始讲起。

那个时候黎家也只是一个小门小户，是江浙一带拥有一个小工厂的小商人。有一天黎家的当家的黎万也就是宋茜茜的外公在外做生意的时候捡到一个女孩，这个女孩与自己的孩子有着一模一样的容貌。

他也怀疑过当年自己老婆是不是生了双胞胎，结果医院弄错了，后来做了 DNA 的亲子鉴定才知道她们两个根本就不是姐妹。

黎万收养了这个女孩，起名叫黎巧儿。

黎万的女儿黎凤姿，至此有了一个妹妹叫黎巧儿。

黎家待黎巧儿跟亲生女儿黎凤姿一模一样，也将其视为己出。但是，亲生的毕竟是亲生的。

黎万常年在外做生意，怕自己会有什么意外，妻子儿女的生活会得不到保证，便去买了一份保险，立了遗嘱。

遗嘱的内容很简单要求将全部财产都留给自己的妻子和黎凤姿。

黎巧儿也在那时得知自己并不是黎万的亲生女儿，于是她开始怨恨黎万，既然收养了她，为何不把财产分给她一些。

她怨恨着黎万，总是想着找机会对黎凤姿他们下手。

后来，一家人一起坐轮船游玩让黎巧儿找到了机会。

黎巧儿当时雇用了几个人跟她一起上的船。她将迷药放到了他们饭碗里，趁着夜深人静之时将他们迷倒之后扔进了海里。

第二天黎巧儿扮成黎凤姿的模样报了警。

警察在海里只打捞起黎万的尸体，黎万妻子和黎凤姿的尸体并没有被打捞到。

至此黎巧儿扮成黎凤姿的模样生活了下去，继承了黎万的所有财产。

“宋雅的母亲黎凤姿其实是外公收养的养女黎巧儿。”宋茜茜有些不敢相信这个事实。

“对，所以她对你并不好，她怕你会像她一样，冒充她的女儿继承宋家的一切。”李宁清点点头。

“怪不得她总是希望我死，希望我离开宋家。”宋茜茜终于明白了黎凤姿，不，是黎巧儿为何总是打她，为何总是希望她死了。

“我已经派人搜索她的下落了。”李宁清说道。

“对了，爸爸，那你跟妈妈是怎么回事？不是说妈妈已经死了吗？怎么还……”宋茜茜疑惑地看着李宁清。

“你妈妈和你外婆被冲到了一个孤岛上面，不过那时你外婆已经淹死了，一家三口只有你妈妈幸存。但是我恰巧游玩路过那个孤岛，便救了你母亲。”李宁清说道，“但是你母亲失忆了，失去了所有的记忆，那时的我便把她带回家里了。”

“那后来呢？”宋茜茜追问道。

“后来啊……”李宁清的嘴角微微一翘，似乎想起什么开心的事情。

那个时候李丰的母亲已经去世了，家里也就李宁清、李丰和一群仆人，黎凤姿的到来让这个家充满了温暖。小小的李丰便在她身上感受到了母爱，也因此没有反对李宁清娶了黎凤姿。

第七十章　仇深似海（下）

李宁清跟黎凤姿两人慢慢地产生了感情，两人便结婚了。

幸福的日子一直持续到他们结婚的第三年宋茜茜的出生。她的出生让黎凤姿恢复了记忆。

当黎凤姿看到电视上面的黎巧儿结婚生女的消息时便决定要报仇。

黎凤姿找到黎巧儿质问，可惜，她低估了黎巧儿的狠心，中了她的奸计，被车撞死。

祸不单行，在这个时候年幼的宋茜茜被人偷走，不知所踪。

李家跟黎凤姿的仇便是这么结下来的。

“她……她怎么可以这么狠心地对待妈妈。”

宋茜茜没有想到事情竟然是这个样子，宋雅的母亲黎巧儿竟然是害死自己母亲的人，并且还霸占了黎家所有的财产。

“对了，你们这次对付宋家，可是连带着黎家原本的东西一起弄回来了？”宋茜茜问道。

李宁清摇了摇头，遗憾地说道：“黎家的所有家产在黎巧儿嫁给宋家的时候已经全部变卖。当年你母亲也没能将那部分家产要回来。虽然后来我尽最大努力去弄回原本属于黎家的东西，但是碍于很多问题没能弄回来。”

宋茜茜咬着唇，她不知道该怎么为母亲报仇，黎巧儿现在有着沈家的三生令，还在逍遥法外，就连沈家也没能在第一时间抓住她。

“对了，黎巧儿怎么会有沈家的三生令？”宋茜茜疑惑地问道，“沈耀说他因为那个令牌才放过了黎巧儿一命的。”

“这个说来话就长了，听你母亲说你的曾祖父曾救过沈家的人，后来得到了沈家的三生令。”李宁清轻轻地叹了一口气，“凡是持有三生令的人皆可向沈家的后人寻求三次帮助，沈家任何人不得以任何理由拒绝。不过幸好这三生令曾经被用过两次，所以……黎巧儿在这次逃脱之后便选择了隐蔽。”

“那她还会出来吗？”宋茜茜问道。

“这个……就不知道了。”李宁清摇摇头。

“哼——她要是躲起来还好，若是被我再抓住，定然让她好看。”李丰此时做了一个斩的动作，“要她如此待我们李家的人。”

“我担心的不是这个。”李宁清眉头紧蹙，看向宋茜茜道，“我怕的是这个黎巧儿会卷土重来，以她的性格是绝对不会吃亏，这次让她如此的狼狈，她定然会想尽办法要讨回失去的东西。”

“爸爸你是担心，黎巧儿会对茜茜不利？”李丰面色担忧地看向宋茜茜。

“嗯。我觉得她不单单会对付茜茜，还会想办法对付你，对付整个李家。”李宁清叹道，“黎巧儿因为分不到家产就狠心杀死黎家所有人，便可知她不是什么善男信女，反而是穷凶极恶之人。”

“那要怎么办啊？”宋茜茜担忧地说道，“不怕她来明的就怕她来暗的，到时候暗地里搞什么小动作怕是李家也会吃不消啊。”

“以后茜茜你出门的时候最好带上两个保镖，对了，孩子们那里，我觉得应该有人看护。”李丰刚说完这些便见自己手下的人慌慌张张地跑了进来。

“发生了什么事情？”李丰疑惑地问道。

“是……是沈家少爷把小少爷和小小姐接走了。”手下的人低着头说道，“他说若是小姐想要他们回李家就要亲自去趟沈家接他们两个。”

“这个姓沈的王八蛋。”宋茜茜立即火冒三丈，“他是想让我真的亲手宰了他吗？”

李丰和李宁清两个人相视一眼，不禁偷笑。

“茜茜，要不我派人送你去趟沈家？”李宁清开口说道，心底对宋茜茜和沈耀的事情倒是很赞成，只不过他担心若是沈耀不肯说出实情，怕是这误会永远解不开。

宋茜茜胸口跌宕起伏，似乎被气得不轻，蓦地放轻松身体，又重新坐回沙发，红唇吐出两个字：“不去。”

“可……可是沈家少爷说……若是今晚你不去，那么以后都不用再去沈家找小少爷和小姐了。”李丰的手下非常颤抖地将话说完。

“姓沈的。”宋茜茜咬牙切齿，恨不得现在就拿枪毙了他。

“好了，好了……我跟着你一起去……”李丰拍拍宋茜茜的肩膀，示意她少安毋躁。

宋茜茜的双手握成拳头，这个姓沈的三番五次地对她强迫，之前威胁她一个人也就罢了，如今却连带着孩子都威胁上了，若是不给他一点儿颜色瞧瞧，怕是真的会翻上天。

宋茜茜跟着李丰坐车来到了沈家，却不料只是被安置在了沈耀的书房里，并没有看到他人。

“这个姓沈的搞什么鬼？把我们叫来了却把我们留在这里。”宋茜茜没心思坐着，来回巡视着沈耀的书房。

她不得不承认沈耀能有今天的成就与他的努力是成正比的。别人家书房里的书看不看她不知道，但是她知道沈耀这些书是绝对看的。因为她已经在书架上看到了好几本书因为翻得太多而有些破损的痕迹。

宋茜茜因为察看书房而暂时性地把沈耀找他们来的目的忘记了，直到李丰出声这才想起来。

“你们沈耀少爷到底什么时候过来？难道就要我们这样干等着吗？”李丰话里满是怒气。

“这个……耀少爷在沈老太太的房间里，我们也不能轻易地进去。”送茶的用人恭敬地说道。

“那你们把宋伦和宋月关在哪个房间里了？”李丰被晾了那么久心底也略微有些不开心了。

“对不起，我们也不知道。”送茶的人歉意地说道，“是沈耀少爷亲自带着他们去了后院，至于在什么地方我们也不知道。”

“不知道，不知道……你们知道什么？”李丰猛然拍桌子，差点没把茶杯打翻。

“哥，你问他们没用的。”宋茜茜挥了挥手示意送茶的人下去，“这里我来过一次，沈老太太的房间我知道在哪里，我们过去找他吧。”

“嗯。”李丰撇撇嘴，心底道没有想到这还没过门呢，已经摸透了夫家的门。

宋茜茜带着李丰左拐右拐地到了沈老太太的房间门口。

在沈老太太房间门口站着两个保镖似的仆人。

“你好，我想要找下你们沈……”

“我告诉你，你跟张玉岚的婚期已经定下来了，就在一个月以后，我不管你愿意不愿意，而且这本就是我们沈家跟张家说好的联姻……”

第七十一章　老不死的

宋茜茜的话未问完，便听到了房间里沈老太太的喊叫声，听着声音里似乎真的是怒了。

“老太太……老太太……快叫医生……”

在那个声音落下之后，屋内便是一团混乱，瞬间门被打开，房间里外瞬间挤满了人。

宋茜茜和李丰被人流冲到了离房门口稍远的地方，他们无法看清楚房间里的状况，但是这种情景也能够让人想到房间里是多么的混乱。

“现在知道当初爸爸为何不敢违背一下沈老太太的意思了吧。”李丰见怪不怪地耸耸肩膀，“都这样的身子了还想管东管西，当真是……唉——”

李丰刚刚叹了口气便发现身边的宋茜茜已经往回走了。

“茜茜……茜茜……”李丰知道宋茜茜肯定是生气了，他赶忙追上去。

“茜茜……茜茜……你跑得太快了，我都跟不上了……这里是沈家不是李家，你这么乱跑被人知道了会不好的。”李丰一路小跑才跟上了宋茜茜的脚步。

宋茜茜蓦地停下了脚步，却没有转身。

“茜茜。”李丰绕至宋茜茜的跟前，但见她的脸色异常平静，竟然看不出有什么变化，也没有预料中的勃然大怒。

宋茜茜伸出手，指着前面的那座宅子说道：“沈耀的书房就在那里，你去等着他把孩子交给你。”

“那你呢？”李丰顿觉听到那个消息不发怒的宋茜茜更显得可怕。

“我先回去。”宋茜茜轻轻地呼了口气，冲着李丰浅浅地一笑，“我没事。我身体有点难受，我先坐车回去。”

“我让飞鱼送你。”李丰的提议，宋茜茜没有拒绝。

留下李丰接孩子，宋茜茜独自一人先行回了李家。

刚到李家的家门口，宋茜茜看到了一抹熟悉的背影。

宋茜茜支开了飞鱼，便朝着那抹熟悉的背影走了过去。

“茜茜……”树影之下的他看不清楚容貌，却能够听出的确是他的声音。

宋茜茜张张嘴，想起了那日他的疯狂，便在离他三步远的地方停了下来：“任……任学长。”

“茜茜……我，我只是来看看你……”任浩轻声说道。

宋茜茜微微咬着唇，曾几何时她也是这般地站在他家的门外，祈祷着每日都可以看到他。

她低下头，她知道他们走到这一步她也是有错的。

“茜茜，记得房间里放上一壶热水，现在天气开始变凉了。”任浩的声音不大却恰巧让两个人都听得到。

宋茜茜微微一愣，眼眶里立即涌出了液体。她常有半夜起床喝水的习惯，以前的时候都是任浩为她备上一壶热水，这样每天晚上就不必喝凉飕飕的水了。

胸口有些痛，那个伤口似乎永远愈合不了了。

“任……任学长……我……”宋茜茜欲言又止。

“你不适合穿高跟鞋，以后少穿。”任浩扯扯嘴角像是在笑，却笑得有些勉强。

宋茜茜低头见自己今日穿的的确是高跟鞋，怪不得脚有些痛。她从小就习惯了平底鞋，虽然有些时候也会穿一些带跟的鞋，但是那些鞋子的跟部都很低。这些日子她穿的都是又细又高的跟，每天到晚上的时候脚都会痛得厉害。

“回去泡泡脚吧，那样就会好受一些。”任浩像是很轻松一样地呼了一口气出来，“好了，时候不早了，我该回去了。”

宋茜茜闭上眼睛，她不知道自己该怎么样才能补偿这个男子，这个曾经最深爱她的男子。

任浩的身影渐渐远去，慢慢地隐藏在了浓密的树影里看不清晰了。

宋茜茜想着若是当年她没有生下两个孩子或许她会在这个时候选择任浩，可偏偏她选择了生下孩子，她把自己逼上了结婚的绝路。

虽说任浩的母亲是二婚，但是任家偌大的一个家是不会允许她把孩子带过去的。

既然她生了孩子，那她就会选择对孩子负责到底。

没有父亲的孩子绝对不能再没有母亲。

回到家里的宋茜茜先给李丰打了一个电话，得知他已经接到孩子的时候便放下了心。

次日清晨，李宁清一大早便让宋茜茜梳妆打扮，要带她出去见一位老友。

待到达那里的时候，宋茜茜才知道原来李宁清不单单只是为了见老友。

“哈哈……没有想到你的女儿长得真是标志，一点儿都不像你这个老家伙。哈哈哈……”李宁清的这位老友傅彪也是个豪爽之人，说起话来直来直往，倒是很好交往，怪不得李宁清会与他成为至交。

“哪里，哪里，客气客气，哈哈哈哈……”李宁清嘴上如此说着脸上却满是得意。

“不过……你家女儿长得很像一个人啊……”傅彪眉头一皱，将宋茜茜好好地一番打量。

“她的母亲可是黎万的亲生女儿。”李宁清对傅彪的疑惑没有感觉到意外。

“噢……怪不得呢。”傅彪恍然大悟。

“你傅伯伯以前见过你母亲，所以知道一些黎家的事情。”李宁清为宋茜茜解释道。

就在几人谈话之间，有一个文质彬彬的男子走了过来。

“爸爸。李伯父。”男子非常有礼貌地打着招呼。

他看起来大概有三十岁左右，一身笔直的蓝色休闲西装，幽雅俊朗的气质让人眼前一亮。

“来来，傅烨，我给你介绍一下你李伯父的女儿宋茜茜。”傅彪示意傅烨坐在他的身旁，“这位是你李伯伯的女儿宋茜茜，今年二十四岁，有两个孩子了，不过丈夫已经去世了。”

“你好，我叫傅烨。我现在在保险公司工作，今年三十二岁了，只有一个四岁的女儿。”傅烨起身，伸出手与宋茜茜握手。

宋茜茜也微微起身与他握手，虽然诧异为何傅彪会把自己的详细情况告诉傅烨，并且傅烨会如此介绍自己，但是还是很有礼貌地打了招呼。

傅烨的手有一点点凉，让宋茜茜稍微触碰了一下便缩了回来。

但是，与宋茜茜感觉相反的傅烨却因为宋茜茜温暖的手而对她留下了好印象。

“呵呵……茜茜啊，我告诉你傅烨也是从国外留学回来的，现在是保险公司的副总裁。”李宁清对这个很久不见的傅烨表示满意，“我可是天天听你哥说他有多优秀，以前我不信，现在我信了。人长得帅气，而且家庭背景也不错，更重要的是他的人品好。”

第七十二章　安排相亲

“哈哈……对啊，我这个臭小子是我从小一手带大的，人品你放心。”傅彪也开口说话了。

宋茜茜假笑着应付着，这个时候她若是再不知道两个凑到一块在办什么事情她就是脑残了。

这分明就是相亲啊，而且李宁清在没有打招呼的情况下就为自己安排了相亲。

宋茜茜冲着李宁清使了一个相当不满意的眼神，但是他却当没看见，不停地说着傅烨的好。

“噢,对了,老傅,我昨儿在古玩市场看了一个东西,我辨不出好坏,你去帮我参谋参谋？”李宁清突然间说道。

“好啊,我正巧也要去挑那么一两件好玩的东西。”傅彪满口应着，笑呵呵地点头。

“爸爸，我陪着你一起去吧。”宋茜茜也赶忙道，希望李宁清把自己也带走。

“不用了，我跟你傅伯伯还有事商量。”李宁清挥挥手示意她不必跟着自己。

“傅烨，你等会儿送茜茜回家，我跟你李伯父一起去。”傅彪也将傅烨留了下来。

两位老人离开了，只留下傅烨和宋茜茜。

“你……”

“你……”

两个人同时开口，却又同时闭口。

宋茜茜有些尴尬地低下头，轻声说道：“你先说吧。”

“我只是想问问你，要不要来一些这里的小甜点？这里的甜点可是非常不错的。”傅烨浅浅笑着，优雅。

“我……好吧。”宋茜茜想着拒绝，可是又觉得那样不好。

傅烨点了几样小甜点后说道：“我看你的样子似乎对来这里相亲并不知情。”

“嗯。今早起床的时候我爸爸只是说让我陪他来看一位老友，没有说来这里……呃，相亲。”宋茜茜照实说着。

“哈哈，正常。我常常被我们家老头子这样拉去相亲。”傅烨对此深表同感。

“你不是有女儿了吗？应该已经结婚了吧。”宋茜茜疑惑地问道。

傅烨脸上的表情有些悲伤，勉强一笑：“她已经去世了，在两年前因为一场车祸去世了。”

“对……对不起。”宋茜茜非常歉意地说道，她有点想打自己了，既然是来相亲的肯定是已经单身了啊。

“没关系。”傅烨轻轻地摇摇头。

宋茜茜通过与傅烨的交谈得知了他的一些情况，他们傅家是保险业起家的，他现在任职保险公司的副总裁，将来也是要继承傅家产业的。

他有一个女儿已经四岁了，他想在女儿还小的时候为她找个母亲，让她能够感受母爱。

傅烨没有像其他未来继承者那般有野心，他希望的日子是朝九晚五，喝茶品生活的平淡日子，与宋茜茜的婚姻观很相似。

与傅烨的交谈，宋茜茜很开心，他很诙谐幽默，总是能够让人笑个不停，与他在一起很轻松。

一直到快要吃晚饭的时候宋茜茜才回到家中。

看到宋茜茜这么晚才回来，李宁清很是开心，知道她与傅烨应该很聊得来。

“爸爸，以后没事就不要给我安排这些乱七八糟的相亲了。”宋茜茜嘟着嘴对李宁清的安排异常不满意。

“怎么？对傅烨不满意？那明天我再给你找个好点的。”李宁清说道。

“爸爸……”宋茜茜不满地唤到。

“茜茜，爸爸知道你对沈耀是有感情的，可是他下个星期就要结婚了，你也得为你自己的未来考虑考虑。”李宁清劝到，“我觉得你应该找一个对你好对你负责的男人，而不是说连承认都不敢承认，只会偷偷摸摸办事情的男人。”

宋茜茜虽然不明白李宁清对沈耀的评价怎么会这么差劲，但是她现在真的是不想结婚。

“沈耀跟张玉岚的婚贴都已经下来了，今早一人一份。”李宁清非常生气地说道，“他跟张玉岚连婚都不订，直接结婚，你瞧瞧，这算什么？前几天还给我信誓旦旦地说好好对你，现在呢，说娶别人就娶别人。当我李家的人是什么？招之即来，挥之即去吗？好欺负是不是？我告诉你，茜茜，那个时候跟沈老太太说你们不合适不是假的，是真的。敢做不敢当的男人算什么男人，我早就看他不顺眼了……”

“不是，爸，他结婚管我什么事啊？我为什么要去相亲啊？”宋茜茜哭笑不得，她都没有什么反应，反而李宁清的反应如此之大。

“茜茜，现在你有爸爸了，你不用怕，天塌了有爸给你扛着。”李宁清温柔地揉着宋茜茜的头发，“爸爸知道你现在只是把自己封闭了，不让自己去想与他有关系的事情。茜茜，你记住，你现在不是一个人了，你有爸爸，也有哥哥，不管发生什么事情我们都会站在你的身后。”

宋茜茜的眼泪止不住地往下掉，她的那点小心思终究还是没能瞒过自己的父亲，她从昨夜听到沈老太太的那句话后便知道自己与沈耀不可能再有机会了，沈家是不会允许她嫁进去的。

她拼命骗着自己，告诫自己不要哭，不能让父亲和哥哥担心。可是她终究还是没能瞒过去。

“傻孩子。”李宁清轻轻地搂过宋茜茜的肩膀。

“爸爸。”宋茜茜扑进李宁清的怀里哭泣着，她没有办法在他面前装作很坚强的样子。

宋茜茜与李宁清谈话时，在二楼拐角处有两个孩子躲在那里听着两人的谈话。

“耀叔叔要结婚了。”宋月耷拉着头，不开心地说道。

“以后他不会再陪我们玩了。”宋伦也如霜打的茄子，无精打采。

“妈妈也会很伤心。”宋月嘟着嘴，“现在妈妈是单身了，没有人再疼她了，又会像以前一样沉默了。”

“要是爸爸陪在妈妈身边，说不定妈妈也会很开心。”宋伦不经意地说道。

“对了。”宋月像是发现新大沈一样的开心，“我们可以去找爸爸，舅舅不是说爸爸还活着吗？我们那天看到的定然是爸爸。只有把爸爸找回来了，没有耀叔叔妈妈也不会伤心了。”

“对啊，那我们商量下如何找爸爸，等把爸爸找回来再告诉妈妈……”

“好。”

在大人们没有觉察之下孩子们已经开始了自己的行动。

第七十三章　试着去爱

这一天，天很清朗，天空很干净没有一丝杂质，就像被清洗过一样。

“我在这里呢，傅烨。”宋茜茜站在电影院的门口冲着傅烨挥挥手。

宋茜茜答应李宁清与傅烨交往试试，若是可以她想忘记沈耀。

“你来得真早。”傅烨浅笑着，冲着宋茜茜晃了晃手中的东西，“看电影就得把这些东西备上。”

宋茜茜一看竟然是爆米花和可乐，她没有想到这样的男人竟然也会在看电影的时候吃这些东西。

“好呀。我也最喜欢在看电影的时候吃爆米花了。”宋茜茜拍手称赞。

“进去吧，电影快要开始了。”傅烨说着牵起宋茜茜的手便往里走。

冰冷的触感让宋茜茜微微蹙了眉，她想要抽回手，却还是忍住了。

想要忘掉一个人就得先去爱上另一个人的一切。

这是一个很古老的电影，是宋茜茜最喜欢的电影，可是，才看了一半电影便停了。

“对不起，我们需要找一个人。”电影院的灯被打开，硕大的灯泡将整个电影院里照得犹如在阳光下一般。

整个电影院沸腾了，谩骂声，询问声全都有。

“这是想干什么？”宋茜茜抬手遮挡灯泡的光亮。

“不知道啊。”傅烨微眯着眼睛看着十几个黑衣人在电影院里来回穿梭，似在找什么人。

“宋小姐，我们总裁有请。”其中一个黑衣人站到了宋茜茜的身旁。

宋茜茜一愣，放下手，她并不认识这个男子，“你们总裁是谁？”

“宋小姐跟我们去就知道了。”在黑衣人的指示下，过来两个人直接架起了宋茜茜往外走。

“你们干什么？放开我。”宋茜茜挣扎着。

“你们干什么？”傅烨站起来呵斥着，正欲上前将宋茜茜拉回，却被黑衣人阻止。

“傅先生，我们家总裁有话要跟宋小姐说，所以您不方便跟过去。”黑衣人说道。

“你们总裁是谁？凭什么这么抓人。”傅烨看着宋茜茜被他们即将带出影院，不禁有些急了。

黑衣人在傅烨的耳旁轻声说了几句话，顿时让他安静了下来。

“你们到底想干什么？把我抓到哪里去？”宋茜茜努力地挣扎，可是还是没能逃脱掉。

她被黑衣人直接带到了影剧院的最顶层。

这里的房间都是独立的房间，里面都是一些客房类的房间。

在走廊的尽头，他们停了下来。

“宋小姐，我们总裁在房间里等着您呢。”黑衣人为宋茜茜打开房间门，做了一个请的动作。

宋茜茜眉头紧皱，她想往后退，可是后面有很多的人堵着她的路，除了前进别无他法。

宋茜茜刚进屋，门就被黑衣人关上了。

宋茜茜小心翼翼地向屋内走去，见在硕大的落地窗前站着一个人。

他颀长身材投射而下的影子被阳光拉得很长，橘红色的阳光将他的背影衬托得很柔和、很温暖。

他单手插兜，一手端着酒杯，同时轻轻晃着酒杯，那葡萄紫的色彩在阳光的折射下异常漂亮。

宋茜茜的心头一跳，心底已经知道他是谁了。

宋茜茜也不开口说话，径直走到桌子旁，拿起葡萄酒的瓶子为自己倒了满满的一大杯，同时一饮而尽。

因为喝得急，所以有酒红色的液体顺着她的嘴角流下，让今日刻意打扮的她有着别样的妖娆妩媚。

她又为自己倒了一杯，这一次却没有喝，而是端着酒坐进了沙发里，跷起二郎腿，毫不在意地说道："沈总裁，不知道您这么劳师动众地找我来有何事？"

屋内没有声音，静静的，就像是没有第二个人一样。

宋茜茜又是一仰头将酒杯中的酒喝完，见沈耀依旧没有说话，便将酒杯放置在了桌子上面。

"既然沈总裁没事，那我就先走了。"宋茜茜背对着沈耀挥挥手，然而，这手还没挥便被一双异常温暖的手握住。

"你对于我……真的就没有一点儿信任感吗？"沈耀的声音有些嘶哑。

宋茜茜看不清楚沈耀的表情，却也能够通过他用力握住自己的手得知他现在的情绪。

宋茜茜抽回手，却依旧没有回头。

"信任？"宋茜茜冷淡地一笑，"你都要跟她结婚了，还要求我的信任有何用？"

沈耀没说话，而是狠狠地将她的身体掰了过来，让她正对着自己。

宋茜茜一愣，沈耀的神情很颓废，甚至能够在他眼神里看到一抹失望。

"你是我的妻，我跟你说过多少次，为何你还要跟其他男人在一起约会？"沈耀质问着。

"你们的喜帖都发了，难道还有假？"宋茜茜觉得自己的胸口很痛，那夜她觉得只是沈老太太的一厢情愿，可第二天便看到了喜帖，她连说服自己的能力都没有了。

"那不是我发的，是奶奶一手操作的。"沈耀辩解着。

"没有你的允许她会发喜帖吗？"宋茜茜冷笑，"还是说……我应该听你的话做你的地下情人，完成我的妄想，不追求名，不追求利，只要得到你的心便什么都可以不管不顾了吗？”

“我没有那么说过……我这辈子只有你这么一个妻。”沈耀紧紧地抱住宋茜茜。

“只有我这么一个妻……呵呵……”宋茜茜傻笑着，她突然间想起了当年任浩也是那么说的，他说完这话的第二天就跟宋雅上床了呢。“当年他也是那么说，回过头还不一样跟她上了床……”

沈耀知道自己跟宋茜茜解释不清楚，而她在看到自己与张玉岚在办公室的那一幕便给自己定罪了，不给自己任何解释的机会，不给自己任何分辩的时间，而且跑去跟别的男人一起约会。

沈耀狠狠地吻向宋茜茜的唇，手按住她的头，不给她任何喘息反抗的机会。

宋茜茜没有想到沈耀会突然间吻过来，始料不及，她挣扎，却被锢住，动弹不得。

沈耀也任由宋茜茜挥手猛打，直到她没了力气挣扎没了力气去挥打。

若说沈耀以前的吻是春日里的柔风，那么这一次便是夏日里的暴雨，猛烈而狂暴。

宋茜茜从未感受过如此激烈的吻，就像是一个人要将另外一个人都吞噬进去一样。

宋茜茜对这样的沈耀有些恐惧，因为她从第一次到现在从未见过他如此的粗暴不讲理。

沈耀感受到了宋茜茜的温顺，可是他却无法控制自己体内那粗暴的原子。

他干脆横抱起已经被吻得晕头转向的宋茜茜，带她进了里屋。

他将她直接扔到了床上。

第七十四章　旖旎风光

“啊！”宋茜茜没有想到沈耀在自己顺从之后还是如此的狂暴，她感觉到了一丝害怕。

沈耀如虎一般地扑了过来，野蛮地将她衣服撕碎。

“啊……沈耀，你放开我，放开……”宋茜茜喊叫，可是不管她如何挣扎，沈耀的动作都是那样的粗暴。

宋茜茜的身体开始颤抖，她不禁想起那个可怕的夜晚，那个男人就是这样对待她的，很粗暴很粗鲁没有一丝温柔。

就在宋茜茜走神的霎时间，沈耀已经粗鲁地扯碎了她的上衣。

宋茜茜瞪大眼睛，沈耀的粗鲁让她觉得既熟悉又陌生。

“痛，好痛！”宋茜茜轻呼出声。

她的这一声轻呼却是换回了沈耀的理智。

沈耀睁开眼睛看着自己身下的娇美人儿，她因为刚刚喝过酒所以脸色呈现诱人的绯红色，可是她的眉头紧皱，一脸心不甘情不愿的痛苦神情。

“痛！”宋茜茜的娇呼声让沈耀恢复了理智，重新变回那个温柔的男人。

“放松……很快就会好起来！”沈耀嘶哑的低声在宋茜茜耳旁说道。

窗外，橘红色的夕阳照进屋内，遮盖住了这一屋的旖旎风光。

宋茜茜晚上回到家的时候已经是十点多了，李宁清和李丰都没有睡，两人坐在客厅似乎就在等着宋茜茜回来。

“爸，哥，我回来了。”宋茜茜走进屋里，跟他们两个打了声招呼，正欲上楼便被李丰喊住了。

“茜茜，来来……”李丰示意宋茜茜坐到他的身旁。

“爸，哥，你们特意在等我有什么事情吗？”宋茜茜知道他们既然喊住她了，定然是有事了。

“这个……”李宁清首先开口，他微微清了清嗓子说道，“我跟你哥商量了下，我们决定过一个星期带你回李家的老宅看看，顺便去祭拜一下你的母亲。”

宋茜茜先是一愣，但是随即明白这是父亲在为自己找借口，离开这个会让自己伤心的城市。

“本来这事早就该安排了。”李丰顺着李宁清的话说道，“但是呢，老宅前段时间在大规模地整修，所以没有带你回去过。这段时间该弄的都弄好啦，我们回去也有地方可以住了，所以我跟爸爸商量了下，过上一个星期就带你回去祭拜。”

宋茜茜浅浅地一笑，无所谓地道：“嗯，也好，我都没有去看过呢，也没有祭拜过母亲。”

宋茜茜回到李家也差不多快有一个月了，也没有回去祭拜过自己的母亲，倒是自己的不孝。

“嗯，你同意就好。我们把宋伦和宋月一起带上。”李宁清笑着，“到时候在老宅好好地住上一段时间。”

“一切听爸爸的安排。”宋茜茜没有什么可反对的，能够离开这个地方也好，至少不必担心一个月以后自己的难堪。

“对了，你今天跟傅烨一起看电影看得如何？”李宁清关心地问道，“你对他感觉如何？”

宋茜茜想起下午发生的事情脸上一阵尴尬，也不知道该怎么说。

“怎么？你看不上他？”李宁清异常关心地说道，“没关系，你看不上最好。明天早上你跟我去见老杨家的儿子，我都跟他说好啦。”

“爸……”宋茜茜有些无奈地喊道，求救似的看向李丰，却见他赶忙端茶喝水，对此事充耳不闻。

“你别看你哥，他敢多说一句我明天就叫他结婚。”李宁清冷哼着，“这臭小子天天在外混，都不给我带俩孙子回来。”

宋茜茜听到李宁清的这句话心底突然有些好受了，这个李丰也是需要人制的，说到这里她突然间想来那日在酒店走廊里李丰怒骂的女孩，两个人的关系绝对不是表面上那么简单。

宋茜茜与他们说了会儿话，便回了房间，她想了想，便打电话给傅烨。

傅烨非常委婉地说了一句他们两个不太合适。

这是宋茜茜意料之中的事情，毕竟傅家无法对抗沈家，尤其是沈耀这个霸道男，不给你未来还非要霸占别人的一切。

这是第六次了，宋茜茜清醒过来的时候又看到了身旁躺着的沈耀。

这个星期只要宋茜茜去相亲约会，沈耀的人就会准时地出现，之后将她“绑”到了沈耀的房间。

宋茜茜起身，穿衣，一切的动作是那么的熟练。

床上的沈耀还在熟睡之中，他的睡容很恬静，就像是一个婴儿熟睡时的模样，没有心机，没有烦恼，没有忧愁。

宋茜茜站在床边静静地看着他，这是她最后一次这般地看到他的睡容了，明天一早她就要跟随李丰他们回李家老宅了。她知道她不会再回来这里了，不会再回到这个一到秋天就会变温暖的城市。

她轻轻地将他额前的碎发撩开，沿着他的眉形细细地看着每一根眉，顺着他微挺的鼻梁触碰上他薄而饱满的唇，抚摸上他的脸颊。

她的心里产生一丝依恋，一丝不舍，还有一丝爱恋，可是他马上要成为别人的丈夫了，不再属于她了。

宋茜茜起身，为他捏了捏被角，没有再留恋地离开了这个房间。

就在宋茜茜离开之后，熟睡中的沈耀猛然睁开了眼睛，坐起身来，看向房门的方向，为何他心神不宁，为何他会觉得她这次离开之后不会再出现了呢。

他打开旁边床柜的抽屉，拿出一个牛皮袋，打开，里全部都是照片，每一张都是男女在一起的恩爱照片，有路边亲吻的照片面，有床榻之上纠缠的照片。

照片里的男人是任浩，而女人则是与宋茜茜有着相同面容的人，在她的胸口有着一道疤痕。

沈耀的手紧紧捏着照片，似要将照片直接焚烧掉。他是今天下午与宋茜茜在一起之前收到的照片。

“去给我查一下今天下午送照片的人。”沈耀打了一个电话给自己的手下，这里的女人需要确定一下。

沈耀打完电话心底更加不宁了，总觉得有什么事情要发生，果不其然，没有一分钟一个电话打了进来。

沈耀接听完电话，飞快地将衣服穿好，以最快的速度开车去了李家。

第七十五章　孩子丢了

“怎么会这样？他们怎么会自己跑掉呢？”

宋茜茜回到家里便听李丰说司机在接两个孩子回家的路上，两个孩子趁着下车买东西的时候跑掉了，他没能追上。

“小姐，我真的……真的不知道小少爷和小小姐竟然会……”司机巍巍颤颤地说道。

“他们会去哪里？会跑哪里去？”宋茜茜一时间没了主意，她不知道该去哪里找两个孩子，他们都是听话的孩子，怎么会自己跑掉呢。

“会不会跑去同学或者朋友家里了？”李丰问道。

“那也没必要不吭一声就跑掉啊。”宋茜茜想起什么似的，掏出手机开始打电话，“我给他们的干爹干妈打个电话。”

电话通了，可是两个孩子根本没有去找李民哲和苏小娴。

“不行，我亲自出去找找……”宋茜茜说着就往外跑，却被李丰拦住。

“我已经派人去找了，现在天要黑了，你跑出去就太危险了。”李丰劝到。

“管不了那么多，我必须要去找孩子。”宋茜茜推开李丰便跑了出去，任谁也没能拦住。

“你们几个速度地把小少爷和小小姐的照片发到李家各个联络点上去，有任何发现立即通知我。”李丰连忙开始安排，“还有去通知沈耀，把这个事情告诉他，另外，老爷子那头先不要提起，以免他着急……

还有，还有，派几个人跟上小姐，一定要护住她的安全。”

“是……”

一道道命令从李丰那里发出，出动李家全部力量去寻找两个孩子。

“李副总，沈耀沈总裁在门外。”

“快让他进来。”

“李丰，怎么回事？”沈耀一见面便是询问，“听说两个孩子走丢了。”

李丰把事情的经过跟沈耀讲了一遍，责备着说道：“这两个孩子定然是去找宋闲先了。他们曾经见过宋闲先，茜茜又没有跟他们解释过。你不是说很快就把这件事情告诉茜茜的吗，怎么到现在都没说，而且你又要结婚了。这到底是怎么回事？”

“这件事情回头给你解释。茜茜呢，她人呢？”沈耀看着李丰身后，并没有看到那个身影。

“她跑出去找孩子去了。”李丰道。

沈耀拿起手中的手机，将电话打给了自己的哥哥：“喂，哥，两个孩子不知道去哪里了，你帮我找下……对，宋伦和宋月跑出去不见人影，哥，你一定把人给我找到啊……”

“我也出去找下。”沈耀打完电话也跑出去找人，他得先把宋茜茜找到，必须要确保她的安全，一想到今天下午的照片他心头便萦绕着一片阴影。

宋茜茜从司机说宋伦宋月两人要买东西的地方开始找起，一条街接着一条街走着。

然而，三个小时后，她依然没有看到宋伦宋月的身影，也没有他们的任何消息。

宋茜茜擦擦额头的汗，身体已经很累了，可是她不想休息。

她不知道两个孩子究竟去了哪里，他们到底是为了什么才逃跑的。

就在宋茜茜快要绝望的时候，她的手机响了起来。

“喂，王欣……”宋茜茜的声音有些嘶哑，喉咙里已经起了火，但是当她听到王欣的话时，心里顿时一松，“孩子们真的在你那里？

那就太好了……我知道了，我等会儿就会过去接他们。”

宋茜茜挂了电话，心里顿时松了一口气，却不知道等会儿该如何跟孩子们解释。

孩子们之所以在王欣那里，怕是为了找宋闲先吧。她知道这是她的错，她没有好好地跟孩子们解释清楚。

“你是宋茜茜小姐吧？”就在宋茜茜准备往王欣那里走时，两个身穿黑色西装的男子走了过来。

“你们是……”宋茜茜不明所以地看着两个男人。

“我们是李副总派来找您的，李副总很担心你的安全，便派我们几个出来找您，能找到您我们也就放心了。”其中一个男子说道，“宋小姐您请上车。”

“嗯。”宋茜茜也没想太多，虽然她不认识这两个男人，但是这车的确是李家的车，从上面的标识便看得出来。

在宋茜茜上车之后，两个男子相视一笑，这次的任务太简单了。

宋茜茜上车之后便先给李丰打了电话，让他放心。

可惜，她没料到，她刚刚挂了电话，其中一个黑衣男子以说话为借口将身子探进车子里，以迅雷不及掩耳的速度拿出一块手帕捂住了她的口鼻。

没有任何意外情况，宋茜茜晕倒在了车上。

“喂，蝎子大人，任务顺利完成。”黑衣男子打电话给了他的主子，“我这就把人给您送过去。”

宋茜茜怎么也不会想到从她进入李家开始，蝎子就按照黎巧儿说的随时注意宋茜茜的动向，并且派人准备了李家的车子，就等李家的机会了。

李家的宅子被灯火照得通亮，宅子里的李丰却是异常着急。

“李副总，沈总把两个孩子接回来了。”手下的人进来通报。

李丰这才稍稍缓了劲，冲出去欲接沈耀和两个孩子，却没有想到他们恰巧进门。

“舅舅。”

两个孩子飞扑进了李丰的怀里。

“茜茜呢？”一进屋沈耀就来回地找宋茜茜的身影，他出去没有找到茜茜，但是接到了两个孩子的消息，他便先去接了两个孩子。然而，他进了李家门却还未见到宋茜茜。

“她也去接孩子了啊。”李丰诧异地说道，“难道你们没有碰上吗？”

沈耀打宋茜茜的电话却被告知关机了。

“我打个电话给王欣。”沈耀当机立断打电话给了王欣，却被告知宋茜茜没有去那里。

“茜茜难道出什么事情了？”沈耀着急道。

“耀叔叔，妈妈联系不上吗？”宋伦拉拉沈耀的衣袖问道，“是不是妈妈走丢了？”

“是不是我们不听话妈妈不要我们了？”宋月的眼泪都快要流出来了。

“没有没有，乖……”沈耀静下心来安慰着两个孩子。

“我知道耀叔叔你要结婚了，你不要妈妈了。”宋伦瘪着嘴，眼泪也快要流下来了，“我们怕妈妈伤心所以才去找爸爸的，有爸爸了，妈妈就不会伤心了。”

“哇……我不要爸爸了，我要妈妈……”宋月直接哭开来，“我要妈妈。”

两个孩子没有找到宋闲先，反而被王欣看到带回了家，直到沈耀过去接他们回来，他们也没有看到宋闲先。

第七十六章　四处找寻

“乖，耀叔叔没有不要妈妈。”沈耀紧紧地搂着两个孩子，他的眼睛也湿润了，两个孩子出这件事情也是他一手造成的，若是他早点承认那么他们就早点相认，早点团聚了。

“丁零……丁零……”李丰的手机响了。

“是茜茜的电话。”李丰开心地说道，接起电话，“喂，茜茜……”

“我是任浩。”电话的另外一头却是一个男子的声音。

“任浩？”李丰眉头一蹙，看了看沈耀，又问着电话里的男人，“你怎么会有茜茜的手机？”

李丰知道任浩，他是宋茜茜的前男友，前段时间也去医院看过宋茜茜。

“她现在在我这里，她的脚扭了，今晚怕是不能回去了。”任浩说道，“今天晚上她就先住我这里吧。”

“你住哪里？我去接她。”李丰赶忙道。

“她睡着了，大概是找孩子找得太累，所以从医院回来的路上就在车上睡着了。”任浩解释道，“您放心，明天一早我就把她送回去。”

“那好吧。”李丰听任浩的态度如此坚决也便没有继续坚持，想着任浩应该不会伤害宋茜茜。

李丰把电话内容跟沈耀说了一遍。

沈耀的脸色异常难看，阴沉得能够滴出水来，却也只能点头答应。

李丰知道这对沈耀来说有点难以接受，但是也没有办法，谁让他自己失去了机会。

枫林城外环路的一座公寓楼内，任浩站在窗前手中握着粉红色的手机，眼神有些沉思地看着远方。

“嗯？——”一声低低的呻吟声从他的后面传来。

任浩赶忙回头，走到床前，扶起刚刚睡醒正欲坐起来的女子。

“任……任……任学长……”女子揉揉眼睛清醒过来，诧异地看着眼前这个男子，“我……我……怎么会……好痛……”

“别乱动。你忘记你脚扭伤了吗？”任浩关切地说道，他小心翼翼地将被子掀开，露出女子被绑着厚厚绷带的脚，他非常小心地帮她把脚放在床边。

女子在任浩帮她把脚放好时，眼里闪过痛楚，不知是因为脚痛，还是因为心痛。

“茜茜，你怎么醒了呢？现在还早，才刚刚凌晨。”任浩非常细心地为她倒了一杯温水放在她的手心中。

这名女子与宋茜茜的容貌一模一样，可惜，她并不是宋茜茜，而是宋雅。

“谢谢。”宋雅低垂着眼睑，没有平日里那副高傲的神态，她浅浅笑着，神似宋茜茜。

“我刚刚给你哥哥李丰打过电话了,孩子已经找到了,你放心好了,今天晚上你就在我这里休息吧。”任浩从旁拿过一件外套给宋雅披上，“茜茜，晚上有点凉，你穿那么少，小心着凉。”

宋雅浅笑却是不言，她的心更痛了，她已经在任浩面前冒充宋茜茜已经快要一个多月了，从他开始的怀疑到现在的无不信任和无不关心，她不知道她这是成功了还是失败了。

“我……”宋雅想说什么，却又欲言又止，那副神态与宋茜茜的神态如出一辙，不愧是影视天后，功底异常得硬。

仅仅三四天的模仿学习时间，便可以通过视频将宋茜茜的一举一动乃至神态都模仿得一模一样。

竟然让与宋茜茜交往了三年的任浩分辨不出真假。

“茜茜，我已经想好了。”任浩坐在宋雅的身旁双手握住她的右手，深情地说道：“茜茜，我们明天就去你们家，我要去见你的父亲，我会恳求他让他把你嫁给我，等我们结婚了就去找个新的地方重新开始。”

宋雅的双眸在听了任浩的话语之后布满了氤氲，似是感动：“可我……这些日子虽然我一直都跟你在一起，可是……两个孩子……”

宋雅话未说完任浩已经知道她的担心了。

“我会努力地去与两个孩子接触，我会将他们视为己出，我会比亲生父亲更加疼爱他们。”任浩信誓旦旦地说道，“你放心，我会努力爱他们的。”

“嗯。”宋雅重重地点头，脸上露出幸福的笑容。

她将头轻轻地靠在任浩的肩膀上，双手紧紧地握住他的双手，生怕一松手他就会离去。

任浩轻轻地亲吻她的额头，他觉得他是世界上最幸福的男人了，有这样一个爱他的女人跟随在他的身边。

他轻轻地用手捏住她的下巴，抬起，吻上。

他闭上眼睛深情地吻着她，这些日子的熟稔让他很自然地如此去做。

她的回应每次都会让他失控，这个女人真的是他的软肋，无法拒绝的软肋。

宋雅的呼吸变得异常急促，在与任浩分开的那段时日里她多么渴望他能够回身好好拥抱她，可惜，她没有等到他的拥抱，反而等到了他对宋家无情的打击，甚至在毁灭宋家的计划之中，他占据了比李家还要多的比重。

她每次听到任浩喊她为“茜茜”时，她的心便会痛得厉害，她也只能依靠这个冒牌的名字存在在他的生活之中。

她心底冷冷地一笑，路子都已经走到这一步了，她定然会走下去，她不但要任浩也要将属于宋茜茜的所有东西都拿到手，反正她也已经是死人了。

第七十七章　冒名顶替

次日的清晨，刚刚吃过早饭，任浩便带着宋雅回了李家。

当然，宋雅则是顶着宋茜茜的身份进入李家的。

任浩没有让宋雅的脚落地，将她以公主抱的形式抱进了屋内。

“爸爸……”宋雅的神情很温顺，她似犯错的孩子低着头。

“哎，回来就好，回来就好……”李宁清笑得很开心，他慈祥地抚摸着宋雅的头，“茜茜，你回来就好。”

李宁清又对宋雅的脚伤询问了一番，待确定没事才放下心。

“妈妈……”

“妈妈……”

宋伦和宋月从楼上飞奔而下，但是他们在看到宋雅的时候脚步顿了住，两人疑惑地看着宋雅，同时相视一眼，他们都从彼此的眼里看到了疑惑。

“怎么？宋伦宋月，你们不是担心妈妈吗？现在妈妈回来了啊。”李宁清也有点疑惑为何两个孩子在看到自己母亲的时候竟然不向往常一样猛扑上去。

宋雅的心猛然“咯噔”了一下，但是她面上依旧是浅浅的微笑。

“宋伦，宋月，妈妈一晚上不回家你们就忘记妈妈了吗？”宋雅张开双手准备迎接两个孩子的猛扑。

“你是……小姨……”宋月试探性地说道，眼睛又不经意地撇看向了任浩。

“呵呵……我是妈妈，不是小姨。你最近是不是见到小姨了？”宋雅面上依旧不变，她知道只要她露出了马脚哪怕一丁点都有可能将自己置身于危险境地。

“宋月,这是你妈妈,不是那个小姨。”李宁清也是笑着在旁帮衬着。

“宋月，这的确是你妈妈。”任浩半蹲在宋伦的跟前，“你是不是觉得跟我在一起的就一定是你小姨呢。这次你搞错了，这真的是你妈妈。”

“妹妹……”宋伦拉拉宋月的衣袖，“这是妈妈，你又弄错了。”

“可……”宋伦冲着宋月挤了下眼睛，“你弄错了。”

“噢。”宋月嘟着嘴不乐意地低下头，又不甘心地抬眼看着宋雅。

“任浩，这次真的谢谢你送我们茜茜回来。”李宁清淡笑着，“在这里坐会儿吧，等会儿李丰也就回来了。”

“嗯，正好我也有事情要与李伯父商量。”任浩笑着，很自然地坐到了宋雅的身旁，一副他们关系很好的样子。

“宋伦你带着你妹妹回房间做作业去，今天不把作业做完不准出来。”李宁清非常严厉地对两个孩子说道。

“噢……”宋伦和宋月两个人非常不满意地往楼上走去，宋月在走的时候还不时回头看向宋雅。

“爸爸，哥哥去哪里了？”宋雅询问道。

李宁清先是一愣，但是随即笑道：“他呀，闲着没事就跟着沈耀说去买什么东西，神神秘秘的，搞得我都不知道他们这些年轻人究竟在干什么。”

“沈耀也在吗？”任浩疑惑。

“对啊，昨天晚上他就住在这里没有回去呢。”李宁清淡笑，“对了，任浩，你刚刚跟我说有事情，不知道是什么事情呢？”

“噢……是这样的，李伯父……”任浩看看低着头脸色微红的宋雅，微微一笑，他牵起她的手，柔声地说道，“我跟茜茜两情相悦，我们两个打算结婚，希望您能够成全我们两个。”

“噢？”李宁清眉头微微一蹙，看不出他是什么态度。

宋雅抬起头脸色微微泛着红色，她直视着李宁清，眼神里带着一丝恳求。

“这个……”李宁清有些为难，他的手指轻轻地敲打着拐杖，让人猜不出他究竟是怎么想的。

“李伯父，我知道自己这样猛然间给您提起这个请求你一定不会同意的。”任浩又赶忙说道，“但是，我们两个的确是两情相悦，我们……”

“什么两情相悦？”此时李丰的声音打断了任浩的话语。

“哥——”宋雅低低地唤着李丰，脸上带着一丝喜悦，然而，在看到他身后的沈耀时，顿时脸色变得铁青。

“你们在说什么两情相悦呢？”李丰瞥看一眼身旁的沈耀，他的眼睛在任浩与宋雅之间来回地巡视着，坐在宋雅的对面沙发上，跷起二郎腿，“茜茜，你怎么把任浩带来了？”

“沈总，你这边坐。”李宁清示意着沈耀坐到他旁边的沙发上，靠着他坐。

“嗯。”沈耀点点头坐到了李宁清身旁，眼睛却从未离开过宋雅。

别人的目光宋雅丝毫不在意，然而沈耀的目光却让她感受到了一丝凌厉的气息，甚至她感受到了能够将人冻伤的冰冷寒意。

“听闻沈总马上要结婚了，真是恭喜恭喜。”任浩见宋雅低下了头，以为她是因为见到沈耀而尴尬。

沈耀马上要结婚的事情已经在上层传开来了，甚至有些人已经收到了请帖。任浩倒是觉得这个沈耀似乎有些轻浮了，他马上就要结婚了，竟然还来宋茜茜家里。

沈耀赏了任浩一个余光，冷冷地说道：“多谢。”

“茜茜，我刚刚听到有人说两情相悦，不知道是怎么一回事？”李丰将西装的扣子解开，整个人懒散地靠向沙发后背。他的余光看到了沈耀冲着他点头。

“哥……”宋雅一声哥喊出来带着淡淡的语音，让李丰挑了下眉。

“哥，我想跟任浩结婚。”宋雅也不避讳李丰看过来的目光，她的眼里是坚定，“通过这些日子的相亲和其他的某些事情让我知道，我跟任浩才是最合适的。”

“噢？”李丰浅浅地一笑，从兜里掏出了一包烟，来来回回摸了好几遍都没能摸到自己的打火机。

“茜茜，我的打火机呢？”李丰疑惑地询问着宋雅。

“我……”宋雅一愣，一时间竟然不知该如何回答，默然回了一句绝对不会错的话，“我不知道。”

李丰听到这句话后，看了一眼李宁清和沈耀，蓦然，从沙发上起身，挥了挥手，霎时间从外面进来一大群身穿黑色西装的人将宋雅包围住。

宋雅和任浩一愣，不知道李丰这是什么意思。

“你根本就不是宋茜茜。”李丰非常肯定地说道。

第七十八章　戳穿身份

“李丰，你在干什么？”任浩猛然也起身，呵斥着李丰，“莫非你连自己的妹妹也不认吗？”

“哼，她根本就不是我妹妹。”李丰冷哼了一声，“她是宋雅，不是宋茜茜，更不是我妹妹。”

“爸爸……哥哥……”宋雅有些慌张地看向李宁清和李丰，她因为腿伤无法站立只能坐在沙发上仰视着他们。

“你们凭什么说她不是茜茜。”任浩异常愤怒地看着李丰。

“茜茜的胸口有道疤痕。”沈耀指着胸口的位置，冷冷地道，“宋雅并没有。”

“她胸口当然有疤。”任浩非常肯定地说道，“昨夜我看到过的。”

沈耀冷峻的脸色却是满满的嘲笑：“那你可知道她胸口的疤痕有几厘米长有多深吗？”

“大概有那么长。”任浩用手稍稍比画一下。

“她胸口的伤约有一点五厘米长，宽一厘米。”沈耀非常准确地说出了这个数字。

任浩的脸色微微一变，这么准确的数字他这个理科生都无法一下子说出，而他却想也不想便说了出来。

“可即便你说出了这么准确的数字，也不能说明她就不是茜茜。哼，沈耀，你以为你对茜茜很了解吗？”任浩冷笑道，“你也太自大了，你马上就要结婚了，又何必要为难茜茜，你这样对待茜茜把她放在什么位置？情人？第三者？还是只是一个你的玩偶？你可认真对待过茜茜的感情？如果你真的认真对待过，又怎么会把她逼向我的怀里，宁可嫁给别人也不要再与你见一面。”

“你……”沈耀没有想到任浩竟然会如此指责自己。

任浩又看向李宁清和李丰，冷冷地一笑，英俊的脸上带着一丝决然：“我真没有想到茜茜所谓的亲人也是如此，竟然将她往外逼，而且竟然还让她去陪一个把她当玩偶一样对待的男人。你们李家当真为了巴结沈家花费了不少心思，连自己家人都可以牺牲。”

“任浩，她……”李丰刚欲开口，被任浩拦了话。

“她就是茜茜，她胸口的伤我亲眼所见，而且昨夜我们就在一起，她现在已经是我妻子了。”任浩截然不惧他们三人，“她胸口的伤当年也是我亲自为她敷的药，我怎能不知呢。若不是当年她还小只是个孩子，我们两个也早就结婚了。而且，你们认为宋雅会为了冒充茜茜而刺伤自己吗？”

在场的其余三人相互对视一眼，尤其是李宁清，他刚刚找回失去的女儿，怎么就变成了其他人呢。

昨夜，沈辉的人亲眼看到宋茜茜被绑架，虽然后来跟丢了，但是已经确定了她被绑架。今日出现的这个“茜茜”定然是假的，可是她的神态举止与茜茜真的是一模一样，根本分辨不出来真假。

“茜茜最讨厌吸烟的人了。”李丰道，“刚刚我问她我的打火机在哪里，她不会说不知道，而是会说一句‘戒烟有益健康’，更何况她不会让我当着她的面吸烟的。”

“那又如何？”任浩依然觉得自己身旁这个是真的宋茜茜，“我吸烟的时候她也会过来掐掉烟，不让我吸，可这一点不能证明什么不是吗？”

“任浩，不管你相不相信，这个女人都只会是宋雅，而不是宋茜茜。”李丰叹了一口气，他第一次觉得这个男人其实对茜茜真的很不错，只可惜他这次维护错了对象。

“那你证明给我看。”

“好，茜茜，你的杀母仇人是谁？”

李丰的问题让宋雅愣了下，她没有想到竟然还有这样的问题。

宋雅的茫然让任浩也愣了神。

“我……我……”宋雅支支吾吾的却是答不出所以然来。

“茜茜的杀母仇人就是这个女人的母亲……黎巧儿，黎家当年的养女。”李丰指着坐在沙发上的宋雅。

任浩诧异，眼神里流露出不可思议。

李丰将黎家的事情也说了出来，讲给任浩听。

“不，不可能……你是茜茜，不是宋雅。”任浩不敢相信地摇摇头。

“在茜茜的左面锁骨处有一颗非常小的黑色痣，而她没有。”沈耀轻轻叹道，说着从西装口袋里掏出一沓照片扔到茶几上面。

任浩一愣，拿起照片一看，顿时愣了，这是他们两个最近在一起的照片，几乎记录了他们的所有行踪。

“当时刚刚拿到这些照片的时候我也以为是茜茜，可是当我看到那张她与你缠绵的照片的时候我知道她不是。”沈耀说道，“宋雅冒充了茜茜来勾引你，无非就是想要利用你这个保护伞，可惜，茜茜即便不选择我，也绝对不会选择你，因为她觉得她已经欠你太多，绝对不会再继续欠下去的。”

沈耀的话让任浩晃了晃身子，是啊，他怎么忘记了，那天晚上他来找她的时候她的态度不像白天时那般热情，连最起码的情人间的关切都没有。

不是她不热情，而是白天的人根本就不是宋茜茜。

就在任浩不敢相信地看着宋雅的时候，但见她优雅地从沙发上站了起来，那股傲气凛然的气质从她身上散发而出。

宋雅撩了下头发，那种看不起人的傲然从她眼里倒影而出：“算你们厉害，连任浩都被瞒了过去，却是没能瞒过你们。不知道我到底是哪里出了破绽？”

“其实你没有破绽，若只是我跟我父亲怕是也要被你蒙骗过去了。”李丰看向沈耀，“是沈耀告诉我们的。”

“不知道我哪里出错了呢？沈总裁。”宋雅将目光移向了沈耀。

沈耀冷峻的脸上连一丝表情都没有赏给宋雅：“因为茜茜是我的女人，连自己的女人都分辨不出那又如何配当她的丈夫。”

宋雅一愣，继而便是哈哈一笑：“没有想到千算万算终究还是算漏了你沈耀。总以为你跟宋茜茜不过是玩玩而已，没有想到你却是用情最深的那个人。”

站在一旁的任浩脸色苍白，不知是因为眼前这个女人不是宋茜茜，还是因为自己没有辨认出这个女人的真实身份。

“说吧，茜茜究竟在哪里？”沈耀冷漠地问道。

“她？哈哈哈……若是我没有猜错她现在应该是一具尸体了。”宋雅疯狂地一笑，手指着沈耀和任浩，“你们谁也别想得到她了。哈哈……”

“你把我妈妈怎么了？”此时从楼上跑下来两个孩子，他们刚刚似乎并没有回房间，而是悄悄躲藏在了楼梯角落里偷听他们说话。

“宋伦宋月。”李丰一把拉住从楼上冲下来打算冲到宋雅跟前的两个孩子。

“哈哈哈哈……落到蝎子手上的女人不是先奸后杀，就是先杀后奸，你们该担心蝎子有没有给她留全尸。啊……”宋雅刚说完，沈耀便狠狠地一巴掌打了过去。

第七十九章　心如毒蝎（上）

“该死的女人。”沈耀直接从怀里掏出一把黝黑的枪对准被他扇倒在沙发上的宋雅：“你要是说出茜茜在哪里，我就考虑放过你。”

“别想，你们做梦都别想。”宋雅冷冷地一笑：“我都说了你们别想再见到她，在昨夜她被蝎子的人带走的时候就注定了她的命运，她现在已经是一具死尸了。”

“本来还打算放过你一命，现在看样子没必要了。”沈耀给手枪上了膛，枪口对准了宋雅的太阳穴。

“沈耀，别在孩子面前。”李宁清拉住沈耀的手，“不能在孩子面前做这些事情。”

沈耀看了一眼旁边站着的宋伦宋月，便将手枪收了起来。

“你们把她给我关起来。”李宁清对身后的一群黑衣人命令道，“把她给我看好了。”

“舅舅，舅舅，妈妈究竟怎么了？”宋伦着急地问道。

“她只是被坏人抓走了，没事的。”李丰抚摸着他的头安慰道，“舅舅一定会想办法把她救出来的。”

“耀叔叔，你要真的是妈妈的丈夫该有多好啊。”宋月站到沈耀的身旁说道，“妈妈说这个世界上只有能够分辨出她与小姨的人才是她的丈夫。虽然我没有见过那个爸爸，但是我知道他肯定不能分辨出来的。”

宋月的话让沈耀的心底一颤，差点脱口而出。

“沈耀，我觉得应该派人审一下宋雅。”李丰打断了沈耀的冲动，现在可不是他们认亲的时候。

“丁零……丁零……”沈耀的手机此时响起。

“喂。”沈耀看着手机上是一个陌生的号码。

“沈总，好久不见啊，哈哈……”电话的另一端传来一个中年女子的声音，她笑得很得意。

“黎凤姿？不，黎巧儿。”沈耀没有想到她竟然会主动打电话过来。

李丰和李宁清一听是黎巧儿打来的电话，不禁都集中精神去听沈耀说话。

“看样子李家把事情都给你说了。”电话的黎巧儿也不惊讶沈耀竟然会知道她的真实身份。

“你把茜茜怎么了？”沈耀着急地问道。

“你放心，她很好，就在我身旁……贱女人说句话……贱女人。”电话的另一端传来黎巧儿的怒骂和宋茜茜的惨叫。

“你把她怎么了，你到底想要什么？”沈耀听到宋茜茜的惨叫心一下子提到了嗓子眼。

电话的另一端没有开口，等了一会儿黎巧儿才慢悠悠地说道：“当然是想请沈总帮忙喽。”

“帮什么忙？”

“也就两个忙而已，第一个，你把我女儿带过来，带到我这里来，第二个就是送我、蝎子和我女儿一起出国。”

“可以，我答应你，你的地址是什么。”

沈耀没有多想便答应了黎巧儿的要求。

“别着急，你也得准备准备是不？等你准备好了就打电话给我。”黎巧儿这次电话只是试探，并没有立即说出自己的地方。

“我立即就去准备，但是你必须要保证茜茜的安全。”沈耀也提出要求。

“当然，若是她死了，你也就不会帮我了。”黎巧儿满口答应。

“我说的安全，不只是她的生命安全，还有她不能受到其他的任何伤害。”沈耀说道。

“没问题。你也记住我的女儿不能受委屈。”

两家的交易正式确定下来。

沈耀将黎凤姿的要求说给李宁清和李丰听。

“我觉得没那么简单。”李宁清眉头微蹙，“黎巧儿怎么可能那么轻易地就会放过茜茜。”

“说不定她真的只是想利用茜茜来出国。”李丰说道。

“不管怎么说我们都得先按照她说的去做，否则，我怕茜茜有危险。”沈耀担忧地说道，“茜茜的安全无论如何也要保证。”

“我能够帮什么忙吗？”一直沉默的任浩开了口，“我没其他意思，只是想茜茜平安。”

“你不给添乱就是帮最好的忙了。”李丰没好气地说道，“怪不得茜茜当年不要你呢，连自己的女人都认不出来。”

“李丰。”李宁清呵斥住李丰，他能够看出任浩也是真心喜欢茜茜的，否则刚刚也不会一直维护“宋茜茜”了。“任浩，我们只能暂时按照黎巧儿说的去做，现在找不到她人所在，茜茜的安全也无法保证。”

任浩低垂着眼睑，他知道他是真的与茜茜无缘了，他能做的就是帮他们找出宋茜茜的所在。

“我记得前些日子宋雅曾经提过她要在码头附近租上一间房子。”任浩想了想说道，“或许你们可以去码头那里找找看。”

“码头？”沈耀眉头微微一蹙，那个地方离枫林城不远，虽说归枫林城管理，但是那里实际上却是独立的，那里的势力都极为复杂，连沈家都不敢轻易地去触碰。

在码头偏僻的一个小院子里响起了一声凄惨的叫声。

“贱女人，勾引的男人倒是真不少。”计划失败而气急败坏的黎巧儿将手中的棍子狠狠地打到宋茜茜的身上，“若不是你勾引了沈耀，这次宋雅的行动也不会失败。更不会被抓住，这下子若是宋雅有什么意外情况，我一定要先杀了你，把你的尸体扔出去喂狗。”

黎巧儿在说着的时候又给了宋茜茜一棍子。

“啊……”全身被绑住的宋茜茜无法躲避黎巧儿的棍子，只能结结实实地挨她的打。

“啪……”黎巧儿又狠狠地甩手打了宋茜茜一巴掌，直接将她的嘴角扇出血迹来。

“吱呦……”破旧的门被打开，高大威猛的蝎子走了进来。

他看到地上躺着的宋茜茜，再看看黎巧儿，眉头不禁一皱。

“蝎子，你干什么去了？竟然出去那么久。”黎巧儿没好气地看着蝎子。

“出去打探消息。”蝎子走到黎巧儿的身旁，猥琐地摸了摸她的臀部，“火气那么大？是不是……”

“混账。”黎巧儿狠狠地打掉蝎子的手。

“嗨……老子又不是没摸过你的臀部，你的全身老子都摸过。”蝎子瞪大眼睛不满地看着黎巧儿。

“女儿被抓了，你就知道想这事。”黎巧儿怒道，“计划失败了，接下来还不知道该如何出去避难。”

“你不是已经打电话给沈耀，让他准备东西了吗？”蝎子不以为然地说道。

“谁知道他听不听。”黎巧儿担忧地说道。

“他要是不听我们就找李家，若是李家不肯照做那就做了这个丫头，我们再想办法。”蝎子先是一怒，继而笑嘻嘻地再次走到了黎巧儿的身旁，双手将她抱住，“巧儿啊，这次我们一定要远走高飞。”

“你……你……”黎巧儿不说什么也知道蝎子想干什么了，从她雇人杀黎家三口的时候就跟蝎子认识，那个时候就做了他暗地里的女人，否则这些年他也不会死命地听她的话，最主要的是她可为他生下了一个漂亮的女儿。

第八十章　心如毒蝎（中）

“好了，我知道你担心我们的女儿呢。”蝎子蹲在了宋茜茜的身旁，用手捏住宋茜茜的下巴，掰着她的脸来回地看着，上次他想对她施暴没有成，这次在交易之前不管怎么也要来一次。

“蝎子，我告诉你，你最好收起你的性子。”黎巧儿冷哼一声，“你以前在外玩别的女人我不管，但是这个宋茜茜你最好先不要打她的主意。她毕竟是沈耀的女人，而且她孩子的父亲也不是你能够惹的。”

“知道了……知道了……你这么着急干什么？”蝎子不以为然，“我只是想看看她这张脸哪里比我们家雅儿好了，竟然让任浩和沈耀两个人奋不顾身地去追她。”

“哼……女人贱了，当然什么男人都勾引得了。”黎巧儿居高临下双手环抱胸前，冷笑着，“这个贱女人可是黎凤姿那个贱女人的女儿，若是勾搭不了男人，那还真不配当黎凤姿的女儿。”

“呵呵……你在嫉妒当年黎凤姿的未婚夫只要黎凤姿不要你吧。我记得你可是非常喜欢黎凤姿的未婚夫的。”蝎子似笑非笑。

“闭嘴。”黎巧儿恼羞成怒，抬起脚，狠狠地踩在了宋茜茜的腿上。

“啊——”宋茜茜被她这一脚踹得疼痛难忍，整个身子弯成了虾米状，好痛啊，幸好这一脚是踹在了腿上，而不是肚子上，否则非得直接痛得她晕过去。

“好了，好了……”蝎子阻止了黎巧儿的下一个踢打动作，“你别生气嘛。你这么打她要是出什么事情，跟沈耀交易的时候可不太好办。”

黎巧儿狠狠白了一眼宋茜茜，回身坐到了椅子上：“我还没跟沈耀约定交易时间和地点。”

“你是怕……”蝎子小心地说道，“沈家的确不好对付。不过这里是码头，有一个势力比沈家更加可怕，我跟他们的二当家有交情，我倒也不必惧怕他们沈家。”

“我是怕沈耀耍花招。他年仅二十岁就接手了沈家，能够有今天的成绩可不是随便得来的。”黎巧儿微微眯着眼睛，看向宋茜茜，思考着该如何对付沈家的人。

“那你可以考虑换一个人。”蝎子摸摸下巴思考着，“不让沈耀过来，选择其他人也可以。”

“不行。”黎巧儿摇摇头，有所顾忌地说道，“若是选择其他人，我们的计划就无法实施了。”

“那我们就布置一下，到时候若是沈耀识相的话，那我们就考虑放过他，若是他乱来的话……”蝎子猥琐的脸上露出一丝狰狞的狠戾，他做出了一个手刀落下的动作。

黎巧儿眉头紧蹙，微闭上眼睛思考着蝎子的话，其实不到关键时刻她是真的不想那么做，毕竟得罪了沈家她也没什么好果子吃。

“这些事情就先放到后面慢慢来……”蝎子的舌头在唇上舔了舔，他的眼睛一直盯着黎巧儿尖尖的下巴。

蝎子突然上前一步，伸手横抱起了黎巧儿。

“喂。”黎巧儿惊吓一跳，没有想到蝎子竟然会那么做。

“怕什么。”蝎子猥琐地一笑，横抱起黎巧儿去了里屋。

很快，从屋内传出了黎巧儿低低的娇呼声和蝎子爽朗而沙哑的呼喊声。

宋茜茜痛苦地咬着牙，刚刚黎巧儿那一脚在她的腿上传来阵阵的麻木感，然而，她竟然觉得肚子有些难受，她努力地让自己平息身体的激动，大概过了近半个小时，肚子才没有继续难受下去。

宋茜茜轻轻地松了一口气，可是她心底却并不轻松，她已经听到了黎巧儿和蝎子的对话，她也知道黎巧儿绝对不会让这次交易轻易地完成。

她手脚被绑着，连基本的坐起动作都很难，没办法去做其他事情。

她只能等待沈耀等人的到来。

第二天的清晨，宋茜茜随着第一缕阳光的升起清醒过来。

宋茜茜眯着眼睛看向反射光照射而来的方向，是房顶上面照射下来的。

她瞪大眼睛，随即她来回地巡视看着屋内，见没人才微微松了一口气。

“茜茜……”来的人竟然是宋闲先，他站在屋子的房顶，手中拿着一块破碎的镜子，反射光便是通过那枚镜子照过来。

宋茜茜赶忙看了一眼黎巧儿的房间，丝毫还没有发觉屋顶有人。

“你怎么来了？”宋茜茜小声地用嘴形询问着宋闲先。

“来救你。”宋闲先做着手势。

当年宋茜茜去部队里待了一小段时间也是受到宋闲先的影响，因为他就是部队里出来的，可惜没人知道他究竟是哪个部队里出来的。

宋茜茜没有想到第一个赶来救她的人竟然是宋闲先。

就在宋茜茜还想询问的时候，看到宋闲先对她做了一个禁言的动作，之后指了下自己又指了下其他地方，意思自己先过去。宋茜茜点点头。

就在宋闲先走了还没一分钟的时候，蝎子从外面进来了。

蝎子出去约莫了一个小时这才回来，想来是去办事了。

宋茜茜赶紧地闭上了眼睛装睡。

蝎子见宋茜茜还在睡觉冷笑了一下，走到她的身旁用脚踢了一踢：“别装睡了，我才不相信你这个时候还能睡得着觉。”

宋茜茜见瞒不过去也就睁开了眼睛，冷冷地看着蝎子。

“呵呵，我知道你挺讨厌我的，但是呢……这次能救你的估计也就我了……”蝎子蹲在了宋茜茜的跟前，用手指在她的脸上摸了一下。

宋茜茜嫌恶地撇过脸。

“性子倒是挺烈的。”蝎子一笑，又用眼睛在宋茜茜身上来回巡视了好几遍，“说实话……我挺舍不得你的，不过呢……我既然答应了把你交给他们，那还真不能对你怎么样。”

“你要把我交给谁？”宋茜茜开口说了第一句话。

“是这边的码头老大。”蝎子摸摸下巴深思着说道，“你倒是个香馍馍，不但是沈家要保你，而且就连这边的码头老大也要保你。”

“他是谁？”宋茜茜问道。

“不知道，没人见过。”蝎子耸耸肩膀，起身，不知道从什么地方拿了一块黑布条，用力拉了一拉。

“起来，我带你去交易。”蝎子居高临下地看着宋茜茜，用脚踹了踹她。

“脚被绑着呢。”宋茜茜没好气地说道。

第八十一章　心如毒蝎（下）

蝎子不得不为她将脚部的绳子解开，扶着她站起来。

大概是被绑了一天脚部发麻了，她竟然有些不适应，踉跄得差点没倒在蝎子的怀里，恶心得她只想吐。

蝎子用黑布条将她的眼睛蒙上，准备带出门去交易。

“蝎子，你带她去哪里？”此时黎巧儿开门出来正巧看到蝎子要带宋茜茜出门。

“当然是带她去交易喽。”蝎子说得理所当然。

“你……你竟然想甩掉我私自去交易。”宋茜茜看不到黎巧儿的表情但是能够听出她语气里的愤怒。

“哪能说得那么难听。”蝎子一手牢牢地抓住宋茜茜的胳膊，“我只不过是带着她去换一下我的安全而已。”

“你……你不能带她走。”黎巧儿也抓住了宋茜茜的胳膊。

“臭婆娘，你知道不知道你惹出了什么麻烦？”蝎子狠狠地推了一下黎巧儿，“你这次是彻底惹怒了沈家，沈家已经将码头以外的所有地方都给封锁掉了，只要我们出了这码头立即就会死。只有这码头的老大才能保我的平安。他说只要将宋茜茜交给他，他就保我的安全。”

“那我的呢？我的安全呢？还有我们的女儿呢？”黎巧儿知道蝎子这么偷偷地做定然是要甩开她，可是她还是忍不住问了。

“女儿？呵，那是不是我的女儿还不知道呢，当年你那么多的男人，一天一换，谁知道那个女的究竟是不是我的女儿呢。”蝎子冷哼着，将宋茜茜拉向了自己的身后，“你的安全你就自求多福，这本就是你惹出来的麻烦，谁让你想要吞掉李家和任家的财产，弄出这么一个计划。”

“宋雅怎么能不是你的女儿呢？那个时候我只有你一个男人啊。”黎巧儿没有想到蝎子竟然会那么狠，在这个时候连自己的女儿也不认了。

“还有啊，这个计划你不是说举双手赞同吗？我这才冒险让宋雅去尝试啊。”黎巧儿突然间明白了什么叫作大难临头各自飞。

“我不管那么多，我现在就要把她压给码头老大去。”蝎子推开了阻挡在自己跟前的黎巧儿，将门打开走出房屋。

宋茜茜不敢乱动，任由蝎子拉扯着。

“你敢带她走，我就杀了你。”黎巧儿拿着一把枪对准蝎子的后背心处，“只有她才能换回宋雅。只有她才能保证我女儿的安全。我不会让你带她走的。”

蝎子被巧儿那么一威胁，举起了双手，想要回头却被黎巧儿用枪顶了下，没敢再回头。

“有话好好说，何必动怒呢？”蝎子企图劝解着黎巧儿，自己的命此刻真的在她手上了。他的脸色忽暗忽明，他思考着自己该如何全身而退，哪怕这次不能带走宋茜茜也要保证自己的安全。

“哼……”黎巧儿冷哼一声，她才不会再次相信这个男人说的话，十几年的交道让她深信这个男人绝对不会那么轻易地束手就擒。

“巧儿，我们这些年也大风大浪地一起闯过了，不要因为这个闹矛盾好不好。”蝎子说话温声细语，“乖，刚刚是我错了，我不该怀疑你说女儿不是我的。”

蝎子说话的时候小心翼翼地转身，待看到黎巧儿阴沉但是没杀意的脸时，露出了谄媚的笑容。

“把枪放下，这要是真的走火了就不好了。”蝎子一边说着甜言蜜语，一边笑眯眯地去握黎巧儿手中的枪。

就在黎巧儿放松时，蝎子猛然去夺她手中的枪。

"你……你想干什么？"黎巧儿幸亏反应过快没能让蝎子夺走她手中的枪。

"砰……"一声巨大的枪声在宋茜茜的耳旁响起，吓得她一哆嗦，差点没倒下去。

一股浓烈的血腥味在空气中蔓延开，宋茜茜的脸色顿时苍白无比，她猜测着是不是有人死了。

"你……"蝎子微弱的哽咽声让宋茜茜知道原来是他中枪了，但是很快他的声音便消失了，估计是死了。

宋茜茜东张西望，可是却是看不到任何景象，她更不知道黎巧儿接下来要干什么。

黎巧儿还握着枪，姿势还是刚刚射杀蝎子的姿势，她的脸色苍白无比，她没有想到她真的把蝎子杀死了，一枪致命。

蝎子就这样倒在血泊里，鲜艳的红色从他的身体里流淌出来，染红了泥土，犹如盛开出一朵硕大的罂粟花。

黎巧儿呼吸急促，她真的不是故意要将蝎子杀死的，她本来只是想吓吓他的。

黎巧儿像是想起什么，看向了一旁站着的宋茜茜，她的脸色苍白，大概也知道发生了什么事情。

她将枪口对准宋茜茜，都是这个女人搞的鬼，若不是这个女人她的女儿也不会被李家抓住，她也不会跟蝎子起争执将他杀死，都是她。

她怨念地想着，她将枪口对准了宋茜茜的心脏，她死了那么一切都会结束了。

"砰……"就在黎巧儿准备开枪的时候，院落的大门被打开，一群人涌了进来。

黎巧儿在第一时间做出了反应，将宋茜茜拉到自己的身旁，用枪对着她的脑袋。

"黎巧儿你放开茜茜。"熟悉的声音让宋茜茜本来紧张的心放松了下来。

"沈耀，你竟然敢闯到码头，还带了那么多的人。"黎巧儿没有想到沈耀竟然敢带人来这里，难道他真的就不怕跟码头老大起争执吗。

“黎巧儿，你女儿在这里。”沈耀冲着身后的人挥了下手。

“妈妈……”宋雅被人压制着，没有办法过去找黎巧儿。

“雅儿。”黎巧儿很是担心自己的女儿，她看了看四周，全部都已经布置上了沈耀的人。

“沈耀，放了我女儿，否则我杀了她。”黎巧儿狠狠地用枪顶着宋茜茜的脑袋。

“只要你放了茜茜，我就会放了你的女儿。”沈耀冷峻的脸上不带着丝毫的情感，然而在看向宋茜茜的时候却闪过心疼。

“呵呵，你以为我会那么傻吗？”黎巧儿冷笑，“你把这里布置成了天罗地网，只要我放了宋茜茜，那么你就会让你的人把我抓起来。”

“我立即把他们都撤掉。”沈耀道。

“撤掉？”黎巧儿又是一声冷笑，“你以为我会那么天真吗？”

第八十二章　耐心周旋

“那你想怎么样？”

“怎么样？当然是要你放了我女儿并且保证我们的安全。”黎巧儿很会利用自己唯一的条件为自己创造最大的利益。

“好，没问题。这是你当时要的出国证。”沈耀说着从兜里掏出三本出国证。

“你先放我女儿宋雅过来，让她拿着出国证。”黎巧儿生怕沈耀不答应用枪再次顶了顶宋茜茜。

“你别伤害茜茜。”沈耀赶忙示意着他们将宋雅松开，同时将证件递给了宋雅。

“雅儿，你没事吧？”黎巧儿关切地问道。

“我没事，妈。”宋雅将证件打开，确定了这是真的证件而不是仿冒的之后冲着黎巧儿点了点头。

“很好。沈耀你去给我弄架飞机，我要坐飞机离开。”黎巧儿又一次要求道。

“好。”凡是黎巧儿提出来的要求沈耀都照办，只求她不会伤害宋茜茜。

沈耀掏出手机拨打了一个电话，嘱咐几句之后便挂了：“十分钟之后我的私人飞机就会在码头外的空地上等你。”

“好，那我们就过去等。”黎巧儿没有把蒙在宋茜茜眼睛上的黑布扯开，只能拉着踉踉跄跄的她绕过沈耀。

“雅儿，你跟好了。”黎巧儿不忘嘱咐身旁的宋雅。

“哎哟……”就在出门不远处，宋雅被石头绊倒在地，似乎还崴了脚。

“雅儿，你怎么样？”黎巧儿回头问道。

“妈，我……我的脚好像崴了。”宋雅想要站起来，可是脚痛得根本无法起身。

“这……”黎巧儿眉头紧皱，一时间不知道该怎么办。突然间她看到人群中有个瘦小的男子，顿时明白该如何去做了。

“沈耀，让那个瘦小的男人过来搀扶我的女儿。”黎巧儿说道。

“照她说的做。”沈耀示意着瘦小男子上前去搀扶。

“等一下，让他把枪卸掉。”黎巧儿又说道。

瘦小的男子在沈耀的指示下卸了枪过去搀扶宋雅。

“你们走前面。”黎巧儿害怕瘦小的男子会有什么动作，便让他搀扶着宋雅走在了她的前面，她又有些不放心地对着沈耀说道，“你们先站在那里不要动，别跟过来。”

黎巧儿小心翼翼地不时察看四周的情况，防止有人突然发难。她将枪抵在了宋茜茜的后背心处，若是有人敢对她开枪，她也会在第一时间将她击毙。

沈耀不敢跟随过去,只能一小步一小步的往前迈,不至于离的过远,却也不敢过于靠前。

就在黎巧儿回头看向沈耀的时候，一道强烈的反光照射到了她的眼睛上，让她下意识地抬起胳膊去遮挡这强烈的反光。

“砰……”就在刹那间，一声枪响让这个世界暂时停止了呼吸，所有人都没有料到，也不知道是谁开了枪。

“妈……”凄厉的喊声从宋雅口中喊出，打破了这一声枪响带来的短暂平静。

宋雅再也顾不得脚上的伤势，一瘸一拐地跑向正在慢慢倒向地上的黎巧儿。

“茜茜。”沈耀见此也赶忙跑过去，可惜离得有些远没有办法立即赶到。

“沈耀。”因为看不见东西又听到了枪声，宋茜茜惴惴不安，不知道究竟发生了什么事情。她站在原地一动也不敢动。

“妈……”宋雅比沈耀快了几步，但是黎巧儿已经死去，一枪致命，狠伐果决，不留余地，是专业杀手。

宋雅的目光触碰到黎巧儿手中的枪时，快速地拿起枪没有丝毫犹豫地对准了宋茜茜。

若不是这个女人，宋家也不会沦落到家破人亡的地步，她悔恨自己当年为何不听母亲的劝阻要把这个祸星带回家里呢，如今，只有她死，才能告慰宋家的所有人，才能让母亲在天之灵得以安息。

“砰……”

“砰……”

一声枪响紧随另一声枪响，接连不断。

人群乱了开来，杂乱的脚步声和嘶喊声混杂了一起，让人分辨不出当下的局势。

宋茜茜的脑子蓦地一下子蒙了，只剩下空白，处在黑暗之中的她不知道该如何去做。她听到枪响之后，立即感觉到了有人扑在了她的身上。

黑暗之中，她感受到了一个温暖的怀抱将她紧紧地搂住，熟悉的味道让她心安。即便整个人向后倒去，她也没有丝毫的惧怕。

“茜茜……”是沈耀，他将自己扑倒在地，可是他的声音却是有些脆弱，与刚刚的声音完全不一样。

“沈耀，沈耀……沈耀，你怎么样了？”宋茜茜还被蒙着黑色布条，看不到任何东西，她只能慌张地喊着他的名字。

“没事了，没事了，茜茜……”沈耀一边安慰着慌张的宋茜茜，一边将她扶起来，搂入怀中，并将她眼睛上的黑布条扯掉。

阳光让宋茜茜下意识地去闭眼睛，但是她第一次觉得原来能够看到东西真的是件非常非常幸福的事情。

“沈耀，你有没有事情？哪里受伤了？”宋茜茜关切地问道，想要挣扎做起来，却发现自己的手还被绑着。

“没事。”沈耀侧头看了看自己流血的胳膊，这只胳膊异常的痛，现在根本无法动弹一下，可是他对着宋茜茜却是露出一个苍白的笑容，示意他无恙。

沈耀撇看向宋雅的位置，见她已经被他的手下制服，便松了一口气。

“茜茜。你没事吧？”宋闲先跑了过来，将宋茜茜的手松开。

刚刚那一个反光便是宋闲先弄得，射杀黎巧儿的那一枪也是他打的，紧随宋雅开枪的也是他，只是他没有选择射杀宋雅而是选择了将宋雅打出的那一颗子弹打偏，从而让沈耀躲过了致命伤害。

“沈耀，你流血了。”宋茜茜慌忙地用手捂住沈耀的胳膊，可是不管她如何努力用手捂住他的伤口，那血还是依旧流淌不止，并且很快就将她的整双手染得通红。

血腥的味道让她颤抖，那味道透过鼻子竟然钻进了她的喉咙里，让她有种强烈地想要呕吐的感觉。

她想不明白血都流了他大半个胳膊为何沈耀还不止血。

“茜茜。”沈耀一把抓住了宋茜茜的手，眼睛紧紧地盯着她的眼睛。

宋茜茜一愣，不明白沈耀是什么意思。

“茜茜，有件事情我必须现在就要跟你说。”沈耀很坚定地说道，“六年前的那个男人是……”

沈耀的话未说完，宋茜茜的眼前一黑整个身子软了下去，倒在了他的怀里。

“茜茜……茜茜……”

第八十三章　和盘托出

在沈家的皇家医院里，沈耀的胳膊已经包扎完毕，此时他跟着李丰站在病房门口等待医生为宋茜茜检测身体。

“沈总。”医生从病房里出来，非常恭敬的对沈耀说道，“您放心，宋小姐的身体没什么大碍。”

“那就好。”沈耀和李丰都松了一口气。

“可是……”医生欲言又止。

“可是什么？”沈耀慌忙问道。

“宋小姐怀孕了，已经有一个月了。”医生说道，“但是这次意外事件让她胎气不稳，需要好好调理，若是再受刺激，怕是会造成流产。”

“怀孕了？”沈耀有些惊讶，然而在惊讶过后他异常开心。

“嗯，但是月份还有点小，不知道是双胞胎还是三胞胎，这个要等两三个月之后才能看清楚。”医生再次说道。

“竟然是……多胞胎。”沈耀兴奋得差点跳起来，他傻傻地笑起来，若是这次是双胞胎那家里岂不是有四个孩子了，若是这次是三胞胎那家里很快就可以凑个篮球队了。

李丰也异常惊讶这个消息，默然问道：“上次不是说她不能再生育了吗？”

沈耀一顿，英俊的脸上布满了寒霜：“上次的检查定然是有人在中间搞鬼。”

“沈总，千万不要刺激病人，否则很容易造成流产的。”医生又一次嘱咐道。

“我知道了。”沈耀点点头。

“我们先进去看看。”沈耀和李丰两人走进病房里，看到宋茜茜还在熟睡之中。

“李丰,你先回去吧,我来看着茜茜。”沈耀轻轻走到宋茜茜的床边，他异常温柔地将她额前那缕发丝撩开。

“那我回去照顾孩子。”李丰也不跟沈耀抢这个，刚刚转身又想起什么似的说道，“关于那件事情你最好提前跟她说一声，否则她要是真下定决心要离开了，那时怕就太晚了。我即便有心帮你，怕是也不太可能了。”

“嗯，我知道了。”沈耀点点头，他也明白若是他再不坦白极为有可能会失去宋茜茜。

虽然现在宋茜茜怀孕了，他是她肚里孩子的父亲，可是他知道这不会是宋茜茜留在他身边的理由。

“茜茜……”沈耀紧紧地握住宋茜茜的手，他将她的手放在自己的唇边，轻轻地亲吻着，她的手很柔软也很温暖，让人握住就再也不想松开了。

他知道这个女人从一开始就是属于自己的，一直都是，以后也一定会属于自己。

“嗯？”宋茜茜缓缓睁开眼睛，她觉得胃里很难受，整个人都觉得很恶心。

她想起来她晕倒之前见了好多好多的血，鲜红色的血液让她作呕不已。

“茜茜。”沈耀惊喜地看着宋茜茜睁开眼睛。

“沈耀……”宋茜茜认清楚眼前这个人时猛然反应过来，挣扎着欲坐起来，“你怎么样了？”

“你别起来。”沈耀赶忙扶住宋茜茜，“我没事，已经做过伤口处理了，你先躺下。”

宋茜茜看向他的胳膊，他的衣服已经换过了，胳膊那个地方被袖子遮挡着，但是有明显的鼓起，应该是缠绕着厚厚的绷带。

她在看向他的脸色，但见他的脸色不像那个时候那么苍白了，她微微松了一口气。

“你没事就好。”宋茜茜又重新躺回了床上，但是这么一躺她便觉得恶心又上来了。

“茜茜，有件事情我得跟你说一下。”沈耀像个手足无措的孩子一样不知道这话该怎么说，当时受伤之时他也只是逞一时之勇才把话说出口，但这个时候他不知道要是说出来宋茜茜会不会有什么激烈的反应。

“什么事情？”宋茜茜眨眨眼睛，眼睛里满是疑惑。

“我……我想说那个……六年前……”沈耀低着头眼睛左右瞟着，他觉得自己从未这么紧张过，蓦然，还是鼓起勇气，看着宋茜茜的眼睛说道，“我想跟你说六年前在温情酒店……”

“耀儿，耀儿……”沈老太太着急的声音在走廊里响起，她的唤声打断了沈耀的话。

“耀儿……”没一会儿沈老太太已经走进了这间病房，她一看到沈耀便直奔过去。

“耀儿，我听说你受伤了？严重不严重？怎么样现在？”沈老太太异常紧张地将沈耀上上下下看了一遍，在摸到沈耀衣服袖子下的厚厚绷带时愣了下，随即关切地问道，“怎么？这里受伤了？我听他们说你中枪了，怎么回事，来让奶奶看看……”

“我没事，奶奶。”沈耀阻止了沈老太太要给他检查的动作。

原本躺在病床上的宋茜茜此时也不得不坐起来，因为跟随沈老太太的还有沈耀的母亲，以及他的……未婚妻张玉岚。

张玉岚看到病床上的宋茜茜脸色阴沉得很，因为她已经听说宋雅的计划失败了。

宋茜茜看向张玉岚的目光也没有多少善意，她知道这次宋雅之所以会那么做有一部分的原因便是因为张玉岚在背后的支持。

“茜茜，你怎么样？有没有受伤？”沈耀的母亲关切地询问道。

“我没事，谢谢伯母关心。”宋茜茜对沈耀母亲的印象还是相当不错的，至少她会像云姨那样疼爱自己的孩子。

“哼……”沈老太太很不开心地冷哼了一声，这次自己的孙儿受伤就是为了救这个女人，上次就是为了救这个女人耗费了不少人力财力，这次更不要说了，为了能够让人带着武器进入码头耗费的资源更是不可数。

“耀儿啊，你是马上要结婚的人了。”沈老太太循循诱导，“你若是还这般维护别的女人，难道你就不怕……”

“茜茜她不是别人，而是我的……”沈耀忙对着沈老太太说，却也被她打断了话语。

“耀儿，你哥现在去了国外，很多事情你也得跟我商量商量，你这么鲁莽地去救一个不相关的女人，而且耗费的人力财力更是巨大……”

“你们沈家的那些损失我们李家照单赔给你们就是了。”

沈老太太的话被人打断，来者话里带着怒气和怨气。

“爸爸。”宋茜茜没有想到自己的父亲竟然也来医院了，看到他拄着拐杖一步一步慢慢走进来，眼泪顿时就要流下来，被绑架之后的紧绷神经终于在见到自己父亲的时候彻底放松下来。

“乖……不哭。有爸爸在这里，谁也别想欺负你。”李宁清走到宋茜茜床边轻轻地抚摸她的头。他慈祥地看着这个不在自己身边长大却很乖巧的女儿，这段时间的接触他知道她像她母亲一样很温柔很善良。

第八十四章　亲情可贵（上）

“爸爸……”受了惊吓和委屈的宋茜茜觉得在这个世界上也只有自己父亲能够不计较一切地呵护自己了。

“乖……”李宁清好一阵哄，才安抚好了宋茜茜，就像哄着小娃娃一样哄着。

“沈老太太。”李宁清哄好了宋茜茜对着沈老太太说道：“这次你们沈家拯救我女儿所有耗费的财力一力由我们李家承担，到时候会由我的儿子李丰亲自处理这件事情。关于您孙儿为了救我女儿受伤的事，我会尽最大的努力去补偿的。”

李宁清一开口便将沈耀和宋茜茜两人之间的线划清楚了，甲归甲，乙归乙，分得清清楚楚。

沈老太太一时间没有反应过来李宁清的意思。

“另外，我希望沈老太太能够好好管教管教自己的孙儿。”李宁清撇看一眼旁边站着的沈耀，“我希望他以后不要再来打扰我女儿的生活了。”

“李伯父，我……”沈耀一听这话顿时急了。

“没有什么你不你的，你对我们家茜茜所做的事情我都记在心里，我们李家会找机会来报答的。但是……”李宁清很郑重地说道，“就像沈老太太说的一样，你是马上就要结婚的人，若是这个时候跟别的女人纠缠不清，怕是会引起自己未婚妻的猜测和怀疑，以后说不定会影响你家庭的安宁。所以，为了你自己，也为了茜茜我希望你不要再来找茜茜了。”

“不可能。”沈耀异常坚定地说道，“茜茜是我的妻子……”

“沈总裁你搞错了，你的妻子是这边这位张玉岚张小姐。可不是我们家茜茜。”李宁清冷笑道，“再者说了，这结婚请帖都发出去了，难道还有假不成？”

“耀儿。”沈老太太阻止了沈耀，“你……”

“奶奶。”沈耀猛然地喊道，“茜茜已经怀孕了，是我们沈家的血脉。”

“什……什么？”沈老太太惊呆了，她看向了同样一脸茫然的宋茜茜。

宋茜茜同样惊呆了，自己竟然怀孕了，上次检查说她已经不能怀孕了，所以在与沈耀在一起的这段时间她从未做过安全措施。

一旁的张玉岚也惊呆了，她怎么就没想到宋茜茜跟沈耀在一起有可能会怀孕的事情。她紧紧地握住双拳，宋茜茜肚里的孩子绝对不能留，若是留了她跟沈耀更不会有可能了。

“怎么可能……”宋茜茜不敢相信地低喃道，“不是说……怎么会……”

“怀孕了又怎样？”沈老太太阴沉着脸，“你跟玉岚还是要……”

“奶奶，您难道连自己的孙儿孙女都不要了吗？”沈耀有些失望地说道，“宋伦和宋月，您不是最喜欢他们了吗，难道连他们你都不要了吗？”

“可他们不是……”沈老太太茫然了。

“他们也是您的亲孙子和亲孙女。”沈耀走到宋茜茜的床边握着她的手，深情地说道，“茜茜，我一直都想跟你说六年前……在温情酒店里的男人……就是我。我就是宋伦宋月的父亲。”

宋茜茜一下子蒙了，她觉得自己的脑子不够用了，转不过这个弯来了。

“怎么……”宋茜茜不知道该怎么反应，她前段时间只是觉得沈耀的背影与那个男人有些相似，可是，他们怎么会是同一个人呢，怎么可能呢。

宋茜茜呆呆地看着沈耀,想要在两个背影上寻找相同的地方,可是,她越是这般越是不知道他们怎么会成为同一个人。

“茜茜，我知道你一定在怪我没有趁早说出这个事实。”沈耀道，“我刚开始以为你结婚了，跟别的男人结婚了，所以……后来我知道了，可是当我想说的时候却发现自己太懦弱,不敢说出来,我害怕你会生气,会离开我，所以我一直强行将你捆在身边。”

“不……不……不对……”宋茜茜的脑子一片混乱，头痛得让她难以忍受。

就在此时，她的肚子竟然也开始了微痛，她捂着肚子痛苦地蜷成了一团。

“茜茜……”沈耀没有想到宋茜茜的情绪波动竟然如此之大，他慌忙地对身后的人喊道，“喊医生……快喊医生……”

“痛……我的肚子……”宋茜茜额头上的冷汗直往外流，她没有想到她只是有点激动便让自己的肚子如此之痛，怀过孕的她知道这是胎气不稳造成的。

“茜茜……茜茜……”李宁清也顿时着急了，冲着门外站着的李丰喊道，“李丰，快去喊医生……”

“茜茜，医生马上就到。稳住情绪……不要激动，稳住……”沈耀原本冷峻的脸被慌张的神色所取代，再也不是那个高高在上俯瞰世界的男人，此刻的他只是一个陪伴在自己妻子身边，等待医生前来救援的男人。

宋茜茜的状态让沈老太太也有些慌了，她是真的没有想到竟然会刺激到宋茜茜，虽然说她认定张玉岚是沈耀的妻子，但是此刻宋茜茜的肚子里可是他们沈家的血脉啊。

“快……把院长也给喊来……”沈老太太发话了，所有人不敢有任何怠慢。

医生很快就到了，宋茜茜被送到了急救室里，所有的人都只能在急救室外面静候。

大约半个小时之后，医生从急救室里走了出来。

“怎么样了？”沈耀第一个冲上去询问。

“病人没什么大碍，孩子也保住了。”医生的话让沈耀放心下来，但是医生又嘱咐道，“若是病人再受这样的刺激，我真的不敢保证孩子能够保住，因为病人的身体本来就很虚弱，再加上是多胞胎，本就危险性很高。”

“我知道了，我一定不会再刺激她。”沈耀重重地点头。

李宁清在旁也听着，却是眉头紧皱，想了一想说道：“李丰。”

“爸。”李丰随叫随到，及时出现在了李宁清的身旁，同时他给了沈耀一个你要倒霉的眼神。

“去给茜茜办理出院手续。”李宁清很坚定地说道，“顺便把李家医院里的那些妇产科大夫都请到家里去。”

李宁清的态度很显然，他是绝对不允许沈家的人再在宋茜茜面前刺激她。

“可是……”李丰看向沈耀和沈老太太，欲言又止。

“没有可是。茜茜醒来了也会答应我这么做的。”李宁清摆明了不再给沈耀任何一次机会，“你要记住，茜茜肚子里的孩子，是你老子的亲外孙、外孙女！”

第八十五章　亲情可贵（中）

“那个……我觉得茜茜……”沈老太太知道自己刚刚说话有点过，可是她还是不忍心让沈家的血脉流落在外。

“沈老太太，您就当没见过茜茜吧。”李宁清的话依旧是那般委婉，“宋伦和宋月这两个孩子跟沈家也是无缘，沈家也绝对不会允许他们存在的。虽然现在茜茜怀的也是沈家的骨肉，但是她没名没分的，在这里待着也是丢人。所以我也决定，回头把宋伦宋月送到国外读书，也把茜茜接到国外去，这样也就不会破坏沈总的家庭和睦了。而且我还可以保证宋伦宋月以及茜茜肚子里的孩子绝对不会踏入沈家一步，更不会威胁到某些人家母的地位。”

“可……可……”沈老太太一听这个就着急了，这不明摆着以后她再也见不到自己的孙子孙女了吗，此时的她已经完全忘记了要沈耀与张玉岚结婚的事情了，也忘记了这次来医院是要告诫宋茜茜不要纠缠沈耀。

“沈老太太，我还有事就先走了，等有时间我会去拜访您的。”李宁清很客气地冲着沈老太太鞠了一躬。

李丰看了一眼站在一旁的沈耀，微微摇了摇头，这个男人在商业场如此的叱咤风云，却在感情方面抓不到重点，更是忘记了抓住时机，这下好了，老爷子生气了，他若是想从老爷子这里把宋茜茜娶走怕是至少得脱两层皮。

李丰叹了一口气，行了礼也跟随李宁清走了。

“这……这……”沈老太太看看脸色异常冰冷的沈耀，再看看离去李宁清的背影，她竟然像个孩子一样不知道这件事情该怎么办了。

“耀……耀哥哥……”张玉岚在旁轻轻开口，“若是你舍不得茜茜肚里的孩子，在婚后你可以去将他们带回家的，我也会好好待他们。”

“对，对……”张玉岚的话让沈老太太也是灵感一现，点头赞同着，“你可以跟李家交涉，让茜茜肚子里的孩子回到沈家，对了……还有宋伦宋月，这两个小家伙我可一直惦记着呢……”

沈耀冷漠的眸子斜瞥了一眼张玉岚，让她想张口的话吞回了肚子里。

张玉岚缩缩头，身子也往沈老太太身后躲了一躲，她最怕沈耀这样看她了，就像是在看一个死人一样的眼神。

她心中的怒火更盛了，难道她就不如那个宋茜茜吗，她到底哪里不如她，他们张家不比李家差到哪里去，更何况她长得也比宋茜茜漂亮。她自信漂亮，身后追随她的男人更是一大群，她宋茜茜活得一点儿自信都没有，天天提心吊胆地活着，到底她哪里不如她了。

宋茜茜，我一定要让你知道我比你强，不管如何沈家家母的位置我是坐定了。

宋茜茜被李宁清从医院里接回了家里，每日都会有妇产科的权威大夫前来为她诊断，甚至为了能够让宋茜茜安心养胎，李宁清派了一大堆的保姆为她做了所有的事情，包括刷牙都会有人在旁帮忙。

宋茜茜对这种太上皇的待遇有些哭笑不得，真的是感觉太糟糕了。

“哇哈哈哈……”

宋伦和宋月的大笑声从楼下传到了楼上，让在床上躺了十天之久的宋茜茜心痒难耐地下了楼。

“快……快点……那气球打给我……”

宋月整个人站在沙发上不停地跳着，嚷着让宋伦把那个粉红色的气球打给他。

“你接着……”

宋伦狠狠地一打，将气球打向了宋月的方向。

就在气球快要到达宋月的手里时，一个高大威猛的身影出现，拦截了气球。

“哈哈哈……气球是我的啦，王欣你接着——”

宋闲先的身手敏捷，手轻轻一拍，那气球就飞到了王欣的手中。

“嘿嘿，这一局还是你们两个输了。”王欣玩转着气球，让气球在手心中来回地上下跳窜。

“哇……妈妈，你下来了。”宋伦开心地看着宋茜茜从楼梯上在众人的扶持下一步接着一步极为缓慢地走下来。

“我才不会被你骗呢。哼……”王欣压根不去看楼梯的方向以为宋伦是在骗她。

“宋伦。”宋茜茜的话音一落，王欣立即转了头。

“哇哈哈哈……”宋伦以此机会将王欣手中的气球拍飞，让气球再次飞了起来，飘浮在空气中成了无主之球。

“你个大骗子。”王欣冷哼，但是她脸上却是满满的笑意。

“好啦，好啦，王欣，我们两个服老吧，早就玩不过他们这些小不点了。”宋闲先笑着打着圆场，他对宋茜茜说道，“你这么下来不怕你爸又念叨你啊。”

“怕啊，可是听到你们笑得那么开心，我忍不住地想要下来看看什么事情让你们那么开心。”宋茜茜浅浅地笑着。

“妈妈……”宋月很乖巧地依偎在了宋茜茜的身旁，轻轻抚摸着她那还未凸显的肚子。

“妹妹在妈妈肚子里还乖吧？”宋月轻声地说道，生怕说得大声了就会吵到宋茜茜肚子里的妹妹。

“是弟弟，弟弟啦。”宋伦纠正着宋月的措辞。

“妹妹。”宋月也赶忙纠正宋伦的措辞，“妈妈的肚子里有妹妹。”

“有弟弟……”

“有妹妹……”

“呃，弟弟妹妹都有呢。”宋茜茜开口发话阻止了两人的再次争吵，自从她怀孕回到家里以后，这两个小家伙就针对宋茜茜肚子里是妹妹还是弟弟争吵不休。

“呵呵，茜茜，你可真厉害。”王欣有些羡慕地看着宋茜茜，“一个是双胞胎一个三胞胎，接下来你是不是打算一口气生个四胞胎。”

“哪能啊。”宋茜茜浅笑着，可是眉宇之间却是满满的忧愁。

“茜茜，你应该在床上好好躺着，只有那样你的身体恢复得才能快些。”宋闲先坐到了宋茜茜的对面，同时示意着两个孩子去他那里。

“宋叔叔，你什么时候带我们去玩啊？”宋伦和宋月跟宋闲先认识之后，知道了他并不是自己的亲生父亲，他们母亲当年给他的照片是假的，但是他们至今也不知道自己的亲生父亲就是沈耀。

“如果这个星期天是晴天，那我就带你们去游乐场玩，怎么样？”宋闲先说着的同时示意着王欣将两个带走。

“好耶……”宋伦宋月两人异常的开心。

“好了，你们现在得到了宋叔叔的承诺，那么接下来你们就跟着我去房间做作业。”王欣拉着两个孩子去楼上做作业，将空间留给了宋茜茜和宋闲先。

宋茜茜笑着看着两个孩子去了楼上，直到他们的背影消失在楼梯口才收回了目光。

第八十六章　亲情可贵（下）

“这两个孩子真的很懂事，也很听话。”宋闲先毫不吝啬地夸奖着两个孩子。

宋茜茜浅浅地一笑，接受了宋闲先对两个孩子的赞美。

“看你一脸心事重重的样子，说来听听，我看看有没有可以帮到你的。”宋闲先接过仆人递过来的茶水，轻轻抿了一口。

“无非都是那些琐事。”宋茜茜轻轻叹了一口气，“宋雅……宋雅她现在……怎么样了？”

“她被任浩保释了。”宋闲先将茶水放到桌子上，轻声说道，“前些日子任浩来找你了，但是你父亲没允许他见你，大概是怕他再刺激你。这段时间我也不太清楚任浩去哪里了。”

“这样啊。”宋茜茜微微松了一口气，她知道若是任浩保释的宋雅，那么宋雅存活的概率很大，那自己也就不必担心她的安危了。

“怎么？你还关心她？”宋闲先诧异。

宋茜茜浅浅地一笑：“当年若不是她在暗地里帮我，怕是我早就被黎巧儿打死了。更何况，她原本是心地善良的。这次事件她也只是被挑拨的，基本上跟她没什么太大的关系。”

“你倒还……她最后的一枪可是对着你开的。”宋闲先搞不明白怎么还有这么大度的人。

“谁让我害得她家破人亡呢，不对着我开枪能对着谁开呢。”宋茜茜微微叹了一口气，当年若是宋雅没有执意将她带回家，或许今日的她们会以朋友的身份相互对待呢。

“你担忧的应该不只是这件事情吧？还有沈耀那头吧。”宋闲先首先开口提到了这段时日被李宁清禁止在家中提起的名字。

宋茜茜担忧地点点头：“我……我……哎，我也不知道自己该怎么面对他。”

“当年，宋家将你以宋雅的身份送出去陪人，难道你就不知道那人的身份吗？”宋闲先开口询问道。

宋茜茜摇摇头：“我哥说那件事情不是李家干的，只是凑了巧。至于当时具体的情况我哥也不清楚。黎巧儿和宋雅将我送出时并没有说对方是谁，只说按照李家的吩咐去做的。我醒来的时候并没有看到那人的正脸，所以我不知道那人是谁。”

“那你为什么生下两个孩子？”宋闲先好奇地问道，“你连他们的父亲是谁都不知道就敢把孩子生下来。”

“我……我也不知道，只是当时觉得孩子是无辜的，而且……”宋茜茜的表情有些茫然，当时是怎么想的真的有些忘却了，“而且，那人的背影看起来也不是坏人。”

“呵呵。”宋闲先觉得所有人都觉得女人很感性这真的是正确的说法，可以凭借自己的直觉来决定肚子里孩子的命运。

“你笑什么？”宋茜茜歪歪头不明白宋闲先的意思。

“我在笑你们女人真感性。”宋闲先笑着摇头，“你想想看你连孩子的父亲是谁都不知道。说白了你那两个孩子可是在你连孩子的父亲是谁都不知道的情况下有的，按理来说你应该觉得耻辱才对，可为何在你觉得那男人背影看起来不是坏人的情况之下就把孩子给生了呢？你该不会觉得他会去找你们母子几人吧？”

宋茜茜被宋闲先那么一说顿时愣了，当年她是不是真的有这种感觉呢。

她记得被李民哲救回家里之后，知道自己怀孕了，当时她是非常想把孩子打掉的，可每次睡觉的时候都会梦到那个干净利落的背影，那冰冷却异常干净的声音，她一直在想那不是坏人，坏人怎么会有那么好看的背影和那么干净的声音呢。

她也曾做梦梦到过那个男人找上门来说来跟她结婚的，可是，可是那只是在做梦啊。当现实真的出现的时候，她竟然不知道该怎么办。

“其实你不必多想的。”宋闲先像是明白宋茜茜所想的内容，“沈耀的婚期已经确定了，就在几天后，直到现在也没有听见沈家说要悔婚的事情，所以我个人觉得你就当这段时间是在做梦好了。”

宋茜茜微微一愣，蓦地想起在自己被绑架之前曾经看到过沈耀要结婚的喜帖，这段时间她一直都躺在床上，很少能够听到沈耀的事情了，她以为沈耀在医院里把六年多前的事情说出来就是为了能够与她相好，为了能够与她结婚。

可是，这一切竟也只是虚幻一场，犹如做梦一样。

沈耀要结婚了，虽然她肚里还怀着他的孩子，可他的确要跟别的女人结婚了。

宋茜茜突然间觉得自己还把孩子生下来干什么，让他们像宋伦宋月一样继续感受着没有父亲的生活吗？

宋茜茜无意识地抚摸上自己的肚子，这里有三个孩子等待来到这个世界，可是迎接他们的却是残缺的家庭，甚至她是个未婚先孕的妈妈。想到这里，她觉得自己胸口一阵沉闷，心被狠狠揪了一下。

“茜茜，这些事情你不要多想，养好身子把孩子生下来才是最重要的。”宋闲先劝慰道，“我给你说这些也是希望你能够放开其他的事情安心养胎，既然有了，就该好好地对待他。”

“你说……”宋茜茜抬头看着宋闲先，“你说沈家会不会把孩子们都要回去？”

宋闲先先是一愣，继而点点头：“这种可能性相当大，他们现在不敢明着要孩子，是因为担心你再次动了胎气，到时候沈家的血脉就没了。”

“不敢明着要孩子？莫非最近他们有对宋伦宋月做什么了？”宋茜茜很敏感地听出了宋闲先话里之话。

“也没什么。就是最近沈老太太闲着没事就会去学校找宋伦宋月，不过呢，倒也没打扰他们的学习，反而让学校把所有机会优先让给宋伦宋月。”宋闲先解释道，“至少到目前为止，没人敢明里对宋伦宋月怎么样。”

“明里？”宋茜茜的眉头又是紧紧一蹙，一次明着一次明里，看样子最近宋伦宋月受到的压力也很大。

“莫非张家觉得宋伦宋月是绊脚石？”宋茜茜问道。

第八十七章　细心呵护（上）

宋闲先浅浅地一笑，抿了一口茶水之后点点头："你倒是不笨，一猜就中，现在你被李家安全保护，没人能对你下手，但是宋伦宋月就不一样了，他们是要上学的，是要跟人打交道的，这要是打交道出点什么事情那可就说不明道不清了。"

宋茜茜只觉胸口一阵沉闷，胸口痛得厉害。她轻闭上眼睛，只觉得似乎很多事情已经在自己意料之中，可又在自己的意料之外。

宋茜茜缓缓睁开眼睛，看着宋闲先说道："听说……你过些时日就要回法国了。"

"嗯，大概十天后吧，我在这里要办的事情已经办完了。"宋闲先点头，"有需要我在这段时间帮忙的吗？"

宋茜茜微微点了点头："嗯，我想拜托你能够亲自帮我照看一下两个孩子，我会尽最大努力在这段时间里让我父亲安排我和两个孩子一起离开这里。"

宋闲先对宋茜茜的话没有感觉到意外，在这种情况之下离开或许才是最好的选择。

"噢，对了，李民哲和苏小娴两个人说明天或者后天来看你，但是被李丰回绝了。"宋闲先想了想，"你要是有什么事情我觉得你可以找一下李民哲，毕竟他也是你的救命恩人，道个别，谢个恩。"

宋茜茜一愣，低垂下了眼睑，她明白宋闲先话里的意思，可是还有必要这样做吗。

一阵恶心的感觉从胃里翻出来，有东西顺着喉咙便涌了出来，宋茜茜对着垃圾桶不停地吐着，吐到没有东西可以吐，连胆汁也吐了出来。

苦苦的味道在嘴里蔓延，很苦很难受，她这次怀孕不似上次那般那么轻松了，这次的孕吐反应异常厉害。吃了就吐，哪怕喝口水都会吐得厉害。

营养点滴每隔几天便是一瓶，否则她也难以想象自己该如何活下去。

这一天，苏小娴独自一个人来了，李丰没有阻止她来探望。

“怎么能吐得如此厉害？”苏小娴一进屋便看到了宋茜茜一阵猛吐，不禁心疼地替她拍拍后背。

“习惯了就好。”宋茜茜在苏小娴地搀扶下慢慢躺下，胃里已经什么都没有了，她也已经没了一丁点的力气。

“唉……”苏小娴有些疼惜地握着宋茜茜的手，“我刚刚听仆人们说你什么都吃不进去，难道就没有想吃的吗？”

宋茜茜微微摇摇头，浅笑：“什么都不想吃，现在喝水都在吐，哪里还奢望着能吃东西呢。”

她温柔地抚摸着还不凸显的肚子：“这才一个多月就这么调皮了，不知道生下来的时候会不会也这么调皮呢？折腾得我连水都没得喝。”

“我听老一辈的人说娃娃在肚子里越调皮出来就越乖巧呢。”苏小娴温柔地笑着，“而且似乎吐得越厉害出来得就越聪明。”

两个人东扯一句西扯一句，也无非就是关于怀孕的话题，最后扯到了苏小娴和李民哲婚事上面。

“我们打算今年过年的时候结婚呢。”苏小娴幸福地笑着，宛若已是全世界最幸福的新娘了，“云姨派人去合了一卦八字，今年过年是最好的日子呢。”

“真好。”宋茜茜羡慕地说道。

她的确很羡慕苏小娴，有一个那么疼爱她的男人要与她结婚了，两人可以执子之手与子偕老了，彼此相伴一生。

“茜茜小姐，厨房里特意为您熬了白粥，您吃点吗？”两人说话之时，仆人将一碗香喷喷的白米粥端了上来，放置在宋茜茜的床柜上。

“来，我来喂你，你刚刚吐得那么厉害怎么能不吃点呢。”在苏小娴的劝导之下，宋茜茜勉强地吃了两口。

她是真的只吃了两口，吃到第三口时，她便又开始吐了，不但将刚刚吃进去的吐出来，又吐出很多胆汁。

最后宋茜茜只能选择卧床休息，苏小娴看到这个情况也离开了。

每日过得浑浑噩噩，没有白天没有夜晚，饿了就起床吃东西，吃完再吐掉，吐掉再继续睡觉，如此轮回也不知道过了多久。

“茜茜，来来……快尝尝你哥哥为你做的粥……”李丰献宝似的端了一小碗粥过来。

“哥……我不想吃。”宋茜茜躺在床上动也懒得动一下了。

“来来……你闻闻……多香啊……”李丰将粥的香气用手努力地扇向宋茜茜的方向，并且做出了一副陶醉的模样，“你闻闻，多么香啊，这可是世间难得粥。”

宋茜茜不得不说这粥闻起来的确很香，至少她现在肚子在不停地咕咕叫，而且很有食欲地想要起床吃上一口。

“来来……我扶着你起来，少吃上一口也可以安慰我为你如此辛苦地煮粥。”李丰慢慢地将宋茜茜扶起来，此时他才真正地发现她竟然连点重量都没了，就像是一个纸娃娃一样。若是他用点力，怕是会直接将她的身体弄碎掉。

“我喂你，嘻嘻……你小时候的牛奶有好几次都是我喂的呢……嘿嘿……”李丰笑得很得意，也很好地掩饰了他的心疼。

宋茜茜浅浅地一笑，她没有想到离开李家那么多年，这份亲情依旧没有被撂下，没人会因为她在外长大而嫌弃她、抛弃她。

宋茜茜幸福地看着李丰手上端着的碗里的粥，这粥呈现淡淡的金黄色，而且还很黏稠，闻起来不似白粥那般平淡无味，这份粥里有着浓烈的香气，能够一下子引起人的胃口。

“这粥被炒过了啊。”宋茜茜一下子就看出来了门道，因为她常常这么干，上一顿余留下来的粥她会用油将它像炒米饭一样炒一下，放几粒盐来增加它的香气。

“你一下子就看出来了啊。嘿嘿……我听他们说你常做，我想着你应该爱吃。来……尝尝我做的，是不是比你做的好吃呢？”李丰非常温柔地用勺子将粥舀起，在碗边上轻轻过了下底，之后再吹凉，喂到了宋茜茜的嘴里。

他的动作很流利也很温柔，似乎常这么做一般。

淡淡的粥的香气弥漫在嘴里，宋茜茜温暖地一笑，这粥里的盐恰到好处地诠释了盐的调味作用，将这一碗白粥调得美妙无比，而且炒的火候也恰到好处。

这碗粥做的一切都那么恰到好处。

第八十八章　细心呵护（下）

“哥，真好吃。”这是宋茜茜的真心话。

“你要是觉得好吃以后天天做给你吃，顿顿做给你吃。”李丰看到她能够吃进去东西异常开心。

这段时间他又何尝不知道宋茜茜为何吐得那么厉害，她是心里难受，以至于造成了这幅景象。

给宋茜茜喂好饭，李丰又吩咐了她好好休息，千叮万嘱了一些注意事项之后才下了楼。

李丰径直走到了厨房，将碗重重地往桌子上一扔，冷声冷气地说道：“吃完了。”

“吃完了？好好……”不知为何沈耀竟然会在这里，而且此时他的外套已经脱掉，纯白色的衬衣袖子挽起，一副刚刚做完活的模样。

他听到李丰的话兴奋地握了下拳头，冷峻的脸上满是春日里的温柔，似乎不在意李丰话里的冰冷寒意。

“那她……有没有说好吃？”沈耀又轻声像孩子讨糖吃一样问着李丰。

李丰白了一眼沈耀，早知如此何必当初，不管他如何提醒这个男人就全当是耳旁风，这下子知道心疼了。

“以后三餐就由你来做好了。”李丰说了一句莫名其妙的话。

“嗯嗯。”沈耀使劲地点头，他从苏小娴和李丰这里得知宋茜茜孕吐得一口饭都吃不下，整个人已经瘦了好几圈，他心疼，可是又不敢在此时出现在她的眼前，生怕再刺激到她出点什么事情。

沈耀知道李丰也是瞒着李宁清让他来这里给宋茜茜做饭吃的，有这么一个支持他的大舅子，这些事情容易很多，他算是欠下李丰一个大大的人情了。

接下来的几日不管是刮风下雨还是晴朗万里无云，沈耀都会按时来给宋茜茜做饭，有时是那种炒起来的粥，有些时候会是一些面条，又有些时候会是其他面食类的。

原本不善于做饭的沈耀在这短短的一个多月的时间里变成了一名合格的大厨。

就在这一天沈耀准时来到了李家的后门，刚刚从车上下来便被人堵住了。

"耀哥哥……"张玉岚今日是一袭大红色的连衣裙，衬得她异常鲜亮，宛若这夏日里最怒放的花朵。

她整个人眼泪汪汪，梨花带雨，哀怨戚戚地看着眼前这个从车上下来脸上带着兴奋与期待的男子。

只是，这个男子在看到她之后整个人变得异常冷峻，就像是外界所形容的那样是一把出鞘的利剑，哪怕靠近一点点都会被剑的锋芒所伤。

"难道你真的想让我将你们张家弄垮掉吗？"沈耀笔直地站在那里，离张玉岚足有三步之远。

"耀哥哥，你知道我们的婚事是沈老太太订下来的，怎么可以说反悔就反悔呢？"张玉岚泪眼婆娑，楚楚可怜，"我是那么的爱你，我相信耀哥哥你也一直爱着我的，对吗？否则怎么会允许沈老太太将喜帖发出去呢？"

沈耀听到张玉岚这句话眼里冷芒一闪，完美的唇冰冷冷地勾勒起一抹笑容："莫非你是想要我亲口说出你的这些诡计吗？"

张玉岚的身体狠狠地颤抖了一下："我……我不明白耀哥哥的话……"

"不明白？"沈耀冷笑，"你不必知道那么多，你只需要知道张家因为你的这次行为很快就要破产，并且很快就会在国内消失。”

张玉岚再也控制不住自己的情绪，怒道：“沈耀，这亲事是你们沈家订的，想毁约就毁约吗？我告诉你我死也不会同意，死也要拉着你们沈家。”

“那我更不能容忍张家的存在了。”沈耀冲着毫无人的街道打了一个响亮的响指。

在空无一人的李家后巷竟然不知何时出现了几名身穿黑色西装的男子。

“把她带给我哥。”沈耀简简单单的几个字让身穿黑色西装的男子动了身。

“沈耀，你敢。”张玉岚故作底气十足的样子大声喊道。

“我为何不敢呢？”沈耀浅浅地一笑，这一笑却犹如死神的笑，“我让你自动撤销我们的亲事是给你们张家面子，可惜你不听，非要拉着张家的所有人一起下水，那好，那就让我亲自来断了你这份心思。”

“啊……”黑衣人没有丝毫犹豫地坚决执行着沈耀的命令。

“放开我，放开我……”不管张玉岚如何嘶喊，黑衣人都无动于衷，甚至有熟练的黑衣人从口袋里掏出一条手帕利落地捂住张玉岚的口鼻，很快她便停止了喊叫，具体来说是昏迷了过去。

“你们记清楚了，一定要把她交到我哥的手上，若是其他人接收概不交付。”沈耀为确保万无一失，严肃地下了命令。

“是。”黑衣人点头，很快便有一辆黑色的贴着黑色镜膜的奥迪车开了过来，他们将张玉岚捆绑起来放在了车的后座上。

沈耀重新整理了一下衣衫，一想到楼上的人儿正在期待他所做的饭菜，他的脸上便露出了笑容。

他走进李家的厨房，刚刚将所有的饭菜准备好，便听到了门外一阵嘈杂声。

“为什么啊？为什么啊？哥，我就要看你做饭。”这是宋茜茜的声音，沈耀记不得他有多久没有听到她的声音，此时他觉得她的声音如此的美妙，是世界上最美妙的音乐。

“不是……茜茜，饭菜真的马上就好了，你……你……”李丰正在阻止宋茜茜往厨房里走，他知道要是让她进去定然会露馅，虽然他并不确定沈耀已经来了或者正在厨房里面。

李丰尽力说得大声一些，若是沈耀此刻正在厨房里面，想必应该会避一避。

“不要……我就要进去……”宋茜茜这次很霸道地将李丰推了开来，径直进了厨房。

厨房里空无一人，灶台上摆放着用银色盖台盖着的三盘菜。

煤气炉子上面还在炖着汤，用微火在慢慢地熬着，丝丝的香气便是从这锅里溢出来的，仅仅是那么一闻便让人觉得食欲大开。

在厨房靠墙的地上，还散落着一些菜叶，至于水池中，则是一些还没收拾的锅碗瓢盆。

宋茜茜没有将注意力放在这锅汤上面，而是用眼睛横扫了整个厨房，这个厨房很大，却一目了然，一切都很简单，简单到让她流露出失望之色。

李丰在宋茜茜之后紧随进屋，待没有发现屋内有人，不禁松了一口气。

“你看看……就剩这汤了，马上就会好了。”李丰指着炉子上的锅笑着道，“今天因为做汤所以慢了点，没有按时，以后我提前开工，绝对不会再慢了。”

“嗯，好。哥，我先上去了。”宋茜茜浅笑着，不动声色掩盖了她眼里的失望。

“好，好……你先上去，回头我立马把饭菜端上来……”李丰拍了拍自己的胸脯，总算能松一口气，虽然他不知道沈耀躲到了哪儿，但他心中已经没了压力，能够过一关算一关。

当宋茜茜走到厨房门口的时候，脚步顿住，没有再迈。

“哥。”宋茜茜轻声喊道。

“啊？怎么了？”李丰以为宋茜茜发现了什么，赶忙应道。

第八十九章　用心良苦（上）

“给我订三张去法国的飞机票吧。明天我会跟随父亲去祭拜母亲，事后我想带宋伦宋月去法国。”宋茜茜没有回头，但是她很清楚地将话说了出来。

“不……你怎么想起来……”李丰欲追问。

“还有……以后你不必给我做饭了。”宋茜茜的这句话就像是说给别人听而不是李丰，她说完了便径直离开了。

待宋茜茜离开之后，李丰有些气急败坏地握了握拳头。

“沈耀，你给我出来。”李丰非常生气地喊道。

“嗯？”沈耀的身影出现在了厨房门口，英俊的身姿让李丰一愣。

“你怎么在那里？”李丰没有想到沈耀竟然会出现在门口，不是厨房的某个角落或者说是储物柜里，出来的时候应该是灰土灰脸的，为何他依旧是白衣不染一丝尘土。

“从窗户上爬出去的。”沈耀淡淡地说道，他刚刚听到宋茜茜与李丰的话便想着办法从窗户上爬了出去，从后面绕了一个弯绕到前面来。

李丰抬起头看看厨房最上方的窗户，好家伙，这么高的地方都能爬出去还不留任何痕迹。

“刚刚茜茜的话你听到了没有？”李丰双手叉腰，极为无奈，“明天茜茜去祭拜她的母亲，到时候就直接坐飞机离开这里。”

“嗯，我听到了。”沈耀点点头，“你们祭拜大概需要五天的时间，五天足够了。”

“你确定吗？”李丰冷笑，“我都跟你说过好几次了，可是你压根不理会，这次茜茜是铁了心地要离开了。”

沈耀低垂着眼睑，他这些日子一直在忙一件事情，上次喜帖的事情是张玉岚搞的鬼，这次他定要让张家主动退婚，否则便是对不起茜茜，而且他还要忙于另外一件事情。

宋茜茜跟随李宁清到了自己母亲黎凤姿的家乡，李宁清在这里为她安置了一座坟墓。

这座坟墓依山傍水，风景秀丽，而且坟墓修得异常豪华，墓碑上面刻着“爱妻离氏之墓，夫李宁清刻”。坟前被打扫得干干净净，没有任何杂草，而且还摆放了很多的贡品。

“你妈妈说，她死了之后只希望能回到家乡，她还说，家乡的水最甜了，家乡的饭最香了。”李宁清有些哀愁地说道，“我便在这里为她立了一座碑。等我死了之后也跟着她一起在这里看风景。”

宋茜茜蹲在母亲的坟前，为她上了三炷香，拜了一拜。

“茜茜，多给你母亲拜拜，这次你走了又不知道要多久才能够回来。”李宁清叹息道。

宋茜茜听从李宁清的话，给自己的母亲多磕了几个头。

宋茜茜一直沉默不语，因为她不知道该说什么，麻烦在另一个世界的妈妈保佑宋伦宋月吗，还是麻烦妈妈保佑自己肚子里的孩子，再或者让她保佑自己。

可是，她觉得母亲生前已经够累了，死后若是再叨扰她那就不好了。

若是有那么一天她也长眠于地底，她希望永远都没有人向她许愿，要她保佑，永远没有人打扰她睡觉，死后就该清清静静的。

宋茜茜无意识地抚摸着微微隆起的肚子，这些日子她的身体好了很多，孕吐也少了，算算日子也差不多快四个月了，孕吐期也快要过了，熬过最难熬的日子还有什么可难的呢。

然而，令宋茜茜意外的是，她竟然在这个镇上看到了沈耀。

当时正下着朦胧的小雨，宋茜茜与李宁清走进一间茶馆，才走上通往茶馆二楼的楼梯，她便看到了坐于窗边的沈耀，此刻的他，正微笑着冲他们打招呼。

宋茜茜微微一晃神，似乎快三个月没有看到这个男人了，他穿着的笔直的黑色西装依旧一尘不染，冷峻的脸上带着浅浅的笑容，就像冬日里那一抹透过窗户的温暖。

但是，宋茜茜很快别过了头，不再去看他一眼。

“爸爸,我们换个地方吧。”宋茜茜轻声开口,不愿与沈耀坐在一起。

李宁清看了看宋茜茜脸上的神情，转而又看了看沈耀，严肃的脸上没有一丝表情。

少顷，他冲着宋茜茜点了点头。

沈耀见两人准备转身离去，大步向前，一把拉住了宋茜茜的胳膊。

“茜茜……”沈耀喊得很轻声，很温柔，这一声就像茶馆外的绵言细语，缠绵不断，蜿蜒绵长。

宋茜茜的心蓦地一顿，提起的脚步也落了下来。

李宁清回头，却见沈耀那双异常明亮的褐色眼眸里满是温柔，宋茜茜的身体有点僵硬，她不回头眼里却已满是柔软。他微微眯着眼睛，似乎曾几何时他也这般喊住过一个女人，而且也是在这样绵延的雨天。

宋茜茜眼里的那一抹柔软转瞬即逝，她没有回头，却用手轻轻地甩开了沈耀的手。

“伯父，我想找茜茜谈谈。”沈耀跟李宁清打了一声招呼，便拉着她朝楼下走去。

宋茜茜一愣，但什么都没有说，随着沈耀走下楼，径直出了茶馆。

两人才跨过茶馆大门的门槛，一辆黑色的轿车已经停到了他们的身旁。

“上车。”沈耀将宋茜茜安置在了副驾驶座上，而他让司机下车，自己则坐到了正驾驶座上。

“我带你去个地方。”沈耀开车的速度很慢，大概是为了照顾宋茜茜。

只可惜即便是这样,宋茜茜依旧觉得头晕得厉害,她靠在车椅上面,微闭着眼睛，努力地压制着胸口的不舒服，她无意识地把手放在了肚子上，不知道是肚里宝宝在动还是子宫的收缩，一动一动，让她很安心。

她也不知道过了多久，竟然真的睡着了，等她醒来的时候，外面的雨已经停了，而且竟然有太阳透过窗户将温暖送了进来。

宋茜茜轻轻动了动身子，便有东西从她身上滑了下来，她起身一看，不知道何时有一件衣服盖在了她的身上，此时因为她的移动而掉落到脚边。

“茜茜，你睡醒了啊。”沈耀的声音里带着一点点的惊喜，却又关切地将衣服从她脚边捡起，披在了她的肩膀上。

“外面冷，披上，若不然感冒了就不好了。”沈耀离得很近，他在为她披衣服的时候属于他的味道若有若无地飘进了宋茜茜的鼻子里。

她这才发现，此时的沈耀，居然只穿了一件白色衬衣。

宋茜茜脸色一红，却没有拒绝沈耀的献媚。她将脸转向了窗外，当看清窗外的风景时却是一愣。

红色，全部都是大红色，漫天的红色蔓延至天边，让人看不到尽头。尤其是这幅美景在橘红色的夕阳下格外动人。一朵朵玫瑰迎风轻轻地挥舞着身体，像是在昭示着什么。

第九十章　用心良苦（下）

调皮的玫瑰香气从天边飘来，悄悄通过没有关严的车窗缝隙，使整个车厢香香的，让人忍不住开怀大笑，痛快呼吸这上天的恩赐。

“好美！”即便宋茜茜见过法国金黄梧桐的美，也见过枫林城如火一般的温暖，可还是被眼前这景象震撼住了。

“喜欢吗？”沈耀的声音在车子里柔和地响起。

“嗯，喜欢。”宋茜茜趴在窗户上下意识地点头。

“那就下车看看吧。”沈耀先是下车继而绕过车子，将侧门打开。

宋茜茜微微咬了咬唇，看着沈耀伸过来搀扶她的手，停顿了一下，终究还是把手放到了沈耀的手心中。

淡淡的温暖从沈耀的手心传递过来，这让宋茜茜的动作慢了许多，她很喜欢这种温暖，不热不冷，恰到好处让人去依赖。

宋茜茜缓慢地从车上下来，在双脚落地的时候却是没有丝毫犹豫地把手从他的手心中抽回，却在半路被沈耀紧紧握住。

“茜茜……”沈耀的声音柔得就像这漫天盛开的玫瑰花带来的温情。

“放开。”宋茜茜低声呵斥，却没有勇气与沈耀的眼睛对视。

“不放。”沈耀一伸手将宋茜茜搂入了怀里，紧紧地搂住她。

“你放开。”宋茜茜再次出声呵斥道，不管她怎么挣扎都无法挣脱出沈耀的怀抱，最后只能任由他抱着。

这是一幅美景，相恋的爱人拥抱在玫瑰园里。

可惜，宋茜茜觉得这一切都不属于她。

“走，我带你去个地方。”沈耀拉着宋茜茜的手沿着旁边一条若隐若现的小路朝着玫瑰花地里走去。

这条小路被怒放盛开的玫瑰花所遮掩，若非熟悉这条小路，怕是不能寻到它的位置。

路面很平整，是由一颗颗小小的石头组合而成，有偏大的，有偏小的，毫无规则可言，可偏偏看起来如此的美丽。这条小路即便在这雨后依旧没有显得泥泞，踩在上面没有沾满泥土，亦没有光滑得令人容易滑倒摔跤，恰到好处地可以漫步在这雨后的玫瑰花园里。

橘红色的夕阳将整座玫瑰花园笼罩在一种神秘色彩里，一步步慢慢地穿梭在玫瑰花园里，淡淡的香气从四周飘过来，让人不禁想着若是永远都能够漫步在这美丽的玫瑰花园中该有多好。

宋茜茜身心愉悦地走在这片玫瑰花丛中，细细地感受着沈耀带给她的温暖以及玫瑰花带来的清新，这一刻，她真的很喜欢这种感觉。

就在宋茜茜幻想着这条路没有尽头该有多好的时候，沈耀停了下来，停留在了玫瑰花丛中的最中心，在这个中心有着用刚刚那条小路一样的石子铺成的一块玫瑰花形的地方，站在这里看向四周，能够将四周所有的玫瑰花收入眼中，格外壮观美丽。

“喜欢吗？”沈耀的话在宋茜茜耳边轻轻地响起，他站立在她的身后，从她的身后握住她的双手，紧紧地贴着她的身子，他的侧脸轻轻地贴着她的耳朵，似亲密的恋人一般。

“我也很喜欢这里。”沈耀轻轻地低喃着，“我从六年前就开始种植这些花了，每一棵都是我亲手种植的。为的就是能够在我们相识的那一天为你而绽放。”

宋茜茜不言，听着他的每一句话，眼睛紧紧地盯着眼前盛开的最怒放的那朵玫瑰花，大概是雨后的原因，上面还残留了一些雨水，那些雨水顺着玫瑰花瓣流淌而下，滴落在地上绽放出一朵朵的水花，配着这满园的玫瑰花有着异常的美丽。

“其实不管你信还是不信，六年前的那个早晨，当我走出酒店时便后悔了。我曾派人去宋家找过你，当他们拿出宋雅的照片时，我就知道，照片上的人根本不是你。当然，由此让我知道了一点，那就是——你跟宋家有着很深的关系。所以，我希望通过追求宋雅来逼出你。只可惜在那个时候，我父亲病重，我不得不接过家族的重担，一来二去，也就耽误了寻找你的步伐。”

“后来，当我看到你时，我便知道你就是我要找的人，我多么的开心，多么的兴奋。可是我又害怕失去你，我不知道该怎么去表达。看到你的结婚证我异常伤心，做出了很多蠢事。”

“你知道吗？当我知道宋伦宋月是我的孩子的时候，我觉得我是全世界最最幸福的男人！”

“茜茜，我爱你，可是我不懂得该如何表达我对你的爱，但是请你接受这满园的玫瑰花，好吗？”沈耀轻轻地绕过宋茜茜，站在她的跟前，捧起她的脸颊，看着她的双眸。

“茜茜……”沈耀在宋茜茜的眼里看到了自己的倒影，她的眼睛里只有自己，没有其他的人。

宋茜茜愣愣地看着沈耀那双琥珀色的眸子，那里面倒映着自己的影子，只有她一个人。

然而，当宋茜茜想起那张沈耀送出的喜帖，心头又滋生出一股酸楚的味道，宋茜茜轻轻地推开了沈耀，无力地撇过脸。

“对不起，我接受不了。”宋茜茜看着满园的玫瑰花，泪水却忍不住地往外流淌，这每一朵玫瑰都是那么的动人，那么的美丽，是沈耀的爱意，可偏偏她已经无福享受。

“茜茜，为什么？”沈耀忙追问。

“你已经要结婚了不是吗？若是没记错，明天就是婚期了吧。”宋茜茜淡淡地说着，眼睛看向天际，那么遥远都没有看到尽头。

“仅仅是因为这个吗？”沈耀低垂着眼睑，从西装的口袋里掏出一个紫绒布的盒子。

不知道何时他的手里多出了一大束包装好的玫瑰花。

沈耀单膝跪在宋茜茜的跟前，打开紫绒布的盒子，那枚简简单单的戒指便静静地躺在里。

“茜茜，我可以肯定地告诉你，我已经亲自撤销了与张玉岚的婚事，我跟她根本不会结婚的。难道你哥没有告诉你吗？”沈耀诧异地问道。

宋茜茜一愣，出门的那天，李丰似乎有话要告诉她，可是她只回了一句“关于沈耀的不要听”。后来，李丰也就没开口，莫非是这件事情？

第九十一章　花海求爱

“茜茜，今天，此时此刻，我非常郑重地向你求婚。你可以嫁给我吗？”

沈耀忐忑不安，他紧紧地盯着宋茜茜的眼睛，他看出了她眼里的那份犹豫。

“茜茜,我一定会非常非常爱你,一定会非常非常努力地去照顾你,以后我们可以给宋伦宋月还有你肚子里的孩子一个完整的家。”

沈耀说得很恳切，让宋茜茜一阵感动。

要说宋茜茜不动摇，那是绝不可能的。当初，她被黎巧儿绑架，是沈耀替她挡住了那枚子弹，否则她跟肚子里的孩子怕是都保不住了，那时她才知道自己在这个男人心目中的地位。到了那一刻，她便知道了，沈耀是真的爱自己。

这一个多月，做饭的不是李丰，而是沈耀。李丰和沈耀以为能够瞒过宋茜茜，可谁知，沈耀做的饭菜全都是宋茜茜常做的饭菜，也只有他才能够做出宋茜茜常做的味道，而李丰根本不知道哪些是宋茜茜喜欢吃的，他也做不出宋茜茜的饭菜的独特味道。

宋茜茜的性格与沈耀的性格很相似，两人都不会说话，更不会做出什么惊天动地的事情。尽管如此，他们却能在这些平平淡淡的事情当中，感受到彼此的爱意。

“茜茜，答应我，嫁给我！”沈耀再一次恳切地求道。

“我……”宋茜茜刚刚开口，便觉得胃里一阵翻江倒海，那种特有的恶心感便涌了上来。

宋茜茜推开沈耀面前的花朵，跑到一旁再也忍不住地呕吐起来。

“呕——”宋茜茜没有想到自己竟然会在这个时候呕吐起来。

“小家伙真调皮。”沈耀倒是开玩笑地说道，不时拍拍宋茜茜的背，在她吐完之后将纸巾递了过去。

“谢谢。”宋茜茜擦擦嘴，看到沈耀似笑非笑地脸，一愣，但是脸色一红，便撇过了头。她觉得自己这般没有形象地在他面前吐起来，真的是很不好。

“茜茜。”沈耀轻轻地搂过宋茜茜，将她的头抵在自己的胸口，温柔且坚定地说道：“茜茜，我这辈子绝对不会让你离开我。”

“嗯？”宋茜茜眉头微微一蹙，她似乎还没有答应他的求婚吧。上次他是来硬的，在没有经过自己同意之下为自己戴上了戒指，这次该不会也这样吧？

想到这里，宋茜茜下意识地抬起手，目光犹豫着看向自己的手指，果不其然，不知道什么时候那枚戒指已经在她的右手中指上了。

“沈耀。”宋茜茜一把推开沈耀，将自己的手指放在他的眼前，凶狠狠地说道，“说，怎么回事？你什么时候给我带的？”

沈耀俊俏的脸上满足贼笑，刚刚趁她呕吐之时，便将戒指不声不响地带到了她的手指上。之所以这样偷偷摸摸的，全都是因为担心宋茜茜不答应。

“茜茜，你看戒指都在你手指上了，这说明你同意了啊。”沈耀非常开心的双手握住她的手，“我已经订了咱们的婚期了，半个月之后有一个非常好的日子，我已经派人着手安排了，本来是想推后的，可是你知道再往后推你的肚子就特别明显了，那样就不漂亮了，现在过了孕吐期，肚子也不是特别大，正适合结婚。后天我们去拍室内的结婚照，大后天我们去拍外景，我们的请帖我也已经亲自派发出去了……”

“什么？”宋茜茜瞪大眼睛不敢相信沈耀的话，沈耀居然在她什么都不知道的情况之下，已经把事情都办完了，就差跟她结婚！

“我本来打算前些日子就带你去拍婚纱照，可是却没能想到你竟然孕吐得如此厉害……”沈耀无奈地耸耸肩膀，“没办法，只能在结婚前的这半个月匆匆忙忙地拍下结婚照，不过你放心，等你生完孩子，我们度蜜月的时候，我们就在全球各国都拍一次婚纱照，好不好？”

“……”宋茜茜对沈耀表示深深的无语，不过他的安排倒是很好。

“今夜，我们就在这玫瑰园里住下，可好？”沈耀轻轻地撩过她额前的碎发。

“这里有住的地方？”宋茜茜一愣。

“当然。”沈耀轻笑，拉着她的手，朝着夕阳落下的方向慢慢走去。

两人走了没有多久，一座小木屋矗立在夕阳之下，在它的后面是翠绿色的森林，这美丽的景色，让她恍如置身在童话世界里。

小木屋的外形很古朴，它的室内仿制了欧式的古代小木屋，配合着现代的艺术与科技打造了一个完美而舒适的小木屋。

若是在温暖的冬天身处小木屋里，坐在火炉旁边看书定然是件非常美妙的事情。

这间小木屋真的是太棒了。

“这里用的是地暖供热系统，所以不必担心到时候冬天会很冷。”沈耀从宋茜茜身后环抱着她，“等孩子出生了，可以来这里度假的。”

宋茜茜知道沈耀这个男人虽然不懂得去哄女孩子，可是他却知道什么是她最需要的。

“对了，现在肚子有没有觉得饿？我去给你做饭，今天晚上想吃什么？”沈耀关切地问道，他的手放在她的肚子上，感受着肚子里面三个生命的跳动。

“倒也不是太饿，你给我弄份鸡蛋羹吧。”宋茜茜的手握住沈耀的手，她知道这个男人一定会对她好的。

“你说……这三个家伙是会先喊爸爸，还是先喊妈妈啊？”沈耀蹲在了宋茜茜跟前，将耳朵轻轻地贴在她的肚子上听着三个小家伙的动静。

“宋伦宋月两个小家伙可是先喊的妈妈。”宋茜茜被沈耀的模样逗乐了，堂堂大总裁竟然会因为孩子在肚子里微微动一下而兴奋不已。

“这几个肯定是先喊爸爸。”沈耀非常肯定地说道。

“为什么啊？”宋茜茜疑惑地问道。

“嘿嘿，老人们都说怀孕的时候就知道折腾的生下来的都是折腾爸爸的。这叫夫妻公平原则，你受罪在前，我受罪在后。”沈耀笑着，在宋茜茜的肚子上面亲了三下，“茜茜，你坐会儿，我去做饭。”

“嗯。”宋茜茜坐在沙发上，闲着无事便打开了电视，可是电视上也没有什么好看的，于是一个台接着一个台换着，直到一则新闻的内容吸引了她。

“据最新消息，三天前张家集团的千金小姐张玉岚出现的性丑闻在今日是越演越烈，纷纷曝出张小姐性丑闻的照片……想必这也是沈家与张家联姻破裂的原因……我们也不得不猜测张家与沈家联姻喜帖发出的第二天，沈氏总裁所说的那句‘我的爱人还没答应嫁给我’的含义，那个时候是不是就昭示了两家联姻早就会被破裂，那份喜帖只是大人们或者张家的一厢情愿呢……”

第九十二章　突发车祸（上）

娱乐新闻上的报道添油加醋地将张家与沈家的联姻破裂，并且还爆出了张家的一些不为人知的丑闻，让张家的股票一跌再跌，让人无法不相信张家很快就会破产。他们捕风捉影地将张玉岚和沈耀的事情说得绘声绘色，颇有那么几分真实可靠性。

宋茜茜没有想到最近竟然发生了那么多事情，若是自己能够看上一眼电视或许当初就不会责怪沈耀了，可是她还是怨念沈耀当时为何不亲口对她说，惹得她如此伤心。

就在她深思之时，一束玫瑰花出现在了她的眼前。

“亲爱的老婆大人，饭菜已经准备好啦，除了您要求的鸡蛋羹我还做了点其他的菜，一起吃饭吧。”沈耀将玫瑰花从宋茜茜的身后递到她的面前，“还有啊，娱乐新闻少看，对肚子里的孩子教育不好。”

“张玉岚的那些事情是你搞的鬼吧？”宋茜茜询问道，她才不相信就凭张家的势力会让这些丑闻暴露在公众面前，除非有比他们更强大的势力在背后推波助澜。

“我一直没跟她算账也是看在了张家与沈家老一辈多年的交情上面。”沈耀冷哼了一声，“六年前我那次被人灌下迷药，一直对外说是我哥和我开的玩笑，但实际上却是这个张玉岚给我搞鬼，那次的账我没跟她算，这次也只不过是以彼之道还施彼身而已。”

“莫非张玉岚她那些所谓的性丑闻都是你制造的？”宋茜茜有些诧异地说道。

“除了几天前的那次之外，其他的都不是。”沈耀冷笑，“她还没十六岁就已经爬上男人的床了，有几张绯闻照片算得了什么。更何况，那次跟她在一起的男人也正是她已经约好了的男人，我只不过让人下了点药给她而已。”

“呃。”宋茜茜无言以对，得罪谁也不能得罪这个男人，这也忒狠了点。

“之前那次若不是看在她误打误撞地让我拥有了你，你觉得张家会只有这么点问题被曝出来吗？”此时的沈耀让人觉得恐怖，“若是不顾及这些年的情谊，只要稍稍放出一根‘稻草’的消息，它就会被彻底压垮。”

宋茜茜挑挑眉，惹谁也不能惹沈耀，这只手遮天的帝王喜怒哀乐全凭喜好，只有讨好他却无法提出条件。

“好了，该吃饭了。”沈耀温柔地牵起她的手走向餐桌。

今夜两人便是在这玫瑰园里相拥而睡，宋茜茜觉得这是最近一段时间自己睡得最好的一晚了，至少没有半夜醒来呕吐或者睡不着的情况。

如沈耀的安排，第三天便被拉去拍了婚纱照，因为考虑到宋茜茜怀有身孕的问题，因此婚纱照拍得偏少，但是每一张都是经典的艺术。

刚刚到达婚纱馆换衣服的时候，宋茜茜倒是有些别扭。

“老婆，去找一件试试。”沈耀非常积极地为宋茜茜做着参谋，但是太露的他不要，太土的他不要，太难看的他不要，最后能够供宋茜茜挑选的也不过就那么几件了。

“来，去试试这件浅紫色的。”最后沈耀挑中了一款浅紫色的长款婚纱。

宋茜茜去了试衣间里换了这款婚纱，她不得不承认沈耀的眼光很不错。

这一款高腰抹胸束身长款飘逸紫色婚纱很适合宋茜茜，而且大小刚刚合适，似乎是量身定做的。抹胸用百褶勾勒，上面点缀了一朵用几粒珍珠勾勒的花朵，下身绸缎流水的设计更是完美地勾勒着身体的曲线，而且还恰到好处地遮挡了她肚子微微的凸起。

或许是最近吃胖了，皮肤也变得好了很多，显露在外的肌肤莹韵光洁，没有丝毫的瑕疵。

脖子上面再佩戴上一条带有紫色宝石的项链，更是衬托出了脖子的修长美丽，淡淡的妆容不必刻意掩饰便能够将她那张脸雕刻得完美无缺，浅浅一笑，犹如仙女下凡。

宋茜茜照着镜子，有些不敢相信镜子里的自己竟然会如此美丽，比宋雅有过之而无不及。

“比我想象的还要美！”沈耀由衷赞叹道，但是对宋茜茜一打扮便会如此美丽丝毫不觉惊讶，似乎本就应该如此美丽。

虽然婚纱照照得速度很慢，但两人却依旧不急不缓，用了几天的时间，顺利拍完。

几天的忙碌让最近很少动的宋茜茜感觉到了一点儿劳累，怪不得她老是听别人说结婚是件累人的活，光拍这婚纱照就够累人的了。

接下来的那些准备工作，也就没她什么事情了，宋茜茜又恢复到每天都在家安静待着的日子。

凡事都有父亲和哥哥来操办，虽然时间有些赶，但是幸好女方家没有太多需要准备的。

就在结婚的前三天，宋茜茜接到了任浩的电话，约了时间地点，她便独自出了门。

到达咖啡馆的时候，宋茜茜没有看到任浩，她不得不坐在那里慢慢等着。

约莫过了一个多小时，任浩还是没有出现，宋茜茜觉得事情有些蹊跷了。

“哥，我在咖啡馆，你能接我一下吗？”宋茜茜在第一时间给李丰打了电话，她的心有些忐忑不安。

从家里开车到这边的咖啡馆也不过就十几分钟的事情，可是宋茜茜等了许久也不见李丰过来接她，她这下子是真的慌了，莫非他们都出了什么事情？

咖啡馆很安静，人也很少，一如往常得安静。

宋茜茜心头不安，起身离开了咖啡馆，就在她走出咖啡馆，站在马路旁等出租车的时候，一辆红色的法拉利，从对面横冲直撞地冲了过来，它的目标很明显，那便是冲撞正在等车的宋茜茜。

宋茜茜恐惧地看着那辆红色的法拉利，下意识地捂着肚子，虽然心中知道应该逃跑，但是身子却不听使唤地移动不了半分。

又是咖啡馆外的车祸！

宋茜茜猛然想起，在很久很久之前，同样是在咖啡馆门前，一辆车这般冲了过来。

那时是沈耀护了自己，如今她只身一人不知该如何是好。

就在红色法拉利离得很近的时候，恐惧中的宋茜茜看到了司机的模样，是张玉岚，她脸上的表情异常狰狞，似乎是在笑宋茜茜终于可以去死了！

“嘟嘟……”不远处一辆黑色跑车正以快于法拉利的速度飞快地朝着这边行驶而来，它跑得歪歪扭扭，像是方向盘不受人控制一样，然而它的速度却是异常得快！

“砰……”两辆车剧烈地碰撞在一起，巨大的烟雾遮蔽了宋茜茜的眼睛，模糊了她的视线。

她呆呆地站在那里，不知道该做出何种反应。

第九十三章　突发车祸（下）

黑色跑车突如其来的冲撞令红色法拉利惨不忍睹，整个车身被高高撞起，在空中翻了几个跟头后，直直地撞上路边的围墙，车头甚至陷了进去。

相比起红色法拉利，黑色跑车也好不到哪里去，整个车头早已经变了形，硬生生地挤压进去了三分之一以上。

不知是烟还是风尘，纷纷扬扬的，宋茜茜无法看清楚车祸现场的状况。

宋茜茜的心猛然惊跳，脸色被吓得苍白，一股不安的情绪弥漫在胸口。

“茜茜……”就在宋茜茜无措的时候，沈耀和李丰出现了，他们两个人从同一辆车上下来，飞快地跑向站在原地、脸色苍白的宋茜茜。

“茜茜，你怎么样？有没有受伤？”沈耀关切地问道，又将她上下检查了一遍，确保她没事。

宋茜茜摇摇头，颤抖地指着两辆车相撞的地方：“那辆黑色的车好像……好像是任浩的车。”

“什么？”两人一愣，相视一眼。

“咳咳……”女子剧烈的咳嗽声传了过来，有人打开了黑色跑车的侧门，有个身影踉踉跄跄地爬了出来，然而，她才跌跌撞撞地走了两三步，整个人就无力地跌倒在地。

“宋雅！”宋茜茜惊讶地看着从黑色跑车上面下来的女子，她猛地想起宋雅在这里，那么坐在正驾驶座上的应该就是任浩了！

这样一想，宋茜茜也就顾不上肚子的疼痛，慌慌张张地奔了过去。

“茜茜。”沈耀和李丰两人也跟随在她的身后。

“任学长……”宋茜茜透过车窗可以看到，车厢里果然还有人，那个人正静静地趴在方向盘上，鲜血已经染红了他的白色衣袖。

“任学长！……”宋茜茜拼命敲打车窗，却发现车厢里的人无动于衷，而且因为车头变形，汽车的车门也已经卡死，凭他根本就打不开。

“从这边。”李丰在侧门喊道，他钻进车子里，小心翼翼地推了推趴在方向盘上的任浩。

任浩微微动了动身子，他努力地侧过头看向李丰，朦朦胧胧得却是让人看不真切。

“任浩，你醒醒，我们立即救你出去。”李丰爬进车子里，将他另外一边门打开。

“茜茜，我来。”沈耀与李丰两人小心翼翼地将浑身是血的任浩慢慢地抬了出来。

“任学长。”宋茜茜蹲在地上看着浑身是血的任浩，顿时慌了，她想为他止血，可是却是不知道该怎么下手。

“茜茜，你没事就好。”任浩满是鲜血的脸上露出了一丝微笑，这句话说完之后便昏厥了过去。

“任学长，任学长……快叫救护车，救护车……”宋茜茜颤抖地喊道。

大概是两车一碰撞便有人打了急救电话，救护车来得很快。

“他会没事的，一定会没事的。”站在急诊手术室外，宋茜茜着急地看着那闪亮的红灯。

“茜茜，你放心，他一定没事的。”沈耀安慰着宋茜茜，他没有想到张玉岚竟然敢直接开车撞向宋茜茜，这个张家留不得了！

“沈耀。”宋茜茜哭泣地趴在他的怀里，要是任学长有什么意外她真的不知道该怎么才好。

“茜茜，不哭，他一定会没事的。你现在怀有身孕，不能哭的。”

沈耀劝慰着。

“沈耀，手术还没做完吗？”李丰也出现在了急诊手术室外。

沈耀摇摇头，瞥眼看了看站在他旁边，头部包扎着绷带，低着头不声不响的宋雅。

宋茜茜抬头看了一眼宋雅，虽然没有询问她，但是她却明白，当黑色跑车沿着歪歪斜斜的路线开过来的时候，定然有人与任浩抢了方向盘，如此，只有宋雅会阻止任浩。

幸好她有了那种反应，使得车速没有那么快，也令得任浩的伤势不至于那么严重，还有活命的可能性。

几个人静静地坐在手术室外，慢慢地等着手术结果，期盼任浩能活生生地从手术室里出来。

大概过了三个多小时，手术室的灯灭了，一辆车从里推了出来，是浑身绑满了绷带的任浩。他闭着眼睛笔直地躺在推车里，液体不停地输入到他的身体中。

“医生，他怎么样了？”宋茜茜赶忙迎了上去，开口问道。

“病人暂时脱离了危险，但是全身多处受伤，若是没有什么意外的话，今天晚上估计会醒来。”医生摘掉口罩也是松了一口气，“但是……他头部受了重创，有什么后遗症我就很难估计了。”

“什么后遗症？”李丰询问道。

“例如，失忆、失明或者其他的一些症状……”医生说道。

“那么……其他的有没有需要注意的事项？”李丰再次问道，他倒不是有多么的关心任浩，而是因为这次若没有任浩，他的妹妹，怕是真没办法逃脱劫难了。

“找人好好照顾他。”医生说道。

听了医生的话，几人的心情也有些沉重，虽说伤势不是太重，但是这头部受创若说失忆或许慢慢地还能恢复，但是若说是失明，那么又该怎么办呢？

“都是我……都是我不好……呜呜……”宋雅抱头蹲在地上低声地哭泣着。

沈耀等人眉头一蹙，觉得这件事似乎没有表面上看起来那么简单。

宋雅哭诉着将事情的经过讲了一遍。原来上次绑架事件之后，任浩将她接回了家，对她很是不错，可是她总是觉得任浩不是喜欢她，是可怜她，所以她对宋茜茜很是怨念。

正巧在这时，张玉岚与沈耀的婚事因为她的性丑闻而取消，但是紧接着却是沈耀和宋茜茜的婚讯，这让张玉岚非常怨恨沈耀，想要毁掉他的幸福，而最直接的方法便是杀死宋茜茜。

于是，张玉岚找到了宋雅，两人共同商议了这件事情。由于是张玉岚决定亲自开车撞死宋茜茜，让这次车祸变成意外，同时，张玉岚也已经找好了替死鬼。因为不关宋雅多大的事情，所以她答应帮助张玉岚把宋茜茜骗出来。

宋雅以想见宋茜茜、当面跟她道歉的名义，让任浩打电话给宋茜茜，约她在咖啡馆见面。

与此同时，宋雅又跟任浩说只想单独见宋茜茜，不让他去。

任浩听信了宋雅的话，以为她不会再害宋茜茜，只是去跟宋茜茜道歉。想到她们姐妹俩原本有着很好的感情，也就欣然答应了。

事情发展得正如宋雅所想的那样，宋茜茜出门的时候果然没带保镖。

张玉岚安排得很好，一切都像预料中的一样，只等宋茜茜走出咖啡馆，发生一起突如其来的车祸就可以万事大吉了。

第九十四章　任浩失忆

然而，如果人们的愿望总能实现的话，那这个世界将变得多么乏味无趣？

外出归来的任浩前往咖啡馆，他打算接宋雅回家。

宋雅见到他到来后，反应异常，任浩何等聪明，很快就意识到了什么，正所谓事出反常必为妖。

于是，任浩便夺过了那辆黑色跑车的驾驶权，也刚好救了宋茜茜以及她肚子里的那三个孩子。

在那一刻，情急之下的任浩根本就没有考虑到他自己，他的目光始终都死死地盯着那辆红色法拉利，义无反顾地挡了上去！

坐在车上的宋雅不想看到任浩受伤，便阻止他这么做，谁知却无法改变他的心意。不管她如何劝导，甚至伸手去抢方向盘都没能阻止他的决心。

无可奈何之际，宋雅眼睁睁地看着任浩将车撞向了张玉岚的车，从而让宋茜茜躲避过了这次车祸。

幸好任浩的跑车之前加固过，因此在撞击的时候他本人没有受到多大的伤害。

众人听完这场车祸背后的隐情，皆感慨良多。

若是换成别人，谁能够用自己的命去做赌注，只为了救一个外人呢？

“对了，张玉岚的情况怎么样？”宋茜茜发声问道，张玉岚是被撞的那一方，怕是受伤更为严重。

“她在楼上的急诊手术室里，怕是凶多吉少。”李丰皱着眉头说道，“我已经通知了警方，也做了备案，等任浩清醒以后会通知警察前来做记录。”

宋茜茜轻轻地叹了一口气，这个张玉岚想不开也是正常的，毕竟被曝出那样的丑闻，换成任何一个女人都会接受不了吧！

如此想着，宋茜茜偷偷看了一眼沈耀，这个男人也真够狠的。

宋茜茜守候在任浩的病榻前，希望他真的如医生所说，能在晚上清醒过来。

“我已经通知了任浩的父母，估计他们明天一早就会从国外赶过来。”沈耀将双手轻轻地搭在宋茜茜的肩膀上，他知道他和宋茜茜，这次欠下了还不起的人情。

“嗯。”宋茜茜有些哽咽地点点头。

“你不要太伤心，医生说他没事，那应该就是没事了。”沈耀有些担忧地看向宋茜茜的肚子，这里的三个孩子还未出世便在母亲的肚子里接受了一次又一次的波折，这次回去之后，他绝对不会再让宋茜茜单独出门了。

“沈耀，你说……任学长，他……他的眼睛……”宋茜茜担心地看着床上紧闭双目的任浩。

“他会没事的，请相信好人有好报！”虽然沈耀口上安慰着宋茜茜，可他自己心底却没有任何把握，如果任浩真的因此而失明了，那宋茜茜定然会内疚一辈子，他也不会好受。

如若真的发生了那样的事，后果不堪想象！

就在宋茜茜和沈耀低声交谈之际，静静躺在病床上的任浩微微睁了睁眼睛。

“快看，茜茜！任浩好像醒了！”无意中发现了这一点，沈耀惊喜万分，赶忙按下病床边上的呼叫按钮。

“任学长……任学长……”宋茜茜轻轻地唤着任浩。

“嗯？”任浩轻轻地哼了一声，虽然缓缓睁开了眼，但眼睛却还没有适应病房里的光线。

“来……我看看……”医生很快就赶了过来，他仔细为任浩做了一番检查，在他努力睁开眼睛之后，细心地询问了一番，最后得出的结论让众人提到嗓子眼儿的心落了下去——任浩的眼睛没有任何问题！

得知这样的好消息，宋茜茜和沈耀不约而同地微微松了一口气。

“任先生，您还能记起车祸之前的事情吗？”医生并不耽搁，当即便为今后的恢复治疗进行铺垫。

“车祸？”任浩皱了皱眉头，看了看医生，又看了看宋茜茜和沈耀，努力地思考着，可是这一思考让他的头有些痛。

任浩捂着头，痛苦地说道：“我……我……我记不起来了……我……我怎么会……”

“任先生，想不起来就不要去想了。”医生赶忙阻止任浩思考，“任先生，您对自己的记忆，还有多少？”

任浩努力地去想，可到最后，他连自己是谁都忘记了，他的记忆，已经是一片空白。

“任学长……你还记得我吗？我是茜茜。”宋茜茜指着自己，她有些慌了，任浩似乎是真的失去了记忆。

任浩盯着宋茜茜看了半天，最终还是摇摇头：“请问，你是……”

“他的视力没事，可惜……任先生的记忆，怕是真的失去了……”医生将所有的诊断结果告诉宋茜茜和沈耀，“虽然失去了记忆，但是若是慢慢调养，他的记忆也是会恢复的。因此，你们也不必过于担心。”

宋茜茜知道失去记忆的痛苦，什么都是空白的，那种恐惧真的不想体会第二次。更何况，任浩失去的不仅仅是几年的记忆，而是从小到大所有的记忆，甚至连自己的名字，自己的父母，一切相关的人和事，全都不记得了！

“我打电话给宋闲先和王欣，我上次失忆就是他们治好的。”宋茜茜赶忙掏出电话打给了王欣和宋闲先，可是他们两个人却说这次没有任何办法。

他们只能治疗短暂性而且是只失去片段记忆的人，对于失去全部记忆的人，就连他们也束手无策。

“对啊，你为了救我才将车撞向另外一辆车的。”宋茜茜坐在任浩的床边，细声慢语，讲述着两人之间的点点滴滴，希望以此触及任浩的记忆碎片。

“是吗？”任浩浅浅地笑着，眼眸里全然是明亮的色彩，他不怀疑宋茜茜的话，然而话里却是若有若无的淡淡疏离感。

宋茜茜微微咬着唇，低着头，手指不停地搅着衣角，她有些无措，若是任浩责备她，或者大发脾气她还知道该怎么应付，他偏偏是这样一种很疏离的淡漠态度。

“呵呵，其实你不必太担心我。”任浩看着手足无措的宋茜茜，“若是我是自己想去救你，想必你在我心目中的地位一定很高，这一切都是我自己的选择。”

“可是……可是任学长……”宋茜茜抬头苦苦地一笑，“多年之前你救了我，如今，你又救了我。而我却不知道该怎么……”

“我希望你不要过于计较这些事情。”任浩温煦地一笑，宛若当年宋茜茜第一次见到他时，任浩脸上那种干净明朗、犹如太阳一般温暖的微笑，“这是我自己的选择，真的与你无关。我想换成其他人，应该也会这么做！”

就在两人谈话之际，有人敲了敲门，随即走了进来。

任浩微微一愣，看看宋茜茜，再看看走进来的女人，两人竟然如此相像，她们俩或许是双胞胎吧！

“宋雅，你来了。”宋茜茜并不觉得意外，在她心中，宋雅一定会前来看望任浩的。

宋雅微微一愣，对宋茜茜的称呼有些诧异，即便是上次绑架了她，她依旧称自己为“雅姐”，而这次，宋茜茜口中的是自己的全名，如此想来，宋茜茜真的生气了。

第九十五章　皆大欢喜

宋雅低垂着眼睑，慢慢地走到病床边上，咬咬唇开口道："浩哥哥，对不起，这次又是我害了你。"

"你们是双胞胎吗？"任浩诧异地问着宋茜茜，"可是为何我觉得你们又不像是双胞胎呢？"

宋雅听了这句话以后异常惊讶，猛然抬头，不敢相信地看着任浩。

"浩哥哥。"宋雅颤抖地张张嘴，脸色苍白如纸，没有一丝血色。

"我们不是双胞胎，只是长得有些像而已。"宋茜茜淡淡地说着，她不是圣母，她无法原谅宋雅所做的一切。

"是吗？那可真是像啊。"任浩叹了口气，不再多问，对宋雅保持着若有若无的距离。

"你怎么……怎么……难道真的失忆了吗？"宋雅的眼泪很快就要流淌出来，她的身体止不住地颤抖，一丝恐惧的感觉蔓延在她的心头，萦绕徘徊，挥之不去。

如果任浩真的失了忆，那他就不会像之前一般护着自己。

不仅如此，说不定自此以后再也不会搭理自己。

那样一来，她一定会失去最后的保护伞，就像宋家刚刚破产的时候一样，无处可去，甚至有可能比那个时候更惨。

宋雅不甘心，她怎么可能接受那种情况的发生呢？

"浩哥哥，浩哥哥！我们，我们……"

任浩的眉头轻轻一蹙，对宋茜茜说道："我不喜欢这个与你长相很相似的女孩，如果可以的话，你能帮我请她离去吗？”

任浩的话就像是一把利剑，毫无保留，狠狠地刺向了宋雅。

这一刻，宋雅只觉得这间病房里的空气无法呼吸。

到了这时候，宋雅终于相信任浩不爱自己，他之所以会照顾自己，那全都是因为自己曾经照顾过宋茜茜的缘故。

时过境迁，当一切回到起始点时，她竟然什么都不是。

任浩失去记忆的时候，甚至会说他根本就不喜欢自己！

宋雅的脸色异常苍白，眼泪止不住地流淌下来，她再也无法控制自己的情绪，跌跌撞撞地跑出了病房。

“怎么……”任浩诧异宋雅的巨大反应，不明所以地看向宋茜茜。

“任学长……”宋茜茜轻轻叹了一口气，“她以前是你女朋友，非常喜欢你。”

“噢？”任浩的眉头紧蹙，想了想说道，“你能跟我说说我以前的事情吗？我突然间非常想知道，以前的我，跟你们两个，有着怎样的关系……”

“嗯。”宋茜茜点点头。

宋茜茜从两人如何认识开始慢慢地讲了起来，至于任浩与宋雅的事情，她也如实相告。

病房里，宋茜茜缓缓地回忆着，而任浩，则静静地听着。

不知过了多久，任浩突然开口，打断了宋茜茜的回忆。

“什么？”宋茜茜不知道任浩为何会说出这句话。

“我希望能够参加你的婚礼呢。”任浩浅浅地温暖地笑着，“我希望看到你幸福。你若幸福，我便安好……”

“为什么？”宋茜茜不明白任浩的意思，“你都这个样子了，婚期我会延后，直到你记忆全部恢复过来……否则，我，我……”

“不。”任浩缓缓转过头，目光斜斜地看向了窗外。

此时已经是深夜了，窗帘没有拉上，窗外是漫天的星光，一闪一闪很是漂亮，让人着迷。

任浩的目光变得有些深沉，他的语气很悠远：“我想我能够救你两次是为了看到你幸福，而你若是因为我而变得不幸福，那么我想我所有的牺牲都会没有用的。对于我来说失去记忆比拥有记忆更好，这样我不会因为你结婚而痛苦。不是吗？更何况，我是真心希望我喜欢的女孩能够获得她应有的幸福。请我参加你的婚礼，好吗？”

宋茜茜听着任浩的话，眼泪又一次不争气地流了出来。

“嗯，好！”宋茜茜重重地点点头。

任浩冲着宋茜茜笑着，即便失去记忆，他还是希望自己想要保护的女孩得到幸福。

第二天清晨的时候，任浩的父母从国外赶了过来，他们在任浩的劝导之下，对此事也没有过多的追究。

同样也是这天的清晨，宋茜茜听到了张玉岚死亡的消息，张家几乎濒临破产。

为了不让宋茜茜过于沉溺在这些事情之中，当天下午，苏小娴和王欣两人便陪在宋茜茜的身旁，给她开导解闷，顺便帮她参谋一些有关结婚的事宜。

婚期如期地举行，地点则在这座城市郊区的某个庄园里。

“妈妈，你好漂亮！”宋伦和宋月，不约而同地拍手称赞。

今日的宋伦、宋月也是异常帅气美丽，他们两个今日要给自己的母亲当伴郎和伴娘。

“对啊，茜茜，你今天好漂亮噢。”苏小娴由衷地赞道。

“谢谢……”宋茜茜终于知道为何所有人都说新娘子是最美的，因为身穿婚纱的女人是最幸福的。她抚摸着自己的肚子，她终于可以嫁给孩子的父亲了，而且是很爱他们的好男人。

蓝蓝的天，白白的云，和煦的风，暖暖的太阳。这一切都恰如其分得美好。

粉红色的气球扎成拱形，红色的地毯直直通向别墅的大门，满园宾客都在期待着新娘的到来。

沈耀紧张地将手握成拳头又松开，甚至因为紧张而全身出汗，即便当年接收沈家的偌大家业时，他都不曾如此紧张过。

门被缓缓推开，宋茜茜的身影如期出现在别墅的门口，沈耀悬着的心放下了一半。

当看清楚宋茜茜的样子时，沈耀的脸色微微一红，他的新娘真的很美。

简单的新娘盘发却让宋茜茜异常妩媚，洁白色的头盖将她害羞的表情遮挡，也让她的容颜若隐若现，更让人想要探究。

出自法国知名设计师的拖地婚纱，将宋茜茜原本修长的身材衬托得更加高挑，堪称典雅而高贵。

两眼呆呆地瞅着出现在面前的宋茜茜，沈耀心中感慨良多，他的新娘，美轮美奂。

红毯上，当李宁清将宋茜茜的手放在沈耀的手上时，一切都只是幸福的开始……